ପ୍ରଥମ ମନସ୍ତାତ୍ତ୍ୱିକ ଓଡ଼ିଆ ଉପନ୍ୟାସ

ମନେ ମନେ

ମନେ ମନେ

ବୈଷ୍ଣବ ଚରଣ ଦାସ

ବ୍ଲାକ୍ ଇଗଲ୍ ବୁକ୍ସ

ଭୁବନେଶ୍ୱର, ଓଡ଼ିଶା

BLACK EAGLE BOOKS
Dublin, USA

ମନେ ମନେ / ବୈଷ୍ଣବ ଚରଣ ଦାସ

ବ୍ଲାକ୍ ଈଗଲ୍ ବୁକ୍ସ : ଭୁବନେଶ୍ୱର, ଓଡ଼ିଶା • ଡବ୍‌ଲିନ୍, ଯୁକ୍ତରାଷ୍ଟ୍ର ଆମେରିକା

BLACK EAGLE BOOKS

USA address:
7464 Wisdom Lane
Dublin, OH 43016

India address:
E/312, Trident Galaxy, Kalinga Nagar,
Bhubaneswar-751003, Odisha, India

E-mail: info@blackeaglebooks.org
Website: www.blackeaglebooks.org

First International Edition Published by
BLACK EAGLE BOOKS, 2023

MANE MANE
by **Baishnab Charan Das**

Copyright © **BEB**

Cover & Interior Design: Ezy's Publication

ISBN- 978-1-64560-416-7 (Paperback)

Printed in the United States of America

ଉତ୍ସର୍ଗ

ଦିନେ
ଯେ ସବୁ ମୋର ଥିଲା,-
ଆଜି
ଯେ ସବୁ କେବଳ ସ୍ମୃତି,-
ସେହି
ସବୁକୁ
ମନେ ମନେ
ଉତ୍ସର୍ଗ
କଲି ।

ନିବେଦନ

କେତେକ ବର୍ଷ ପୂର୍ବେ 'ମନେ ମନେ'ର ପ୍ରଥମ ଖଣ୍ଡ ଗଳ୍ପାକାରରେ ସେହି ନାମରେ 'ଉତ୍କଳ ସାହିତ୍ୟ'ରେ ପ୍ରକାଶିତ ହୋଇଥିଲା। ମୋର ଏ ଉଦ୍ୟମ ପ୍ରଶଂସନୀୟ ହେଉ ବା ନ ହେଉ, କେତେକ ବନ୍ଧୁଙ୍କ ଅନୁରୋଧରେ ମୁଁ ଗଳ୍ପଟିକୁ କ୍ରମେ ଉପନ୍ୟାସରେ ପରିଣତ କରି ପକାଇ ବର୍ତ୍ତମାନ ଉତ୍କଳର ପାଠକ ପାଠିକାଙ୍କ ସମ୍ମୁଖରେ ଉପସ୍ଥାପିତ କରୁଅଛି। ପ୍ରଥମରୁ ଉପନ୍ୟାସର ଧାରଣା ମାତ୍ର ନ ଥାଇ କ୍ଷୁଦ୍ରଗଳ୍ପକୁ ଏପରି ଭାବରେ ପରିବର୍ଦ୍ଧନ କରି ତାକୁ ଉପନ୍ୟାସ ନାମରେ ଅବିହିତ କରୁଛି ବୋଲି ମୁଁ ନିଜେ କୁଣ୍ଠିତ। ପାଠକପାଠିକା 'ମନେ ମନେ'କୁ କୃପାଦୃଷ୍ଟିରେ ଦେଖି ମୋତେ ବାଧିତ କରିବେ ଏତିକି ମାତ୍ର ମୋର ଆଶା।

'ଉତ୍କଳ ସାହିତ୍ୟ'ରେ ପ୍ରକାଶିତ ଅଂଶକୁ ମୋର ବର୍ତ୍ତମାନ 'ମନେ ମନେ'ରେ ସନ୍ନିବେଶିତ କରିବାର ଅନୁମତି ଓ ତାଙ୍କର ଆଦ୍ୟୋପ୍ରାନ୍ତ ସହାନୁଭୂତି ଓ ସର୍ବାଙ୍ଗୀନ ସହାୟତା ପାଇଁ 'ଉତ୍କଳ ସାହିତ୍ୟ'ର ମାନନୀୟ ସମ୍ପାଦକ ମହୋଦୟଙ୍କଠାରେ ମୋର ଆନ୍ତରିକ କୃତଜ୍ଞତା ଜ୍ଞାପନ କରୁଛି। ଇତି।

ରଜ ସଂକ୍ରାନ୍ତି
୧୩୩୪

ଲେଖକ

ଫକୀରମୋହନଙ୍କ ପରେ ୧୯୩୦ ମଧ୍ୟରେ ଯେଉଁ କେତୋଟି ଉନ୍ନତ ମାନର ଓଡ଼ିଆ ଉପନ୍ୟାସ ପ୍ରକାଶ ପାଇଛି ସେ ମଧ୍ୟରେ 'ମନେ ମନେ' (୧୯୨୭) ଅନ୍ୟତମ। ସାମାଜିକ ନୀତିନିୟମ ଓ ସେଥିପ୍ରତି ଦାୟବଦ୍ଧ ଥିବା କେତୋଟି ଚରିତ୍ର ଏଥିର ଆତ୍ମସତ୍ତାକୁ ବଳିଷ୍ଠ ରୂପଦେଇ ଅଙ୍ଗସୌଷ୍ଠବକୁ ମଧ୍ୟ କରିପାରିଛନ୍ତି ରସସିକ୍ତ। ଓଡ଼ିଆ ଉପନ୍ୟାସରେ ଦୁଇ ନାରୀ ଓ ଏକ ପୁରୁଷଙ୍କୁ ନେଇ ଏହି ମନସ୍ତାତ୍ତ୍ୱିକ ତ୍ରିଭୁଜାତ୍ମକ ପ୍ରଣୟଭିତ୍ତିକ ଉପନ୍ୟାସଟି ବିଂଶ ଶତାବ୍ଦୀର ଆଦ୍ୟ ଭାଗରେ ସଂପୂର୍ଣ୍ଣ ନୂତନ ଓ କଳାତ୍ମକ। ନାରୀ ଓ ପୁରୁଷଙ୍କ ମଧ୍ୟରେ ସୃଷ୍ଟି ହେଉଥିବା ପ୍ରେମ ଓ ଅନୁରାଗ ଚିରନ୍ତନ। ଆସକ୍ତି-ପ୍ରଣୟାବେଗ ଏହାର ମାଧ୍ୟମ। ଭାରତୀୟ ସାହିତ୍ୟର ବହୁ କାବ୍ୟ କବିତା ସହିତ ଅନ୍ୟାନ୍ୟ ଗ୍ରନ୍ଥରେ ଏହାର ସରସ ଓ ସୁନ୍ଦର ଚିତ୍ର ପ୍ରକାଶିତ। ଓଡ଼ିଆ ସାହିତ୍ୟରେ ପ୍ରାଚୀନ, ମଧ୍ୟଯୁଗ ଓ ଆଧୁନିକ କାଳରେ ଏହାର ଚିତ୍ରଣ ଅତ୍ୟନ୍ତ ମାର୍ଜିତ ଓ ମର୍ମସ୍ପର୍ଶୀ ଭାବରେ ପ୍ରକାଶିତ। ଆଧୁନିକ ଗଦ୍ୟରେ ଏହାର ବର୍ଣ୍ଣନା ଲେଖକମାନଙ୍କ ଚିନ୍ତା ଚେତନାକୁ ନୂଆ ରୂପ ଦେଇଥିବାରୁ ଶିକ୍ଷିତ ସମାଜ ଏହାକୁ ଗ୍ରହଣ କରିପାରିଛି। ଉପନ୍ୟାସ, କ୍ଷୁଦ୍ରଗଳ୍ପ ଭଳି ସାହିତ୍ୟିକ ବିଭାଗରେ ପ୍ରେମର ଚିତ୍ର ଯେଉଁଭଳି ସୁଦୃଶ୍ୟ ସେହିଭଳି ମନୋମୁଗ୍ଧକର। ବିଂଶ ଶତାବ୍ଦୀର ଆଦ୍ୟଭାଗ ଓଡ଼ିଆ କଥା ସାହିତ୍ୟରେ ସାମାଜିକ କଥାବସ୍ତୁକୁ ନେଇ ଗଢ଼ିଉଠିଥିବାବେଳେ ତହିଁରେ ଯେଉଁ ସାମାନ୍ୟ ନୂତନତା ଦେଖାଯାଏ 'ମନେ ମନେ' ତହିଁର ଏକ ଉଦାହରଣ।

ବିଷୟବସ୍ତୁରେ ସାବଲୀଳ ଗତିଶୀଳତା ନ ଥିଲେ ତାହା ପାଠକ ମନରେ ପ୍ରତିକ୍ରିୟା ସୃଷ୍ଟି କରିପାରେନାହିଁ। କେତେକ ପାଠକ ଉପନ୍ୟାସର ଉପାଦାନରେ ଦୃଷ୍ଟି ନ ଦେଇ କେବଳ କଥାର ମାଧୁର୍ଯ୍ୟରେ ନିଜକୁ ହଜାଇ ଦିଅନ୍ତି। ଏଠାରେ କଥାବସ୍ତୁ

ନିଶ୍ଚୟ ବଳିଷ୍ଠ ନ ଥାଏ। ଏଣୁ ପାଠକାଦୃତି ନ ଥାଏ ଏ ଉପନ୍ୟାସ ସବୁରେ, କିନ୍ତୁ 'ମନେ ମନେ' ଏହାର ବ୍ୟତିକ୍ରମ। ଏହାର କଥାବସ୍ତୁରେ ଗ୍ରାମ ଓ ସହରର ସ୍ୱଚ୍ଛ ଚିତ୍ର ମାଧ୍ୟମରେ ଲେଖକଙ୍କ ଆବେଗ ଦ୍ରୁତଗାମୀ, ସମବେଦନଶୀଳ, ପ୍ରଭାବବନ୍ତ କରିପାରିଛି। 'ମନେ ମନେ'ର କଥାବସ୍ତୁର ଅନ୍ୟ ଏକ ସୁଗୁଣ ହେଲା ଏହା ଚରିତ୍ରଗୁଡ଼ିକୁ ଜୀବନ୍ତ କରିବାରେ ସାହାଯ୍ୟ କରିଛି। ଏଥିସହିତ ଲେଖକଙ୍କ ବକ୍ତବ୍ୟକୁ ମଧ୍ୟ ଦର୍ଶାଇ ପାରିଛି ପ୍ରାଞ୍ଜଳ ଭାବରେ।

'ମନେ ମନେ'ରେ ମଧ୍ୟ ଦ୍ୱନ୍ଦ୍ୱର ସ୍ଥାନ ଅତି ଗୁରୁତ୍ୱପୂର୍ଣ୍ଣ। ନାୟକ ନାୟିକାଙ୍କ ମାନସିକ ଦୋଳନ ପାଠକ ମନରେ ଆନନ୍ଦ ବା ଆଗ୍ରହ ସୃଷ୍ଟି କରିଛି। ଏହାର ନାୟକ ନାୟିକା ବେଶୀ ସମୟ ପାଇଁ ଉପନ୍ୟାସରେ ଚଳପ୍ରଚଳ କରନ୍ତି ଓ ଏତିକି ସମୟ ମଧ୍ୟରେ ମୌଳିକ ଆଦର୍ଶର ଭିତ୍ତି ସ୍ଥାପନରେ ସମର୍ଥ ହେଇଛନ୍ତି। 'ମନେ ମନେ'ର ମୁଖ୍ୟ ଓ ଗୌଣ ଚରିତ୍ର ପାଠକଙ୍କୁ ଆନନ୍ଦ ଦେବାପାଇଁ ସୃଷ୍ଟି ହୋଇଥିଲେ ହେଁ ଲେଖକଙ୍କ ଚିନ୍ତାରାଜ୍ୟକୁ ଆଚ୍ଛନ୍ନ କରିଛନ୍ତି। ସୁତରାଂ କୁହାଯାଇପାରେ ଯେ ଲେଖକଙ୍କ ଦର୍ଶନକୁ ଗୁରୁତ୍ୱପୂର୍ଣ୍ଣ ଆସନ ପ୍ରଦାନରେ ଏମାନେ ହୋଇପାରିଛନ୍ତି ସମର୍ଥ।

'ମନେ ମନେ'ର ଭାଷା ଶୈଳୀ ସହଜ ଓ ସାବଲୀଳ ଭାବରେ ଗତିକରିଥିଲେ ହେଁ ସ୍ଥଳ ବିଶେଷରେ ଏହାର ପ୍ରୟୋଗରେ ଅସମାନତା ପରିଲକ୍ଷିତ। ବିଭିନ୍ନ ଭାଷାର ପ୍ରୟୋଗ ସହିତ ଆଞ୍ଚଳିକ ଓ ମାନକ ଭାଷା ଗଭୀର ଆତ୍ମଦ୍ୟୋତନା ସୃଷ୍ଟି କରିପାରିଛି। ନାଟକ ପରି ଏ ଉପନ୍ୟାସର ସଂଳାପ ସ୍ଥାନ କାଳ ପାତ୍ରକୁ ଗୁରୁତ୍ୱ ଦେଇ ହୋଇପାରିଛି ପ୍ରମୋଦୀ। କେତେକ ଶବ୍ଦର ପ୍ରୟୋଗରେ ଔପନ୍ୟାସିକଙ୍କ ବ୍ୟକ୍ତିଗତ ମନୋନୟନକୁ ଜାଣିହୁଏ। ଅନେକ ବାକ୍ୟ ସାଧାରଣ-କଥିତ ହୋଇଥିଲେ ହେଁ ଏହାର କେତେକ ଧାଡ଼ି ଅନୁକୃତ। ତଥାପି ଉପନ୍ୟାସର ରସସଂଚାର ପାଇଁ ଔପନ୍ୟାସିକ ସର୍ବଦା ସଚେଷ୍ଟ। ଚାରି ଖଣ୍ଡରେ ବିଭକ୍ତ ଉପନ୍ୟାସଟିରେ ରସ ଉଦ୍ରେକ ମୂଳ ଲକ୍ଷ୍ୟ ପରି ଜଣାଯାଏ। କେଉଁଠି ବିରହ ତ କେଉଁଠି ଶାନ୍ତ ପୁଣି ପ୍ରେମରସ ହିଁ ଏହାର କଥାବସ୍ତୁକୁ ନେଇଯାଇଛି ଯଥେଷ୍ଟ ଆଗକୁ। ଅନେକ ବାକ୍ୟରେ ରସର ଉଚ୍ଛ୍ୱାସ ପାଠକର ଆଗ୍ରହକୁ ବୃଦ୍ଧି କରାଇବା ସହିତ ଲେଖକଙ୍କ ସୁପ୍ତ ମାନସିକତାକୁ ଜାଗରିତ କରାଇଛି।

'ମନେ ମନେ' ମୁଖ୍ୟତଃ ପ୍ରଣୟ ପ୍ରଧାନ ଉପନ୍ୟାସ। ନାୟକ ନୀଲୁ ଓ ନାୟିକା କନକ ମଧ୍ୟରେ ଗଢ଼ିଉଠିଥିବା ଆସକ୍ତି ପରିଣୟରେ ପରିଣତ ହୋଇପାରିନାହିଁ। ଦୁଇଟି ପ୍ରାଣର ହତାଶା ସଂସାରକୁ ଅନୁଭବ କରିପାରୁଥିଲେ ହେଁ ସମାଜର ନିରୁଦ୍ଧ ଗଳିରେ ଘୁରି ବୁଲୁଛି। ଆତ୍ମାର ମିଳନ ପାଇଁ ଆଶାୟୀ ଥିବା ଦୁଇପ୍ରାଣୀ ବିଚ୍ଛେଦ ଓ ପୁନଃମିଳନକୁ ଗ୍ରହଣ କରିଛନ୍ତି ସତ; କିନ୍ତୁ କନକର ନିଜ ସୁନ୍ଦରୀ ଅନୂଢ଼ା ନଣନ୍ଦର ବିବାହ ପ୍ରସ୍ତାବକୁ

ନୀଲୁର ପ୍ରତ୍ୟାଖ୍ୟାନ ଉପନ୍ୟାସଟିରେ ନୂଆ ମୋଡ଼ ସୃଷ୍ଟି କରିଛି। ଏ ତିନି ଚରିତ୍ରର ମନୋବିଶ୍ଳେଷଣ ଉପନ୍ୟାସର ମୁଖ୍ୟ ବିଷୟ। ମାତ୍ର ନିଧିବାବୁଙ୍କ ଚରିତ୍ରରେ ସୃଷ୍ଟି ହୋଇଥିବା ଭ୍ରମଧାରଣାକୁ ମଧ୍ୟ ଔପନ୍ୟାସିକ ସମାନ୍ତରାଳ ଭାବରେ ସ୍ଥାନ ଦେଇଛନ୍ତି ଗୁରୁଗମ୍ଭୀର ଭାବରେ। କନକ, ନୀଲୁ ଓ ରଙ୍ଗୀର ପ୍ରେମଚିତ୍ର ସାମାଜିକ ପ୍ରେମ ଦୃଶ୍ୟ ପ୍ରଦାନରେ ସଫଳ। ଚରିତ୍ର କୈନ୍ଦ୍ରିକ ଉପନ୍ୟାସଟିକୁ ମୂଲ୍ୟାୟନ କଲେ ଜଣାଯାଏ ଯେ, ନିଜେ ଲେଖକ ନୀଲୁ ରଚିତ୍ର ମାଧ୍ୟମରେ ଆତ୍ମ ପ୍ରକାଶ କରିଛନ୍ତି। ନିଜ ଜୀବନର ଦର୍ଶନ ଓ ସମାଜର ସଂସ୍କାର ପାଇଁ ପ୍ରୟାସ କରିଛନ୍ତି ତାଙ୍କର ଏକମାତ୍ର ଉପନ୍ୟାସ 'ମନେ ମନେ'ରେ। ଉପନ୍ୟାସଟିର ନିବେଦନରେ ଲେଖକ କହିଛନ୍ତି ଯେ 'ମନେ ମନେ'ର ପ୍ରଥମ ଖଣ୍ଡ ଗଳ୍ପାକାରରେ ସେହି ନାମରେ 'ଉତ୍କଳ ସାହିତ୍ୟ'ରେ ପ୍ରକାଶିତ ହୋଇଥିଲା। ମୋର ଏ ଉଦ୍ୟମ ପ୍ରଶଂସନୀୟ ହେଉ ବା ନ ହେଉ, କେତେକ ବନ୍ଧୁଙ୍କ ଅନୁରୋଧରେ ମୁଁ ଗଳ୍ପଟିକୁ କ୍ରମେ ଉପନ୍ୟାସରେ ପରିଣତ କରି ପକାଇ ବର୍ତ୍ତମାନ ଉତ୍କଳର ପାଠକ ପାଠିକାଙ୍କ ସମ୍ମୁଖରେ ଉପସ୍ଥାପିତ କରୁଅଛି। ଉତ୍ସର୍ଗ ଫର୍ଦ୍ଦରେ ଲେଖକଙ୍କ ଉକ୍ତି "ଦିନେ ଯେ ସବୁ ମୋର ଥିଲା ଆଜି ସେ ସବୁ କେବଳ ସ୍ମୃତି, - ସେହି ସବୁକୁ 'ମନେ ମନେ' ଉତ୍ସର୍ଗ କଲି ।" ଭାବି ବସିଲେ କୁହାଇପାରେ ଯେ ପରୋକ୍ଷରେ ଏହା ବୈଷ୍ଣବ ଚରଣଙ୍କ ଆତ୍ମଜୀବନୀ ମୂଳକ ଉପନ୍ୟାସ।

'ମନେ ମନେ' ଉପନ୍ୟାସରେ ଆବେଗ, ସଂବେଗ ଓ ପ୍ରବଣତାର ପ୍ରାବଲ୍ୟ ଅଛି। ଲେଖକଙ୍କ ବିଶେଷ ଭାବ ପ୍ରବଣତା ଏ ଉପନ୍ୟାସର ମୁଖ୍ୟ ଆଧାର। କିନ୍ତୁ ପ୍ରେମ ଓ ପରିଣୟ ପାଇଁ ସୃଷ୍ଟି ହେବା ଅନାବିଳ ପ୍ରେମ-ଲିପି ଏହାକୁ ସେତେ ଉନ୍ନତ କରାଇପାରିନାହିଁ। ଭାରତୀୟ ନାରୀର ଏକ ପବିତ୍ରତା ଗୁଣାଦର୍ଶକୁ ରୂପ ପ୍ରଦାନ କରାଯାଇଚି ବୋଲି ମଧ୍ୟ ଅନେକ କହିପାରନ୍ତି, କିନ୍ତୁ ସମୟ ଓ ପରିବେଶ ମଧ୍ୟ ଏଥିପାଇଁ ଦାୟୀ। ନାରୀ ଚରିତ୍ରକୁ ପ୍ରାଧାନ୍ୟ ପ୍ରଦାନ କରିବା ଏ ଉପନ୍ୟାସର ଅନ୍ୟ ଏକ ବୈଶିଷ୍ଟ୍ୟ। ବ୍ୟକ୍ତିବାଦ ଓ ବ୍ୟକ୍ତିର ମନଃକାମନା ଏଥିରେ ସ୍ପଷ୍ଟ। କନକର ଭାଉଜ, ହରିବାବୁଙ୍କ ସ୍ତ୍ରୀ ସରସ୍ୱତୀ, କନକର ଶାଶୁ ନିଧି ବୋଉର ସ୍ନେହ ପ୍ରବଣ ଚରିତ୍ରକୁ ପାଠକ ବୁଝିପାରନ୍ତି। କନକର ନଣନ୍ଦ ବିଧବା ଗଉରୀ 'ମନେ ମନେ'ର ଏକ ଅନବଦ୍ୟ ସୃଷ୍ଟି। ସ୍ନେହ ଓ କରୁଣାର ମୂର୍ତ୍ତିମନ୍ତ ପ୍ରତୀକ ଗଉରୀ ଅସାଧାରଣ ବ୍ୟକ୍ତିତ୍ୱ। ଗଙ୍ଗାର ଚପଳାମୀ ଉପନ୍ୟାସର ସରସତାକୁ ଜଣାଇ ଦେଇଥାଏ। ଉପନ୍ୟାସଟିରେ ବୃଦ୍ଧ ଇଂରେଜ ଚରିତ୍ରଟି ଲେଖକଙ୍କ ମନୋଭାବକୁ ସମର୍ଥନ କରେ। ଜଣେ ଆଦର୍ଶ ପ୍ରେମିକଙ୍କ ନିଷ୍ଠା ଓ ତ୍ୟାଗର ଚିତ୍ର ମାଧ୍ୟମରେ ବୈଷ୍ଣବ ଚରଣ କହିଛନ୍ତି "ଯଦି କେବେ ପ୍ରେମ କର, ଏଇ କଥାଟି ମୋର ମନେ ରଖିଥିବ - ପ୍ରେମିକାର ଇଚ୍ଛାହିଁ ପ୍ରେମିକର ଆଇନ, ଶାସ୍ତ୍ର,

ଧର୍ମ ସବୁର ଶେଷ ! ମୁଁ ଯେ ଏଇ ୨୭ ବର୍ଷକାଳ ଏ କର୍ତ୍ତବ୍ୟଟିକୁ କେଉଁ ଭୁଲିନାହିଁ। ତା'ର କାରଣ ମୁଁ ଗର୍ବ କରି କହିପାରେ, ମୁଁ ମୋ ଲରାକୁ ପ୍ରକୃତରେ ପ୍ରେମ କରେ। ପ୍ରେମର ପଥ, କର୍ତ୍ତବ୍ୟର ପଥ ଦୁଃଖମୟ, କିନ୍ତୁ ସେଥିଯୋଗେ ଯେଉଁ ଦୁଃଖ ହୁଏ, ତା'ର ସ୍ୱାଦ ସବୁ ସୁଖରୁ ବଳି ସୁଖ। ଜଣେ ଯୁବକ, ଦିନେ ଯଦି ଏଠାକୁ ଆସି ଠିକ୍ ସମୟରେ ଘଣ୍ଟାଟିଏ ନ କାନ୍ଦିଚି ତ ମୁଁ ସେଇଦିନ ନିଶ୍ଚୟ ମରିବି !" ପ୍ରେମର ଏ ମାର୍ମିକ ପ୍ରତିଫଳନ 'ମନେ ମନେ'ର ନୀଲୁ ଓ ଜନକ ଚରିତ୍ରରେ ଘଟିଛି। ଉଭୟଙ୍କର ସ୍ନେହାତିଶର୍ଯ୍ୟ ଏମାନଙ୍କୁ ଅବିଶ୍ୱସ୍ତ ହେବାକୁ ଦେଇନି। ସ୍ଥଳ ବିଶେଷରେ ସଂକ୍ଷିପ୍ତ ଅଭିବ୍ୟକ୍ତି ନମନୀୟ, ସରସ, ସହଜ କଥକତା ଓଡ଼ିଆ ଉପନ୍ୟାସରେ 'ମନେ ମନେ'କୁ ସ୍ମରଣୀୟ କରି ରଖିବ। ଚାରି ଖଣ୍ଡର ସମାହାର (୧-ମେରାଭାଇରେ, ୨-ଠକ, ୩-ଠକପଣ, ୪-ମନେ ମନେ) ଓ ମୂଳତଃ ଚାରୋଟି ଚରିତ୍ରର ମନସ୍ତାତ୍ତ୍ୱିକ ଅଧ୍ୟୟନ ଉପନ୍ୟାସଟିକୁ ନୂତନତା ପ୍ରଦାନ କରିଛି।

- ମନୋରଞ୍ଜନ ପ୍ରଧାନ

ପ୍ରଥମ ଖଣ୍ଡ

ମେରା ଭାଇରେ !

(୧)

ସେଦିନ ହରିବାବୁ କଚେରୀରୁ ସହଳ ସହଳ ଆସି ନିଜ ଦାଣ୍ଡଦୁଆରେ ପହଞ୍ଚିଲାବେଳକୁ ବେଳ ଆସି ବୁଡ଼ିଲାଣି । ତାଙ୍କ ଦାଣ୍ଡ ଅଗଣା ପକ୍‌କା ଚଉରା ଉପରେ ବସି ଗାଁ ଝିଅମାନେ କଇଁଫୁଲର ଅପୂର୍ବ କୋଠିମାନ- ଅବଶ୍ୟ ବଡ଼ ଓଷେଇତୀଙ୍କ ଫରମାସ ଅନୁସାରେ- କାଟିବାରେ ବ୍ୟସ୍ତ ହୋଇଗଲେଣି । ଆଜି ସେମାନଙ୍କର ବଡ଼ଘର, କାଲି କୁମାରପୂର୍ଣ୍ଣିମା । ହରିବାବୁ ସେ ଆଡ଼କୁ ଚାହିଁ ଡାକିଲେ- 'କନକ' । କେହି ଉତ୍ତର ଦେଲେ ନାହିଁ । ମୁହଁ ଫେରାଇ ପିଣ୍ଡା ଉପରକୁ ଉଠିଲେ । ଉଠିବା ମାତ୍ରକେ ତାଙ୍କ ପରିଶ୍ରମ ମଳିନ ମୁଖରେ ଟିକିଏ ଦରହାସ ଫୁଟି ଉଠିଲା । କିଛିକ୍ଷଣ ପରେ ସହାସ୍ୟ ବଦନରେ ସ୍ନେହଭରା କଣ୍ଠରେ ସେ କହିଲେ- "କି ଲୋ କଙ୍କି, ତମର ଆଜି ପରା ବଡ଼ଘର, ଏଠି ବସୁଛୁ ଯେ ?" ଉତ୍ତରରେ କେବଳ ଶବ୍ଦ ହେଲା- "ଉଁ ଉଁ ଉଁ, ସୁଁ ସୁଁ ସୁଁ!" "କି ଲୋ, କାନ୍ଦୁଛୁ କାହିଁକି ?" କିଛି ଉତ୍ତର ନାହିଁ- ଦ୍ୱିଗୁଣିତ ବେଗରେ କ୍ରନ୍ଦନ! ହରି ବାବୁ ହସି ହସି ନଇଁ ପଡ଼ି ଧୂଳିଧୂସରିତା ଦଶମ ବର୍ଷୀୟା ବାଳିକାଟିର ନତ ମସ୍ତକଟି ସ୍ୱହସ୍ତରେ ଟେକି ଧରିବାକୁ ଚେଷ୍ଟା କଲେ; କିନ୍ତୁ କ୍ରନ୍ଦନତତ୍ପରା କୌଣସି ମତେ ମୁଣ୍ଡ ଟେକିଲା ନାହିଁ- ପୁଣି ରାଗିଯାଇ କାନ୍ଥ ଆଡ଼କୁ ବୁଲି ବସି ନିଜର କ୍ଷୁଦ୍ର ସୁଗୋଲ ହସ୍ତଦ୍ୱୟରେ କାନ୍ଥଟିକୁ ପ୍ରହାର କରିବାକୁ ଲାଗିଲା । ହରିବାବୁ କ'ଣ ବୁଝି ହୋ ହୋ କରି ହସିଉଠି, ନିଜ ଛତାଟି ଭିତରୁ ଖଣ୍ଡେ ବିଲାତୀ ପାଛାପାଢ଼ୀ ଲୁଗା ବାହାର କରି ଅତି କଷ୍ଟରେ ହାସ୍ୟ ସମ୍ବରଣ କରି ମଜାଟା ଦେଖିବାପାଇଁ ସମାଗତ ଦୁଇ ତିନୋଟି ପିଲାଙ୍କୁ ଆଖିଠାରି କହିଲେ- "ଦେଖିଲୁ କନକ, ଏ ଲୁଗାଟା ଏବେ ତୋ ମନକୁ ଲାଗୁଛି କି ନା ?" ଏହା କହି ଲୁଗା ଖଣ୍ଡିକ ବାଳିକା ହସ୍ତରେ ଗୁଞ୍ଜି ଦେଇ ବିଜୟୋଲ୍ଲାସରେ ହସି ହସି ଭିତରକୁ ଚାଲିଯିବାକୁ ବସିଲେ । କିନ୍ତୁ ବାଳିକାଟି ଲୁଗା ଆଡ଼କୁ ଥରେମାତ୍ର ନ ଚାହିଁ ନିର୍ମମ ଭାବରେ ତାହା ବାବୁଙ୍କ ଉପରକୁ ଫୋପାଡ଼ି ଦେଲା; ଆଉ କଇଁ କଇଁ ହୋଇ

କାନ୍ଦିବାକୁ ଲାଗିଲା। ହରିବାବୁ ଟିକିଏ ବିସ୍ମିତ ହୋଇ ଫେରିଲେ; କନକର ଦୁଇହାତ ଧରି କହିଲେ- "ସୁନା ଭଉଣୀଟି ପରା, କ'ଣ ହେଇଛି କହିଲୁ। ତୋ'ପାଇଁ ଆଜି ଏଇ ସୁନ୍ଦର ଲୁଗାଟି ଆଣିଛି। ଏଇ ଦେଖ୍, ଗୁଡ଼ିଆ ପାଖରୁ ବଡ଼ଘର ଭୋଗ ତୋ ପାଇଁ ଆଣିଛି। କହିଲୁ କଙ୍କ କଥା କ'ଣ? ନୂଆବୋଉ କିଛି କହିଲା? କେହି ପିଲାଏ ମାରଧର କଲେ?" ଏହିଥର ବାଳିକାଟି କଥା କହିଲା- ଅବଶ୍ୟ ବହୁ କଷ୍ଟରେ। କହିଲା, କି, ନୀଲୁ ଭାଇ କାହିଁକି ମତେ ଜହ୍ନିଖାଇ ବୋଲି କହିଲା? ଉଁ ଉଁ ଉଁ- ମୁଁ ଓଷା କରିବି ନାହିଁ- ଉଁ ଉଁ ଉଁ! ମୁଁ ଲୁଗା ପିନ୍ଧିବି ନାହିଁ- ଉଁ ଉଁ ଉଁ ?" ହରିବାବୁ ହସି ଉଠିଥିଲେ, କିନ୍ତୁ ତାଙ୍କ ମୁହଁ ଉପରେ ସ୍ଥାପିତ ଯୋଡ଼ିଏ ଦିବ୍ୟ ଚକ୍ଷୁର ଅଶ୍ରୁପୂର୍ଣ୍ଣ ଝଲସରେ ତାଙ୍କ ହୃଦୟର କେଉଁ ସୂକ୍ଷ୍ମ ତନ୍ତ୍ରୀ କି ମଧୁର ଭାବରେ ତାଡ଼ିତ ହେଲା କେଜାଣି, ହସିବେ କ'ଣ, ସେ ହଠାତ୍ ବାଳିକାଟିକୁ କୋଳ କରି ଧରି ଗୃହ ମଧ୍ୟକୁ ଚାଲିଗଲେ- କିଛି କହିଲେ ନାହିଁ।

X X X X

ପର ଦିନର କଥା, ଆଜି କୁମାରୀପୂର୍ଣ୍ଣିମା- କୁମାରୀମାନଙ୍କର ସୌନ୍ଦର୍ଯ୍ୟ-ଉପାସନାର ଦିବସ। ଘରେ ଘରେ ଆଜି ଆନନ୍ଦର ଢେଉ ଖେଳି ଯାଉଅଛି। କି ଧନୀ, କି ନିର୍ଦ୍ଧନ, ସମସ୍ତେ ନିଜ ନିଜ ପିଲାମାନଙ୍କୁ ଯଥାଶକ୍ତି ସଜାଇ ସୌନ୍ଦର୍ଯ୍ୟ-ଉପାସନାର ଚରମ ସହଯୋଗିତା ଅନ୍ତରରେ ଅନୁଭବ କରିବାକୁ ଛାଡୁନାହାନ୍ତି। ଘରେ ଘରେ ଆନନ୍ଦକଲ୍ଲୋଳ- ଘରେ ଘରେ ଶୋଭାର ହାଟ ବସି ଯାଇଅଛି। ସରଳ ବାଳକ ବାଳିକାମାନେ ସ୍ୱଭାବ-ସୌନ୍ଦର୍ଯ୍ୟର ଚରମ ବିକାଶ ପୂଜାଫୁଲ ଅଙ୍ଗେ ଅଙ୍ଗେ ଖେଳାଇ ଶୋଡ଼ଷୋପଚାରରେ ସୌନ୍ଦର୍ଯ୍ୟଦେବତାଙ୍କୁ ପୂଜା ଦେଉଅଛନ୍ତି।

ସନ୍ଧ୍ୟା ପହରେ କି ଦୁଇଘଡ଼ି ଥାଉଁ ଚାନ୍ଦ ବଢ଼ାବଢ଼ିର ଧୂମ୍ ପଡ଼ିଗଲାଣି- ପିଲାଟିଠାରୁ ବୁଢ଼ାବୁଢ଼ୀ ପର୍ଯ୍ୟନ୍ତ ସମସ୍ତେ ନିହାତି ବ୍ୟସ୍ତ ଥିଲାପରି ଯଥାସମ୍ଭବ ଧାଁ ଦଉଡ଼ ଲଗାଇ ଅଛନ୍ତି, କେଉଁଠାରେ ବୋହୂ ଝିଅ ରୁଣ୍ଡ ହୋଇ ଚକ୍ରାକାରରେ ବସି ହସଖୁସିରେ ଆପଣା ଆପଣା କେଶ ବିନ୍ୟାସ କରିବାରେ ବ୍ୟସ୍ତ, କେଉଁଠାରେ କେତେଗୁଡ଼ିଏ ପ୍ରୌଢ଼ା ନିଜ ନିଜ ପିତ୍ରାଳୟ, ତଥା ମାତୃଭୂମିର ପ୍ରଶଂସାଦ୍ୱାରା ଅତ୍ରତ୍ୟ ଶ୍ୱଶୁରଗୃହ ଓ ଗ୍ରାମର ଦ୍ରବ୍ୟସାମଗ୍ରୀ, ରୀତିନୀତି ଆଦିର ନିକୃଷ୍ଟତା ସ୍ପଷ୍ଟଭାବରେ ପ୍ରତିପାଦିତ କରି ପକାଉଅଛନ୍ତି। କିନ୍ତୁ ଏ ପ୍ରକାର ଅଯଥା ବଡ଼ିମା ଏ ଘର ଓ ଗ୍ରାମର ଝିଅଗୁଡ଼ାକଙ୍କ ଦିହରେ କେଭେ ଯାଉନାହିଁ। ସେମାନେ ଯଥାସମ୍ଭବ ଥଟ୍ଟା ସମ୍ବନ୍ଧମାନ ସ୍ମରଣ ବା ଆବିଷ୍କାର କରି ପ୍ରୌଢ଼ାମାନଙ୍କୁ ରୀତିମତ ଗାଳି ଦେବାକୁ ଛାଡୁନାହାନ୍ତି- ହେଲେ, ବୟସ୍କତ୍ୱ ଓ ବିଜ୍ଞତ୍ୱର ପରିଚାୟକ ସେମାନଙ୍କର ଗୋଟିଏ ଗୋଟିଏ ମସ୍ତକ ସଞ୍ଚାଳନରେ

ସେମାନେ ସଳଖେ ସଳଖେ ନିଜ ନିଜ ନ୍ୟୂନତା ଜ୍ଞାନରେ ଉପନୀତ ହୋଇ ତୁନି ହୋଇଯାଉଅଛନ୍ତି। ଗୋଟିଏ ଘରେ ସାନ୍ତାଣୀ ଖଣ୍ଡେ ଗାମୁଛା ଦେହରେ ବେଢ଼ାଇ ଦେଇ ନସର ପସର ହୋଇ ଚାନ୍ଦ ବାଢ଼ିବାରେ ବ୍ୟସ୍ତ। ପିଲାଗୁଡ଼ାକ ନୂଆ ଲୁଗା ପିନ୍ଧିବେ ବୋଲି ତାଙ୍କ ପିଛା ଧରିଅଛନ୍ତି, ବୋହୁଗୁଡ଼ାକ ତାଙ୍କ ମୁଣ୍ଡ ବାନ୍ଧିଦେବାକୁ ଚୁଁ ଚୁଁ କରି ଭିଡ଼ାଭିଡ଼ି ଲଗାଇଛନ୍ତି। ସାନ୍ତାଣୀ କିନ୍ତୁ ଗମ୍ଭୀର ଭାବରେ ସହସ୍ର ଅଦୃଷ୍ଟପୂର୍ବ ଚାନ୍ଦର ପ୍ରତିକୃତି ଥାଳି ଥାଳିଆମାନଙ୍କରେ ବେଧଡ଼କ୍ ବସାଇ ଦେଇ ଯାଉଅଛନ୍ତି। ହେଲେ, ବେଳେବେଳେ ତାଙ୍କ କଣ୍ଠନିର୍ଗତ ବାକ୍ୟସ୍ରୋତରେ ତିଷ୍ଟିବାର ଆଉ ବାଟ ରହୁ ନାହିଁ। ଗାଁ ଓଷେଇତୀର ଆଉ ଡର ନାହିଁ- ଜହ୍ନ ବୁଢ଼ା ହୋଇଯିବ ବୋଲି ପିଣ୍ଡି ଉପରେ ଆସି ଦିନ ଘଡ଼ିଏ ଥାଉଁ ଜହ୍ନ ଫୁଲର ଗୋଟିଏ ପୂର୍ଣ୍ଣଚନ୍ଦ୍ର ଆଙ୍କି ପକାଇଲାଣି।

ଆଜି କନକ ଅଝଟ ଧରି ବସିଛି- ନୀଲୁ ଭାଇ ପାଇଁ ଚାନ୍ଦ ବଢ଼ା ନ ହେଲେ ସେ ଚାନ୍ଦ ବନ୍ଦାଇବାକୁ ଯିବ ନାହିଁ- ଲୁଗା ଚୁଡ଼ି କିଛି ପିନ୍ଧିବ ନାହିଁ, ଚୁଲି ଓଷା ମୁହଁରେ ନିଆଁ ଜାଳି ଦେବ। ହରିବାବୁଙ୍କ ଗୃହିଣୀ ଧରି ବସିଛନ୍ତି- ସେଇଟା କାହାର କିଏ, ତା' ପାଇଁ ଆମେ ଗୋଟାଏ ଚାନ୍ଦ ବାଢ଼ିବୁ କ୍ୟାଁ! କନକ ପାଇଁ ଡାକ ଉପରେ ଡାକ ଆସୁଛି। ସେ ତ ନ ଘୁଞ୍ଚିଲେ ସରିଲା- ସେମିତି ବାଡ଼କୁ ଆଉଜି ବସିଛି। ହରିବାବୁ କଚେରୀ ଫେରନ୍ତା ଆସି ଏ ସବୁ ଦେଖି କେଉଁ ଆଡ଼କୁ ହେବେ, କିଛି ସ୍ଥିର କରିପାରୁନାହାନ୍ତି, କରୁଣ ମୂର୍ତ୍ତିଟି ଆଡ଼କୁ ଚାହିଁଲାବେଳକୁ ଦୁଇଆଡୁ ମହା ଧନ୍ଦା ଲାଗିଯାଉଛି। ଇତିମଧ୍ୟରେ ପୁଣି ପତ୍ନୀଙ୍କ କଠୋର, ପ୍ରତିଜ୍ଞାସ୍ଥିର ନୟନର ବିଦ୍ୟୁତ୍-କଟାକ୍ଷ ମଧ୍ୟ ତାଙ୍କ ହୃଦୟର ଅପରିଜ୍ଞେୟ କୌଣସି ସ୍ଥାନରେ ଆଘାତ କଲାଣି। ହେଲେ, ହରିବାବୁ ଯେତେବେଳେ ସେହି ପିତୃମାତୃହୀନା ସରଳା ବାଳିକାଟିର କଥା ସ୍ମରଣ କରୁଛନ୍ତି, ସେତେବେଳେ ସେ ଅସ୍ୱାଭାବିକ ବଳ ସଞ୍ଚୟ କରି ପତ୍ନୀଙ୍କୁ ଅବଜ୍ଞା କରିବାକୁ ଯାଉଅଛନ୍ତି ବୋଲି- କହିଲେ ଅତ୍ୟୁକ୍ତି ହେବନାହିଁ। ତଥାପି କଚେରୀଆ ବୁଦ୍ଧି ଛାଡ଼ି ଯାଇନାହିଁ। ଅତଏବ ଶେଷରେ ସିଦ୍ଧାନ୍ତ ହୋଇଗଲା ଯେ, ଯଥାସମ୍ଭବ ଦୁଇପକ୍ଷ ରକ୍ଷା କରିବାକୁ ହେବ, ଅତଏବ କିଛି ଗୋଟାଏ ଦୋମୁଣ୍ଡିଆ କରି କହିବାକୁ ହେବ। ସୁତରାଂ ହରିବାବୁ କହିଲେ, "ଆହା, ଗରିବ ଛେଉଣ୍ଡ ପିଲାଟି, ତା'ପାଇଁ ଆଉ କିଏ ଚାନ୍ଦ ବାଢ଼ିବ?"

ବାସ୍ତବିକ, ନୀଲୁ ବଡ଼ ଗରିବ ପିଲାଟିଏ। ବାପ ନାହିଁ, ମା' ନାହିଁ- ପିଲାଟି ସାତବର୍ଷ କାଳରୁ ଆସି ଏଠାରେ ଭଉଣୀ ଘରେ ଅଛି। ଭଉଣୀର ପୁଣି ଭାଇଭଗାରୀ ଘର, ସେଥିକି ପୁଣି ନିଜେ ଭଉଣୀ ବର୍ଷେ ହେଲା ଇହଧାମ ଛାଡ଼ି ଚାଲିଗଲେଣି; ଅଛନ୍ତି କେବଳ ଭିଣୋଇ ନିତେଇ ବାବୁ। ନିତେଇ ବଡ଼ ଭଲ ଲୋକ। ହେଲେ, ଅବସ୍ଥା ତେତେ ଭଲ ନୁହେଁ।

ନୀଲୁ ପିଲାଟି ଗାଁ ଯାକରେ ଗୋଟାଏ ପିଲା ଏକା- ଦେଖିବାକୁ ଯେମିତି ସୁନ୍ଦର, ବୁଦ୍ଧିଶୁଦ୍ଧିରେ, ପାଠଶାଠରେ, ବ୍ୟବହାରରେ ତତୋଽଧିକ; ସେଥିପାଇଁ ସେ ପିଲାଟି ଗାଁ ଖଣ୍ଡିକରେ ପୁଅ- ତାକୁ କିଏ ନ ଦେଖିପାରେ? ଏକେତ ଗରିବ, ପୁଣି ଏଡ଼େ ସୁବୋଧ, ତେଣୁ ତା' ପାଇଁ ଗାଁ ମାଇପଯାକଙ୍କ କଥା ତ ଛାଡ଼ିଦିଅ, ଅଣ୍ଡାଟିଠାରୁ ଭେଣ୍ଡାଟିଏ ଯାଏଁ- ବୁଢ଼ାବୁଢ଼ୀ ପର୍ଯ୍ୟନ୍ତ ସମସ୍ତେ ଧାଇଁଥାନ୍ତି। ନୀଲୁ ଦିନେ ବାଧିକି ପଡ଼ିଲେ ଗାଁର ସାତପିଲାଙ୍କର ଖିଆପିଆ ବନ୍ଦ ସାତ ଲୋକଙ୍କର ଧାଁ ଦଉଡ଼ର ପର୍ଯ୍ୟନ୍ତ ନ ଥାଏ।

ଆଜି କୁମାରୀପୂର୍ଣ୍ଣିମାରେ ନୀଲୁ ବଡ଼ ବ୍ୟସ୍ତ- ବ୍ୟସ୍ତ ସବୁଠାରୁ ତା'ର ପାଟି ଓ ପେଟ। ତା' ପାଇଁ ଖଣ୍ଡେ ନୂଆଲୁଗା ହୋଇଛି ସତ, ହେଲେ, ତାହା ହଳଦିଆ ହୋଇନାହିଁ। କିଏ ଅଛି ଯେ ହଳଦାଇବ! ଚାନ୍ଦ ତ ବଢ଼ା ହୋଇନାହିଁ! ଏଥିରେ କିନ୍ତୁ ନୀଲୁର ଅଣୁମାତ୍ର ଦୁଃଖ ଥିବାର ବୋଧ ହେଉନାହିଁ- ଆନନ୍ଦମନରେ ଧାଇଁଧାଇଁ ବୁଲୁଅଛି।

ଚାନ୍ଦବନ୍ଦାଣ ପୂର୍ବରୁ ନୀଲୁ ହସି ହସି ଆସି କନକର ସଯତ୍ନନିର୍ମିତ ଖୋଷାଟି ଭିଡ଼ିଦେଇ କହିଲା, "କି ଲୋ ଶୁଖୁଆଖାଇ- ଇସ୍, ଶୁଖୁଆଖାଇ ଜହ୍ନିଖାଇ ପୁଣି ଓଷା କରୁଛନ୍ତି- ଦିଅ, ଏଇଟାକୁ ତଡ଼ିଦିଅ ଏଠଉଁ।" ଏ ସବୁର ଗୋଟିଏ କିଛି ଉତ୍ତର ଆଶା କରି ବୋଧହୁଏ ନୀଲୁ କନକ ଆଡ଼କୁ ଚାହିଁଲା, କିନ୍ତୁ ଦୁଃଖର ବିଷୟ କନକ ଅନ୍ୟଆଡ଼େ ମନ ଦେଇଥିଲା- ନ ହେଲେ ଗୋଟାଏ କଳିଗୋଳ ନ ହୋଇ ଯାଇନଥାନ୍ତା।

ବାସ୍ତବିକ, ନୀଲୁ ପିଲାଟା ଏଡ଼େ ମେଳିଆ, ଏଡ଼େ ସୁବୋଧ, ହେଲେ, ଦିନରେ ଦୁଇଓଳି କନକ ସଙ୍ଗରେ ଟିକିଏ କଳିଗୋଳ ମାରପିଟ, ଦଙ୍ଗାଫିସାଦ ନ ହେଲେ ତାକୁ ଆଉ ଭାତ ରୁଚେ ନାହିଁ। ଯେତେବେଳେ ଦୁହିଙ୍କର ଭେଟ ହେଲା- ଆଉ ସେମାନଙ୍କର ଛାଡ଼ବାଡ଼ ସହଜରେ ଦେଖାଯାଏ ନାହିଁ- କାହାରି କିଛି ଗୋଟାଏ ଅନିଷ୍ଟ ନ ହେବାଯାକେ କେଭେ ସାଙ୍ଗ ଛାଡନ୍ତି ନାହିଁ; ଯାହା ବା ଛଡ଼ାଛଡ଼ି ହୁଅନ୍ତି, ତାହା କେବଳ ଅନ୍ୟ କାହାରି କଥାରେ- କଳିଗୋଳ ଦେଖି କେହି ଛଡ଼ାଇ ଦେଲେ ଯାଇଁ। ନ ହେଲେ- ଶୁଣାଶୁଣିରୁ ଜଣାଯାଏ, ଦିନେ ପରା ଦୁହେଁ ବସି ବାଗ୍‌ବିତଣ୍ଡା, ହସଖୁସି, ରୁଷା ବେଉଷା, ମାରପିଟ, କନ୍ଦାକଟାରେ ଓଳି ଗୋଟାଏ କଟାଇ ଦେଇ ପୁଣିଥରେ ସେହି ସେହି ବ୍ୟବସାୟ ନୂଆକରି ଆରମ୍ଭ କରିବାକୁ ଯାଇଥିଲେ; କନକ ନୂଆବୋଉ ଆସି ଦୁହିଁଙ୍କୁ ଦୁଇବାଡ଼ି ଦେଇ କନକକୁ ଅଡ଼ାଇ ନେଇଗଲେ। ତଥାପି କନକ ନୀଲୁ ଭାଇକି ନ ଦେଖିଲେ ଦଣ୍ଡେ ରହିପାରେନାହିଁ, ଦେଖିଲେ ପୁଣି ଟିକିଏ ଚିମୁଟିଚାମୁଟି ଦେବାକୁ, ଟିକିଏ ଖତେଇ ବିଗୁଲେଇ ହେବାକୁ ଛାଡ଼େନାହିଁ, ନୀଲୁ ଟିକିଏ ଯଦି-

ଦଶାବିପାକରୁ ଅବଶ୍ୟ- ଏ ସବୁର ପ୍ରତିବ୍ୟବହାର ଦେବାକୁ ଯାଏ, ତାହାହେଲେ ଭୋ ଭୋ କରି ଡକା ପାରିବାକୁ ମଧ୍ୟ କୁଣ୍ଠିତ ହୁଏନାହିଁ। କନକର ଏ ସବୁ ପାଠରେ ଭାରି ଦଖଲ- ଗୋଟାଏ ଆଖିରେ କାନ୍ଦିବା ସଙ୍ଗେ ସଙ୍ଗେ ଅନ୍ୟ ଆଖିରେ ହସିବାରେ ଯେମିତି, ଆଖିରୁ ଲୁହ ପୋଛୁ ପୋଛୁ କାନରେ (ନିଲୁର) ଛେପ ପକାଇବାରେ ଯେମିତି, ନୀଲୁ ଭାଇ ହାତ ଧରି ଚାଲୁ ଚାଲୁ ରାଗିଯାଇଁ ତା'ଆଡ଼କୁ ପଛକରି ତାହାରି ପଛେ ପଛେ ଚାଲିବାରେ ଯେମିତି ଦଖଲ, ନୀଲୁ ଭାଇ ଏ ସବୁ ମାଳରୁ କିଛି ବରାମଦ୍ କରି ପକାଇଲେ ରଡ଼ିବାରେ ମଧ୍ୟ ତତୋଽଧିକ! ନୀଲୁ ପିଲା ଚଲାଖ୍- ଲୁହା ଜାଣି ପାଣି ଦିଏ। ଦିନେ ଦିନେ ପ୍ରକାରାନ୍ତରେ ଏ କଠୋର ଶାସନର ପ୍ରତିବାଦ କରିବାକୁ ମଧ୍ୟ ଛାଡ଼େ ନାହିଁ। କନକ ଘରଠାକୁ ନ ଆସିଲେ ଚୂଡ଼ାନ୍ତ ପ୍ରତିବାଦ ହୁଅନ୍ତା। ତଥାପି ତତୋଽଧିକ ଆତ୍ମପରୀକ୍ଷା ସହ୍ୟ କରିବା ଅସମ୍ଭବ- କନକକୁ ନ ଦେଖିଲେ, ତା'ଦ୍ୱାରା ପ୍ରପୀଡ଼ିତ ନ ହେଲେ ତ ନ ହୁଏ! ଅତଏବ ଯେଉଁଦିନ ଖିଆଲ ଉଠେ ଯେ, ଆଜି କନକକୁ ଜବଦ୍ କରିବି, ସେ ଦିନ ତାକୁ ବରଂ ଟିକିଏ ସହଳ ସହଳ ତାଙ୍କ ଘରଠାକୁ ଯିବାକୁ ହୁଏ, ଯାଇଁ, କନକ ଆସିବା ଆଗରୁ ବଉଳଗଛ ଉପରେ ବସି ରହେ- କନକ ଆସିଲେ ମଜାଟା ଦେଖିବ। ଯାହାହେଉ ଏ ଆଶାରେ ତାକୁ ଦିନେ ହେଲେ ନିରାଶ ହେବାକୁ ପଡ଼େ ନାହିଁ- ବାସ୍ତବିକ, ମଜାଟା ଦେଖିବାର ଭଳିଆ ଜିନିଷ ଏକା!

X X X X

ଫୁଁ ଫୁଁ କରି ଶଙ୍ଖ ବାଜି ଉଠିଲା। ବଡ଼ ଓଷେଇତୀ ନିଜ ଶଙ୍ଖଟି ତଳେ ଥୋଇଦେଇ ଭୋଗ ପାଣି ଛଡ଼ାଇ ଦେଲେ- ଚାନ୍ଦବନ୍ଦାଣ ହୋଇଗଲା। ତେଲଦୀପରେ ଚନ୍ଦ୍ର କେତେଦୂର ପ୍ରୀତ ହେଲେ କେଜାଣି, କିନ୍ତୁ ପିଣ୍ଡିଟି ଉପରେ ଶହେ ଚନ୍ଦ୍ର ଝଲସି ଉଠିଲା- ସେ ଠିକ୍ ନୈବେଦ୍ୟ ଗ୍ରହଣ କଲେ ପରା!

ସବୁ ସରିଗଲା। ସମ୍ମାନସ୍ଥାନୀୟା କୌଣସି ପ୍ରୌଢ଼ା ଆସି ଚନ୍ଦ୍ରଙ୍କ ଉଦ୍ଦେଶ୍ୟରେ ଅର୍ଘ୍ୟ ଦେଇଗଲେ। ନିଜନିଜ 'ଚାନ୍ଦ' ଧରି ଯେ ଯାହା ଘରକୁ ଚାଲିଗଲେ, ଏକା ନୀଲୁ ଖାଲି ହାତରେ ସେହିଠାରେ ଥକ୍‌କା ହୋଇ ଛିଡ଼ା ହୋଇଥାଏ। ଏହି ସମୟରେ ଦୁଇ ହାତରେ ଦୁଇଟା ଥାଳିଧରି 'ନୀଳୁଭାଇ' 'ନୀଳୁଭାଇ' ବୋଲି ଡାକି ଡାକି ଦେଖା ଦେଲା କନକ। ଦୂରରୁ କହିଲା- 'ନୀଳୁଭାଇ, ଦେଖ ଦେଖ ମୋର ଦିଇଟା ଚାନ୍ଦ। ଛି ଛି, ତୋର- ତୋ ଚାନ୍ଦ କାହିଁ? ଛି ଲୋ ଛି, ଯାର ଚାନ୍ଦ ନାହିଁ ଲୋ ନାହିଁ!' ନୀଲୁ କିଛି କହିଲା ନାହିଁ ଦେଖି ହସି ହସି ଆସି ତା' କପାଳରେ ଟିକା ମାରିଲା। ନୀଲୁ ତା'ର ଯେଉଁଠି ସେଇଠି କାଠପିତୁଳାଟି ପରି ଛିଡ଼ା ହୋଇଥାଏ- ମୁହଁ ତଳକୁ, ଏ ଶରତ୍ କାଳରେ ସୁଦ୍ଧା ଦେହରୁ ବିନ୍ଦୁ ବିନ୍ଦୁ ଝାଳ, ମୁହଁରେ କଥା ନାହିଁ।

କନକକୁ ଦେଖି ନୀଲୁ ହାତପିଠିଟା ଚଟ୍‌କରି ଆଖିରେ ଘଷି ଦେଲା। କନକ ଏଣେ ନୀଲୁ ଲୁଗାକୁ ଲକ୍ଷ୍ୟ କରି କହିଲା- "ଦେଖ ନୀଲୁ ଭାଇ, ମୋର କେମିତି ହଳଦିଆ ଲୁଗା। ତୋ ଲୁଗାଟା ଧୂଆ ବି ହୋଇନାହିଁ। ଛି, ଛି! ମୁହଁକୁ ଲାଜ ନାହିଁ- ଆହୁରି କାନ୍ଦୁଛନ୍ତି!" ନୀଲୁ ଏତେବେଳକୁ ଲୁହ ପୋଛିପୋଛି ଦେଇ ଗଳା ସଫା କରୁଥିଲା, କନକ କଥା ଶୁଣି ଆଉ ସମ୍ଭାଳି ନ ପାରି ଫୁଲି ଫୁଲି କାନ୍ଦି ଉଠି ସେଠାରୁ ଦଉଡ଼ି ପଳାଇଗଲା।

କନକ ତ କେଭେଁ ନୀଲୁ ଭାଇକି ଏପରି ଭାବରେ କାନ୍ଦିବାର ଦେଖିନାହିଁ- ବଡ଼ ବିଷମ ସମସ୍ୟା, 'ନୀଲୁ ଭାଇଟା ଇମିତି କାନ୍ଦୁଛି କାହିଁକି?' ମନକୁ କୌଣସି ପ୍ରକାରେ ବୁଝାଇ ନ ପାରି ନିଜେ ବସି ବିଧିମତେ ଉଚ୍ଛ୍ୱସିତ ଭାବରେ କାନ୍ଦିବାକୁ ଲାଗିଲା। ଆଉ କ'ଣ କରିବ ବିଚାରୀ- ଚାନ୍ଦଯୋଡ଼ାକ ଦୁଇ ହାତରେ ଧରି ପୁଳାପୁଳା କରି ଛିଣ୍ଡାଇ ଚକଟା ଚକଟି ପରସ୍ତେ କରିଦେଲା, କିନ୍ତୁ ସେଥିରୁ ତ କିଛି ବୁଦ୍ଧି ବାହାରିଲା ନାହିଁ! ଅତଏବ ଥାଳିଯୋଡ଼ାକ ଠେଲି ଦେଇ ସ୍ଥିରପ୍ରତିଜ୍ଞା ଭାବରେ ମନମାଫିକ ଦମେ କାନ୍ଦି ନେବାକୁ ବସିଗଲା। କାନ୍ଦୁଛି, ଲୁହ ଶୁଖୁ ନାହିଁ, କୌଣସି ଆଡ଼କୁ ଭ୍ରୂକ୍ଷେପ ନ କରି କାନ୍ଦୁଛି, ଲୁହ ଶୁଖୁ ନାହିଁ, କୌଣସି ଆଡ଼କୁ ଭ୍ରୂକ୍ଷେପ ନ କରି କାନ୍ଦୁଛି। ହଠାତ୍ କାହାର ଗୋଟିଏ କ୍ଷୁଦ୍ର ସୁକୋମଳ ହସ୍ତ ତାହାର ଢଳଢଳ ପଦ୍ମ ପରି ଭରା ଚକ୍ଷୁ ଯୋଡ଼ିକୁ ଚାପି ଧରିଲା, ଆଉ ଗୋଟିଏ ହାତ ତାହାର ରକ୍ତିମାଭ ଚିକ୍‌କଣ କପୋଳରେ ଟିକା ମାରିଲା। ଭରାକଣ୍ଠରେ ନୀଲୁ କହିଲା, "ଇଃ!" ବାଳିକା ଚମକି ଉଠି ହାତ ଛଡ଼ାଇବାକୁ ଗଲା, କିନ୍ତୁ ହାତ ଆପେ ଛାଡ଼ିଗଲା; ଆଉ ନୀଲୁ ଆଗକୁ ଡେଇଁ ଆଙ୍ଗୁଳି ଦେଖାଇ କହିଲା, "କି ଲୋ, ମୋତେ କହୁଥିଲୁ ପରା!" ନୀଲୁର ଇଚ୍ଛା- କନକ ଆଉ ଟିକିଏ କାନ୍ଦୁ; କିନ୍ତୁ କାନ୍ଦିବା କଥା ଦୂରେଥାଉ, କନକ ଏକାଦମକେ ପୂରା ଗମ୍ଭୀର ହୋଇଗଲା- ଯେମିତି ଆଉ କାନ୍ଦିବ ନାହିଁ। ନୀଲୁକୁ ଏଇଟା କେମିତି ନୂଆ ବୋଧ ହେଲା- ସେ ବିସ୍ମିତ ହୋଇ ତା' ଆଡ଼କୁ ଚାହିଁ ରହିଲା। କନକର ସଦ୍ୟସ୍ନାତ ମୁଖଟି ରଙ୍ଗ ପଡ଼ିଗଲା। ସେ ତରତର ହୋଇ କହିଲା- 'ନୀଲୁ ଭାଇ, ତମ ଚାନ୍ଦ ନିଅ, ଏଇଟା ତମ ଚାନ୍ଦ।'

ନୀଲୁ ନ ଶୁଣିଲା ପରି କହିଲା- 'କହିଲୁ କନକ, ତୁ କାନ୍ଦୁ ନାହୁଁ କାହିଁକି, କହିଲୁ?'

"ମୁଁ ତୋ'ରି ପରି ହେଇଛି, ନୁହେଁ?"

"କାନ୍ଦୁଥିଲୁ କେମିତି? ଇଃ!"

"କାହିଁ, କିଏ କାନ୍ଦୁଥିଲା, କେତେବେଳେ? ତୁ ତ କାନ୍ଦୁଥିଲୁ, ମୁଁ କୁଆଡ଼େ କାନ୍ଦିବି!"

ନୀଲୁ କିନ୍ତୁ ହଠାତ୍ କନକର ହାତ ଯୋଡ଼ିକ ଦୁଇ ହାତରେ ଧରି ଆଖି ଛଳଛଳ କରି କହିଲା- "ଆଚ୍ଛା କର୍ଙ୍କି, ତତେ ମୋ ରାଣଟି, କହ କାହିଁକି କାନ୍ଦୁଥିଲୁ ?"

"ତୁ କାନ୍ଦିବୁ ମୁଁ ଟିକିଏ କାନ୍ଦିଲେ ଅଖ ଲାଗିଗଲା ! ଯା, ମୁଁ ଫେର୍ କାନ୍ଦିବି ଯେ !"

"ବସ୍ ବସ୍, ରହ; କାହିଁକି କାନ୍ଦୁଥିଲୁ କହ, ନ ହେଲେ, ଛାଡ଼ିବି ନାହିଁ।"

"ତୁ କାହିଁକି କାନ୍ଦୁଥିଲୁ କହୁ ନାହୁଁ?"

"ମୁଁ କ'ଣ ଆଉ କାନ୍ଦୁଛି ? ଆଉ କାନ୍ଦିବି ନାହିଁ, ଯା।"

"ଆଉ କ'ଣ ମୁଁ କାନ୍ଦୁଛି- ଭାରି ଚାଇଁ ! ନିଅ, ଏବେ ତମ ଚାନ୍ଦ ଖାଇବ ତ ଖା, ନ ହେଲେ ମୁଁ ମୋର ଯାଉଛି !"

ନୀଲୁ ଆଉ ଗାମ୍ଭୀର୍ଯ୍ୟ ରଖି ପାରିଲା ନାହିଁ, ହୋ ହୋ କରି ହସି ଉଠିଲା।

ନିଜ ନିଜ ଚାନ୍ଦ ହାତରେ ଧରି ଦୁହେଁ ଉଠିଲେ; ଖାଇ ଖାଇ ଚାଲିଲେ। ଦୁହିଁଙ୍କ ମୁଖରେ ମଧୁର ହାସ୍ୟରେଖା ଫୁଟି ଉଠୁଅଛି। ଦୁହେଁ ନିର୍ବାକ୍ ଭାବରେ ଚାଲିଅଛନ୍ତି। ଉପରେ ସ୍ୱଚ୍ଛ ଶାରଦୀୟ ଆକାଶର ମଧୁର ପୂର୍ଣ୍ଣିମା ଚାନ୍ଦ- ଜଗତ୍ ବିମଳ ଜ୍ୟୋତ୍ସ୍ନାରେ ଭାସୁଅଛି, ଆଉ ପିଲା ଯୋଡ଼ିକଙ୍କ ନବୀନ ପ୍ରାଣ କିପରି ଗୋଟିଏ ମଧୁର ଆଲୋକରେ ଛାଇ ଯାଇଅଛି ! ଆଜି ଏ ଶୋଭାର ଅସୀମ ପ୍ରବାହରେ ନିୟତିର ସ୍ଥିର ଅଧୀରତାର ମନ୍ଦ ପବନରେ ଏ କ୍ଷୁଦ୍ର ହୃଦୟଯୋଡ଼ିକ କେଉଁ ଆଡ଼କୁ ଭାସି ଯାଉଅଛି, କେଜାଣି !

(୨)

ହରିହର ପଟ୍ଟନାୟକଙ୍କ ଘର ଭଦ୍ରକ ସହର ନିକଟସ୍ଥ ଗୋବିନ୍ଦପୁର ଗ୍ରାମରେ। ସେ ଗ୍ରାମର ଜଣେ ମୁଖିଆ ଲୋକ। ତାଙ୍କ ଛଡ଼ା ଆଉ କେହି ସେ ଗ୍ରାମରୁ ଇଂରାଜୀ ଶିକ୍ଷା ପାଇ ନ ଥିଲେ। ହରି ବାବୁଙ୍କ ସ୍ୱର୍ଗତ ପିତା ମୁକ୍ତାରି କରି ଅନେକ ଟଙ୍କା ଉପାର୍ଜନ କରିଥିଲେ ଓ ତାଙ୍କୁ ଇସ୍କୁଲରେ ପଢ଼ାଇ ଓକିଲ କରିବାର ଇଚ୍ଛା କରିଥିଲେ; କିନ୍ତୁ ହରିବାବୁ ଏଣ୍ଟ୍ରାନ୍ସ ପରୀକ୍ଷା ଦେବା ପୂର୍ବରୁ ତାଙ୍କର ଅକାଳ ବିୟୋଗ ହେବାରୁ ପଢ଼ାପଢ଼ି ଛାଡ଼ି ହରିବାବୁଙ୍କୁ ଚାକିରି କରିବାକୁ ପଡ଼ିଲା। ଭଦ୍ରକ କଲକ୍ଟରୀ କଚେରୀରେ କିରାଣି କାମରେ ପଶି ବର୍ତ୍ତମାନ ସେ ନାଜର କାମରେ ସୁପ୍ରତିଷ୍ଠିତ ଅଛନ୍ତି।

ଗୋବିନ୍ଦପୁର ଗ୍ରାମଟିରେ ସମସ୍ତେ କଚେରିଆ। ଅନେକଗୁଡ଼ିଏ କରଣଙ୍କର ସେଠାରେ ବାସ; କିନ୍ତୁ ସମସ୍ତେ ପ୍ରାୟ ଦରିଦ୍ର - କଚେରୀରେ ମୋହରିର ବା ଟାଉଟରି ହେଲା ଅଧିକାଂଶଙ୍କର ପେସା। କେବଳ ଏହି ପଟ୍ଟନାୟକଙ୍କ ଘରଟି ଚଳେ ଭଲ। ହରିବାବୁ ମଧ୍ୟବିତ୍ତ ଗୃହସ୍ଥ। ତାଙ୍କ ଘରକୁ ସେ ନିଜେ, ତାଙ୍କ ସ୍ତ୍ରୀ ସରସ୍ୱତୀ ଦେଈ ଓ

ଗୋଟିଏ ସାନ ଭଉଣୀ-କନକ ବା କର୍ଙ୍କି। ବାପାଙ୍କ କାଳ ହେବା ପୂର୍ବରୁ ମାତା ଇହଲୋକ ଛାଡ଼ି ଯାଇଥିଲେ। ୫।୬ ବର୍ଷ ବୟସବେଳୁ କନକ ମାତୃହୀନା। ସେହିଦିନୁ ସେ ନୂଆବୋଉଙ୍କ (ସର ଦେଈ) ହାତରେ ବଢୁଅଛି ଓ ଗଢ଼ା ହୋଇ ଆସୁଅଛି। ସେ ଗଢ଼ାହେବା ପୁଣି ସାଧାରଣ ରକମର ନୁହେଁ - କୁମ୍ଭକାର ଯେପରି ମାଟିପିଣ୍ଡୁଳାଟିକୁ ବାଡ଼େଇ ନିଜ ଇଚ୍ଛାନୁରୂପ ପାତ୍ର ଗଢ଼େ, ଏ ସେହିପରି। ପାର୍ଥକ୍ୟ ମଧ୍ୟରେ ଏତିକି ଯେ, କନକ ମାଟି ପିଣ୍ଡୁଳାଟି ସହଜ ନୁହେଁ - ତା' ହାତଗୋଡ଼ କଥା କହେ। ସରଦେଈଙ୍କ ପ୍ରକୃତି ଟିକିଏ ଖର। ହରିବାବୁ କଚେରୀରେ ଯାହା ହେଉନ୍ତୁ, ଘରେ କିନ୍ତୁ ଏ ହାକିମଙ୍କ ପାଖରେ କୁକୁର ହୋଇଥାନ୍ତି। କନକ ଘରେ ସ୍ନେହ ଆଦର ଯାହା ପାଏ, ସେ ସବୁ ଭାଇଙ୍କଠାରୁ। ନୂଆବୋଉଙ୍କଠାରୁ ଗାଳି, ମାଡ଼, ବକାଝିକା ଛଡ଼ା ଆଉ କିଛି ପାଇବାର ସୌଭାଗ୍ୟ ତା'ର ବେଶି ହୁଏନାହିଁ। ତା' ବୋଲି ଯେ ସର ଦେଈ କନକକୁ ସ୍ନେହ ନ କରନ୍ତି, ତାହା ବୋଲା ଯାଇ ନ ପାରେ - କେବଳ ତାଙ୍କ ବାହ୍ୟ ବ୍ୟବହାରରୁ କିଛି ଜାଣିପାରିବା କଷ୍ଟ। ଯେ ହେଉ, କନକ ସେ ଯୋଗେ ଘରେ ପଶେ ନାହିଁ - ପୁଅପୁଅକା ଲୁଗାଖଣ୍ଡେ ପିନ୍ଧି ଦାଣ୍ଡରେ ଚାରିଆଡ଼େ ତା' ନୀଳୁଭାଇ ସାଙ୍ଗରେ ଖେଳି ବୁଲେ ଓ ଭାଇଙ୍କ ଆସିବାବେଳେ ହେଲେ ଦାଣ୍ଡରୁ ତାଙ୍କ ସଙ୍ଗ ନେଇ ନୂଆବୋଉଙ୍କ ନାମରେ ନାଲିସ ଫେରାଦ କରୁଁ କରୁଁ ଘରକୁ ଆସେ।

ଏହିପରି ନୀଳୁ ଓ କନକର ବାଲ୍ୟଜୀବନଟା କଟିଗଲା। ନୀଳୁ ଇସ୍କୁଲରେ ପଢ଼ିଲା ଦିନଠୁଁ ଦୁହିଙ୍କ ଦେଖା ସାକ୍ଷାତ୍‌ର ସୁଯୋଗ କ୍ରମେ କମିଆସିଲା। କନକକୁ କିଛି ପାଠ ପଢ଼ାଇବା ମଧ୍ୟ ହରିବାବୁଙ୍କ ଇଚ୍ଛା, କିନ୍ତୁ କନକର ପାଠରେ ମନ ନାହିଁ। ନୀଳୁ ଦିନେ ମୁରବିୟାନା କରି ବସିଲାରୁ ଆଶାତୀତ ଫଳ ଫଳିବାର ଦେଖି ହରିବାବୁ ତାକୁହିଁ କନକର ଭାର ଦେଇଦେଲେ। ନୀଳୁ ତ ହରିବାବୁଙ୍କ ଘରେ ପଢ଼ାପଢ଼ି କରେ, ଏବେ କନକ ମଧ୍ୟ ବହି ବସ୍ତାନି ନେଇ ତା' ଆଗରେ ବସିବାକୁ ଆରମ୍ଭ କଲା। କ୍ରମେ ନୀଳୁର ମନଯୋଗ ଦେଖି କନକର ମଧ୍ୟ ପାଠରେ ମନ ବସିଲା, କିନ୍ତୁ ନୀଳୁଭାଇ ଛଡ଼ା ଆଉ କାହାରି ପାଖରେ ସେ ପଢ଼ିବ ନାହିଁ - ଏତକ ସେ ସ୍ପଷ୍ଟ ସମସ୍ତଙ୍କୁ ଜଣାଇ ଦେଇଥିଲା।

କନକର ମଧ୍ୟ ବୟସ ହେଲା। ସର ଦେଈ ତାକୁ ଆଉ ଘରୁ ଛାଡ଼ିବାକୁ, ନୀଳୁ ଆଗରେ ହେବାକୁ ଦେବାକୁ ଅମଙ୍ଗ ହେଲେ। ଫଳରେ ନୀଳୁ ଏଣ୍ଟ୍ରାନ୍‌ସ ପାସ୍ କରି ସାରିଲା ବେଳକୁ ଦୁହିଙ୍କର ଦେଖା ପର୍ଯ୍ୟନ୍ତ ପ୍ରାୟ ବନ୍ଦ ହୋଇଗଲାଣି। ଏହି କେତେଦିନର ବିଚ୍ଛେଦରେ ଦୁହେଁ ନିଜ ନିଜ ବାଲ୍ୟସ୍ମୃତି ଉପରେ ଆହୁରି ରଙ୍ଗୀନ ଚିତ୍ରମାନ ନ୍ୟୂନାଧିକ ରଚନା କରି କି ସୁଖ, କି ଦୁଃଖ ଯେ ଅନୁଭବ କରିଥିଲେ, ତାହା କିଏ କହିବ? କିନ୍ତୁ

ସମ୍ପୂର୍ଣ୍ଣ ବିଚ୍ଛେଦ ବାକି ଥିଲା - ଏବେ ହେଲା। ନୀଲୁ ଏଣ୍ଟ୍ରାନ୍ସରେ ବୃତ୍ତି ପାଇଲେ। ହରିବାବୁଙ୍କ ଚେଷ୍ଟା ଓ ସାହାଯ୍ୟରେ କଟକ ଯାଇ ତାଙ୍କର ଏଫ.ଏ. ପଢ଼ିବାର ସ୍ଥିର ହୋଇଗଲା। ସେତେବେଳକୁ କନକର ବୟସ ୧୪ ବର୍ଷ।

ନୀଲୁ କଟକ ଯିବାର ସ୍ଥିର ହୋଇଗଲା ଦିନୁଁ ଯିବା ଦିନଯାଏ ପ୍ରାୟ ଏକମାସ କାଳ ଦୁହିଙ୍କର ସାକ୍ଷାତ୍ ହୋଇନାହିଁ - କ'ଣ ଭାବି ଦୁହେଁ ଦୁହିଙ୍କି ଲୁଚି ଲୁଚି ବୁଲୁଛନ୍ତି। କନକର ସେ ହାସ୍ୟମୟୀ ପ୍ରକୃତି, ସେ ଚଞ୍ଚଳତା କୁଆଡ଼େ ଗଲାଣି; ନୀଲୁ ମଧ୍ୟ କିପରି ଗମ୍ଭୀର ହୋଇ ଉଠିଅଛି। ଦୁହିଙ୍କର ଏପରି ଭାବର କାରଣ ଦୁହେଁ ସ୍ପଷ୍ଟ ବୁଝିଥିଲେହେଁ କେହି କାହାରି ଆଗକୁ ଆସିବାକୁ ସାହସ କରୁନାହାନ୍ତି। ଆଜି ବିଦାୟ ମୁହୂର୍ତ୍ତରେ ନୀଲୁ ମଧ୍ୟ କନକକୁ ଖୋଜିଲା ନାହିଁ। ନୂଆବୋଉଙ୍କଠାରୁ ବିଦାୟ ନେଇ ଆସିବାବେଳେ ସେଠାରେ କନକ ନ ଥିବା ଦେଖି ସୁଦ୍ଧା କିଛି କହିଲା ନାହିଁ। ଛଳ ଛଳ ନେତ୍ରରେ ସେ ଘରୁ ବାହାରି ଆସିଲାବେଳେ ସେପଟ କୋଣଘର ଉପରେ ସ୍ୱତଃ ତାହାର ଦୃଷ୍ଟି ପଡ଼ିଗଲା। ଠିକ୍ ସେହି ମୁହୂର୍ତ୍ତରେ କାହା ଗୋଟାଏ ଚଞ୍ଚଳ ଶାଢ଼ିପଣନ୍ତ ଝଟ୍ ସେ ଘର ଭିତରେ ପଶି ଲୁଚିଗଲା - କିଏ ଗୋଟିଏ ତାକୁ ଥରେମାତ୍ର ଦେଖିବା ଆଶାରେ ଛିଡ଼ା ହୋଇଥିଲା - ଧରା ପଡ଼ିବା ଭୟରେ ହଠାତ୍ ଭିତରେ ଅଦୃଶ୍ୟ ହୋଇଗଲା ଯେମିତି। ନୀଲୁ ସେ ଆଡ଼କୁ ନ ଅନାଇ ଏକମୁହାଁ ହୋଇ ବାହାରି ଚାଲିଗଲା।

(୩)

"ହଇ ହୋ, କ'ଣ କରିବା ? କନକର ତ ଆସି ବୟସ ହୋଇଗଲା, ବାହାଘରଟା କରି ପକାଇଲେ ହୁଅନ୍ତା, କଥା ହେଉଛି- ସୁପାତ୍ର ମିଳୁଛି କାହିଁ ? ମୁଁ ତ ରହିଲି କଚେରୀରେ, ତମେ ତ ରହିଲ ଘରକାମରେ; ଏସବୁ କଥା ଦେଖୁଛି ଶୁଣୁଛି କିଏ ?" ଗୋପୀନାଥପୁର ମଧୁ ପିସାଙ୍କ ସାଙ୍ଗରେ ଦେଖା ହୋଇଥିଲା। ସେ କହିଲେ- "ଝିଅଟା ଆସି ବୁଢ଼ୀ ହେଲା, ବାହା ନାଁ ତ ଧରିବାକୁ ନାହୁଁ। ତୁ ନ କଲେ କିଏ କରିବ ? ତା' ମା' ଯଦି ଥାନ୍ତା-"

"ମା' ଥିଲେ ଖାଲି ସରଗରେ ନେଇ ଥୋଇ ଆସନ୍ତେ ପରା ! ତମ ଝିଅ, ତମ ଭଉଣୀ, ତମର ସବୁ। ତମେ ରଖ, ଆମକୁ ଏତେ ଖୁଣ୍ଟା କାହିଁକି ଲୋମ ମା' ! ଏ ଜଳଜଳା ଜୀବନଟା ଯା ମୋର ଗଲା ନାହିଁ ! କ'ଣ ନା, ମା' ଥାନ୍ତା। କିଲୋ ମା'- "ମୁଁ ତ ଖାଏ ମୋର ଭାତ, ତୋର କାହିଁକି ଗାଲରେ ହାତ !" ନାହିଁ ନାହିଁ, ସେ ପୋଡ଼ା ଝିଅ ଖଣ୍ଡକ ପରା ମତେ ଜଳେଇ ପୋଡ଼େଇ ଖାଇବ ! କି, ମୁଁ ତ ତମକୁ ସେ ଦିନଠୁଁ

କହୁଛି । ଆମ ଗାଁ ନଟ ତ ତେରସ୍ତା ବାହା ହୋଇଗଲା, ତାକୁ ତ ଦେଇଥିଲେ ହେଇଥାନ୍ତା । ମୁଁ ତ ତମକୁ କହୁଛି, ମତେ କାହିଁକି ଇଏ ସିଏ ଖୁଣ୍ଟା ଦେବ । କିଏ କାହିଁକି ପଦେ କହିବ ନା ?"

"କିଏ ତମକୁ କ'ଣ କହିଲା ମ ? ମୁଁ ତ ଭଲ କଥା କହୁଛି, ତମେ ଏତେ ଖପ୍ପା ହୋଇଯାଉଛ କାହିଁକି ? ନଟ ତ ବାହା ହୋଇଗଲାଣି, ସେଥିପାଇଁ ତ ଝିଅ ବାଡୁଅ ରହିବ ନାହିଁ ! କାହାକୁ ଦେବା, ମୁଁ ସେଇଆ ପଚାରୁଛି ?"

"ତମ କଥା ତମେ ଜାଣ, ମୁଁ କାହିଁକି କହିବି ଲୋ ମା' ! ମୁଁ କାହାର କିଏ ? ତମ ଭଉଣୀ ରାଣୀ ହେବେ - ମୁଁ ତ ଗରିବ ଘର ଝିଅ, ବଡ଼ ବଡ଼ କଥାରେ ମୋ ମୁଣ୍ଡ ପଶେ ନାହିଁ !"

"ଗଲା ତ ଆଉ; ଗଲା ସବୁ ସରିଗଲା ଯେ ! ତମ ନଟ ତ ବାହା ହୋଇଗଲାଣି, ନ ହେଲେ ଭଲା ତାକୁ ଦିଆ ହୋଇଥାନ୍ତା । ମୋରି କସୁର୍ ହେଲା, ମୁଁ ତମ କଥା ଶୁଣି ନାହିଁ । ଏବେ କାହାକୁ ଦେବା କହିଲ ? ମୁଁ କହୁଛି, ଏଇ, ଏଇ-ନୀଳୁ କଥା ହେଲେ ହୁଅନ୍ତା ନାହିଁ ନା ? ଏଥର ତ ଏଫ୍.ଏ.ରେ ସ୍କଲାରସିପ୍-ଜଳପାନୀ ପାଇ ବି.ଏ. ପଢୁଛି - ପୁଣି ଓକିଲାତି ପଢ଼ିବ । ପିଲାଟା ଯେମିତି ବୁଦ୍ଧିଆ, ସେମିତି ଉଦ୍‌ଯୋଗୀ-ଆପଣା ବାହୁବଳରୁ ମାରିଗଲା ନା, ଆଉ କ'ଣ ? କ'ଣ କହୁଛ ? ଏମିତି ନାକସିଟକା ମତେ ଭଲ ଲାଗେ ନାହିଁ । କ'ଣ ସଫା କଥାଟା କହୁ ନାହଁ କାହିଁକି ?"

"କର, ତମର କରୁ ନାହଁ, ମୋର କ'ଣ ଅଛି ? ତମ ଭଉଣୀକି ତମର ଗଛ ମୂଳରେ ବସାଇଲେ ବସାଇବ, ରାଣୀ କଲେ କରିବ - ସେ ତମକୁ ଶୋଭା ଦିଶିବ । ଆମେ କାହିଁକି ସେଥିରେ ପାଟି ଫିଟାଇବୁ ଲୋ ମା'-"

"ଆରେ ଯାଉଛ କୁଆଡ଼େ ମ ? ଶୁଣ, ମୁଁ ଗୋଟାଏ କଥାକୁ କହୁଥିଲି ନା - ଯାଃ, ମଲା ମଣିଷ ଆସି !"

X X X X

ଯେତେବେଳେ ଦୁଆର ପିଣ୍ଡାରେ ସ୍ୱାମୀ ସ୍ତ୍ରୀ ମଧ୍ୟରେ ଏପରି କଥୋପକଥନ ଚାଲିଥିଲା, ସେତେବେଳେ ନିକଟସ୍ଥ ଗୃହ ମଧ୍ୟରେ ଗୋଟିଏ ନବୀନା ଯୁବତୀ ଖଣ୍ଡିଏ ସଉପ ଉପରେ ଶୋଇଥିଲେ- ଜାଗ୍ରତ କି ନିଦ୍ରିତ ହଠାତ୍ ଜଣାଯିବ ନାହିଁ; ତେବେ ଏପରି ନିଶ୍ଚଳ ନିସ୍ତବ୍ଧ ଭାବରେ ପଡ଼ି ରହିଛନ୍ତି ଯେ, ଘରେ କେହି ଥିବାର ବାହାର ଲୋକେ ଜାଣିପାରିବେ ନାହିଁ; ଏଥକୁ ଅଘୋର ନିଦ୍ରାରେ ପଡ଼ିଥିବାର ବିଶେଷ ସମ୍ଭାବନା । ହେଲେ, ନିଦ୍ରିତ ବ୍ୟକ୍ତିର ନିଶ୍ୱାସ ପ୍ରଶ୍ୱାସରେ ଟିକିଏ ଶବ୍ଦ ହେବା ବିଶେଷ ସମ୍ଭବ- ଯାଙ୍କର କିନ୍ତୁ ଘନଘନ ଶ୍ୱାସକ୍ରିୟା ଚଳୁଥିଲେ ହେଁ ଟିକିଏ ମାତ୍ର ଶବ୍ଦ ଶୁଣାଯାଉ ନାହିଁ ।

ସେ ଯାହାହେଉ, ପୂର୍ବୋକ୍ତ କଥୋପକଥନର ଶେଷାଂଶଦ୍ୱାରା ତାଙ୍କର ପୂର୍ଣ୍ଣ ଚେତନା ଆସିବାର ଜଣାଗଲା। କାରଣ, ତାହା ସରୁ ନ ସରୁଣୁ ନବୀନାଟି ଅତି ସନ୍ତର୍ପଣରେ ଉଠି ଓଷ୍ଠାଧାର ଦଂଶନ କରି, ଗୋଡ଼ର ମଲ ଆଣ୍ଠୁ ପର୍ଯ୍ୟନ୍ତ ଟେକି ଧରି ନିଃଶବ୍ଦ ଭାବରେ ସେ ଘରୁ ଅନ୍ୟ ଦ୍ୱାର ଦେଇ ବାହାରିଗଲେ-ଆଉ ଯାହା କରନ୍ତୁ, ଅନ୍ତତଃ ଅତ୍ୟନ୍ତ ସଚେତ୍ ନିଦ୍ରାର ପରିଚୟ ଦେଇଗଲେ।

ନବୀନା ଯୁବତୀଟିଏ କିଏ ? ଆମ୍ଭମାନଙ୍କର ପୂର୍ବପରିଚିତା କନକ ବା 'କଙ୍କି'କୁ ବର୍ତ୍ତମାନ ଯୁବତୀ ଛଡ଼ା କିଛି ବୋଲାଯାଇ ନ ପାରେ।

ବାସ୍ତବିକ, ଦୁଇବର୍ଷ ବିତିଗଲାଣି, କନକର ବର୍ତ୍ତମାନ ବିବାହ ଯୋଗ୍ୟ ବୟସ ମଧ୍ୟ ଉତ୍ତୀର୍ଣ୍ଣ ହୋଇଗଲାଣି। ଅଧିକ କ'ଣ, କନକ ବର୍ତ୍ତମାନ ଭାଇ ଭାଉଜଙ୍କ କଣ୍ଟକ, ସାଇପଡ଼ିଶାଙ୍କର ଲଜ୍ଜାର ବିଷୟ, ଗ୍ରାମର ନିନ୍ଦାର କାରଣ, ଶତ୍ରୁମାନଙ୍କର ଉପଭୋଗର ସହାୟ, ପ୍ରତିଦ୍ୱନ୍ଦୀ କରଣ-ସାଆନ୍ତମାନଙ୍କ ଗମ୍ଭୀର ଆଲୋଚନାର କେନ୍ଦ୍ର। ଗୃହରେ ଗୂଢ଼ ଆନ୍ଦୋଳନ, ସାଙ୍ଗ ମେଳରେ ମଧୁର ପରିହାସ ଜ୍ୱାଳା, ତୁଠରେ ଘାଟରେ-ବାଟରେ-ଚାରିଆଡ଼େ ତୀବ୍ର କଟାକ୍ଷ ସଙ୍ଗେ ସଙ୍ଗେ କର୍ଣ୍ଣଚୁମ୍ବୀ ଗୁପ୍ତ ସମ୍ଭାଷଣ, ସାଧାରଣ ସ୍ତ୍ରୀ ମହଲରେ ଗଭୀର ଆନ୍ଦୋଳନ - ଏ ସବୁ କନକର ଜୀବନକୁ ଏହି ଦିନରୁ ସ୍ୱପ୍ନମୟ କରି ପକାଇଲାଣି।

ସେଦିନ କନକ ଆଉ କୁଆଡ଼େ ନ ଯାଇ ଭାଇଙ୍କ ଶୋଇବା ଘରେ ବସି ଟିକିଏ ନିର୍ଜନତା ଭୋଗ କରୁଥିବାବେଳେ ଦୂରରେ ଭାଇଙ୍କ ପାଟି ଶୁଣି ସେ ଘରୁ ବାହାରି ଯିବାକୁ ମନସ୍ଥ କରିଅଛି, ଏତିକିବେଳେ ଭାଇ ଭାଉଜ ଦୁହେଁ ଆସି ସେହି ପିଣ୍ଡାରେ ବସି ପୂର୍ବୋକ୍ତ ମତେ କଥୋପକଥନ କରିବାକୁ ଲାଗିଲେ। ଜାଣି ରଖିବା ଆବଶ୍ୟକ ଯେ ଏତେବେଳେ ଆଉ ପୂର୍ବ କଥା ନାହିଁ। କନକ ଅନେକ ଦିନରୁ ହରିବାବୁଙ୍କ ଆଗକୁ ସୁଦ୍ଧା ଯାଉନାହିଁ। ବିବାହ ଯୋଗ୍ୟ ବୟସର ବା କିଛି ଗୋପନୀୟ ଭାବ ଥିବ ! ଯା ହେଉ, ନିଜ ବିଷୟରେ କଥୋପକଥନ ହେଉଥିବାର ଜାଣି ସେ ଅପ୍ରତିଭ ଓ ଉତ୍କଣ୍ଠିତ ହୋଇ ସେହିଠାରେ ଶୟନ କରିଥିଲା।

(୪)

ସେ ବର୍ଷ ଶ୍ରୀପଞ୍ଚମୀ ପଡ଼ିଲା ସୋମବାର। ସୋମବାର ମଙ୍ଗଳବାର କଲେଜ ବନ୍ଦ-ରବିବାରକୁ ମିଶାଇ ତିନିଦିନ ଛୁଟି। ନୀଲୁ ବାବୁଙ୍କର ଏଇଟା ଥାର୍ଡ଼ ଇୟର। ଏ ଛୁଟିରେ ସେ ଘରକୁ ବାହାରିଲେ। ତାଙ୍କର ଘର ତ ଏକପ୍ରକାର ନାହିଁ କହିଲେ ଚଳେ - ତେବେ ଭିଣୋଇଙ୍କ ଘରକୁ ଯିବେ। ଅନେକଙ୍କୁ ଏଇଟା ଆଶ୍ଚର୍ଯ୍ୟବୋଧ ହେଲା।

ନୀଲୁ ବାବୁ ପୂଜା ଛୁଟିରେ ସୁଦ୍ଧା କଟକ ଛାଡ଼ି ଯିବାର ଦେଖା ନାହିଁ, ତିନିଦିନ ଛୁଟିରେ ଭିଣୋଇଙ୍କ ଘରକୁ ଯିବା ଆଶ୍ଚର୍ଯ୍ୟ ଲାଗିବାର କଥା ଏକା।

କଥା କ'ଣ କି, ନୀଲୁ ବାବୁ ନିଜେ ମଧ୍ୟରେ ଏଥିରେ କମି ଆଶ୍ଚର୍ଯ୍ୟ ବୋଧ କରି ନ ଥିଲେ। ଏହି କେତେଦିନ ହେଲା ନୀଲୁ ବାବୁଙ୍କ ମନ ସ୍ଥିର ନାହିଁ - ସବୁବେଳେ ଚଞ୍ଚଳ, କାହିଁରେ ଲାଗୁ ନାହିଁ; କ'ଣ ଗୋଟାଏ ଅଜଣା କାରଣରୁ ମନ ଖାଲି ଘାଣ୍ଟି ଚକଟି ହେଉଅଛି। ଅଦୃଶ୍ୟ ବନ୍ଧନଦ୍ୱାରା ଟାଣି ହୋଇ ବାଲ୍ୟକାଳର ଶତ ମଧୁର ଦୃଶ୍ୟ ମଧ୍ୟରେ ତାଙ୍କ ମନ ଖେଳି ବୁଲୁଅଛି, ଆଉ ପ୍ରତ୍ୟେକ ଦୃଶ୍ୟର ପାଶ୍ଚାଦ୍‌ଭାଗରେ ଥାଇ କନକର ମଧୁର ମୂର୍ତ୍ତି ଚାରିଆଡ଼ୁ ଗୋଟିଏ ମଧୁର ଭାବରାଜ୍ୟର ସୃଷ୍ଟି କରୁଅଛି। ପ୍ରତି କଥାରେ କନକର ମୂର୍ତ୍ତିଟି ଧରି ବାଲ୍ୟସ୍ମୃତି ଆଜି କେଜାଣି କାହିଁକି ନୀଲୁ ବାବୁଙ୍କ ମନକୁ ଅସ୍ଥିର କରୁଅଛି। କେତେବେଳେ ପ୍ରଗଳଭା ବାଳିକା ତାଙ୍କୁ ବିଦ୍ରୂପ ବହ୍ନିରେ ଜାଳି ଦେଉଅଛି, କେତେବେଳେ ଦୁଷ୍ଟା ଆସି ହସି ହସି ତାଙ୍କର କର୍ଣ୍ଣ ମର୍ଦନ କରୁଅଛି, କେତେବେଳେ ବା ଅଭିମାନିନୀ ତାଙ୍କ ହସ୍ତ ଉପରେ ଅଜସ୍ର ଅଶ୍ରୁ ବୃଷ୍ଟି କରୁଅଛି, କେତେବେଳେ ଅବା ଛଳ କ୍ରୋଧରେ ହାସ୍ୟପୂର୍ଣ୍ଣ ଆଖି ଯୋଡ଼ିକ ଛଳଛଳ କରି ମୁହଁ ଫେରାଇ ଚାଲି ଯାଉଅଛି କେତେବେଳେ ଅବା ତାହାର ମଧୁର ହସ ହସି ସ୍ନେହମୟୀ ବୀଣାଜିଣା କଣ୍ଠରେ ସରଳ ଭାଷାରେ ମଧୁ ବୃଷ୍ଟି କରୁଅଛି, କେତେବେଳେ ପୁଣି ତାଙ୍କ ଅଶ୍ରୁ ସହିତ ଆପଣାର ଅଶ୍ରୁଧାରା ମିଶାଇ ଦେଇ ତାଙ୍କ କୁଞ୍ଚ କାନିଟି ଧରି ମୋଡ଼ି ମୋଡ଼ି ବିନା ବାକ୍ୟବ୍ୟୟରେ ସାନ୍ତ୍ୱନା ଦେବାକୁ ଚେଷ୍ଟା କରୁଅଛି। ଏହି ପ୍ରକାର ଶତ ଶତ ଛବି ତାଙ୍କ ଆଖି ଆଗରେ ଦିନରାତି ଖେଳି ବୁଲୁଅଛି। ସବୁଠି କନକ-କନକର ମୋହିନୀ ଛବିରେ ଯେମନ୍ତ କି ସଂସାର ପୂରି ରହିଅଛି। ଏହି କେତେଦିନ ହେଲା କେତେ ଯେ ତାଙ୍କର ଅଘଟନ ଘଟି ଗଲାଣି, ତାହାର ସୀମାନାହିଁ। କେତେବେଳେ ବସୁ ବସୁ କନକର ଛବି ଦେଖି ଚମକି ଉଠୁଅଛନ୍ତି; ଜାଗରଣରେ ସ୍ୱପ୍ନ ଦେଖି କେତେବେଳେ ବା କନକର ସଙ୍ଗ ଉପଭୋଗ କଲାପରି ବୋଧକରି, ସେହି ବହୁଦିନର ନିର୍ମଳ ହାସ୍ୟରେ ହୃଦୟ ତାଙ୍କର ପୂର୍ଣ୍ଣ ହୋଇଯାଉଅଛି, ଆଉ ସାଙ୍ଗେସାଙ୍ଗେ କଠୋର ସତ୍ୟ ଆସି ସେ ହାସ୍ୟ ମୂଳରେ କୁଠାରାଘାତ କରିଯାଉଅଛି; କେତେବେଳେ ବସୁବସୁ ନିଦ୍ରାକର୍ଷଣ ହେଉଅଛି; କେତେବେଳେ ବା ଶତଚେଷ୍ଟାରେ ସୁଦ୍ଧା ନିଦ୍ରାର ଅଭାବ;- ଏ ସବୁରେ ପଡ଼ି ନୀଲୁ ବାବୁଙ୍କ ଜୀବନ ସ୍ୱପ୍ନମୟ ବୋଧ ହେଉଅଛି। ମସ୍ତକଟା ଯେପରି ଗୋଟିଏ ଦୁଃସ୍ୱପ୍ନ-ସ୍ୱପ୍ନୋଚିତ ଅବସନ୍ନତା ଯେପରି ତାଙ୍କର ଅଙ୍ଗ ପ୍ରତ୍ୟଙ୍ଗ ଭିଣି ଦେଇଯାଉଅଛି। ବାସ୍ତବିକ ଏହିସବୁ ସ୍ମୃତିର ଅନ୍ତରାଳରେ ଥାଇ କାହାର ଗୋଟିଏ ଅଜ୍ଞେୟ ହସ୍ତ ପ୍ରତ୍ୟେକଟିକୁ ବିଷାଦର ସୂକ୍ଷ୍ମ ଆବରଣରେ ମଣ୍ଡିତ କରିଦେଉଅଛି-ଯେମନ୍ତ କି ଏ ସବୁ ସ୍ମୃତିର ଉପଭୋଗ

ଅନ୍ୟ ପ୍ରକାରେ ହୋଇ ନ ପାରେ; ଯେମନ୍ତ କି, ସେ ସ୍ମୃତିରାଜ୍ୟର ଅଧିକାରୀ ସେହି ଦୁର୍ବହ ବିଷାଦ। ହୃଦୟ-ତନ୍ତ୍ରୀ ଚଞ୍ଚଳଭାବରେ ତାଡ଼ିତ ହେଉଅଛି - କିନ୍ତୁ କାହିଁ ସେ ମଧୁର ରାଗିଣୀ, କାହିଁ ସେ ଉନ୍ମାଦିନୀ, କାହିଁ ସେ ବିଧୁରା ମଧୁର ଗାୟିକା! କାହିଁ, କାହିଁ? ଏହି ଯେ, ଏ କ'ଣ? ଏ ବିଷାଦ ଓଢ଼ଣାର ତାତ୍ପର୍ଯ୍ୟ କ'ଣ?- ଓଃ-ଏ କ'ଣ?

ନୀଲୁ ବାବୁ ମନ୍ତ୍ରମୁଗ୍ଧବତ୍ ଆହାରପାନାଦି କରୁଅଛନ୍ତି- କିଛି ଠିକଣା ନାହିଁ। ସେହିପରି ଯନ୍ତ୍ରଚାଳିତ ପରି ଆଜି ବାହାରି ଅଛନ୍ତି ଗ୍ରାମକୁ। ସେ ନିଜେ ଜାଣନ୍ତି ନାହିଁ କାହିଁକି - ଯନ୍ତ୍ରପରି ଚାଳକର ଅଲଙ୍ଘ୍ୟ ଆଦେଶରେ ଯେପରି ପ୍ରେରିତ ହେଉଅଛନ୍ତି। ଯୋଡ଼ିଏ ପ୍ରିୟ ଆଖିର ଅର୍ଦ୍ଧପରିଚିତ ଗୋଟାଏ ସ୍ଥିର ଦୃଷ୍ଟି ତାଙ୍କ ଉପରେ ଚାରିଆଡୁ ଯେପରି ଅଜାଡ଼ି ହୋଇପଡୁଅଛି। ସେଥିରେ ଆଶା ନାହିଁ, ନିରାଶା ବି ନାହିଁ। ଅଛି କେବଳ ଗୋଟାଏ ଅସୀମ ଧୈର୍ଯ୍ୟ, ଆଉ ଗୋଟିଏ ସ୍ଥିର ନିର୍ଭରତା ଓ କରୁଣ ବାଚାଳତା। ସେ ଦୃଷ୍ଟି ବା ପ୍ରହେଳିକାର ଅର୍ଥ ଗ୍ରହଣ ଅସମ୍ଭବ।

(୪)

ରାତି ପାହି ଆସିଲାଣି, ପୂର୍ବ ଆକାଶ ରଙ୍ଗା ପଡ଼ିଗଲାଣି। ସୁଲୁ-ସୁଲିଆ ପାହାନ୍ତି ବାଆ ନୂତନ ଦିବସର ନୂତନ ଜୀବନର ସମ୍ବାଦ ବହି ଆଣୁଅଛି; ଆଉ ବହି ଆଣୁଅଛି - ସେହି ସଲଜ୍ଜ ପାହାନ୍ତି ତାରାର ବିଦାୟ ଚାହାଣୀ, ସେହି ଦୂରାଗତ ବଂଶୀସ୍ୱନ। ସେ ବଂଶୀ ସ୍ୱନରେ ଗଛପତ୍ର ଜାଗିଉଠି ବିନୀତ ଭାବରେ ସେ ଆଦର୍ଶ ଗ୍ରହଣ କରି ଆନନ୍ଦରେ ହଲୁଅଛନ୍ତି, ଦୋହଲି ଦୋହଲି ନବ ଜୀବନର ନୂତନ କ୍ରୀଡ଼ାର ଆଦିବାସ ଉପଭୋଗ କରୁଅଛନ୍ତି। କାଉ କୋଇଲିଙ୍କ ନିଦ ଭାଙ୍ଗିଲାଣି- 'କା କା' 'କୁହୁ କୁହୁ' ରାବରେ ଗାଁ-ମାଇପି ପିଲାଙ୍କ ମଧୁର ସ୍ୱପ୍ନ ଭାଙ୍ଗିଗଲାଣି।

ଏହିପରି ସମୟରେ ପଟ୍ଟନାୟକଙ୍କ ଘରଦାଣ୍ଡରେ ବାଇଦ ବାଜି ଉଠିଲା- ଦଶ ବାର ହାତ ନହବତ ଉପରୁ ଯୋଡ଼ିନାଗରା ଓ ମହୁରି ମଧୁର ପ୍ରଭାତୀ ତାନ ଛାଡ଼ିଦେଲା। ସ୍ୱରଲହରୀ ଗ୍ରାମର ନିସ୍ତବ୍ଧତା ଭଙ୍ଗ କରି ନାଚି ନାଚି ଖେଳି ଖେଳି ମୁକ୍ତ ବାୟୁକୋଳରେ ପଶି ସମସ୍ତଙ୍କୁ ସଂସାରର ମୁକ୍ତ ନିମନ୍ତ୍ରଣ ଶୁଣାଇ ଦେଲା।

ହରିବାବୁ ଏଣେ ଶଯ୍ୟା ତ୍ୟାଗ କରି ପିଣ୍ଡା ଉପରେ ବସି ଦାନ୍ତ ଘଷୁଘଷୁ ନାନାପ୍ରକାର ବରାଦ ଦେଉଛନ୍ତି। ସାଇପଡ଼ିଶା, ବନ୍ଧୁବାନ୍ଧବ ବିଚାର ସାର କରି ନାନାପ୍ରକାର କାର୍ଯ୍ୟରେ ଲାଗି ଯାଇଅଛନ୍ତି। ଗୃହିଣୀ ଇତିପୂର୍ବରୁ ଉଠି କେତେ ପାଇଟି ମଧ୍ୟରେ ନିଜ ମୁଣ୍ଡଟି ଦୁଇ ହାତରେ ଚାପିଧରି ହୁକୁମ୍ ଜାରି କରି ସାଇମାଇପଙ୍କ ମନରେ ଏତିକିବେଳୁଁ 'କଳ୍ପନା' ଆଣି ସାରିଲେଣି।

ହରିବାବୁ ଦାନ୍ତ ଘଷିସାରି ପାଇଖାନା ଯିବାର ବନ୍ଦୋବସ୍ତ ଲଗାଇ ଅଛନ୍ତି, ଏହିପରି ସମୟରେ ଭିରତଆଡୁ ଗୋଟିଏ ମୁକ୍ତ ଦ୍ୱାର ଦେଇ ଚଞ୍ଚଳ ଗତିରେ କିଏ ଗୋଟିଏ ଆସି ଲଥ୍ କରି ତାଙ୍କ ଗୋଡ଼ ପାଖରେ ବସି ତାଙ୍କ ଲୁଗାକାନି ଧରି ଉଚ୍ଚୈଃସ୍ୱରରେ କ୍ରନ୍ଦନ କରିବାକୁ ଲାଗିଲା। ଏହା ଦେଖି ହରିବାବୁ ବ୍ୟସ୍ତବିବ୍ରତ ହୋଇ କହିଲେ, "କଙ୍କି, କଙ୍କି, ମତେ ତୁ ମାରିପକା ନା ଭଲା।" କନକ କିନ୍ତୁ ଏତେଦିନକେ ଭାଇଙ୍କୁ ପାଇଛି। କାରଣ ହରିବାବୁ ବଡ଼ ପୁରୁଷତ୍ୱ କରି ବାହାଘର ପ୍ରସଙ୍ଗ ହେବାଦିନୁଁ ଲୁଚି ଲୁଚି ବୁଲୁଛନ୍ତି, କନକ ଆଡ଼କୁ ଚାହିଁବାକୁ ସୁଦ୍ଧା ମନ ବଳାଉ ନାହାନ୍ତି। ସ୍ତ୍ରୀ ପ୍ରଶ୍ନ କରିବାରୁ କହିଲେ, "ମୁଁ ତାକୁ ଚାହିଁଲେ ବାହାଘର କରିପାରିବିନାହିଁ, ତା' କାନ୍ଦଣା ବି ମୁଁ ଶୁଣିପାରିବି ନାହିଁ।" କନକ ଏତେଦିନେ ତାଙ୍କୁ ଧରି କାନ୍ଦିବାର ସୁବିଧା ପାଇଅଛି। ଏ ସୁବିଧାଟା ଯେ କେଡ଼େ, ତାହା ବୋଧହୁଏ ପୁରୁଷମାନଙ୍କର, ବିଶେଷତଃ ନବ୍ୟ ଭଦ୍ରଲୋକଙ୍କର କଳନା କରିବା ଅସାଧ୍ୟ। ବାହାଘର ପୂର୍ବରୁ ଯେତେ ମନର କଥା, ଯେତେ ଦୁଃଖର କଷାଘାତ, ତାହା ସହିବାପାଇଁ ଦୃଢ଼ତମ ହୃଦୟ ଆବଶ୍ୟକ। ଅଳ୍ପବୟସ୍କା କନ୍ୟା ମାତ୍ରକେ ବାହା ପୂର୍ବରୁ ଯେଉଁ କେତେଦିନ ଏକପ୍ରକାର ମୂକଭାବାପନ୍ନ ହୋଇ ଏ ବିଷମ ପରୀକ୍ଷାରେ ପଡ଼ନ୍ତି, ସେହି ଅବସ୍ଥାର ଯତ୍‌କିଞ୍ଚିତ୍ ସାନ୍ତ୍ୱନାସ୍ୱରୂପ ବୋଧହୁଏ ଦୟାମୟ ଏ ଓଡ଼ିଆଘର ଝିଅଙ୍କପାଇଁ 'ବାହୁନା' ସୃଷ୍ଟି କରିଥିଲେ। ହା ଦୈବ! କି କଠୋର ବିଧାନ! ଯେଉଁ ଗୃହରେ ଜୀବନ ଲାଭକରି, ଲାଳିତପାଳିତ ହୋଇ, ସ୍ନେହର ବସ୍ତୁମାନ ପଲକମାତ୍ରକେ ପ୍ରତି କଣାରେ ନିରୀକ୍ଷଣ କରିବାକୁ ହୁଏ, ସେହି ଗୃହ ଏତେ ଅଳ୍ପ ବୟସରେ ଛାଡ଼ିଯିବାକୁ ହେବ- ଚିରଦିନପାଇଁ ଛାଡ଼ିଯିବାକୁ ହେବ- ଅଥଚ ଆପଣଙ୍କ ମୁଖରେ କିଏ ଆସି ବଳପୂର୍ବକୁ ଯୋଡ଼ା ପଟି ଲଗାଇଦେବ, ହୃଦୟ ଖୋଲି ପଦେକଥା ଶେଷଥରପାଇଁ କହିବାକୁ ଆପଣଙ୍କର ସୁବିଧା କାଢ଼ି ନେବ ଏ କଠୋର ଶାସନରେ ନିୟନ୍ତ୍ରିତ ହୋଇ ଆପଣଙ୍କ ହୃଦୟର ଅବସ୍ଥା କ'ଣ ହେବ, ଥରେ ଭାବି ଦେଖନ୍ତୁ। ଆଉ ଭାବନ୍ତୁ, ସେହି ଅବସ୍ଥାରେ ଯଦି ଦଣ୍ଡକ ପାଇଁ ମାତ୍ର ଟିକିଏ ସୁବିଧା ମିଳେ, ଆପଣ ବାହୁନିବେ କି ନାହିଁ-ସେହି ତୁଚ୍ଛ ମାଇକିନିଆଙ୍କ ପରି ନୀଚ ଭାବରେ ଡକାପାରି କାନ୍ଦିବେ କି ନାହିଁ - ଅବଶ୍ୟ ଯଦି ସେ ପର୍ଯ୍ୟନ୍ତ ଆପଣଙ୍କ ପୁରୁଷ ହୃଦୟ ନ ଭାଙ୍ଗି ରହିଥାଏ! ଏହି କ୍ଷୁଦ୍ର ପରୀକ୍ଷାଟି ପୁଣି ଶ୍ୱଶୁରାଳୟର କଠୋର କାରାବାସର, ନିର୍ମମ ଶାସନର ପୂର୍ବ ସଂକେତ ମାତ୍ର!

ଅତଏବ କନକ କାନ୍ଦିଲା। ବଡ଼ କରୁଣ କାନ୍ଦଣା ସେ, ବଡ଼ ହୃଦୟଭେଦୀ! ବାଲ୍ୟକାଳରୁ ଆରମ୍ଭ କରି ଯେତେ ସ୍ମୃତି, ସମସ୍ତ ଟିକିଟିକି କରି ସ୍ମରଣ କରି ବର୍ତ୍ତମାନ

ଅବସ୍ଥା ସହିତ ତାହାର ତୁଳନା କରି ସେ ଅତି ବିକଳ ଭାବରେ କାନ୍ଦିଲା । ଓହୋ, ସେ କାନ୍ଦଣାର ଅର୍ଥ ଅନ୍ୟ ଲୋକେ କ'ଣ ବୁଝିବେ ! ହରିବାବୁ କୌଣସି ମତେ ସେଠାରୁ ପଳାଇ ଯାଇ ନ ପାରି ନିଜେ ପିଲାଙ୍କ ପରି କାନ୍ଦିବାକୁ ଲାଗିଲେ ।

କନକ ଅଧଘଣ୍ଟାଏ କାଳ ଆତ୍ମବିସ୍ମୃତ ପରି କାନ୍ଦିଲା- ଯେତେ ତୁନି କଲେ ତୁନି ହେଲା ନାହିଁ । ସେଠାରେ ଯେତେ ଲୋକ ଥିଲେ, ସମସ୍ତେ କାନ୍ଦିଲେ - ଜଣେ ଲୋକ କାନ୍ଦିଲା ନାହିଁ । ସେ କେବଳ କାନ୍ଦଣା ଆରମ୍ଭ ହେବାର ଟିକିଏ ପରଠୁ ଆସି ଯେଉଁଠାରେ ଯେମିତି ଛିଡ଼ା ହେଇଥିଲା, ସେହିଠାରେ ସେମିତି ଛିଡ଼ା ହୋଇଥାଏ । ଦୁଇ ଚାରିଜଣ ଗାଁ ଝିଅ ଯେତେବେଳେ ଆସି ଜୋର କରି କନକକୁ ସେଠାରୁ ବଳପୂର୍ବକ ଘେନି ଚାଲିଗଲେ, ସେତେବେଳେ ଯାଇ ନୀଳୁ ବାବୁଙ୍କ ଚେତା ପଶିଲା । ସେତେବେଳେ ସେ ବୁଝିପାରିଲେ ଯେ, ସମସ୍ତେ ତାଙ୍କ ଆଡ଼କୁ ବିସ୍ମିତ ଭାବରେ ଚାହିଁ ରହିଛନ୍ତି । ଏହା ଦେଖି ସେ ଶୀଘ୍ର ଗତିରେ ଯାଇ ହରିବାବୁଙ୍କ ଗୋଡ଼ ପାଖରେ ଲଥ କରି ମୁଣ୍ଡିଆଟାଏ ମାରିଲେ । ହରି ବାବୁ କ'ଣ ବୁଝିଲେ, କ'ଣ ବା ତାଙ୍କଠେଇଁ ଦେଖିଲେ କେଜାଣି- ସେ ହଠାତ୍ ଦ୍ୱିଗୁଣିତ ବେଗରେ କାନ୍ଦିଉଠି ସେଠାରୁ ପଳାଇଗଲେ ।

ନିତେଇ ବାବୁ (ନୀଳୁ ବାବୁଙ୍କ ଭିଣୋଇ) କୁଆଡ଼େ କାମରେ ଯାଇଥିଲେ; ଆସି ନୀଳୁଙ୍କୁ ଦେଖି ଆଶ୍ଚର୍ଯ୍ୟାନ୍ୱିତ ହୋଇ ତାଙ୍କୁ ନିଜ ଘରଠାକୁ ଘେନିଗଲେ ।

X X X X

ସେହିଦିନ ଉପର ଓଳିର କଥା । ନୀଳୁବାବୁ ବାଲ୍ୟକାଳର ସେହି ଭିଣୋଇଙ୍କ ଘରେ ଶୋଇ ଶୋଇ କ'ଣ ଭାବୁ ଅଛନ୍ତି । ଗଲା ରାତିଟାସାରା ଅନିଦ୍ରା, ତଥାପି ଶତ ଚେଷ୍ଟାରେ ସୁଦ୍ଧା କୌଣସି ମତେ ନିଦ୍ରାକର୍ଷଣ ହେଉ ନାହିଁ- ଶତ ଶତ ସ୍ମୃତି ଆସି ତାଙ୍କ ଉପରେ ଅଜାଡ଼ି ହୋଇ ପଡୁଛି । ଭାବୁଛନ୍ତି, ଦୁଇ ଆଖିରୁ ଅଶ୍ରୁଧାରା ଗଡ଼ିଗଡ଼ି ଯାଉଛି । ହଠାତ୍ ଉଠି ବସି ପ୍ରତିଜ୍ଞାର ବଦ୍ଧ ମୁଷ୍ଟି ଉନ୍ନତ କରି ଗଭୀର ସ୍ୱରରେ କହିଲେ- 'ନା !' ଏହି ସମୟରେ ନିତେଇ ବାବୁ ଆସି କହିଲେ, "ଆରେ ନୀଳୁ, ହରିବାବୁ ତତେ ଡାକୁଛନ୍ତି । ଟିକିଏ ଯା, ମୁଁ ଟିକିଏ ଗଡ଼ପଡ଼ ହେଇ ଯାଉଛି । ନିଦ କେତେବେଳେ ଭାଙ୍ଗିଲା ?" ନୀଳୁବାବୁ 'ଏଇକ୍ଷଣି' ବୋଲି କହି ଧୀରେ ଧୀରେ ଉଠି ବାହାରିଗଲେ ।

ହରିବାବୁ ଦାଣ୍ଡ ପିଣ୍ଡାରେ ବସିଥିଲେ । ନୀଳୁଙ୍କୁ ଅତ୍ୟନ୍ତ ଆଦର ସହିତ ଗ୍ରହଣ କରି ନାନାପ୍ରକାର କଥା କହିଲେ; ତାଙ୍କ ଘରଠାରେ ସେହି କେତେଦିନ ରହିବା ପାଇଁ ମଧ୍ୟ ଅନୁରୋଧ କଲେ । ଆହୁରି ମଧ୍ୟ କହିଲେ ଯେ, ସେ ନିଜେ ଇଚ୍ଛା କରି ବିବାହ ବିଷୟ ତାଙ୍କ ପାଖକୁ ଲେଖି ନ ଥିଲେ । ଏହା କହି ପ୍ରଶ୍ନ କଲାପରି ଦୁଇ ଆଖି ନୀଳୁଙ୍କ ଉପରେ ସ୍ଥାପିତ କଲେ । ନୀଳୁବାବୁ ସେ ଚାହାଣିର ଅର୍ଥ ବୁଝିପାରି ମସ୍ତକ ଅବନତ

କଲେ। ଅନେକକ୍ଷଣ କଥାବାର୍ତ୍ତା ପରେ ହରିବାବୁ କହିଲେ, "କିରେ, ଏବେ ଘର ଆଡ଼କୁ ଯା। ନୂଆବୋଉ ତୋତେ ଡାକୁଥିଲା।"

ନୀଲୁ ବାବୁ ଉଠି ଭିତରକୁ ଗଲେ; ଯାଇ ହରିବାବୁଙ୍କ ଶୋଇବା ଘରେ ଦେଖିଲେ- ନୂଆବୋଉ ଅକାତର ନିଦ୍ରାରେ ମଗ୍ନ। ତାଙ୍କୁ ଡାକିବା ଠିକ୍ ବିବେଚନା ନ କରି ସେ ଦାଣ୍ଡକୁ ଫେରି ଯାଉଥିଲେ, କିନ୍ତୁ ବୁଲି ପଡ଼ିଲା ବେଳକୁ ଦେଖିଲେ, ସେପଟ କଣଘରେ କିଏ ଗୋଟିଏ ବସି କାରବାର କରୁଛି। ଛାତି ନାଚି ଉଠିଲା ! ସେହିଠାରେ ସେହି ବଉଳ ଗଛ- କେତେ ବାଲ୍ୟକ୍ରୀଡ଼ାର ମୂକ ସାକ୍ଷୀ, ସେହିଠାରେ ସେହିପରି ରହିଛି। ଅନେକକ୍ଷଣ ସେହିଠାରେ ଛିଡ଼ାହୋଇ ଭାବିଲେ। ଶେଷରେ ଗୋଟିଏ ଦୀର୍ଘ ନିଶ୍ୱାସ ତ୍ୟାଗକରି ସେହି ଗଛ ଆଡ଼କୁ ଚାଲିଲେ।

ସେ କଣଘର ଦୁଆରେ ଛିଡ଼ା ହୋଇ ଅତି କଷ୍ଟରେ ଶୁଷ୍କ ହସଟିଏ ହସି କହିଲେ, "କି ଲୋ କନକ, ଜିନିଷପତର ବନ୍ଧା ଛନ୍ଦା ହେଉଛି ପରା ? ଯାହା, ହେଉ ଶ୍ୱଶୁର ଘରକୁ ତ ବଡ଼ ମାୟା !" କନକ କ'ଣ ଭାବୁଥିଲା- ଅନ୍ୟମନସ୍କ କର୍ଣ୍ଣକୁ ଏକଥା ଗଲା ନାହିଁ; କିଛିକ୍ଷଣ ପରେ ଚମକିତ ହେଲା ପରି ସେ ଫେରି ଚାହିଁଲା- କ୍ଷଣକେ ହାତେ ଓଢ଼ଣା ଟାଣି ଦେବାକୁ ବସିଲା; କିନ୍ତୁ ଓଢ଼ଣା ଟଣା ହେଲା ନାହିଁ। କନକ ଉଠି ଛିଡ଼ା ହେଲା, ଭଙ୍ଗା କଣ୍ଠରେ କହିଲା- କ'ଣ ଭାବି କହିଲା କେଜାଣି- କହିଲା, "ନୀଳୁଭାଇ, ତମେ ଆସିଛ କି ? ନୀଳୁବାବୁ ଏତେବେଳଯାଏଁ କନକ ଆଡ଼କୁ ନିର୍ନିମେଷ ଲୋଚନରେ ଚାହିଁଥିଲେ। ଏହି କଥା ଶୁଣି ତାଙ୍କ ଆଖିରେ କିପରି ଗୋଟିଏ ଜ୍ୟୋତି ଦେଖାଗଲା। କହିଲେ, "ନ ଆସିଥିଲେ ଭଲ ହୋଇଥାନ୍ତା, ନୁହେଁ କନକ ?" କନକ କିଛି ଉତ୍ତର କଲା ନାହିଁ, ଗର୍ବିତ ଭାବରେ ମୁଣ୍ଡ ଟେକି ଅବନତ ଚକ୍ଷୁଯୋଡ଼ିକ ଗୋଟାଏ ଅପାର୍ଥିବ ଭାବରେ ପୂର୍ଣ୍ଣ କରି ନିଷ୍ପନ୍ଦ ଭାବରେ ନୀଳୁବାବୁଙ୍କ ମୁଖ ଉପରେ ସ୍ଥାପନ କଲା। ସେ ଆଖିରୁ କରୁଣ କଠୋରତା ଠିକିରି ବାହାରୁଥାଏ। ନୀଳୁବାବୁ ନିର୍ବାକ୍ ନିଷ୍ପନ୍ଦ ଭାବରେ କନକ ମୁଖ ପ୍ରତି ଚାହିଁ ରହିଲେ; ଶେଷରେ ସେ ଚକ୍ଷୁର ଜ୍ୟୋତି ସହି ନ ପାରି ମସ୍ତକ ଅବନତ କଲେ। ସେହି ଅବସରରେ ବୋଧହୁଏ କନକର ଚେତନା ହେଲା। ସେ ତାଙ୍କୁ ସେହି ଅବସ୍ଥାରେ ସେହିଠାରେ ଛାଡ଼ି ଚାଲି ଯିବାର ଉପକ୍ରମ କରୁଥିଲା, କିନ୍ତୁ ପୁଣି ହଠାତ୍ କ'ଣ ଭାବି ଫେରିଲା- ଧୀରେ ଧୀରେ ଓଢ଼ଣାଟି ଛାତି ପର୍ଯ୍ୟନ୍ତ ଟାଣି ଧରି ଝକ୍‌କରି ଆସି ନୀଳୁବାବୁଙ୍କ ଗୋଡ଼ ପାଖରେ ବସି, ତାଙ୍କ ଦକ୍ଷିଣ ହସ୍ତର ଅଙ୍ଗୁଳି ଗୋଟିଏ ଧରି 'ଭାଇ ଭାଇ' ବୋଲି ବାହୁନିବାକୁ ଲାଗିଲା। ନୀଳୁବାବୁ ଚମକି ପଡ଼ିଲେ। ସେକାଳ କନକକୁ ମନେ ପଡ଼ିଲା; ଆଉ ବିନା ଦ୍ୱିଧାରେ ଅଜସ୍ର ଅଶ୍ରୁଧାରା ତାଙ୍କ ଦୁଇ ଆଖିରୁ ବୋହି ତଳେ କନକକୁ ତିନ୍ତାଇବାକୁ ଲାଗିଲା।

ଏଣେ ପୁଣି ମନ କାହିଁକି କେଜାଣି ଆନନ୍ଦରେ ନାଚି ଉଠିଲା। ଧୀରସ୍ଥିର ଭାବରେ ସେ କାନ୍ଦଣା ଶୁଣିବାକୁ ଲାଗିଲେ।

ଅନେକକ୍ଷଣ ପରେ ଅନେକ ଚେଷ୍ଟାରେ ଗାଁ ଝିଅ କନକକୁ ତୁନି କଲେ। ନୂଆବୋଉ ନିଜେ ମଧ୍ୟ ଉଠିଆସି ନୀଲୁବାବୁଙ୍କୁ ଦେଖି ହସିବେ କି କାନ୍ଦିବେ, କିଛି ସ୍ଥିର କରି ନ ପାରି ଟିକିଏ ହସିଦେଲେ। ନୀଲୁବାବୁ ତାଙ୍କୁ ଗୋଟିଏ ମୁଣ୍ଡିଆ ମାରି ତାଙ୍କ ପଛେ ତାଙ୍କ ଘରକୁ ଚାଲିଗଲେ। ପାନ ଖାଇ ଗପସପ ହୋଇ ଦାଣ୍ଡକୁ ବାହାରିଲାବେଳେ ପୁଣି ସେହି କଣଘର ଉପରେ ତାଙ୍କ ନଜର ପଡ଼ିଲା। ଦେଖିଲେ ସେହି ଉଦ୍ଦୀପ୍ତ ଦିଓଟି ଦିବ୍ୟ ଚକ୍ଷୁର ସ୍ଥିର ଚାହାଣୀ ତାଙ୍କରି ଉପରେ ସ୍ଥାପିତ। ଦଣ୍ଡକେ ଆତ୍ମବିସ୍ମୃତ ହୋଇ, ଆଉ ଦଣ୍ଡକେ ସମ୍ମତି ସୂଚକ ମୁଣ୍ଡ ହଲାଇ ସେ ସେଠାରୁ ଧୀର ଗମ୍ଭୀର ଭାବରେ ବାହାରିଗଲେ। ସେ ଚାହାଣିର ଅର୍ଥ କ'ଣ ? କି ଶିକ୍ଷା, କି ପରାମର୍ଶ, କି ଆଦେଶ ବା ଦେଲା ସେ! ଏ ଚାହାଣିରେ କ'ଣ ଥିଲା, କି ଭାଷାରେ ସେ ମନ କଥା ବ୍ୟକ୍ତ କଲା ?

ଦାଣ୍ଡରେ ଯାଇ ଦେଖିଲେ, ବରଧରା ଯିବାପାଇଁ ସମସ୍ତ ପ୍ରସ୍ତୁତ; କେବଳ କିଏ ବରଧରା ଯିବ, ସେହି ବିଷୟରେ ତର୍କ ବିତର୍କ ଲାଗିଛି। ହରିବାବୁଙ୍କ ଛଡ଼ା କାହାରି ଯିବା ଅବଶ୍ୟ ଉଚିତ ନୁହେଁ, କିନ୍ତୁ ସେ ଗଲେ ଯେ ଆଉ କିଛି ହୋଇପାରିବ ନାହିଁ। ତଥାପି ହରିବାବୁ ଏମାନଙ୍କ ଉପରେ ଭାର ଦେଇ ଯିବାକୁ ବାଧ ହେଉଛନ୍ତି-ନ ଗଲେ ତ ନ ହୁଏ। ଏହି ସମୟରେ ନୀଲୁଙ୍କ ଦେଖି ହରିବାବୁଙ୍କ ମନରେ ଆଉ ଗୋଟିଏ ଭାବର ଉଦୟ ହେଲା, କିନ୍ତୁ ସେ ସାହସ କରି କିଛି କହିପାରିଲେ ନାହିଁ। ଏତିକିବେଳେ ନୀଲୁବାବୁ ନିଜେ ଗମ୍ଭୀର ଭାବରେ ହରି ବାବୁଙ୍କ ନିକଟକୁ ଆସି ଅତ୍ୟନ୍ତ କରୁଣ ସ୍ୱରରେ କହିଲେ, "ଭାଇ, ମୁଁ ଯାଏଁ।" (ନୀଲୁବାବୁ ହରି ବାବୁଙ୍କୁ ଆଜି ସୁଦ୍ଧା 'ହରି ଭାଇ' ବୋଲି ଡାକି ଆସୁଥିଲେ।) ଏହା କହି ଅତ୍ୟନ୍ତ କରୁଣ ଭାବରେ ସମାଗତ ଭଦ୍ରବ୍ୟକ୍ତିଙ୍କ ମୁଖ ଆଡ଼କୁ ଚାହିଁଲେ। ହରିବାବୁ ନିତ୍ୟାନ୍ତ ଆନନ୍ଦ ସହିତ ପ୍ରସ୍ତାବଟି ଗ୍ରହଣ କଲେ। ଏହା ଦେଖି ସମସ୍ତେ ସମସ୍ୱରରେ ପ୍ରସ୍ତାବଟି ଅନୁମୋଦନ କଲେ। ହରିବାବୁ ନୀଲୁଙ୍କ ମୁଖ ପ୍ରତି ଛଳଛଳ ନୟନରେ ଚାହିଁଲେ, ଦେଖିଲେ- ନୀଲୁଙ୍କ ଚକ୍ଷୁଯୋଡ଼ିକ ପୂର୍ଣ୍ଣ, ଉନ୍ନତ ଓ ଭାବପୂର୍ଣ୍ଣ। ହରିବାବୁ ସମ୍ଭାଳି ନ ପାରି ଧାଇଁ ଆସି ତାଙ୍କୁ କୋଳ କରି ଗଦ୍‌ଗଦ୍ ସ୍ୱରରେ କହିଲେ- 'ମେରା ଭାଇରେ!'

ଦ୍ୱିତୀୟ ଖଣ୍ଡ

ଠକ

(୧)

ଶାଶୂଘରେ ଗୋଡ଼ ଦେଲାବେଳୁଁ କନକ ଦେଖୁଛି- କାହାର ଗୋଟାଏ ନୀରବ ହସ୍ତ ତା'ର ପ୍ରତି କାର୍ଯ୍ୟରେ ତାକୁ ସାହାଯ୍ୟ କରି ଆସୁଛି, ନାନାଭାବରେ ତା' ପଛେ ପଛେ ରହି ପ୍ରତି ପଲକରେ କାହାର ଯୋଡ଼ିଏ ସ୍ନିଗ୍ଧ ଆଖି ତା'ର ନୂତନ ବଧୂଜୀବନର କଠିନ ପରୀକ୍ଷାକୁ ଲଘୁ କରି ଆସୁଛି, କାହାର ଗୋଟିଏ ଆଶିଷପୂର୍ଣ୍ଣ ଶୁଭ କାମନା ତା'ର ସମସ୍ତ ଅପ୍ରତ୍ୟାଶିତ ଜ୍ୱାଳା ଯନ୍ତ୍ରଣାରୁ ତାକୁ ରକ୍ଷା କରି ଆସୁଛି; ଅଥଚ ଆଶ୍ଚର୍ଯ୍ୟର ବିଷୟ, ସେ ମଙ୍ଗଳାକାଙ୍‌କ୍ଷୀଟି ସଙ୍ଗରେ ତା'ର ଆଳାପ ପରିଚୟ ହେବାକୁ ନାହିଁ। ଏମନ୍ତ କି, ସେ କିଏ, ତାହା ମଧ୍ୟ ତା' କଳ୍ପନାର ଅତୀତ।

ପୂର୍ଣ୍ଣ ହୃଦୟର କୃତଜ୍ଞତା ସେ କାହାକୁ ଦେବ, ବୁଝିପାରୁ ନାହିଁ। ତା'ର ପୂର୍ଣ୍ଣ ନାରୀହୃଦୟ ଦେଇ ସେ ଖୋଜୁଛି, ଗୋଟାଏ ଅବଲମ୍ବନ-ସଜୀବ ସଶରୀର ଅବଲମ୍ବନ; କେବଳ ସାହାଯ୍ୟ ନୁହେଁ-ସହାୟ, ସାହା।

X X X X

ଏପରି ସମୟରେ- ଯେତେବେଳେ ତା' ହୃଦୟ ଅଜ୍ଞାତ ମଙ୍ଗଳାକାଙ୍‌କ୍ଷୀର ଅନ୍ୱେଷଣର ବୃଥା ପ୍ରୟାସରେ ବିମର୍ଷ ରହିଛି- ଆଜି 'ଚତୁର୍ଥୀ'ର ଏ ନାରୀସଭାରେ ଏତେ ଲୋକଙ୍କ ମଧ୍ୟରେ ସୁଦ୍ଧା ନିର୍ଜନ କାରାଦଣ୍ଡ ଭୋଗ କରୁ କରୁ କନକ ହଠାତ୍ ଓଢ଼ଣା ଭିତରୁ ଗୋଟିଏ ନୂଆ ମୁହଁ ଦେଖିଲା, ଯହିଁରେ ଚିହ୍ନଅଚିହ୍ନାର ସମ୍ପର୍କ ମାତ୍ର ନାହିଁ- ସେ ମୁହଁଟି ତା'ର ଯେପରି କେଉଁଦିନରୁ ପରିଚିତ; ସେ ମୁହଁଟି ଯାହାର, ସେ ଯେପରି କେଉଁ ଦିନରୁ ତା'ର ଆପଣାର।

ସେ ମୁହଁଟି କଳା, କିନ୍ତୁ ସେଥିରେ ଗୋଟାଏ ଅସାଧାରଣ ଜ୍ୟୋତି- ତାହାର ସରଳ ସାଧାରଣ ଗଠନର ଗୋଟାଏ ଅକଥନୀୟ ସୌନ୍ଦର୍ଯ୍ୟ; ସେ ମୁହଁଟି ଅଳଙ୍କାରହୀନ, କିନ୍ତୁ ଚକ୍ଷୁଯୋଡ଼ିକ ତା'ର ଦପ୍-ଦପ୍ ଜଳୁଛି। ରାଗରେ ନୁହେଁ, ତେଜରେ ନୁହେଁ, ଅଥଚ ଜଳୁଛି- ସ୍ନେହରେ, ସହାନୁଭୂତିରେ ଓ ସହିଷ୍ଣୁତାରେ। ତାହା ଚାହାଣିରେ ମଦିରା

ନାହିଁ, ଗରଳ ନାହିଁ, ଚଞ୍ଚଳତା ନାହିଁ- ଅଛି କେବଳ ଗୋଟାଏ ସ୍ଥିର ସଂଯତ କୋମଳତା; ସ୍ଥିର, ସଂଯତ ଅଥଚ ନିଶ୍ଚେଷ୍ଟ ନୁହେଁ- ପୂର୍ଣ୍ଣ ଜୀବନୀ ଶକ୍ତିର ସଞ୍ଚାର ସେଥିରେ ଆଲୋକିତ ଜୀବନର ନିଭୃତ ପୁଲକର ଆଭାସ ଦେଉଅଛି।

କନକ ଥରେମାତ୍ର ଚାହିଁ ସେହି ସ୍ଥିର, ସଦୟ, କରୁଣ ମୁଖଟିର ମର୍ମ ବୁଝିନେଲା।

ସେ ମୁହଁଟି ଗଉରୀର।

କନକ ଯେତେବେଳେ ସୁବିଧା ଦେଖି ଓଢ଼ଣା ଭିତରୁ ଗଉରୀକୁ ଆପାଦମସ୍ତକ ପରୀକ୍ଷା କରିନେଲା, ସେ ଗୋଟିଏ 'ମାତାଜୀ' ବୋଲି ତା'ର ଆଉ ସନ୍ଦେହ ରହିଲା ନାହିଁ। ତା' ପରିଧାନରେ ଖଣ୍ଡେ ମୋଟା ଥାନ, ମୁଣ୍ଡ ବାଳଗୁଡ଼ାକ ମୁକୁଳା; ମୁଣ୍ଡରେ ହାତରେ, ଗଳାରେ ରାମାନନ୍ଦୀ ଚିତା, ବେକରେ ତୁଳସୀକଣ୍ଠି ଛଡ଼ା ଆଉ କିଛି ନାହିଁ। ଏହି 'ମାତା'ଟି ପାଖରେ ଛୋଟ ବଡ଼ ପିଲାମାନଙ୍କର ସମାଗମ ବେଶି। ସମାଗତ ବୋହୂ ଝିଅ ଘରଣୀ ଇତ୍ୟାଦିଙ୍କ କଥାବାର୍ତ୍ତା, ହସଖୁସି ଓ ବକ୍ତୃତାଦି ପ୍ରତି ତା'ର ତିଳେ ମାତ୍ର ମନେଯୋଗ ନାହିଁ।

କ୍ଷଣକ ମଧ୍ୟରେ କନକର ହୃଦୟ 'ମାତା'ଟି ପ୍ରତି ଆକୃଷ୍ଟ ହୋଇଗଲା। ଇଚ୍ଛା ହେଲା, ତାହା ସହିତ ଦି'ପଦ କଥା କହନ୍ତା କିନ୍ତୁ ନାଚାର- ଏଇଟା ଯେ ଚତୁର୍ଥୀର ନାରୀ ସଭା। ଏଥିରେ କଥାବାର୍ତ୍ତା ତ ଦୂରର କଥା- ନବବଧୂର ଟିକିଏ ହଲଚଲ ହେବାର ମଧ୍ୟ ସାଧ ନାହିଁ। ହେଲେ, ନିନ୍ଦା, ଅପଯଶ, କଳଙ୍କ ଓ ତଦୁପରି ଲାଞ୍ଛନା ଏବଂ ଗଞ୍ଜଣା।

ଏ ବିଷୟରେ ଟିକିଏ ବିଷଦ ବ୍ୟାଖ୍ୟା ଆବଶ୍ୟକ। ହିନ୍ଦୁ ଅନ୍ତଃପୁରର ଅସୂର୍ଯ୍ୟସ୍ପର୍ଶ୍ୟା ନବବଧୂର ସୁ-ଆବୃତ ମୁଖମଣ୍ଡଳର ପ୍ରଥମ ଓ ଶେଷ ଦର୍ଶନ-ଅବଶ୍ୟ ଜନସାଧାରଣଙ୍କ ପକ୍ଷରେ- ତଥା ପରୀକ୍ଷାର ଏକମାତ୍ର ଅବସର ହେଉଛି ବିବାହର ଚତୁର୍ଥ ଦିବସ- ଚତୁର୍ଥୀ ବା ଚଉଠୀ। ବନ୍ଧୁବାନ୍ଧବ, ସୂର୍ଯ୍ୟ ମଇତ୍ର, ସାଇପଡ଼ିଶା, ଜ୍ଞାତି କୁଟୁମ୍ବ, ଆଇଲା ଗଲା-ସମସ୍ତଙ୍କର ଆଜି ସୁବର୍ଣ୍ଣ-ସୁଯୋଗ, ଅର୍ଥାତ୍ ସୁବର୍ଣ୍ଣ ବିଯୋଗ। କାରଣ ବିନା ଦକ୍ଷିଣାରେ ଦେବ-ଦେବୀ ଦର୍ଶନର ବିଧି ହିନ୍ଦୁଶାସ୍ତ୍ରରେ ନାହିଁ; ତଥୈବ ବିନା ଦକ୍ଷିଣାରେ ଗୃହଲକ୍ଷ୍ମୀ ଦର୍ଶନ ଗୃହସ୍ଥ-ନୀତିର ବହିର୍ଭୂତ।

ଆଜି ପୁରୁଷ ସ୍ତ୍ରୀ ସମସ୍ତେ ବୋହୂର ମୁହଁ ଦେଖିବେ ଓ ନିଜ ନିଜ ସମ୍ବନ୍ଧ ଏବଂ ସମ୍ବଳ ଅନୁସାରେ- ଅନ୍ୟ କୌଣସି ବିଚାର ନିରପେକ୍ଷ 'ମୁହଁ ଚୁହାଁ' ଦେବେ। ପୁରୁଷ ସ୍ତ୍ରୀ ସମସ୍ତେ ଦେଖିବେ ବୋଲି ସେ ଦୁଇ ଜାତି ଲଜ୍ଜା ସରମ ଭୁଲି ଏକାବେଳକେ କାର୍ଯ୍ୟ ସମାଧାନ କରିବେ, ଏହା ଭାବିବାର ବାଟଟି ପର୍ଯ୍ୟନ୍ତ ରଖାଯାଇ ନାହିଁ। ଇଏ ତ କିଛି ଗଙ୍ଗା ବୈତରଣୀର ବାରୁଣୀ-ଯୋଗ ନୁହେଁ। ଏଥିରେ ପୁରୁଷମାନଙ୍କ ପାଇଁ

ଏକ ବନ୍ଦୋବସ୍ତ ତ, ସ୍ତ୍ରୀମାନଙ୍କ ପାଇଁ ଦୋସରା। ଚତୁର୍ଥୀର ବେଦୀ କାର୍ଯ୍ୟ ଶେଷ ହେଉ ନ ହେଉଣୁ ପଡ଼ିବ ପୁରୁଷମାନଙ୍କ ସୁବର୍ଣ୍ଣ-ବିୟୋଗ (ଆପଣ ଯଦି କହିବେ ତ ସୁଯୋଗ) ଓ ଦି'ପହର, ଦଶଘଡ଼ି ସରିକି ପଡ଼ିବ ଯାଇଁ ସ୍ତ୍ରୀମାନଙ୍କର।

ନିଃସନ୍ଦେହ, ଏସବୁ ବିଷୟରେ ସ୍ତ୍ରୀମାନେ ହେଲେ ହର୍ତ୍ତା-କର୍ତ୍ତା, ଦୈବବିଧାତା **(privileged class)**, ଦୃଶ୍ୟ-ଦର୍ଶକ-ଭେଦ ଥିବାରୁ ପୁରୁଷମାନଙ୍କର ସୁଯୋଗ ନାମ ମାତ୍ର-ଦକ୍ଷିଣା ଦେବାହିଁ ସାର; କିନ୍ତୁ ସ୍ତ୍ରୀମାନଙ୍କ କଥା ହେଲା ନିଆରା। ସେମାନଙ୍କ ମୁହଁ ଦେଖା, ତଥା ପରୀକ୍ଷାର ଆୟୋଜନ, ଘଟା ଓ ଆଡ଼ମ୍ବର ସେ ସ୍ଥଳରେ ବର୍ଣ୍ଣନାତୀତ। ତୁଳନା କରିବାକୁ ଗଲେ, ପୁରୁଷମାନଙ୍କ ଦେଖାଟା ବଡ଼ ଡାକ୍ତରଖାନାର ବଡ଼ ସାହେବଙ୍କ **post mortem**- ମଡ଼ା ପ୍ରତି ଦସ୍ତୁରୀ କଟାକ୍ଷପାତ ସଙ୍ଗେ ସମାନ ପଡ଼ିବ; ଆଉ ସ୍ତ୍ରୀମାନଙ୍କର ହେଉଛି ବାସ୍ତବ **post mortem** ଓ **discussion** ।

ପୂର୍ବୋଲ୍ଲିଖିତ ନାରୀ ସଭାକୁ ଉକ୍ତ **discussion**ର ଅନ୍ତିମ ଶକୁନି ସଭା କହିଲେ ଅତ୍ୟୁକ୍ତି ହେବାର ସମ୍ଭାବନା ଅଳ୍ପ।

ଉକ୍ତ ନାରୀସଭା ସ୍ୱଭାବତଃ ମତ-ନବିସ୍ ଗ୍ରାମ୍ୟ କୁଳାଙ୍ଗନାଙ୍କର ରଙ୍ଗଭୂମି। ପ୍ରଥମ ଦଳ ମଧ୍ୟରେ ଧରି ନିଅନ୍ତୁ, ପ୍ରାଚୀନା ଚତୁର୍ଥବସ୍ଥାପନ୍ନାଙ୍କଠାରୁ ଆରମ୍ଭ କରି ବୃଦ୍ଧଭାବାପନ୍ନ ପ୍ରୌଢ଼ାମାନଙ୍କ ପର୍ଯ୍ୟନ୍ତ, ଦ୍ୱିତୀୟ ଦଳରେ ଦେଖନ୍ତୁ, ଓଢ଼ଣାତିକ୍ରାନ୍ତା (ଅର୍ଥାତ୍ ଯେଉଁମାନେ ବଧୂଜୀବନର ଉତ୍ତର ସନ୍ଧ୍ୟାରେ ମୁହଁରେ ଲୁଗା ନ ଦେଇ ସମସ୍ତ ସ୍ତ୍ରୀ ଜାତି ସହିତ ମୁକ୍ତ ଭାବବିନିମୟ କରିବାର ଅଧିକାର ପାଇଗଲେଣି) ସଧବା ବିଧବାଙ୍କଠାରୁ ଓଲିଆରୁ ଗଜା କୌଣସି କୌଣସି ଯୁବତୀପୁଙ୍ଗବ ପର୍ଯ୍ୟନ୍ତ। ଏହି ଦୁଇ ଦଳ ହେଲେ ପ୍ରଧାନ। ଯା ଛଡ଼ା ବିବାହିତା ଓ ଅବିବାହିତା ଝିଅ ଝିଆଣୀ ଏବଂ ମାତୃକ୍ରୋଡ଼ଠାରୁ ଆରମ୍ଭ କରି ସମ୍ଭବ ଅସମ୍ଭବ ଯାବତୀୟ ସ୍ଥାନ ଅଧିକାର କରି ସଭାର ଶାନ୍ତି ବର୍ଦ୍ଧନ କରୁଥିବା ବାଳୁତ 'ପିଲା ପରମେଶ୍ୱର' ତ ଅଛନ୍ତି।

ଦର୍ଶକମାନଙ୍କୁ ଛାଡ଼ି ଏବେ ଦୃଶ୍ୟଟି ବିଷୟରେ ପଦେ ଅଧେ ନ କହିଲେ ଚଳିବ ନାହିଁ। ସଭା ଓ ସଭ୍ୟମାନଙ୍କୁ ପୂର୍ବବର୍ଣ୍ଣିତ ଅବସ୍ଥାରେ ଛାଡ଼ି ଏବେ ଏ ସବୁର କେନ୍ଦ୍ରଭୂତା ନବବଧୂଟି ପ୍ରତି ଟିକିଏ ଦୃଷ୍ଟି ଦେବାକୁ ହେବ।

ବୋହୂ ଥିବ ଘର କୋଣରେ। ସମ୍ଭବତଃ, ଟିକିଏ ଅବସର ପାଇ ଆପାଦମସ୍ତକ ସର୍ବାଙ୍ଗରୁ ଅଳଙ୍କାର ଭାର ଓହ୍ଲାଇ ବଧୂରିତ ଶଙ୍କିତ ଭୋଜନ ପରେ ଦିବ୍ୟ ଆରାମରେ ଦୁଇଟା ଦୀର୍ଘ ନିଶ୍ୱାସ ମାରୁଥିବ, ଅଥବା ଭେଳକା ମାରି ଯାଉଥିଲେ ନିଶ୍ଚେଷ୍ଟ ଭାବରେ ସେହିପରି ଅଳଙ୍କାରପିଷ୍ଟା, ଆହାର ନିଦ୍ରା ଅଭାବରୁ ପ୍ରକୃତିକ୍ଲିଷ୍ଟା ହୋଇ କୁଣ୍ଢେଇଟି ପରି ବସି ଗୃହତଳ ସିକ୍ତ କରୁଥିବ, ଏପରି ସମୟରେ ବ୍ୟସ୍ତସମସ୍ତ ହୋଇ ଶାଶୂ ବା

ତତ୍‌ସ୍ଥାନୀୟା କେହି ସଦଳବଳରେ ଆସି ଆପାଦମସ୍ତକ ଅଳଙ୍କାର ପରୀକ୍ଷା କରି, ଭ୍ରମାଦି ତିରସ୍କାର ସଂଶୋଧନ କରି ବୋହୂଟିକୁ ସାଡ଼ମ୍ବରରେ ସଙ୍ଖୋଳି ଘେନିଯିବ।

ବୋହୂ ଚାଲିଲାବେଳେ ତାଙ୍କ ପାଦ ଯୋଡ଼ିକ ଯେ ଭୂମିରେ ଲାଗେ, ଏହା ମୁଁ ଶପଥ କରି କହିପାରେ; କିନ୍ତୁ କାହାରି ଦେଖିବାର ସାଧ ନାହିଁ। କାରଣ, ପଛଆଡ଼େ ସାହାଯ୍ୟକାରିଣୀ ବାହୁ ବେଷ୍ଟନରେ ବୋହୂର ନତ କଟିକୁ ଆହୁରି ନତ କରି କରି ଆସୁଛନ୍ତି ଏବଂ ଆଗରେ ନବ ବଧୂର ସର୍ବସ୍ୱରୂପିଣୀ ଓଢ଼ଣା "ବାଟ ଓଳାଇ ଓଳାଇ, ଧୂଳି ଉଡ଼ାଇ ଉଡ଼ାଇ" ଚାଲିଛି। ଜ୍ୟାମିତିକ ଭାଷାରେ କହିବାକୁ ଗଲେ, ବୋହୂର ପାଦଠାରୁ କଟି ପର୍ଯ୍ୟନ୍ତ ସରଳରେଖା ଯଦି ଯେନ କେନ ପ୍ରକାରେଣ ଭୂମି ସଙ୍ଗରେ ସମକୋଣ ସ୍ଥାପନ କଲା, ତେବେ ନିଃସନ୍ଦେହ, ଉକ୍ତ ରେଖା ଓ କଟିଠାରୁ ମସ୍ତକ ପର୍ଯ୍ୟନ୍ତ ମେରୁଦଣ୍ଡଦ୍ୱାରା ବେଷ୍ଟିତ କଟିସ୍ଥ କୋଣଟି ସମକୋଣ ଛଡ଼ା ଆଉ କିଛି ନୁହେଁ। ଉକ୍ତ ପ୍ରକାରେ ପ୍ରମାଣିତ କରାଯାଇପାରେ ଯେ ଶିରୋଲମ୍ବୀ, ଧରାଚୁମ୍ବୀ ଓଢ଼ଣା ଓ ପୂର୍ବକାୟଦ୍ୱାରା ବେଷ୍ଟିତକୋଣ ମଧ୍ୟ ସମକୋଣ ଅଟେ। ଅର୍ଥାତ୍ ସିଦ୍ଧାନ୍ତ ଏହି ଯେ ଗମନକାଳୀନ ନବବଧୂ ଭୂମିସଂଲଗ୍ନ ଥିବାରୁ ଜ୍ୟାମିତିକ ଦୃଷ୍ଟିରେ ସର୍ବଦା ସମାନ୍ତରାଳ କ୍ଷେତ୍ରରେ ପରିଣତ ହୁଅନ୍ତି (– ଯେଉଁ ଜ୍ୟାମିତି ବିନ୍ଦୁଠାରେ ବିସ୍ତୃତି ଦେଖିବାକୁ ଅକ୍ଷମ, ତାହା ପକ୍ଷରେ ନବ ବଧୂର ଗତିରେ ସ୍ଥିତି ମାତ୍ର ଦେଖିବା ସ୍ୱାଭାବିକ ସ୍ୱତଃସିଦ୍ଧ) ବର୍ଗକ୍ଷେତ୍ରରେ ପରିଣତ ହେବା କେବଳ ବଧୂର ଆକାରସାପେକ୍ଷ।

ହାୟ ! ଓଡ଼ିଆଘର ନବ ବଧୂର ତିଳେମାତ୍ର ସ୍ୱାତନ୍ତ୍ର୍ୟ ବା ସ୍ୱାଧୀନତା ନ ଥିବାର ଗୌରବ ଅନୁଭବ କରିବାର ସମୟ ବା ସୁବିଧା ନ ଥିବାରୁ ବଧୂଜୀବନର ପ୍ରାରମ୍ଭରେ କେତେ କେତେ 'ବୀରରମଣୀ' ନିଜର ସହଜ ସହିଷ୍ଣୁତାକୁ ଭୁଲି ନାରୀ ଜନ୍ମ ପ୍ରତି ଧିକ୍କାର ଦେଇ ମୃତ୍ୟୁକାମନା କରି ନ ଥାନ୍ତି ! ସେମାନେ କାହୁଁ ଜାଣିବେ-ବଧୂର କାଷ୍ଠପୁତ୍ତଳିତ୍ୱରେ ଶାଶୂ ଶ୍ୱଶୁରଙ୍କର କେଡ଼େ ଗର୍ବ, କେତେ ମାନ, କେତେ ଆନନ୍ଦ ! ପାଞ୍ଚଜନଙ୍କ ମୁହଁରେ କି ପ୍ରଶଂସା କି ସାଧୁବାଦ ! ଆଉ ତାହାଠାରେ ଟିକିଏ ସ୍ୱାଧୀନ ଭାବ ଟିକିଏ ସ୍ୱେଚ୍ଛାଚାରିତା, ଟିକିଏ ଆତ୍ମାବଲମ୍ବନ, ଟିକିଏ ମନୁଷ୍ୟତ୍ୱ ଦେଖାଗଲେ କି ମର୍ଯ୍ୟାଦାହାନି, କେଡ଼େ ଲୋକହସା ! ଧନ୍ୟ ସେ ବଧୂ, ସାର୍ଥକ ତାହାର ନାରୀଜନ୍ମ- ସେ ଯନ୍ତ୍ରଚାଳିତ ହେବାର ଗୌରବ ଲାଭ ପାଇଁ ନିଜର ନିଜତ୍ୱ ଭୁଲି କୁଣ୍ଢେଇଟିରେ ପରିଣତ ହୋଇପାରେ ଓ ଦୁଷ୍ପ୍ରାପ୍ୟ ଲୋକପ୍ରଶଂସା ଆଶାରେ ନିଜର ଅସ୍ତିତ୍ୱ ସୁଦ୍ଧା ଭୁଲିଯାଇପାରେ !

ହଁ ବହୂଟିକୁ ତ 'ନ ଯଯୌ ନ ତସ୍ଥୌ' ଭାବରେ ପହୁଣ୍ଡି ବିଜେ କରାଇ ଅଣାଗଲା। ଏବେ ସଭାର ଅବସ୍ଥା ଟିକିଏ ଦେଖାଯାଉ। ମାଇପି ପିଲା ସମସ୍ତେ ଉଦ୍‌ଗ୍ରୀବ

ହୋଇ 'ପୀବନ୍ତ ଇବ ଚକ୍ଷୁଷା' ଅନାଇ ରହିଛନ୍ତି - କାହାରି ତୁଣ୍ଡରେ କଥା ନାହିଁ। କିନ୍ତୁ ବହୂଟିର ଆବରଣ ଛଡ଼ା ଆଉ କିଛି ଦେଖିବାର ବାଟ ନାହିଁ। ବୋହୂଟିକୁ ଆଣି ଗୋଟାଏ କୌଣସି ପାଖ ବା କୋଣରେ ଥୋଇଲେ। ସମସ୍ତେ ଆସନ ଗ୍ରହଣ କରିସାରିଲେ, ତେବେ ଯାଇ ବୋହୂଦେଖା ବା ମୁହଁ ଦେଖାର ସମୟ ଆସିବ ବୋଲି ଜାଣିବ।

ଏ ସ୍ଥଳରେ ମଧ୍ୟ ବୋହୂଟିର ସିଧା ବସିବାର ସାଧ ନାହିଁ- ସେହିପରି ନତଭାବରେ ଅଧୋବଦନରେ ରହି ନିଜର ଗୁଣିତ୍ୱର ପରିଚୟ ଦେବାକୁ ପଡ଼ିବ। (କହିଛି-ପରା- "ନିମନ୍ତି ଫଳିନୋ ବୃକ୍ଷାଃ, ନମନ୍ତି ଗୁଣିନୋ ଜନାଃ; ନମନ୍ତି ସୁକୁଳବଧ୍ୱୋ, ନମନ୍ତି କୁତ୍ର ଚେତରାଃ।") ଗୃହକର୍ତ୍ତ୍ରୀ ତତ୍ପରେ ପ୍ରତିବେଶିନୀମାନଙ୍କର ଗୁରୁତ୍ୱ ହିସାବରେ (in order of importance) ଅର୍ଥାତ୍ ପ୍ରତ୍ୟାଶିତ ଦକ୍ଷିଣାର ଗୁରୁତ୍ୱ ହିସାବରେ ଜଣ ଜଣ କରି ସମସ୍ତଙ୍କୁ ବୋହୂମୁହଁ ଦେଖାଇବେ ଓ ଦର୍ଶନୀ ଗ୍ରହଣ କରିବେ ତତ୍ପରେ ସମସ୍ତେ ବୋହୂର ମୁଣ୍ଡଠାରୁ ଗୋଡ଼ଯାକ ଅଳଙ୍କାର ପରୀକ୍ଷା କରି ତୁଳନାଦ୍ୱାରା ଭଲ ମନ୍ଦ ସାବ୍ୟସ୍ତ କରିବେ। ସେଇଥିରୁ କେତେ ଦଳର ସୃଷ୍ଟି ହେବ, କେତେ କଥା ବାହାରି ପଡ଼ିବ, କେତେ ଆଲୋଚନା ଆରମ୍ଭ ହୋଇଯିବ। କେତେ ଘରର ବୋହୂମାନଙ୍କ ପ୍ରସଙ୍ଗ ଉଠିବ, ତାହାର କଳନା ହୋଇ ନ ପାରେ; କିନ୍ତୁ ବହୂଟି ଆଦ୍ୟୋପ୍ରାନ୍ତ ସେହି ସ୍ଥାନରେ ସେହି ଭାବରେ ନୀରବ ନିଷ୍ପନ୍ଦ ହୋଇ ବସି ନିଜକୁ ଧନ୍ୟ ମଣିବାକୁ ବାଧ୍ୟ।

ଏତେଗୁଡ଼ାଏ କଥା ମୋତେ କହିବାକୁ ପଡ଼ି ନ ଥାନ୍ତା, ଯଦି ମୁଁ ଆଜିକାଲିକାର କଥା କହୁଥାନ୍ତି, ଅଥବା ଯଦି ସଭ୍ୟତା ପ୍ରଭାବରେ ଲୋକେ ଆଜି ଏ ସମସ୍ତ ସାମାଜିକ ସଦନୁଷ୍ଠାନମାନ ଭୁଲିବାକୁ ବସି ନ ଥାନ୍ତେ। କିନ୍ତୁ କ'ଣ କରିବି ? ମୁଁ ଯେଉଁ ସମୟର କଥା କହୁଛି, ସେତେବେଳେ ସଭ୍ୟତା କଅଁଳା ପିଲା- କାନ୍ଥବାଡ଼ ଆଶ୍ରୟ ନ କରି ଚାଲି ବୁଲି ପାରିବ, ସେ ଶକ୍ତି ତା'ର ସେତେବେଳେକୁ ହୋଇ ନାହିଁ।

X X X X

ଗୋଟିଏ ପାଞ୍ଚ ଛ ବର୍ଷର ଝିଅ ଖଣ୍ଡେ ରଙ୍ଗ ଲୁଗା ପୁଅଙ୍କ ପରି ପିନ୍ଧି ମୁହଁଦେଖା ସରିଲାବେଳୁଁ କନକ ଆଗରେ ବସି ତା' ମୁହଁକୁ ତରାଟିମରାଟି ଚାହୁଁଥାଏ ଓ ଯେତେବେଳେ ଦୈବାତ୍ ତା' ଆଖି ଯା ଆଖିରେ ପଡ଼ିଯାଏ, ତରବର ହୋଇ ତଳକୁ ମୁହଁ କରିଦିଏ। କନକ ସେ ଝିଅଟିର ପିନ୍ଧାକାନି ଧରି, ପାଖକୁ ଟାଣିଆଣି ଗଉରୀକୁ ଦେଖାଇ ତା' କାନରେ କହିଲା, "ସେ ମାତାଟି କିଏ ?" କନକ ଅବଶ୍ୟ ଅନେକ କ୍ଷଣ ଯାଡ଼େ ସ୍ୟାଡ଼େ ଅନାଇ ସୁବିଧା ଦେଖି-ଯେତେବେଳେ କାହାରି ନଜର ତା'

ଉପରେ ନାହିଁ, ସେହି ଅବସରରେ ଏଡ଼େ ଗର୍ହିତ କାର୍ଯ୍ୟଟାଏ କହିବାକୁ ସାହସ କରିଥିଲା । କିନ୍ତୁ ଭାଗ୍ୟକ୍ରମେ ସେଥିରେ ବିଷମ ଫଳ ଫଳିଲା । ଝିଅଟି ତ ପ୍ରଥମ କିଛି ବୁଝି ନ ପାରିଲା ପରି ଯାଡ଼େ ସ୍ୟାଡ଼େ ଅନାଇ ପୁଣି କନକ ମୁହଁକୁ ଚାହିଁଲା । କନକ ଆଙ୍ଗୁଳି ଠାରି ଗଉରୀକୁ ଦେଖାଇ ଦେଲାରୁ ପିଲାଟି ଆଗ କରି ଖାଲି ହସିଲା ପରସ୍ତେ । କନକ ଏଥିରେ ସୁଦ୍ଧା ଭୀତ ହୋଇ ନତମସ୍ତକରେ ରହିଲା । ଝିଅଟି ଏଣେ ହସି ହସି ଯାଇ ଗଉରୀ ବେକରେ ଦୁଇ ବାହୁ ବେଷ୍ଟନ କରି ତା' ଆଗକୁ ଝୁଲିପଡ଼ି, ତା' ମୁହଁ ପାଖକୁ ତା' ଟିକି ରଙ୍ଗା ମୁହଁଟି ନେଇ ହସୁହସୁ ଏଡ଼େପାଟି କରି କହିଲା- "ଗଉଲି ଅପା, ନୂଆବଉ ତତେ ମାତାଦି କଉଚି ।" ଗଉରୀ ଟିକିଏ ହସି ଝିଅଟି ମୁହଁରେ ହାତଦେଇ ତାକୁ ବନ୍ଦ କଲା । କିନ୍ତୁ ହେଲେ କ'ଣ ହେବ, ଯେଉଁ ଅନିଷ୍ଟ ହେବାର ତାହା ସେତେବେଳକୁ ହୋଇସାରିଲାଣି- କଥାଟା କ୍ଷଣକେ ସଭା ମଧ୍ୟରେ ବ୍ୟାପ୍ତ ହୋଇଗଲା ।

କନକର ଶାଶୂ ବହୂ ଦେଖାଇ ସାରି ଅନ୍ୟ ପ୍ରସ୍ଥରେ କାମଧନ୍ଦାରେ ଲାଗିଯାଇଥିଲେ । ପୂର୍ବବର୍ଣ୍ଣିତ ଘଟନାର ଅଳ୍ପକ୍ଷଣ ପରେ ବତାସ ପରି ସେ ସଭାରେ ଅବତୀର୍ଣ୍ଣ ହୋଇ ବୋହୂକୁ ଲକ୍ଷ୍ୟ କରି କହିଲେ- "ହଇଲୋ, ବେମହତୀ ଘର ଝିଅ ! ଏଁ-ଆ ଲୋ, ମ' ଝିଅ-ମୋ ଝିଅ ତୋତେ ମାତାଜି ପରି ଦିଶିଲା । ନାଇଁ? କଉ କେଳାଘରେ ବଢ଼ିଥିଲୁ ଲୋ-ଯାଁଲୋ, ଏଁ?" କନକ ଅତି କାତର ଭାବରେ କାନ୍ଥ ଦିହରେ ମିଶିଗଲା ପରି ହୋଇଗଲାଣି । ହଠାତ୍ ଏହି ସ୍ଥାନରେ ଗଉରୀ ଉଠି ଆସି ବୋଉ ହାତ ଧରି ଝିଙ୍କିନେଇ କଡ଼ା ସ୍ୱରରେ କହିଲା- 'ଛି, ବୋଉ, ପିଲାଟା ।' ବୋଉ କିନ୍ତୁ ଶୁଣିବାର ଲୋକ ନୁହନ୍ତି । ସେ ସେହିପରି ବାତୁଳପ୍ରାୟ ଗଉରୀକୁ ଆଗରୁ ହଟାଇ ନ ପାରି କୁଣ୍ଢାଇ ଧରି କନକର ଆହୁରି ପାଖକୁ ତଡ଼ି ଯାଇ କହିଲେ, "ଦେଖିଲୁ, ଦେଖିଲୁ? ହଇ ଲୋ ସୁନ୍ଦରୀ ସୁନା; ମୋ ଝିଅ ପରା ମାତାଜି ପରି ଦିଶୁଛି, ନାଇଁ ଲୋ?" ଏହି ସ୍ଥାନରେ ହିତରେ ବିପରୀତ ଦେଖି; ଅନ୍ୟ ଉପାୟ ନ ପାଇ ଗଉରୀ ବୋଉ ମୁହଁରେ ହାତଟା ଗୁଞ୍ଜିଦେଇ 'ତୁନି ହ, ତୁନି ହ-ଢେର୍ ହେଲାଣି' ବୋଲି କହି ତାଙ୍କୁ ଅନ୍ୟ ଦିଗକୁ ତଡ଼ି ନେଇଗଲା । କନକ ସେହିପରି ତଟସ୍ଥ ପରି ବସିଥାଏ, କିନ୍ତୁ ଗଉରୀବୋଉ କ'ଣ ଏପରି ଭାବରେ ବିଧ୍ୱସ୍ତ ହୋଇଯିବେ ! ଗଲାବେଳେ ମୁହଁ ବୁଲାଇ ବହୂକୁ ଓ ସଂସାରକୁ ଏକାବେଳକେ ଲକ୍ଷ୍ୟ କରି କହିଦେଇ ଗଲେ- "ହାଡ଼ୀ ଚମାର ଘର ଝିଅ; ସହରୀୟ ବଜାରୀଯାଗୁରାକ-ମାନ ମହତ କାହୁଁ ଶିଖିବେ ? ଆଲୋ, ତୋ'ର ପସନ୍ଦ ବି ଟିକିଏ ନାହିଁ ଲୋ କଳାକାନି ! ଛିଆ ଲୋ ଛିଆ ! କ'ଣ କହନ୍ତି ଆଉ । ଯାଃ-" ଏତିକିରେ ଗଉରୀର ଚୂଡ଼ାନ୍ତ ଚେଷ୍ଟାରେ ବୋଉ ଅଦୃଶ୍ୟ ହୋଇଗଲେ ।

କିନ୍ତୁ ଏଥିରେ କନକର ଭାଗ୍ୟ ପୂର୍ଣ୍ଣ ପରିବର୍ତ୍ତନ ହୋଇଗଲା। ଶାଶୂ ଘରେ ଏ ଦୁଇଦିନ କନକର ସୁଖରେ ନ ଯାଉ, ପରିହାସ ବା ନିନ୍ଦା ଜ୍ୱାଳାରେ କାନ୍ଦୁ କାନ୍ଦୁ କଟିନାହିଁ। ତାହାର କାରଣ, ଗ୍ରାମର ପ୍ରଧାନ ମତନବିସ ମାଇକିନାମାନେ କଳହପଟୁ ଥିଲେ ମଧ୍ୟ ପଟନାହକ ଘର ଏ ଉଗ୍ରଚଣ୍ଡୀଙ୍କ ସମକକ୍ଷ କେହି ଆଜିଯାକେ ହୋଇପାରି ନାହାନ୍ତି। ସାଇ କଥାରେ ନିଧିବୋଉ ଯାହା କହିବେ; ସେଇଟା ବେଦର ଗାର - କାହାରି ବାଧା ଦେବାର ଶକ୍ତି ନାହିଁ; କାରଣ ଏବଂ ଯୁକ୍ତି ଥାଇପାରେ, କିନ୍ତୁ ସାଧ ନାହିଁ। ଆଉ ତାଙ୍କ ନିଜ ଘରକଥାରେ କିଏ ତାଙ୍କୁ ବାଧା ଦେବ ? ପ୍ରଥମ ଦର୍ଶନରେ ତାଙ୍କ ଶ୍ରୀମୁଖରୁ କନକ ଉପରେ ଏହି ମତ ଜାରି ହୋଇଥିଲା - "ଆଚ୍ଛା ବୋହୂ !" ଅତଏବ ସାଇପଡ଼ିଶାଙ୍କ ମୁହଁରୁ ଏ ପର୍ଯ୍ୟନ୍ତ ଖାଲି କନକର ପ୍ରଶଂସା କେବଳ ଉଛୁଳି ପଡୁଥିଲା ! ବର୍ତ୍ତମାନ ମହାମାୟାଙ୍କ ମତପରିବର୍ତ୍ତନରେ ସମବେତ ପ୍ରତିବେଶିନୀଗଣ ଏକାବେଳକେ ବଦଳିଗଲେ ! କିଏ କହିଲା- "ପଟନାହାକ ଘର ଉଜ୍ଜଳ ହେବ; ବୋହୂ ଭାରି ଚମ୍ପା !" କିଏ କହିଲା- "ଇଲୋ ମା', ଘରକୁ ଆଉ କିଏ ଆସିବ ଲୋ ମା' ! କାହାର ଗରଜ ପଡ଼ିଚି - କିଏ ମାତାଜି, ଦାରୀ; କସବୀ ନା ଶୁଣିବ ମ !" କେହି ବା ଦୟାର୍ଦ୍ର ହୋଇ ମନେ ମନେ କହିଲେ- "ଆହା ! ବହୂ ପିଲାଟିର କପାଳରେ କ'ଣ ଅଛି କେଜାଣି !" ଏହିପରି ଅପ୍ରତ୍ୟାଶିତ ଭାବରେ ଅକାଳେ ସଭାଭଙ୍ଗ ହେଲା।

(୨)

ଏଣେ ଗଉରୀ ବୋଉକୁ ଠେଲି ଠେଲି ନେଇ ହାଣ୍ଡିଶାଳ ପରସ୍ତରେ ଢେର ବୁଝାଇଲା, କହିଲା- "ବୋହୂଟି ପିଲା, ବୁଦ୍ଧିଶୁଦ୍ଧି ହୋଇନାହିଁ। ମୁଁ ତୋ ଝିଅ ହେଲେ ସେ ବି ତ ଝିଅ- ବୋହୂ କିଏ, ଆଉ ଝିଅ କିଏ ?" ଶେଷରେ ଏତେ କରୁଣଭାବରେ ଗଉରୀ କନକର ହୋଇ ନଢ଼ିଲା ଯେ, ବୋଉ କାନ୍ଦି ପକାଇ ଗଉରୀକୁ କୁଣ୍ଢାଇ ପକାଇଲେ-ସେଇ କ୍ଷଣକ ପାଇଁ; ଗଉରୀ ଆଖିରେ ଯେ ପ୍ରକାର ସ୍ନେହର ଦୀପ୍ତିଟା ସବୁବେଳେ ଲାଗି ରହିଥାଏ, 'ନିଧି-ବୋଉ'ଙ୍କ ଆଖିରେ ଲୋତକ ଉପରେ ସେହି ପ୍ରକାର ଗୋଟିଏ ଜ୍ୟୋତି ଦେଖାଗଲା- ସେଇ କ୍ଷଣକ ପାଇଁ। ହଠାତ୍ କିଏ ଗୋଟିଏ 'ନିଧିବୋଉ' 'ନିଧିବୋଉ' ବୋଲି ଡାକି ଡାକି ଆସି ସେହି ପରସ୍ତରେ ପଶିବାରୁ ନିଧିବୋଉ ଲୁହ ପୋଛାପୋଛି କରିଦେଇ ପଲକମାତ୍ରକେ ପୂର୍ବସ୍ୱରୂପ ଧାରଣ କରି ପକାଇଲେ !

ଗଉରୀ ବୋଉକୁ ଏହି ପ୍ରକାରେ ବଶ କରି ପ୍ରଫୁଲ୍ଲ ମନରେ ଧାଇଁ ଆସି

କନକକୁ ଏକାବେଳକେ କୋଳ କରି ସେ ପରସ୍ତକୁ ନେଇ ଯାଇ କହିଲା, "ପଖାଳ ଦେ ବୋଉ ! ମୁଁ ବୋହୂକୁ ଖୁଆଇ ଦିଏ।"

ଏ ପର୍ଯ୍ୟନ୍ତ କାହିଁକି କନକ ଗଉରୀ ସହିତ ଆଳାପ ପରିଚୟ କରିନଥିଲା, ତାହା ଏଠାରେ କହି ନ ଦେଲେ ଅଡୁଆ ଅଡୁଆ ଲାଗିପାରେ। ଏକେ ତ ଗଉରୀର ସମୟ ଧର୍ମକର୍ମରେ ବାରପଣ କଟିଯାଏ, ତା'ପରେ ପୁଣି ମାଘମାସ, ଠାକୁର ଖଞ୍ଜାରେ ମାଘମାହାତ୍ମ୍ୟ ପୋଥି ଶୁଣିବାକୁ ମଧ୍ୟ ପଡ଼େ। ଆହୁରି ମଧ୍ୟ, ବୋହୂ ଯେତେବେଳେ କାଲି ରାତିରେ ଆସି ଘରେ ପ୍ରବେଶ କଲା, ଗଉରୀ ବୋଉ ଏକୁଟିଆବେଳେ ଗଉରୀକୁ ଚୁପ୍ କରି ଡାକି ବିଶେଷ ସାବଧାନ କରିଦେଇଥିଲେ ଯେ- "ନୂଆବୋହୂଟି ସାଙ୍ଗରେ କଥାଭାଷା ହେବୁ ନାହିଁ ଏଇଲାଗେ- ଦେଖାଯାଉ" ଇତ୍ୟାଦି। କାରଣ କ'ଣ, ତାଙ୍କୁ ଗୋଚର। ବୋଧହୁଏ, ଝିଅଟି ତାଙ୍କର ବିଧବା- ଏଇଥି ପାଇଁ। ହାୟ! ମା' ହେଲେ ତାକୁ ପୁଅର ହେବାକୁ ହୁଏ, ଝିଅର ବି ହେବାକୁ ହୁଏ! କିନ୍ତୁ ଯାହାର ଦୁଃଖ ବେଶି, ଯେ ବେଶି ଦୁର୍ବଳ, ମା'କୁ ଯେ ତାହାରି ଦିଗୁଣ ହେବାକୁ ହୁଏ!

X X X X

ଗଉରୀ କନକକୁ ବସାଇ ତାହାର ଲୁହ ପୋଛି ଦେଉ ଦେଉ ଅଜ୍ଞାନରେ ଓ ବିଜୟୋଲ୍ଲାସରେ ବୋଉ ମୁହଁକୁ ଚାହିଁଲା। ବୋଉ କିନ୍ତୁ ମୁହଁଟିକୁ ଶୁଖାଇ ଦେଇ, ପଖାଳ ବାଢ଼ି ଆଣି ଥୋଇ ଦେଇ ଚୋରଙ୍କ ପରି କନକନ ହେଉଥାନ୍ତି ଓ ଅନ୍ୟକିଛି କଥା ନ ପାଇ କହୁଥାନ୍ତି- "ସେ ରଙ୍ଗୀ ଟୋକୀଟା ଆଜି ଗଲା କୁଆଡ଼େ! ଆସୁ ସେ ଆଜି ସେ ଚିହ୍ନିବ କି ମୁଁ ଚିହ୍ନିବି!" ଇତ୍ୟାଦି। (ରଙ୍ଗୀ ତାଙ୍କ ସାନ ଝିଅ-ଅବିବାହିତା- ବୟସ ୧୨ କି ୧୩ ହେବ।)

ଯାଡ଼େ ଦୁଇଗୁଣ୍ଡା ଭାତ ଗଉରୀ ହାତରୁ ନେଇ ସାରି କନକ ହଠାତ୍ ଗୁଣ୍ଡାଏ ଭାତ ନିଜ ହାତରେ ଚିପୁଡ଼ି, ଲଜ୍ଜାପାଟଳ ମୁଖଟି ଗଉରୀ ମୁଖ ପ୍ରତି ଉନ୍ନତ କରି ତା' ବେକ ଧର ଝୁଙ୍କାଇ ଆଣିଲା ବୋଉ ସେହିଠାରେ ଟିକିଏ ଦୂରରେ ଥିଲେ, "ହାଁ ହାଁ, ସେ ଅଇଣ୍ଠା ଖାଏ ନାହିଁ" ବୋଲି କହି ସେଠାକୁ ଧାଇଁ ଆସିଲେ। କିନ୍ତୁ ଗଉରୀ ହସହସ ମୁଖରେ ବୋଉ ଆଡ଼କୁ ଚାହିଁ ନୀରବରେ ଆଁ କରିଦେଲା।

ଏହି ସମୟରେ ସ୍ୟାଢୁ ବାର ତେର ବର୍ଷର ଝିଅଟିଏ ଖଣ୍ଡେ କନାଧଡ଼ିରେ ଗୋଟିଏ ବିଲେଇ ଛୁଆକୁ ବାନ୍ଧି ଓଟାରି ଓଟାରି ଧାଇଁ ଆସୁଥିଲା; ଗଉରୀକୁ କନକ ହାତରୁ ଗୁଣ୍ଡା ନେବାର ଦେଖି ନିଜ ପ୍ରତି ସବେଗରେ ଧାବମାନ ବୋଉକୁ ବେଖାତିର କରି, ଅତି ବିଜ୍ଞ ଭାବରେ କଙ୍କାଳରେ ହାତ ଦେଇ ଛିଡ଼ା ହୋଇ ଗଉରୀ ଆଡ଼କୁ ଅନାଇ, ଦୁଷ୍ଟ ହସ ହସି କହିଲା- "କି ଲୋ ଦେଇ, ଭାରି ତ ଭଲେଇ ହଉଥିଲୁ;

ଆଜି ଭଦ୍ରଖିୟାଣୀ ଅଇଣ୍ଠା ତ ମହାପ୍ରସାଦ କଲୁଣି। ମୁଁ ଜାଣିଲି ଯେ- ହଉ ହଉ। କାଲି ଯଦି ମୋ ଅଇଣ୍ଠା ତତେ ନ ଖୋଇଚି, ଫେର ଦେଖିବୁ।" ସ୍ୟାଡୁ ବୋଉ ଇତି ମଧ୍ୟରେ ଆସି ତାକୁ ପଗଡ଼ି ଓଟାରି ଓଟାରି ସ୍ୟାଡ଼କୁ ନେଇ ଯାଉଥିଲେ। ଏତିକିରେ ଝିଅଟି ଭେଁ ଭେଁ କରି ରଡ଼ି ଛାଡ଼ିଲା। ନୂଆବୋଉ ଆଗେ ଦେଇ ସାଙ୍ଗରେ ଖାଇଲା, ଏଥିଯୋଗେ ଅପମାନ, ଦେଇ ତା' ସାଙ୍ଗରେ ଖାଇବା ନାଁ ଶୁଣିଲେ ମାରି ଗୋଡ଼ାଏ, ଆଜି ନୂଆବୋଉ ସାଙ୍ଗେ ଖାଉଛି, ସେଥିଯୋଗେ ବି ଅଭିମାନ। ତଦୁପରି ବୋଉର ଏ ଆଚରଣ ପିଲାଟା ଆଉ କେତେ ସହିବ? ଏଡ଼େ ପାଟି କରି ରଡ଼ିଲା। କନକ ସବୁ ଦେଖୁଥାଏ। ଝିଅଟିକୁ କାନ୍ଦିବାର ଦେଖି ଖାଇଲା ଠଉଁ ଚଟ୍ ଉଠିଯାଇ ତା' ଖାଲି ହାତଟି ଧରି ଟାଣିଆଣି ବେଲା ପାଖରେ ବସାଇ ତାକୁ ମଧ ଖୋଇ ଦେବାକୁ ପ୍ରୟାସ କଲା। କିନ୍ତୁ ରଙ୍ଗୀକୁ ପାରେ କିଏ? ସେ ନ ଖାଇଲେ ସରିଲା- ପାଟିଟାକୁ ବୁଜି ଯଥାସମ୍ଭବ ଜୋରରେ ଚିତ୍କାର କରୁଥାଏ! ଗଉରୀ ମଧ ଶେଷରେ ଗୁଣ୍ଡାଏ ଭାତ ନେଇ ତା' ପାଟିରେ ପୂରାଇବାର ଚେଷ୍ଟା କଲା, କିନ୍ତୁ ପାରିଲା ନାହିଁ। ବୋଉ ବିରକ୍ତ ହୋଇ ଆସି କହିଲେ, ଲୋ ବୋହୂ, ଗୁଣ୍ଡାଏ ଭାତ ନେଇ ତା' ନାକରେ, କାନରେ ପୂରେଇ ଦବୁଟି। ତତେ ସେ ଢେର୍ ହଇରାଣ କରିଚି, ତୁ ଛାଡୁଛୁ କାହିଁକି? ରଙ୍ଗୀ ମୁହଁ ଫିଟିଗଲା, କହିଲା, "ସତେ? ଭାରି ତ ଭଦ୍ରଖିୟାଣୀ! ହଉ ହଉ। ବୋଉ ତୋତେ ବି ଦେଖିବି ରହ!" ଏହି ସୁଯୋଗରେ କନକ ଗୁଣ୍ଡାଏ ଭାତ କୌଶଳରେ ରଙ୍ଗୀ ମୁହଁରେ ପୂରାଇଦେଲା। ସେଇଠୁ ରଙ୍ଗୀ ହସିଉଠିଲା, ଗଉରୀକୁ ଫୁଲାଏ ଦିଫୁଲା ଚିମୁଟିଲା, ବିଲେଇ ଛୁଆଟିକୁ ଓଟାରି ଆଣି ନୂଆବୋଉ ମୁଣ୍ଡ ଉପରେ ଥୋଇଦେଲା। ଚକା ପକାଇ ଖୁସିରେ ଆଁ କରିଦେଲା ଏଥର, କିନ୍ତୁ ଗଉରୀ ହାତରୁ ଗୁଣ୍ଡା ନ ନେଲା କେଭେଁ।

ଗଉରୀ କହିଲା, "ରହ, ରାଣ୍ଡ ରହ, ଦେଖିବି, ଏ ନବାବୀ ମିଜ୍ଜାସ ତୋର କେତେ ଦିନ ରହିବ! ବୋଉ, ରଙ୍ଗୀ ବାହାଘରକୁ ମତେ ନ ଆଣିଲେ ଫେର୍ ଦେଖିବୁ-ହଁ।"

ବୋଉ କହିଲେ- "ମତେ କାହିଁକି କହୁଚୁ ଲୋ ଝିଅ! ବୋହୂକୁ (ଅର୍ଥାତ୍ କନକକୁ) କହ!"

(୩)

ଦୁଇ ତିନି ଦିନ ପରର କଥା। ବାହାଘର ଗୋଳମାଳ ଭାଙ୍ଗି ଗଲାଣି। ରାତି ଚାରି ଘଡ଼ି ସରିକି ହେବ, ବାହାର ପିଣ୍ଡା ଉପରେ ଖଣ୍ଡେ ସଉପ ମସୁଣି ଉପରେ

ଶୋଇଥିଲେ ନିଧିବୋଉ; ମୁଣ୍ଡପାଖରେ କାନ୍ଥକୁ ଆଉଜି ବସି ପାନ ଚୋବାଉ ଚୋବାଉ ବିଞ୍ଚଣା ଖଣ୍ଡିକରେ ବିଞ୍ଚି ହେଉଥିଲା ଗଉରୀ। କଥାବାର୍ତ୍ତା କିଛି ନାହିଁ। ଏହି ସମୟରେ ସ୍ୟାତ୍କୁ କନକ ଚୁପ୍‌ଚୁପ୍ ଆସି, ଖଣ୍ଡିଏ ପାନ ଗଉରୀ ମୁହଁରେ ସବଳେ ଗୁଞ୍ଜି ଦେଇ, ଟିପାଏ ଛେଚା ପାନ ଶାଶୂଙ୍କ ପାଟିରେ ଦେବାକୁ ଯାଉଥିଲା, କିନ୍ତୁ ଶାଶୂ ତା' ହାତରୁ ନେଇ ନିଜେ ପାଟିରେ ଦେଲେ। କନକ ପୁଣି ସେହିପରି ଧୀରେ ଧୀରେ ବାହାରି ଯାଉଥିଲା; କିନ୍ତୁ ଶାଶୂ କହିଲେ, "ବୋହୂ, ଏଇଠିକି ଆ, ଶୁଣ।" କନକ ଶାଶୂଙ୍କ ଗମ୍ଭୀର ଭାବ ଦେଖି ଓଢ଼ଣା ଭିତରୁ ତାଙ୍କ ମୁହଁକୁ ଚାହିଁ ବିସ୍ମିତ ହେଲା; କିନ୍ତୁ ଧୀରେ ଧୀରେ ଆସି ତାଙ୍କ ପାଖରେ ଛିଡ଼ା ହେଲା। ନିଧିବୋଉ ସେହିପରି ନୀରବ ଭାବରେ ଶୋଇଥାନ୍ତି। କନକକୁ ଏପରି ଭାବରେ ଛିଡ଼ା ହେବାକୁ ଅଡୁଆ ଅଡୁଆ ଲାଗିଲା। ତେଣୁ ସେ ବସିପଡ଼ି ଶାଶୂଙ୍କ ପଦସେବାର ଆୟୋଜନ କଲା। କିନ୍ତୁ ଗଉରୀ ଓ ତା' ବୋଉ ଦୁହେଁ ସମସ୍ୱରରେ ମନା କଲେ- "ମଲା, ଅଷ୍ଟମଙ୍ଗୁଳୀ ଯାଇ ନାହିଁ। ଏ କ'ଣ ମ!" ନିଧିବୋଉ ଏଥର ଉଠି ବସି ବୋହୂର ଗୋଟିଏ ହାତ ଧରି କହିଲେ, "ଝିଅ, ମୁଁ ଆସି ବୁଢ଼ୀ ହେଲିଣି। ମୋର ବା ଆଉ କେତେଦିନ! ଏ ଘର ଦୁଆର ସବୁ ତୋ'ରି - ତୁହି ତ ଲୋ ଝିଅ, ସଂସାର କରିବୁ! ମୁଁ ପୁଅକୁ କହିଚି, ତୋତେ ବି କହିଲି- ମତେ ଏବେ ଠାକୁରଦରାକୁ (ପୁରୀ) ବିଦା କରିଦିଅ। ସେଠି ଗଉରୀର, ମୋର ରହିବୁ। ଏଠାରେ ଗଉରୀକୁ ବି କଷ୍ଟ ପଡୁଛି। ସେମିତିଟାରେ ରଖେଇବାକୁ ମଧ୍ୟ ମନ ବଳୁ ନାହିଁ; ଶାଶୂଘର ହେଲେ କ'ଣ ହେଲା, କିଏ ଅଛି? ତହିଁକି ପୁରସ୍ତମ ପରି ଜାଗା। ତା' କପାଳ ତ ଜଳି ଯାଇଚି ଲୋ ଝିଅ। ଜୋଇଁକି ଦେଖି ଦେଇଥିଲି ସିନା, ନଇଲେ କାହିଁ କପଳିଶର ନା ପୁରସ୍ତମ! ସେ ତ ମୋ କରମ ଦୋଷ କାହାକୁ କହିବି?" ଏତକ କହି ଆଉ ଗୋଟାଏ ହାତ ବଢ଼ାଇ ଗଉରୀର ଗୋଟିଏ ହାତ ଆଣି, କନକ ହାତରେ ଦେଇ କହିଲେ, "ଦେଖେ ଝିଅ, ମୋର ଆଉ କେତେ କାଳକୁ କେତେ କଥା! ଏହି ଫଟାକପାଳୀଟି ତୋତେ ଲାଗିଲା। ମୁଁ ପୁରସ୍ତମରେ ମରିବି। ମୋ ମଲା ଖବର ପାଇଲା ବାସି ଗଉରୀକୁ ତୁ ନେଇ ଆସିବୁ-ମୋ ଦିହ ଛୁଇଁ କରି କହନି।" ଏହିଠାରେ ଗଉରୀ ଛାଟିପିଟି ହୋଇ ପଳାଇଗଲା। କନକ ନିହାତି କଞ୍ଚା ବୋହୂ। ଏକଥାର ପ୍ରତିବାଦ ମୂଳରୁ ଶେଷ ପର୍ଯ୍ୟନ୍ତ ସେ କରିପାରିଥାନ୍ତା କିନ୍ତୁ ଏ ସ୍ଥଳରେ ଖାଲି ଚୁପ୍ କରି ଶୁଣିବାକୁ ବାଧ୍ୟ ବୋଲି କିଛି କହିଲା ନାହିଁ। ଏଇ କେତେଦିନରେ ଏ ଘରର ସେ କ'ଣ ବା ବୁଝିବ? ତେବେ କାଲି ରାତିରେ ସ୍ୱାମୀଙ୍କଠାରୁ ଏ ବିଷୟରେ ଆଭାସ ପାଇଥିଲା। ତା' ମନରେ ବର୍ତ୍ତମାନ ପ୍ରଥମେ ଚିନ୍ତା ହେଲା,- ତେବେ କ'ଣ ଏହି ଦୟାର ପ୍ରତିମାଟି ମଧ୍ୟ ଚାଲିଯିବେ-ଗଉରୀ ଅପା, ଯାହା ଯୋଗେ ସେ ଶାଶୂଘରକୁ

ଶାଶୂଘର ବୋଲି ଜାଣି ନାହିଁ, ସେ ଚାଲଯିବେ! ହୃଦୟର ନିଭୃତ କୋଣରେ ମଧ୍ଯ ଆଉ ଗୋଟାଏ କଥା ରହି ରହି ଏହା ସଙ୍ଗେ ମିଶି ଯାଉଥିଲା। ଯାହାଙ୍କ ଜୀବନ ସହିତ ତା' ଜୀବନ ସୁଦୃଢ଼ ଭାବରେ ବନ୍ଧା ହେଲାରୁ ଏସବୁ, ସେ ମଧ୍ଯ ଅଳ୍ପଦିନେ ଚାଲିଯିବେ କହୁଥିଲେ - ଚାକିରି ସ୍ଥାନକୁ। ତେବେ କ'ଣ ତା'ର ଦୁଇଟିଯାକ ଅବଲମ୍ବନ ଏକାବେଳକେ ଖସିଯିବ।

କନକ ଭାବି ଦେଖିଲା - ଅନ୍ତରର ଅନ୍ତସ୍ତମ ପ୍ରଦେଶକ ନିର୍ମମ ଚାହାଣୀରେ ଚାହିଁ ଦେଖିଲା-ସେଠାରେ ଗୋଟାଏ ସଦ୍ୟକ୍ଷତ ଚିହ୍ନ; ଓଦାମାଟିରେ ଲଙ୍ଗଳ ଚାଲିଗଲେ ଯେପରି ଦୁଇପାଖକୁ ମେଲା ହୋଇ ଚିହ୍ନ ପଡ଼ିଯାଏ, ସେହିପରି ଆଁକରି ରହିଛି; ଆଉ ଦୁଇ ଦିଗରୁ ଦିଓଟି ହାତ ସେ ନିଜ ଚେଷ୍ଟାରେ ଧରିଆଣି ଦୁଇପାଖରୁ ଲଗାଇ ନିଜ ହାତରେ ସଜୋରେ ଚିପିଧରି ସେଇ ଫାଙ୍କ ବୁଜିବାର ପ୍ରୟାସ ପାଉଛି! ଆଜି ସୁଦ୍ଧା ସେ ସଜୀବ ଚଞ୍ଚଳ ହାତ ଯୋଡ଼ିକର ସଦ୍ୟ ଛାୟାରେ ଚିହ୍ନଟି ତା' ଆଖି ଆଗରୁ ଅକାଳ-ଘନ ମେଘ ଢଙ୍କା ଛାୟାପଥ ପରି ଲୁଚି ରହିପାରିଛି। ନିଜ ପ୍ରତି ତା'ର ବିଶ୍ୱାସ ହୋଇପାରୁନାହିଁ। ମନରେ ବିବାହ ପୂର୍ବରୁ ସେ ଯେଉଁ ଦମ୍ଭ କରିଥିଲା, ସେଇଟା କୁଆଡ଼େ ପାଣି ହୋଇ ଗଲାଣି। ସେ ଦୁଇଟିଯାକ ହାତ ଏତେ ଚଞ୍ଚଳ ଅପସାରିତ ହୋଇଗଲେ ତା' ଅବସ୍ଥା କ'ଣ ହେବ?

ପତି ଦେବତାଙ୍କ ସମ୍ମୁଖରେ ସ୍ଥାପିତ ହୋଇ, ଦେବୀସ୍ୱରୂପିଣୀ ବିଧବା ନଣନ୍ଦଟିର ସଙ୍ଗସୁଖ ଉପଭୋଗ କରି, ନୂତନ ଜୀବନର ନୂତନତ୍ୱରେ ଅତୀତ ଜୀବନର କାହାଣୀ କିଞ୍ଚିତ୍ ବିସର୍ଜନ କରି ଦେଇପାରିଥିଲେ ସୁଦ୍ଧା କନକର ନିଜ ପ୍ରତି ବିଶ୍ୱାସ ନ ବଢ଼ି କ୍ରମେ କମି ଯାଇଅଛି। ଶାଶୂଘରେ କେତେଦିନ ସେ ଖାଲି ସଙ୍ଗ ଖୋଜି ବୁଲୁଛି, କାର୍ଯ୍ୟ ଖୋଜି ବୁଲୁଛି; କାହାରି ଗୋଟାଏ ଅବଲମ୍ବନ ପାଇଲା ମାତ୍ରେ ତାକୁ ସର୍ବସ୍ୱ ଧନ କରିବାକୁ ବାଧ୍ୟ ହୋଇଅଛି। ଏ ଦୁର୍ବଳତା ତା'ର ହେବ, ସେ ଏ ଧାରଣା କେଉଁ କରି ନ ଥିଲା। ଏ ଦୁର୍ବଳତାର କାରଣ ମଧ୍ଯ ସେ ବୁଝିଛି, ଅନ୍ତରେ ଅନ୍ତରେ ଅନୁଭବ କରୁଛି। ସେଥିଯୋଗୁଁ ଆଜି ଗଉରୀର ଯିବା ଖବରରେ ତା' ମୁଣ୍ଡରେ ବଜ୍ରପାତ ହେଲା କି ଆଉ!

ଏହିପରି କେତେ କ'ଣ ଭାବୁ ଭାବୁ ଅଜଣାରେ ତା' ଆଖିରୁ ଲୁହ ବହି ପଡ଼ିଲା। ଶାଶୂ ବୁଝିପାରିଲେ, ବୋହୂ କାନ୍ଦୁଛି। ସାନ୍ତ୍ୱନା ସ୍ୱରରେ କହିଲେ, "ଛି, ବୋହୂ, କାନ୍ଦୁଛୁ? କଣପେଇଁ ମ- ମୁଁ ତ ଏଇଲାଗେ ଆଉ ପୁରସ୍ତମ ବାହାରି ଯାଉ ନାହିଁ। ତୋର ବର୍ଷକ ଏଠାରେ ପୂରୁ, ଗଉରୀ ପଛକେ ଯିବ ଚାଲି। ଏତେଦିନ ଏକାରେ ଚଳିଲା, ଆଉ ବର୍ଷେ ଏବେ ଚଳିବ, ଆଉ ହବ କ'ଣ? ପୁଣି, ରଙ୍ଗୀଟି - 'ହଇ ଲୋ

ରଙ୍ଗି, ରଙ୍ଗି ମ-ମଲୁ କି ଲୋ ? ଆ ଆ ଟିକିଏ ଯାଡ଼େ, ଶୁଣି ଯା, ମୋ ସୁନାଝିଅଟି ପରା ।' ହଁ ରଙ୍ଗୀଟି କିମିତି ପାର ହୋଇଯିବ, ସେଇ ଚିନ୍ତା ତ ମତେ ବନେଇଲାଣି; ମୁଁ କ'ଣ ପୁରସ୍ତମ ଯିବି ? ମତେ ବା ସେ ଯୋଗ କାହିଁ ? ଏଇଠି ଘାଣ୍ଟି ହେଇ ମରିବି ସିନା !" ଏହା କହି ବୁଢ଼ୀ ପୁଣି ମୌନ ହୋଇ କ'ଣ ଭାବିବାକୁ ଲାଗିଲେ । କନକ ସେହିପରି ନୀରବରେ କାନ୍ଦୁଥାଏ । ଇତି ମଧ୍ୟରେ ରଙ୍ଗୀ ଧାଇଁ ଧାଇଁ ଆସି ବୋଉ ପେଟ ଉପରେ ଲଥ୍ କରି ପଡ଼ି ବୋଉ ପାଟିରେ ଆଙ୍ଗୁଠି ପୂରାଇବାର ଚେଷ୍ଟା ଆରମ୍ଭ କଲା । ବୁଢ଼ୀ ବିରକ୍ତ ହୋଇ କହିଲେ "ମଲା ! ଏ ଝିଅଖଣ୍ଡ କ'ଣ ହଉଚି ମ !" ଏବଂ ପରେ ରଙ୍ଗୀକୁ ହାତରେ ଆଡ଼େଇ ଦବାକୁ ଗଲେ । କିନ୍ତୁ ରଙ୍ଗୀ କ'ଣ ଛାଡ଼ିବା ଜନ୍ତୁ ? ସେ ବୋଉପାଟିରେ ଆଙ୍ଗୁଠି ପୂରାଇବ ! ଶେଷରେ ବୁଢ଼ୀ ହାର ମାନିଲେ । ଝିଅ ବି ଅଙ୍ଗୁଠିରୁ ଯୋଡ଼ାଏ ତିନିଟା ତାଙ୍କ ପାଟିରେ ପୂରାଇ ସେଠାରୁ କିଛି ଜିନିଷ ଆଣି ଯାହା କଲା, ଖୋଲି କହିଲେ ଚଳିବ ନାହିଁ- ସେଇଟା ନିହାତି ବିଜ୍ଞାନ ଅସମ୍ମତ !

ରଙ୍ଗୀ ପାନବୋଲା ରଙ୍ଗା ହାତକୁ ଲୁଚାଇ ଲୁଚାଇ କନକ କାନିରେ ବୋଛିଲାବେଳେ ନିଧିବୋଉ ଉଠି ବସି ତା' ହାତଟି ଧରି, କନକ ହାତଟି ମଧ ଭିଡ଼ିଆଣି ସେଥିରେ ଥୋଇଲେ ଓ କହିଲେ- "ଝିଅ ! ଏ ବାଲୁତ ପିଲାଟି ବି ତତେ ନାଗିଲା । ମୁଁ ତ ଆଜି ଅଛି, କାଲି ନାହିଁ । ତାକୁ ବାହାଚୋରା କରିବ ।" ଏତିକିରେ କିନ୍ତୁ ରଙ୍ଗୀ ମହା ରାଗ ହୋଇ ବୋଉ ଓ କନକ ଉଭୟଙ୍କୁ ଦୁଇ ହାତରେ ବିଧା ଚାପୁଡ଼ା ମାରି ବ୍ୟସ୍ତ କରି ପକାଇଲା । ସ୍ୟାତ୍ତୁ ଗଉରୀ ଆସି ରଙ୍ଗୀର ଖୋଷାଟି ଧରି ଟାଣୁଟାଣୁ କହିଲା, "ମଲା ମୋର ବାହା ହବ ନେଇଁ ପରା !" ରଙ୍ଗୀ କୌଣସିମତେ ନିଜକୁ ମୁକ୍ତ କରି ନେଇ ପଳାଇ ଯିବାର ଉପକ୍ରମ କରୁ କରୁ କହିଲା- "କି ମୁଁ କାଇଁ ବା' ହେମି ? ତୁ ବା' ହଉନୁ ।" ଝିଅଟିର ରାଗ ଦେଖି କନକ ତାକୁ ଧରିବାକୁ ଯାଉଥିଲା; କିନ୍ତୁ ରଙ୍ଗୀ ତାକୁ ଜୋର୍‌ରେ ଠେଲିଦେଇ ପଳାଇ ଯାଉଯାଉ କହିଲା- "ଓ, ଭାରିତ ନୂଆବୋଉ ଯା ଯା; ତେମେ ତମ ଗଉରୀ ଅପା ଚଉଁରୀମୁଣ୍ଡି ପାଖକୁ ଯା ।"

ରଙ୍ଗୀର ଭାରି ଅଭିମାନ ଯେ, ନୂଆବୋଉ ଉପରେ ତା'ର ଷୋଳପଣ ଅଧିକାରରୁ ତାକୁ ଅନ୍ୟାୟରେ ବଞ୍ଚିତ କରୁଛି ସେଇ ଗଉରୀ ।

X X X X

ଏଣେ ଗଉରୀ ଓ କନକ ମଧ୍ୟରେ ଗୋଟାଏ ଘନିଷ୍ଠ ଭାବ ହୋଇ ଆସୁଥିଲା । ଗଉରୀର ଯିବା କଥାରେ ସେଟା କ୍ରମେ ଆହୁରି ଚଞ୍ଚଳ ଚଞ୍ଚଳ ବଢ଼ିବାକୁ ଲାଗିଲା । ଅବଶ୍ୟ କନକ ମନେ ମନେ ସ୍ଥିର କରିସାରିଥିଲା ଯେ, ସେ ତା' ପାରୁପର୍ଯ୍ୟନ୍ତ କେଭେଁ ଗଉରୀ ଅପାଙ୍କୁ ଛାଡ଼ିବ ନାହିଁ ।

ଗଉରୀ ନ ଥିଲେ କନକର ଶାଶୂଘର ଯେ କଠୋର କାରାବାସଠାରୁ ବଳିଯିବ, ଏକଥା ଆଉ କେହି ବୁଝନ୍ତୁ ବା ନ ବୁଝନ୍ତୁ କନକ ବେଶ୍ ବୁଝିପାରିଥିଲା। ଆଉ କନକକୁ ପାଇ ଗଉରୀର ଚିରସମାନ ନୀରସ ଜୀବନ ମଧ୍ୟ ଅନେକାଂଶରେ ପରିବର୍ତ୍ତିତ ହୋଇ ଆସିଥିଲା- ତାହାର ସୁନ୍ଦର ମୁହଁଟିରେ ଦୟା ଓ ସରଳତା ସହିତ ଯେଉଁ ବିଷାଦର ମଳିନ ଛାୟାଟିକ ଲାଖି ରହିଥାଏ, ସେଟା କ୍ରମେ ଅନେକ ପରିମାଣରେ ଊଣା ହୋଇ ଆସିଥିଲା।

ନୂତନ ପ୍ରଣୟର ପ୍ରଥମ ଭାଗଟା ଉଭୟଙ୍କର ବେଶ୍ ସୁଖରେ କଟିଲା। ଏହି ସମୟରେ ମନ କିଣାକିଣି ପାଇଁ ଗୋଟାଏ ଅରି ଉଭୟଙ୍କ ହୃଦୟରେ ଅଜ୍ଞାତ ଭାବରେ ନିତ୍ୟ ଜାଗ୍ରତ ରହି ସ୍ନେହ ବନ୍ଧନକୁ ଦୃଢ଼ରୁ ଦୃଢ଼ତର କରି ପକାଇଲା। ବାହ୍ୟ କଥାରେ ଅତି ଅଳ୍ପ ସମୟ ମଧ୍ୟରେ ଯେତେଦୂର ସମ୍ଭବ ମନ କିଣାକିଣି ହୋଇଗଲା, କ୍ରମେ ହୃଦୟ ଆଉ ସେତିକିରେ ତୃପ୍ତ ହୋଇ ରହିପାରିଲା ନାହିଁ- ଅନ୍ତରର କଥା ଲୋଡ଼ା ପଡ଼ିଲା। ହୃଦୟ ଖୋଜିଲା ହୃଦୟ ସହିତ ଏକାବେଳକେ ଗ୍ରଥିତ ଓ ମିଶ୍ରିତ ହୋଇଯିବାକୁ।

ଉଭୟ ଉଭୟଙ୍କର। ବାହ୍ୟ ସୁଖପ୍ରତି ଯଥାସମ୍ଭବ ଦୃଷ୍ଟି ରଖି, ଖୋଜି ଲୋଡ଼ି ଆଣି ଥୋଇ, ଏ ମଧୁର ପ୍ରତିଦ୍ୱନ୍ଦିତାରେ ହାରି ଖୁସି, ଜିତି ଖୁସି ହେଲେ ସତ୍ୟ, କିନ୍ତୁ ଏଥିରେ ତୃପ୍ତି ହେବା ତ ଦୂରର କଥା; ବରଂ ନିଜ ନିଜ ପ୍ରତି ମମତା ସଙ୍ଗେ ସଙ୍ଗେ ପରସ୍ପର ପାଇଁ ଚିନ୍ତା ବଢ଼ିବାକୁ ଲାଗିଲା। ଉଭୟେ କି ଗୋଟାଏ ଦୁର୍ବୋଧ, ଅଲଂଘ୍ୟ ନିୟମରେ ଚାଳିତ ହୋଇ ପ୍ରତ୍ୟେକ ଅପରର ନିଭୃତ ଜୀବନ ପ୍ରତି, - ହୃଦୟର ଜୀବନ ପ୍ରତି, - ବିଚଳିତ ଓ ଶଙ୍କିତ ଭାବରେ ଚାହିଁ ଉଦ୍‌ଗ୍ରୀବ ହୋଇ ରହିଲେ।

ସୁଖରେ, ଆନନ୍ଦରେ, ଜୀବର ଅସାର ବାହାର ଚାକଚକ୍ୟରେ ମନବୋଧ ହେଲା ନାହିଁ। ଲୋଡ଼ା ପଡ଼ିଲା ପରଦା ସେ ପଟର ଦୃଶ୍ୟ। ହସଖୁସିରେ ପ୍ରଣୟାବେଗ ଯେତିକି ଭାସି ବଢ଼ି ବଢ଼ି ଗଲା, ଅନ୍ୟର ଦୁଃଖକୁ ନିଜର କରି କାନ୍ଦିବାକୁ, ବାଣ୍ଟି ନେବାକୁ, ପ୍ରାଣ ତେତିକି ବ୍ୟାକୁଳ ହୋଇ ଉଠିଲା। ଏଡ଼େ ଗଭୀର ପ୍ରଣୟ, ଏତେ ଅଳ୍ପ ସମୟ ମଧ୍ୟରେ ବୋଧହୁଏ କେବଳ ନାରୀ ନାରୀ ମଧ୍ୟରେ ହିଁ ସମ୍ଭବ!

କନକ ସମୟ ସମୟରେ ତା' ବାପଘର କଥା ଉଠାଏ। ପୁଣି ବେଳେ ବେଳେ ଭାବେ, ଯାଙ୍କ ବା ସେଥିରେ କ'ଣ ଅଛି ? କିନ୍ତୁ ଗଉରୀଟିର ଟିକିଏ ଆଗ୍ରହ ଦେଖିଲେ ପୁଣି ସେ ପ୍ରସଙ୍ଗ ଉଠେ। ଗଉରୀ ତା' ନିଜ ବିଷୟ ଖୁବ୍ କମ୍ କହେ- ବୋଧହୁଏ, ଭାବେ ବି ଖୁବ୍ କମ୍। ସେ ବିଷୟରେ କନକ ବି ସାହସ କରି କିଛି କହିପାରେନାହିଁ। ତେବେ ବେଳେ ବେଳେ ତା' ଶାଶୂଘର କଥା ପଚାରେ, କିନ୍ତୁ ଗଉରୀର ମନୋଭାବ ଏ ବିଷୟରେ ଠିକ୍ ନ ଧରି ପାରିବାରୁ ଆଉ ବେଶି ଅଗ୍ରସର ହୋଇପାରେନାହିଁ।

ଦିନେ ଏହିପରି କୌଣସି କଥା ପଡୁ ପଡୁ ଗଉରୀ ହଠାତ୍ ଉଠି କନକକୁ ସ୍ନେହରେ ଠେଲି ଦେଇ କହିଲା- "ହଇ ଲୋ ବହୂ, ତୁଇ ପରା ମୋ ଧର୍ମ କର୍ମ ସବୁ ଛଡ଼େଇଲୁ, ତୋରି ଲାଗି ମୋର ସବୁ ଗଲାଣି!" ଏହା କହି ହସି ହସି ସେଠାରୁ ବାହାରିଗଲା; କନକକୁ କିନ୍ତୁ ମହାଭାବନାରେ ପକାଇ ଦେଇ ଗଲା।

ଏହିପରି ସନ୍ଧିସ୍ଥଳରେ ପଡ଼ିଲା ଅଷ୍ଟମଙ୍ଗଳା। ସପ୍ତମଙ୍ଗଳାଠାରୁ ତିନିଦିନ କନକକୁ 'ବିଷ'ରେ ଲୁଚି ରହିବାକୁ ହେବ- ଗୋଟାଏ ଘରେ କୟେଦ ହୋଇ ରହିବାକୁ ପଡ଼ିବ। ଶାଶୂଘରର କେହି ତାକୁ ଦେଖିବେ ନାହିଁ, କି ସେ କାହାରିକୁ ଦେଖିବ ନାହିଁ- ଏହିପରି କାଳେ ଶାସ୍ତ୍ରରେ ଲେଖା ଅଛି। ତେବେ ନଣନ୍ଦ ପକ୍ଷରେ ଏ ନିୟମଟା ଖଟେ ନାହିଁ ବୋଲି ମଧ୍ୟ କୌଣସି କୌଣସି ମୁନିଙ୍କ ମତ। ଏ ସ୍ଥଳରେ ଗଉରୀ ସ୍ୱଚ୍ଛନ୍ଦରେ ପୂର୍ବବତ୍ କନକ ସଙ୍ଗରେ ମିଳି ମିଶି ପାରିଥାନ୍ତା। କିନ୍ତୁ ସେ ଧରି ବସିଲା- "ପରଘରିୟାଣୀ ବୋଲି ସିନା ନଣନ୍ଦ ଭାଉଜର 'ବିଷ'- ଦୃଷ୍ଟିରେ ପଡ଼ିଲେ ମଧ୍ୟ କୌଣସି ଦୋଷ ନାହିଁ! ଏଟା ବା ରଙ୍ଗୀଠେଇଁ ଖଟିବ। ମୁଁ ତ ତମରି ବେକରେ ବନ୍ଧା, ମୋ'ଠେଇଁ ଖଟିବ କିପରି?"

କନକ କହିଲା, "ଅପା, ମୁଁ ତମକୁ ଛାଡ଼ି କିପରି ଘରୁଟାରେ ପଶି ତିନିଦିନ ଚଳିମି?"

ଗଉରୀ- କି, ରଙ୍ଗୀ ନାହିଁକି? ସେତ ମୁଁ ନାହିଁ ବୋଲି ଜାଣିବେ ସଂସାରଯାକ ନୂଆବୋହୂଙ୍କୁ ଛାଡ଼ି ତୋ'ରି କୁକୁର ହୋଇ ରହିବ।

କନକ- ଆଛା, - ତୁମେ କ'ଣ ଅପା ଜମାରୁ ଟିକିଏ ବି ଆସିବ ନାହିଁ?

ଗଉରୀ- ନାଇଁ ମ, ତିନିଟା ଦିନ ତ, ଏଥିପାଇଁ ଏତେ କଥା? ନା ନା, ମୁଁ ଏ ଦୁଆର ବି ମାଡ଼ିବ ନାହିଁ। ତୁ ମତେ ଦେଖିଲେ 'ବିଷ' ପରି କରିବୁ।

କନକ- ଇସ୍, ବିଷ ନା ଆଉ କିଛି? ସତେ ଇମିତି ସବୁ ହୁଏ ନା, ଅପା? ନା ଲୋ ମା', କାଳେ ହେଉଥିବ - କ'ଣ କରୁଥିବ। ତୁମେ ମତେ ଦେଖି ପକେଇଲେ ମୁଁ ତୁମର ବିଷ ହୋଇ ଯିମି। ନା, ମୋର ଥାଉ।

ଅତଏବ ଏଇ ବନ୍ଦୋବସ୍ତ ଠିକ୍ ହେଲା। ସାତମଙ୍ଗଳା ରାତିରେ ଗଉରୀ କନକକୁ ନେଇ ତା' ଶୋଇବା ଘରେ ଜବରଦସ୍ତି ପୂରାଇଲାବେଳେ କନକ ତା' ହାତଟି ଧରି ପକାଇ କହିଲା, "ଯା ଅପା, ତୁମକୁ ଏବେ ଧର୍ମକର୍ମ କରିବାକୁ ଢେର ବେଳ ମିଳିବ ଯେ। ଏକା ମୋ ନାଗି ତମ ଠାକୁରଙ୍କୁ ପଦେ ଅଧେ କହୁଥିବ। ମୁଁ ବଡ଼ ଦୁଃଖୀ!" ଏତିକିରେ କନକ ଘର ଭିତରେ ପହଞ୍ଚିଗଲା ଓ ଭିତରୁ କିଏ ଗୋଟିଏ ଦୁଆର ବନ୍ଦ କରିଦେଲା। ଗଉରୀ ସେହିଠାରେ ଥକ୍କା ହୋଇ କିଛିକ୍ଷଣ ଛିଡ଼ା ହୋଇ

ରହିଗଲା। କନକର ତ ଏ ଭାବ ସେ କେବେ ଦେଖି ନାହିଁ - ଏପରି କଥା ତ ମାଇକିନା ମାତ୍ରେ କହିଥାନ୍ତି, କିନ୍ତୁ କନକ ପରି ତ କେହି କହେ ନାହିଁ! କଥାଠାରୁ କନକର ମୁଖଭାବ ଓ କଣ୍ଠସ୍ୱରଟା ହିଁ ଗଉରୀକୁ ଅଧିକ ସ୍ତମ୍ଭିତ କରି ପକାଇଥିଲା। ସେ ଆନ ମନରେ ଭାବୁଁ ଭାବୁଁ ଧୀରେ ଧୀରେ ସେଠାରୁ ଚାଲିଗଲା। କିନ୍ତୁ କନକର ସେ ଭାବ, ସେ କଣ୍ଠସ୍ୱର ଓ ସେ କଥା ସେ କୌଣସିମତେ ମନରୁ ଦୂର କରିପାରିଲାନାହିଁ। ସେ ସବୁର ସଜୀବ କରୁଣତାଟି ତା' ନିଜ ହୃଦୟତନ୍ତ୍ରୀର କୌଣସି ଗୋଟାଏ ଗୂଢ଼ ମୂର୍ଚ୍ଛନା ସହିତ କି ଅଜ୍ଞାତ ସାମଞ୍ଜସ୍ୟ ବଳରୁ ଏକ ତାନରେ ବାଜି ବାଜି ଉଠିଲା; ତା' ନିଜ ଅନ୍ତରର କେଉଁ ଗୁପ୍ତ ପ୍ରଦେଶରେ ଚିର ସୁପ୍ତ କି ଗୋଟାଏ ସଜୀବ ହାହାକାର ଏ ସ୍ୱରରେ ହଠାତ୍ ଜାଗି ଉଠି ଏହା ସହିତ ମିଳିତ ଓ ଏକୀଭୂତ ହେବାକୁ ଚାହିଁଲା।

ମନରେ ଘୋର ଅଶାନ୍ତି ଓ ଦୁର୍ବହ ବିଷାଦର ଭାର ଘେନି ଗଉରୀ ଗଲା ଶୋଇବାକୁ। ଅତି କରୁଣ ଭାବରେ ବିଛଣାରେ ଲୋଟି ହୋଇ ପଡ଼ି, ସାଶ୍ରୁନୟନରେ ସାଷ୍ଟାଙ୍ଗ ପ୍ରଣାମ କରି ସେ ତାହାର ଠାକୁରଙ୍କୁ ଏକମନରେ ଡାକିଲା- କେବଳ ନିଜପାଇଁ ନୁହେଁ, କନକ ପାଇଁ ଏକା ମଧ୍ୟ ନୁହେଁ- ସାରା ସଂସାରର ଜଣା ଅଜଣା ଯାବତୀୟ ଦୁଃଖିନୀ ନାରୀଙ୍କ ପାଇଁ।

ନାରୀ ଛଡ଼ା ନାରୀ-ହୃଦୟର ମର୍ମ ଆଉ ବୁଝିବ କିଏ ?

(୪)

ଦଶମଙ୍ଗଳା ଦିନ ସକାଳେ ଗଉରୀ ଯେତେବେଳେ କନକ ଯେଉଁ ପରସ୍ତରେ ଗାଧୋଉଥାଏ, ତାହାରି ଦୁଆର ଉଣ୍ଡି ଉଣ୍ଡି ଚାହୁଁଥାଏ, କନକ ସେତେବେଳେ ବ୍ୟସ୍ତ ସମସ୍ତ ହୋଇ ଖଣ୍ଡେ ପାଟଲୁଗା ଦେହରେ ବେଢ଼ାଇ ଦେଇ ଓଦା କେଶ ଝାଡ଼ିବାରେ ବ୍ୟସ୍ତ। ସେ କେତେବେଳେ ବାହାରିବ, ଏହି ଅପେକ୍ଷାରେ ଗଉରୀ ଦୁଆରେ ଉଦ୍‌ଗ୍ରୀବ ହୋଇ ଠିଆ ହୋଇଥାଏ। ଅତଏବ ଭିତରୁ ଦାସୀଟା ଦୁଆର ଖୋଲିବାମାତ୍ରେ କନକ ଆଖି ପ୍ରଥମେ ସଳଖେ ପଡ଼ିଲା ଗଉରୀ ଉପରେ। ସଲଜ୍ଜ ହସ ହସି ହସି କନକ ଗୁଡ଼ ତାଟିଆଟି ହାତରେ ଧରି, ଧାଇଁ ଆସି ଗଉରୀ ଆଗରେ ଥୋଇ ଦେଇ ବିଧିମତେ ଦଣ୍ଡବତ ହେବାକୁ ଯାଉଥିଲା; କିନ୍ତୁ ଗଉରୀ ଏକାବେଳକେ ତାକୁ କୁଣ୍ଢାଇ ପକାଇ ଭିତରକୁ ଟାଣି ନେଇଗଲା; ପୁଣି ଗଦ୍‌ଗଦ୍ ସ୍ୱରରେ କହିଲା, "ହଇଲୋ ଟୋକି, ତୁ ତ ବୋହୂ ହେଲୁ। 'ବିଷ' ଲୁଚାଲୁଚି, ସବୁ ତୋତେ ସାଜେ-ତୋ'ଠେଇଁ ବି ଏସବୁ ସାହାଯ୍ୟ ହୋଇଯିବ। ନିଆଁନଗା ମୁଁ କାହିଁକି ଏ ତିନିଦିନ ଛଟପଟ ହୋଇ ମରୁଚି କି ଲୋ! ତୋ'ଠେଇଁ କ'ଣ ଅଛି ମ, ଦିନୁ ପାଞ୍ଚୁଟା ଛଅଟାରେ ମୋତେ ଏକଦମ-।"

କନକ ଗଉରୀ କଥାରେ ତା'ର ଆନ୍ତରୀକ ସ୍ନେହଭାବଟାହିଁ ଦେଖିଲା, ବୁଝିଲା; ଜାଣିଲା, ଏ ସ୍ନେହର ପ୍ରତିବାଦ କେଡ଼େ ଅମୂଲ୍ୟ।

ପ୍ରକୃତରେ 'ବିଷ' ପୂର୍ବ ଚାରି ପାଞ୍ଚ ଦିନର ସଙ୍ଗମେଳ ଯାହା କରିପାରିନାହିଁ, ଏ 'ବିଷ' ତିନିଦିନର ଅଦର୍ଶନ ତାହା ଅତି ସହଜରେ ସାଧିତ କଲା। ଇତିପୂର୍ବରୁ ଗଉରୀ କନକକୁ 'ବୋହୂ' 'ତମେ' ଇତ୍ୟାଦି ଶିଷ୍ଟାଚାରର ବହିର୍ଭୂତ କରିପାରି ନ ଥିଲା; କିନ୍ତୁ ଏଇ ତିନି ଦିନରେ କୁଳାଚାର, ଶିଷ୍ଟାଚାର ସବୁ ତା' ମନରୁ ପୋଛି ହୋଇଯାଇଛି।

କନକ ବି ବୁଝିଲା; ଏଇ ତିନି ଦିନଯାକ ଗଉରୀ କେତେ ଆପଣାର କରି ତାକୁ ଭାବିଛି। କହିଲା, 'ଅପା, ମୋ'ଠେଇ ତ ସବୁ ସାହାଯ୍ୟ ହଉଚି, ହବ; ଏକା ତମ ଯିବା ଦିନ ମୁଁ ମରିବି - ଏଇଆ ଜାଣିଥା।" ଗଉରୀ ହସି ହସି "ହଉ, ଦେଖିବା କେମିତି ମରିବୁ" କହି କନକକୁ ପାଖକୁ ଟାଣି ଆଣିଲା।

କନକ ଅନଭ୍ୟସ୍ତ ହାତରେ ସିନ୍ଦୂର ଘେନୁଥିଲା, ଗଉରୀ ଦେଖି ନାହିଁ। ହଠାତ୍ ଝିଙ୍କାଟା ଖାଇ କନକ ହାତରୁ ସିନ୍ଦୂରଫରୁଆ ଓ ସିନ୍ଦୂରକାଠିଟି ଅଗରେ ସାବଧାନରେ ରକ୍ଷିତ ସିନ୍ଦୂରଗୁଣ୍ଡିତକ ପଡ଼ିଯାଇ ତା'ର ସଦ୍ୟସ୍ନାତ ମୁଖଟିକୁ ରାଗରଞ୍ଜିତ କରିଦେଲା। ଗଉରୀ ହସ୍ତବ୍ୟସ୍ତ ହୋଇ ସିନ୍ଦୂର ଝାଡ଼ି ଦେଉ ଦେଉ କହିଲା, "କ'ଣ କଲୁ?" ଏହା କହି କି ଅଜ୍ଞାତ ଅମଙ୍ଗଳ ଆଶଙ୍କାରେ କେଜାଣି, ତରତର ହୋଇ ନିଜେ ସିନ୍ଦୂର କାଠିଟାଏ ନେଇ କନକ ମୁଣ୍ଡରେ ସିନ୍ଦୂର ପିନ୍ଧାଇ ଦେଲା। ତାକୁ ଜଣା ନାହିଁ, ସାଇ ମାଇକିନା କିଏ ଗୋଟିଏ ଆସି ଦୁଆର ପାଖରେ ଛିଡ଼ା ହୋଇ ତାହାର ଶେଷ କଥା ଶୁଣିଲା ଓ କାର୍ଯ୍ୟ ବି ଦେଖିଲା। ହଠାତ ବଜ୍ରପାତ ପରି ତା' କାନରେ ସାବୀ ଅପାର କଣ୍ଠସ୍ୱର ପଡ଼ିଲା ଦୁମୁ ଦୁମୁ ହୋଇ ଚାଲି ଯାଉ ଯାଉ ସାବୀ ଅପା କହିଯାଉଛି - "ଅ, କିଛି ହଉ, ଇଏ କି ଢଙ୍ଗ ଲୋ ମା' ଏ ଘର ଝିଅ ବୋହୂଙ୍କର! ଶୁଭ କଥା ନା ନିଆଁ କଥା! ନିଜେ ଯିଏ ନ ବୁଝିବ, ତାକୁ ଆଖିରେ ଆଙ୍ଗୁଠି ଦେଇ ବୁଝାଇବ କିଏ? ଯା ହଉ, ଭାଗିଅ ବଢୁଛି-!" ଅନ୍ୟ ଖଞ୍ଜାରୁ ଆଉ ଗୋଟିଏ କିଏ ଏହିଠାରେ ପଚାରି ବସିଲା- "କି ସାବୀ ଅପା; କଥା କ'ଣ? କାହିଁକି ସକାଳଟାରୁ ବର୍ର ବର୍ର ହଉଚୁ କିଲୋ?" ସାବୀ ଅପା ଅପେକ୍ଷାକୃତ ନିମ୍ନସ୍ୱରରେ କହିବାର ଶୁଣାଗଲା - "କଥା? ଦେଖିବ ଯା-ଦେଖିବ ଯା ଲୋ ମାଇପେ-ଯାଙ୍କମାନଙ୍କର ବୁଦ୍ଧି ଦେଖିବ ଯା!"

ଗଉରୀ ଆଉ ଶୁଣିପାରିଲା ନାହିଁ - "ପୋଡ଼ାମୁହିଁ, କ'ଣ କଲି ମୁଁ!" ବୋଲି କହି ହାତେ ଜିଭ କାଢ଼ି ପକାଇ କନକକୁ ପ୍ରାୟ ଠେଲି ଆଡ଼େଇ ଦେଇ ସେ ଘରୁ ଦଉଡ଼ି ପଳାଇଗଲା। କି ଲଜ୍ଜା, କି ଅପମାନ, କି ଘୋର ବିଷାଦ ତା' ମନକୁ କ୍ଷଣକେ

ଅଧିକାର କରି ପକାଇଲା, ତାହା କେବଳ ତାହାର ଗୋଟିଏ କଥାରୁ ବୁଝାଯିବ। ସେ ଖାଲି ମନେମନେ ନିଜକୁ ଧିକ୍କାର ଦେଇ କହି କହି ଗଲା- "ଛି ଛି; ମୁଁ ଯେ ବିଧବା, ଅମଙ୍ଗୁଳୀ, ଅଲକ୍ଷଣୀ, ପୋଡ଼ାମୁହିଁ ବିଧବା!"

କିଛିକ୍ଷଣ ପରେ ମାଇକିନା ପିଲାସବୁ ପଲ ପଲ ହୋଇ ଆସି କନକ ହାତରେ ଗୁଡ଼ତାଟିଆ ଦେଖି ଯାହାର ଜୁହାର ପ୍ରାପ୍ୟ ସେ ତାହା ପାଇ ଯେ ଯାହାର ବାହାରିଗଲେ। ଗଉରୀବୋଉ ପଖାଳ ବାଢ଼ି ଆଣି ପିଣ୍ଡାରେ ଥୋଇଦେଇ କହିଲେ, "ଆଲୋ, ଗୁଣ୍ଡେ ଖାଇଦେ ମ, ପିତ ପଡ଼ିଯିବ।" ପାଖରେ ବସିଥିବା ରଙ୍ଗୀକୁ କହିଲା, "ଗଲ, ଟିକିଏ ଅପାଙ୍କୁ ଡାକିଆଣିବ। ଗଲ।" ରଙ୍ଗୀ ମୁହଁଟାକୁ ଏଢ଼େ କରି "ଓଃ ମୁଁ ଯାଇପାରେ ନା, ଯାଅ" କହି କାନ୍ଥଆଡ଼କୁ ବୁଲି ବସିଲା। ପୁଣି କନକ ଉଠି ଗୋଟାଏ ଛୋଟ ଗିନାଟିରେ ପାଣି ମନ୍ଦାଏ ନେଇ ଆସି ରଙ୍ଗୀକୁ ଜୋର କରି ଛିଡ଼ାକରାଇ କହିଲା, "ମୋ ରାଣ, ମୋ ମୁଣ୍ଡ ଖାଇବ, ଯା ଟିକେ ଅପାଙ୍କଠଉଁ ପାଦୁକ ନେଇ ଆସିବ। ଆଉ ତାଙ୍କୁ ମୋ ରାଣ ପକେଇ କହିବ, ସେ ଏଠିକି ଟିକିଏ ଆସିବେ। ସେ ମୋ ସଙ୍ଗେ ଖାଇବେ ନାହିଁ। ଯା, ତେମେ ପଛେ ଖାଇବ।" ରଙ୍ଗୀ ମନେ ମନେ ଖୁସି ହୋଇ ଛଳ କ୍ରୋଧରେ କହିଲା, "ମୁଁ ଏଇ ନୂଆ ବୋଉଟା ସଙ୍ଗେ ଖାଉଥାଏ ତ। ଇଃ" ଏହା କହି ସେ ଗିନାଟି ନେଇ ପଳାଇଗଲା। ଶାଶୂ ବିରକ୍ତ ହୋଇ କହିଲେ, କି ପାଦୁକା ଲୋ! ଅ ତୁ ଖାଇ ବସ।" କନକ ଠାରଦ୍ୱାରା ଜଣାଗଲା-ରଙ୍ଗୀ ଆସୁ।

ଏହି ସମୟରେ ଦାଣ୍ଡଆଡୁ ଗୋଟାଏ ଏକୁଟିଆ ମହୁରୀ ପେଁ ପେଁ କରି ବାଜିଉଠିଲା। ଗଉରୀବୋଉ ଉତ୍‌ଫୁଲ୍ଲ ହୋଇ କହିଲେ- "ହେଇଟି, ତମର ଗୁଡ଼ଦେଖା ଭାର ଆସିଲାଣି ପରା! ଦେ ଦେ, ତୁ ଖାଇ ବସ୍ - ମୁଁ ଯାଏଁ।" ଏହା କହି ଚାଲି ଯାଉଥିଲେ, କନକ ହାତରେ ମନ୍ଦାଏ ପାଣି ନେଇଯାଇ ତାଙ୍କ ଗୋଡ଼ ଧରି ଅଟକାଇ ଦେଲା; ଡାହାଣ ଗୋଡ଼ ବୁଢ଼ା ଆଙ୍ଗଳିଟାକୁ ଟାଣି ଆଣି ସେହି ପାଣିରେ ମାଡ଼ିଦେଇ ଛାଡ଼ିଦେଲା। ଶାଶୂ ଚାଲିଗଲେ। ସେହି ପାଦୁକ ପାଇ କନକ ଉତ୍କଣ୍ଠିତ ଭାବରେ ବସି ରହିଲା। କିଛିକ୍ଷଣ ପରେ ଗୋଟାଏ ପିଲା ଧାଇଁଧାଇଁ ଆସି, ରଙ୍ଗୀ ନେଇ ଯାଇଥିବା ଗିନାଟି ଆଣି କନକ ଗୋଡ଼ ପାଖରେ ଫିଙ୍ଗିଦେଲା ପରି ଥୋଇଦେଇ, ଧାଇଁ ବାହାରିଯାଉଥିଲା, କନକ ତା' ହାତଟି ଧରିପକାଇ କହିଲା, "ରଙ୍ଗୀ କାହିଁ? ଅପା କୁଆଡ଼େ ଗଲେ?" ସେ କହିଲା, "ସମସ୍ତେ ଠାକୁର ଖଞ୍ଜାରେ ଦେଖୁଛନ୍ତି - ଭାର କେତେ ଆସିଚି। ତମେ ଛାଡ଼ ମତେ ବଡ଼ାପା ମତେ କହିଲେ, ମୁଁ କୁଣିଆନାଗି ପାନ ନେଇଯିବି, ଛାଡ଼।" ଏହି ସମୟରେ ଗଉରୀ ହସ ହସ ମୁଖରେ ସ୍ୟାଡୁ ଆସି ପିଲାଟିକୁ ଦେଖି କହିଲା, "ଶୁଣ୍‌ବେ ରଙ୍ଗ କିଏ ସେ ସାନ୍ତ ଆସିଚି କି ବେ? ମୁଁ ସେଟାକୁ

ସୁଆରିରୁ ଓହ୍ଲାଇବାବେଳେ ଭଲ କରି ଦେଖିପାରିଲି ନାହିଁ।" ପିଲାଟି ଅଳ୍ପରେ କହିଲା, "ବାବୁ - ନିଧିଭାଇଙ୍କ ପରି କୋଟ ପିନ୍ଧିଚି।" ଆଲୋ ବୋହୂ କିଏ କହନି ସିଏ ?" କହି ଗଉରୀ ଟିକିଏ ଦୂରରୁ କନକ ଆଡ଼କୁ ଚାହିଁଲା। କନକ ନିଜେ ବୁଝିପାରିନାହିଁ- କିଏ ସେ। ହରିବାବୁଙ୍କ ଛଡ଼ା ଆଉ କିଏ ଆସିବ ? କିନ୍ତୁ ସ୍ଥିର କରିପାରୁନାହିଁ ଯେ ସେ ଭାଇ; କିଏ ଯେପରି ପାଟିର କଥା ଛଡ଼ାଇ ନେଉଛି, କହୁଛି- ନା, ସେ ଆଉ କିଏ ! କନକ ପିଲାଟିକୁ ପୁଣି ଡାକି ପଚାରିଲ, "ଯିଏ ଆସିଚି, ତା'ର ନିଶ ଅଛି ନା ?" ପିଲାଟି କହିଲା ଦେଖି ଆସେ।" ଏହା କହି ଏକ ନିଶ୍ୱାସରେ ଦଉଡ଼ି ପଳାଇଲା।

ଗଉରୀ କହିଲା, "ଯିଏ ଆସୁ, ଏଇନାଗେ ପୁଣି ଦେଖାହେବାକୁ ଆସିବ। ତୁ ଗଣ୍ଡାଏ ଖାଇଦବୁଟି।" ଏହା କହି କନକକୁ ଟାଣି ଆଣି ଭାତ ବେଲା ପାଖରେ ବସାଇ ଦେଲା। ସକାଳର ଘଟନା ଯୋଗୁଁ ଦୁହିଁଙ୍କୁ ଦୁହେଁ ଗୋଟାଏ ଅସ୍ୱଚ୍ଛନ୍ଦତା ଅନୁଭବ କରୁଥିଲେ, କିନ୍ତୁ ଏ ନୂତନ ଉତ୍ତେଜନାରେ ସେଟା ଅନେକାଂଶରେ କମିଗଲା। ପୁଣି ଖାଇବସି କନକ ଗଉରୀକୁ ଟାଣିଆଣି ବସାଇଲା। ଦୁହେଁ ଖୁଆଇ ଦିଆଦିଇ ହେଲେ। କ୍ଷଣିକ ଚଞ୍ଚଳତା ବଶତଃ ଦୁହେଁ ଖାଇଲେ ବି ବେଶି। ଦୁହିଙ୍କ ମନର ଗୁରୁ ଭାରଟା ବି ନିର୍ମଳ ହୋଇ ଦୂର ହୋଇଗଲା। ଏହିପରି ସମୟରେ ସ୍ୟାଙ୍ଗୁ ରଙ୍ଗୀ ଧାଇଁ ଧାଇଁ ଆସି; ହସି ହସି କହିଲା; "ଦେଇ ଲୋ, ସେଇ ଖଣ୍ଡିଆଟା ଫେରେ ଆସିଚିମ। ସେଇ-ଯେଉଁଟା ବରଧରା ହୋଇ ଆସିଥିଲା।"

ରଙ୍ଗୀକୁ ଦେଖିଲାମାତ୍ରକେ କନକ ଉଠିପଡ଼ି ତାହାକୁ ଓଟାରି ଆଣି ଦେଲା ପରେ ବସାଇ ଦେଇ ସାରିଥିଲା। ରଙ୍ଗୀ ତାହାର କମ୍ପମାନ ହାତରୁ ଗୁଣ୍ଡାଟିଏ ନଉଁ ନଉଁ ପଚାରିଲା, "ନୂଆ'ଉ, ସେଇ-ବରଧରା ଯିଏ ଆସିଥିଲା, ସିଏ କିଏ ?" କନକ ହାତରୁ ଗୁଣ୍ଡାଟା ଭାଙ୍ଗିଯାଇ ରଙ୍ଗୀ ଦିହ ମୁଣ୍ଡ ହୋଇଗଲା। ଭାତଗୁଡ଼ାକ ଝାଡ଼ି ଦଉଦଉ ଗଉରୀ ବିରକ୍ତ ଭାବରେ କହିଲା, "ମରୁନାହୁଁ, ଦଶା ଝିଅଟା। ସିଏ କିଏ, ସିଏ କିଏ - ସିଏ ତୋ ଘଇତା, କିଏ !" ରଙ୍ଗୀ ରାଗିଉଠି ଗଉରୀକୁ ଧକାଏ ମାରି, ନୂଆବୋହୂକୁ ପୁଣି ଧରି ପଚାରିଲା, "ସତେ ନୂଆ'ଉ, ସେ କିଏ ?" କନକ ଇତିମଧ୍ୟରେ ଆତ୍ମସମ୍ବରଣ କରିନେଇଥିଲା, ଅଳ୍ପ ଅଳ୍ପ ହସି କହିଲା, "ସିଏ ପରା ତମ ବର ଗୋ।" ରଙ୍ଗୀ ଅସମ୍ଭାଳ ହୋଇ ଦୁଇହାତରେ ଗଉରୀ ଓ କନକକୁ ବିଧା ଚାପୁଡ଼ା ମାରମାରୁ କହିଲା, ସିଏ ମରୁ, ନିଆଁନଗା ପୋଡ଼ାଟା ମରୁନାହିଁ! କି, ମୋ ବର କାହିଁକି ହବ ? ତମରି ବର ହଉ ! ଗଉରୀ ଦେଖିଲା, ରଙ୍ଗୀ କଥାରେ କନକ ମୁହଁ ଶୁଖି ହଠାତ୍ କଳା ପଡ଼ିଗଲା। କଥାଟା ତାକୁ ବାଧିଲା ଭାବି, କି କ'ଣ, ଗଉରୀ ଆଖି କାଢ଼ି ରଙ୍ଗୀକୁ ମାରିବାକୁ ଗଲା। ରଙ୍ଗୀ କିନ୍ତୁ ହସି ହସି ଦଉଡ଼ି ପଳାଇ ଯାଉ ଯାଉ କହିଲା, "ଇସ୍ ମାରିବୁ?

ଭାରି ମାରିବାବାଲୀଟା ! ରହ ରହ, ମୁଁ ନୂଆ'ଉ-ବରକୁ ଡାକି ଆଣେ। ରହ ତମକୁ ଦେଖୁଛି।"

ଗଉରୀ ତା' ପଛେ ପଛେ ଦୁଆର ପର୍ଯ୍ୟନ୍ତ ଗୋଡ଼ାଇ ଯାଇ କହିଲା- "ଦୂର୍ ହ, ଦୂର୍ ହ, ନିଲ୍ଲଜୀ, ବଜାତିଆଣୀଟା ! ବୁଦ୍ଧି ଶିଖୁଚି !" କନକ ପାଖକୁ ପୁଣି ଆସି କହିଲା, "ଗେହ୍ଲା କରି କରି ବୋଉ ଏ ଝିଅଟାକୁ ସାରିବ ପରା, ମୁଁ ଜାଣେ।" କନକ ପ୍ରକୃତିସ୍ଥ ହୋଇ ହସି ହସି କହିଲା, "ପିଲାଟା, ଏଇନାଗେ ତାଙ୍କର ଏତେ ବୁଦ୍ଧିଶୁଦ୍ଧି କେଉଁଠୁ ହବ ଅପା ତମେ କହୁଚ।" ଗଉରୀ ମନରେ ହଠାତ୍ ରଙ୍ଗୀ ଯେଉଁ ପ୍ରଶ୍ନ କରିଥିଲା, ସେହି ପ୍ରଶ୍ନ ଉଠିଲା, କିନ୍ତୁ କାହିଁକି କେଜାଣି ମୁହଁ ଖୋଲି ସେ ଆଉ ପଚାରି ପାରିଲା ନାହିଁ। କିଛିକ୍ଷଣ ପରେ ଗଉରୀ ମନ୍ଦ ମନ୍ଦ ହୋଇ ଉଠି କହିଲା, "ଆ, ଆ ଲୋ, ମୁଁ ଯାଏ। ସେଇଟା ପୁଣି ଆସିବ ଦେଖା କରିବାକୁ ଏଇନାଗେ।" କନକ ଚମକି ପଡ଼ି କହିଲା, "କିଏ ?" "ସେଇ ଯେ ଆସିଚି ତୋ ଭାଇ।" "ଓଃ, ନୀଲୁ ଭାଇ- ନୀଲୁ ଭାଇ ?" ସେ ନାମଟା ଉଚ୍ଚାରଣ କଲାମାତ୍ରକେ କନକ କିପରି ଗୋଟାଏ ବିଚଳିତ ହୋଇଉଠିଲା। ଗଉରୀକୁ ହଠାତ୍ ଧରି ପକାଇ କହିଲା, "ନା, ଅପା, ତେମେ ଯା ନେଇଁ, ଏଠିକି ଆଗେ ଟିକିଏ-।" ଗଉରୀ ହସିଉଠିଲା, କହିଲା- "କିଲୋ, ତୋ ଭାଇଟା ତୋ କତିକି ଆସିବ। ମୁଁ ଏଠି କ'ଣ କରିମି ?" କନକ ଲଜ୍ଜିତ ହେଲା ପରି ଧଡ଼୍‌କରି କାନ୍ଥ ଆଡ଼କୁ ଆଉଜି ବସିପଡ଼ିଲା, ଟିକିଏ ଅନିଶ୍ଚିତ ଭାବରେ କହିଲା, "ନା ନା, ମୁଁ ଭାବୁଥିଲି, ଆଉ କିଏ କାଳେ ତାଙ୍କ ସାଙ୍ଗରେ ଆସିବ।" "ଆଉ କିଏ ନିଧି ?" କନକ ଚଞ୍ଚଳ ଭାବରେ କହିଲା, "ହୁଁ।" ଗଉରୀ ଗମ୍ଭୀର ଭାବରେ ସେଠାରୁ ବାହାରି ଗଲା।

(୫)

ମନୁଷ୍ୟ ହୃଦୟ ସ୍ୱଭାବତଃ ଭୀରୁ। ବିଶେଷତଃ ଯାହାର ସ୍ନେହ ଯେତିକି ଗଭୀର, ତାହାର ସାହସ ସେତିକି କମ୍। ପ୍ରିୟ ବସ୍ତୁକୁ ପାଇବାର ଆଶା ବା ଆକାଙ୍‌କ୍ଷା ମନରେ ଯେତିକି ପ୍ରବଳ, ପାଇଲେ ତାହାକୁ ଗ୍ରହଣ କରିବାର କ୍ଷମତା ମଧ୍ୟ ତେତିକି ଅଳ୍ପ। (ମନର ବଳ କହ, ନୈତିକ ବଳ କହ, ସେ କେବଳ ପ୍ରିୟ ବସ୍ତୁଟି ପାଇବା ପର୍ଯ୍ୟନ୍ତ ରହେ - କାମରେ ଲାଗେ। ତା'ପରେ ସେ କେବଳ ନାମ-ମାତ୍ର)। ଆଶା ଆଶଙ୍କାର ଖେଳ ଯେଉଁଠି, ସେଠି ଭୟହିଁ ପ୍ରଧାନ। ସାଧନାର ସିଦ୍ଧିରେ ବି ଭୟ ଛଡ଼ା ଆଉକିଛି ନାହିଁ ବଳ, ସାହସ କେବଳ କଥାର କଥା।

ପୂର୍ଣ୍ଣ ହୃଦୟ ଦେଇ ମନୁଷ୍ୟ ଯାହା ଚାହେଁ ସେହି ପର୍ଯ୍ୟନ୍ତ ଆସିଲେ, ବ୍ୟବଧାନ ଟିକକ ପାର ହେଲେ, ତାହାର ଆଉ ତିଳେ ଅଗ୍ରସର ହେବାର ସାଧ୍ୟ କାହିଁ ?

ମାନବ ହୃଦୟ ମାତ୍ରକେ ଏହାର ଅନୁଭବୀ । କିନ୍ତୁ ଆହୁରି କେତେକଙ୍କ ହୃଦୟରେ ଭୟଟା ଏତେ ବେଶି ଯେ, ଠିକ୍ ସିଦ୍ଧି ମୁହୂର୍ତ୍ତରେହିଁ ତାଙ୍କର ସାଧନା ହାହାକାର କରି ପୃଷ୍ଠ ପ୍ରଦର୍ଶନ କରି ପଳାଏ । କି ଦୁର୍ବଳତା !

ବହୁ ଯତ୍ନରେ, ଶତ ଚେଷ୍ଟାରେ ପ୍ରାଣ ପର୍ଯ୍ୟନ୍ତ ପଣ କରି ପର୍ବତର ଉଚ୍ଚତମ ଶିଖର ଆରୋହଣ କଲି- କେବଳ ସେଠାରୁ ଉପତ୍ୟକାର ଦୃଶ୍ୟ ଅନୁଭବ କରିବି ବୋଲି; କିନ୍ତୁ ଶିଖର ଆରୋହଣ କରିସାରିଲା ମାତ୍ରକେ ମସ୍ତକ ବିଘୂର୍ଣ୍ଣିତ ହେବା ଭୟରୁ ଯଦି ମୋର ଦୃଷ୍ଟିଶକ୍ତି, ଅନୁଭବ ଶକ୍ତି-ମୋର ଗ୍ରହଣ କରିବାର ସମସ୍ତ ଶକ୍ତି,- ଅପହୃତ, ଲୁପ୍ତ ହୋଇଗଲା, ତା'ହେଲେ ଯାଠାରୁ ବଳି ଆଉ ଦୁଃଖର ବିଷୟ କ'ଣ ହୋଇପାରେ ?

ଦୁଃଖର ବିଷୟ ହେଉ ବା ଯା ହେଉ, ହୃଦୟ ରାଜ୍ୟରେ ଏପରି ଘଟଣା ବିରଳ ତ ନୁହେଁ, ବରଂ ନିତ୍ୟ ନୈମିତ୍ତିକ ଘଟନା ବୋଲି ମୋର ବିଶ୍ୱାସ ।

ଆଜି ନୀଲୁ ବାବୁଙ୍କର ସେହି ଦଶା ।

ଆଜିକୁ ପ୍ରାୟ ଦଶଦିନ ପୂର୍ବେ ଲୋକଚକ୍ଷୁରେ ଯେଉଁ ଧନ ସେ ହରାଇଥିଲେ, ବାସ୍ତବରେ ନିଜ ଅନ୍ତରର ଅନ୍ତସ୍ତମ ପ୍ରଦେଶରେ ସେ ତାହାରି ପ୍ରାପ୍ତି ଓ ପ୍ରାପ୍ତିର ଆନନ୍ଦ ଉପଭୋଗ କରିଥିଲେ । ସାଫଲ୍ୟରେ ହୃଦୟ ନାଚି ଉଠିଥିଲା, ସିଦ୍ଧିରେ ମନ ମାତି ଯାଇଥିଲା । କନକ ଅପରର ହସ୍ତ ଧରି ବାହାରି ଯାଇ ସୁଦ୍ଧା ତାଙ୍କ ଅନ୍ତରର ନିଭୃତତମ ପ୍ରଦେଶରେ କି ଗୋଟାଏ ମାଧୁର୍ଯ୍ୟ ବୁଣି ଦେଇଗଲା, ସେଥିରେ ଗ୍ଲାନି ନାହିଁ, ଦ୍ୱିଧା ନାହିଁ । ବାହାର ଶୂନ୍ୟ କରିଗଲା ସତ୍ୟ, ମାତ୍ର ଭିତରେ ସେ ଯେଉଁ ପୂର୍ଣ୍ଣତାର ସୁଧା ଢାଳି ଦେଇଗଲା, ସେହିଥିରେ ସେ ମତୁଆଲା ହୋଇଗଲେ । ସାଫଲ୍ୟର ଦୀପ୍ତିମୟ ଟୀକା ଲଲାଟରେ ପିନ୍ଧି ତାଙ୍କର ଆଶା ଆକାଂକ୍ଷା ସବୁ ଏକାବେଳକେ ପ୍ରୀତି ପ୍ରତିମାଟିର ପାଦତଳେ ଲୋଟି ହୋଇପଡ଼ିଲା ।

କିନ୍ତୁ ପୂର୍ଣ୍ଣତାର ଆନନ୍ଦ ସଙ୍ଗେ ସଙ୍ଗେ ଆହୁରି ଗୋଟିଏ ବସ୍ତୁ ମଧ୍ୟ ତାଙ୍କୁ ମିଳିଥିଲା - ମମତାର କଠୋର କର୍ତ୍ତବ୍ୟ । (ପୂର୍ଣ୍ଣତାର ଉତ୍କଟ ଆନନ୍ଦକୁ ମମତାର କଠୋର କର୍ତ୍ତବ୍ୟରେ ପରିଚିତ କରିବାର ଆଦେଶ ଓ ଶିକ୍ଷା କନକ ତାଙ୍କୁ ଗୋଟିଏ ମୁହୂର୍ତ୍ତରେ ଅପୂର୍ବ ଭାଷାରେ ଦେଇଯାଇଥିଲେ । ମନୁଷ୍ୟର ସମସ୍ତ ପୂର୍ଣ୍ଣତା ଯେ କେଡ଼େ ଅପୂର୍ଣ୍ଣ ତାହା ବୁଝିବାର ଅବସର ନୀଳୁବାବୁ ପାଇଲେ ନାହିଁ । ପୂର୍ଣ୍ଣତାର ଜଡ଼ତାକୁ ସଜୀବ କର୍ତ୍ତବ୍ୟର ଉତ୍ତେଜନା ଲଂଘନ କରିଥିଲା ଓ ତାଙ୍କୁ ନିତ୍ୟ ଜାଗ୍ରତ ଏବଂ ସତେଜ କରି ରଖିଲା ।

X X X X

ହରି ବାବୁ କହିଲେ, ନୀଲୁ, "ତୁ କଟକ ଯିବା ପୂର୍ବରୁ ଥରେ କଙ୍କାଁକି ଦେଖିଆ, ଗୁଡ଼ଦେଖା ଭାର ଯିବ କାଲି। ମୋର ଯାଡ଼େ ରାଜ୍ୟର ଝଞ୍ଜାଟ। ମୁଁ ତ ଏଇଠି ରହିଲି, ଯେତେବେଳେ ହବ, ଯିବି।"

ନୂଆବୋଉ (ହରିବାବୁଙ୍କ ସ୍ତ୍ରୀ) କହିଲେ, ହଁ ହଁ, ନୀଲୁ ଯାଉ - ତେବେ ତ ଭାରି ଯୋଗ୍ୟ ଲୋକଟିଏ। ଗଲେ କାନ୍ଦିବ ସିନା ଆଉ କ'ଣ କି? ହଇହେ ନୀଳ, ତମ ଭାଇ କେଡ଼େ ବୀର, ଜାଣିଚଟି କି? ଝିଅଟି ବାହା ହେଇକରି ଗଲା, - ତେବେ ଇଏ ତା' ଆଡ଼କୁ ଥରେ ଚାହିଁଛନ୍ତି, ନା କଥା ପଦେ କହିଚନ୍ତି! ନାଜ ନାହିଁ, ଇୟେ ପୁଣି ବନ୍ଧୁଘର ଯିବେ! ନାଇଁ ନୀଲୁ, ତେମେ ଯାଅ; ହବ ତ ଚାରି ଛ'ଦିନ ରହିଯାଇପାରିବ। ପିଲାଟି କେମିତି ଚଲୁଛି, କ'ଣ କରୁଚି, ହେଲେ ଦେଖି ଆସି ପାରିବ। ଇୟେ ତ ଦଶ ଲୋକଙ୍କଠେଇଁ ମୁଣ୍ଡ ବିକିଚନ୍ତି !

ନୀଲୁ ବାବୁ ହଉ ବୋଲି କହି ତୁନି ହେଲେ, କିନ୍ତୁ ହୃଦୟ ଆନନ୍ଦରେ ନାଚି ଉଠିଲା। ନୂଆବୋଉ ପୁଣି କହିଲେ, "ହଇ ହେ ନୀଳ, ସେ ଥର ଯା ବରଧରା ଯାଇଥିଲ, କେଶୀ ଅପାକୁ ଦେଖିଥିଲ ନା?"

"କେଶୀ ଅପା କିଏ?"

"କି କନକ ଶାଶୂ ପରା ମୋରି ପିଉସୀ ହୁଏ। ଆଉ କେତେଥର କହିବି ମ!"

"ନାଇଁତ, ମୁଁ ଦେଖିନାହିଁ। ମୁଁ କେଉଁଠି ଘର ଭିତରକୁ ଯାଇଛି ଯେ, ଏତେ ଲୋକଙ୍କୁ ଦେଖିବି।"

"ରଙ୍ଗୀକି ଦେଖିଥିବ ନିଶ୍ଚେଁ। ସେ ଖରଖରୀଟା କ'ଣ ତମ ସାଙ୍ଗେ ନ ନାଗି ଛାଡ଼ିଥିବ କି! କେଡୁଟେ ହେଇ ଯିବଣି ସିଏ! ରଙ୍ଗୀ ମ - କେଶୀ ଅପା ସାନ ଝିଅ ସେ। (ହରି ବାବୁଙ୍କ ପ୍ରତି) ମୋ ବାହାକୁ ଆସିଥିଲା ପରା-ଦୁଇ ବର୍ଷର ପିଲାଟି-ଆଛା ସୁନ୍ଦରଟିଏ ଯେ! ଏକା କେଶୀ ଅପା ତାକୁ ଗେଲବସର କରି ଖାଉଚି!

"ହଁ ହଁ, ସେଥର ଗୋଟାଏ କିଏ ସେ ମୋ ଉପରେ କ'ଣ ସବୁ ଫୋପଡ଼ା ପୋପଡ଼ି କରୁଥିଲା। ଦଶ ବାର ବର୍ଷର ପିଲାଟିଏ, ନୁହେଁ? ଢେର ଗାଳି ଖାଇଚି ଏକା ସିଏ ମୋ ସାଙ୍ଗେ ନାଗିବା ଯୋଗେ,- ହଁ ହଁ, ପୁଣି କହିଚି-ଆଉ ଥରେ ଆସିଲେ ଠିକ୍ କରିଦେବେ।"

ଏହା କହି ନୀଲୁ ବାବୁ ବାହାରିଗଲେ। ନିତେଇଙ୍କୁ (ନୀଲୁଙ୍କ ଭିଣୋଇ) ଦୁଇଦିନ ହେଲା ବିଷମ କମ୍ପ ଜର, ଆଜି ଟିକିଏ ଉଣା ଥିଲା। ତାଙ୍କୁ ଦେଖିବାକୁ ତାଙ୍କ ଘର ଆଡ଼କୁ ଗଲେ।

ଯାଡ଼େ ନୂଆବୋଉଙ୍କ ପାଟି ବନ୍ଦ ନ ହୁଏ ! ବାପଘର ବା ସେ ସମ୍ପର୍କୀୟ କୌଣସି ପ୍ରସଙ୍ଗରେ ନୂଆବୋଉଙ୍କୁ ଦୁଇଥର କହିବାକୁ ହୁଏ ନାହିଁ। ଥରେ କଥା ଉଠିଲେ ଅନର୍ଗଳ ଚାଲିଲା ତେଣିକି। କହିଲେ "ହଇ ହେ, ତମେ ସିନା ମୋ କଥା ନ ଶୁଣିବ - ମୁଁ ଯାହା କହିଲି ସବୁ ଜାଣି ବିଷ ! ଆଚ୍ଛା କହିଲ ଭଲା, କଙ୍କୀ କି ମନ୍ଦ ଜାଗାଟାରେ ପଡ଼ିଲା ! ତାଙ୍କର ଘରବାଡ଼ି ଜମି- କେଉଁ କଥା ନାହିଁ ? ଆଉ ବର, ତା' କଥା ତ ଜାଣିଚ, କେଉଁ ଗୁଣରେ ଏବେ ବାଛିବି ! ତମେ ସିନା ମୋତେ ନିନ୍ଦିବ; ନ ହେଲେ, ଏଇ ନୀଲୁ କଥା ଯେ କହୁଥିଲ- ଛିଆଲୋ ଛିଆ, ତମ ଘରକଥା ଛାଡ଼ିଦେଲେ ତା'ର କିଏ ଅଛି ନା କ'ଣ ଅଛି। ପୁଣି ତମର ଭାଇଟା ପରି ! ତାକୁ ବା କେଉଁ ମୁହଁରେ କଙ୍କୀକି ଦବାକୁ କହଥିଲ ? ଧନିଅ ତମ ବୁଦ୍ଧି। ହ, ନୀଲୁଟି ଭଲ ପିଲାଟିଏ ଯେ ସବୁଥିରେ ଭଲ, ହେଲେ - ତମ ପେଇ ତା'ର ସବୁ ନା- ତମକୁ ଛାଡ଼ିଦେଲେ ତାକୁ ପଚାରେ କିଏ ? ମୁଁ ପରା କହୁଛି, ଦେଖିବ, ପୁଣି ପଛରେ ମୋତେ କହିବ - କଙ୍କୀ କେଶୀ ଅପାଘରେ କେଡ଼େ ସୁଖରେ ରହିବ ! ଦେଖିବ ତ ମୁଁ କହିଦେଲି ! ଅ, କିଛି କହୁନାହିଁ କାହିଁକି ମ ? ଏମିତିକା ଛଟାଣକୁ ମୋ ହାଡ଼ ଜଳେ। ଯେଙ୍କୁ ସବୁକଥା ଅପସନ୍ଦ, ମଲା ଲୋ !"

"ଆରେ ନାଇଁମ, ଅପସନ୍ଦ ନୁହେଁ ଯେ - ମୁଁ ଭାବୁଥିଲି, ପ୍ରକୃତରେ ନୀଲୁଟା ତ ଭାଇପେରିକା, ମୋ ଘରର ଜଣେ; ଆମର ଆଉ କିଏ ଅଛି ? କଙ୍କୀକି ବାହା ହେଇଥିଲେ ତ ଆଉ ମୋର ହୋଇ ରହି ନ ଥାନ୍ତା, ବନ୍ଧୁ ହେଲା ଠଉଁ କଥା ସଇଲା ନା ଆଉ କ'ଣ ! ମୋ ଘରେ ରହିବାକୁ ବି ଯଦି ମଙ୍ଗିଥାନ୍ତା ତେବେ ବି ରାଜ୍ୟର ଅସନଟ, ଅଡୁଆ - ସେଟା କ'ଣ ଭଲ ହୋଇଥାନ୍ତା କି ? ନା, ନା ଏଇ ଭଲ।"

"ହ, ଗୁଞ୍ଜାରୁଅ ପରି କଥା ହୋଇଥାନ୍ତା ନା ଆଉ କ'ଣ ! ଘରଜୋଇଁ ଓଳିତଳ ଖୁଞ୍ଚ, ଯେତେ ହେଲେ କ'ଣ ହଉଚି ! ମତେ ସିନା ନିନ୍ଦୁଚ ନ ହେଲେ ତମ ମିଣିପଙ୍କର କ'ଣ କଡ଼ାକର ବୁଦ୍ଧି ଅଛି ନା ବଳ ଅଛି ଘରକରଣା କ'ଣ ତମେ ଜାଣିଚ।"

ନୂଆବୋହୂ କ୍ରମେ ପଞ୍ଚମ ଆଡ଼କୁ ଅଗ୍ରସର ହେଉଛନ୍ତି ଦେଖି ହରିବାବୁ ମନେ ମନେ ଭୀତ ହୋଇ କଥା ମଝିରେ ଝଟ୍ କହି ଉଠିଲେ- "ନାଃ, ନାଃ, ଆମେ କିଛି ନହୁଁ- ଆମେ କିଛି ନହୁଁ। ତମେମାନେ ସବୁ। ନା, ମୁଁ ଥଟ୍ଟା କରୁନାହିଁ ଯେ ପ୍ରକୃତରେ ତମେମାନେ ଏସବୁ କଥା ଭଲ ବୁଝ ! ଏଇ ଦେଖ, ନୀଲୁଟି ଏଇଲାଗେ ପାଠଶାଠ ପଢ଼ି ବାହାରିବ, ଏଇଠି ଆସି ଓକାଲତି କରିବ, କି ଦୋପଟି ହବ- ଲୋକେ ତାକୁ ମୋ ଭାଇ ବୋଲି ଜାଣିବେ ନା - ଜାଣିବେ କ'ଣ, ଜାଣିଛନ୍ତି।"

"ଓଃ ସେ କଥା କ'ଣ ମୁଁ ଜାଣେ ନାହିଁ, ଏତେ ନିଠେଉଚ ! ନୀଲୁ ଏଇନାଗେ

ଆମର ନା ଆଉ କାହାର ? କଙ୍କୀ ଗଲାଦିନଠଉଁ ମୁଁ ଆଉ ତାକୁ ଛାଡୁନାହିଁ କାହିଁକି କି- ଆମେ ଦଳ ଛଡ଼େଇବୁ, ଆଉ କିଏ କାହିଁକି କଉ ଖାଇବ ! ତେମେ ତା'ର କ'ଣ ନ କରିଚ ଭଲା !"

ହରିବାବୁ ନୀଲୁ ପାଇଁ କ'ଣ କରିଛନ୍ତି, ନ କରିଛନ୍ତି, ସେ କଥା ସେଇ ଜାଣନ୍ତି କି ତାଙ୍କ ଭଗବାନ ଜାଣନ୍ତି- ଗୃହିଣୀ ସେଥିର ଦୁଇଅଣା ବି ଶୁଣିନାହାନ୍ତି। ସେ ସବୁ କଥା ତାଙ୍କୁ କହିବାକୁ ହରିବାବୁଙ୍କର କେଉଁ ସାହସ ହୋଇନାହିଁ। କଟକକୁ ମାସକୁମାସ କେବେ ପାଞ୍ଚ କେବେ ଦଶ ପଠାଇବା, ଗାଁକୁ ଆସିଥିଲେ ଭଲ ଲୁଗା ଯୋଡ଼ାଏ କି କମିଜଖଣ୍ଡେ-ବାହାରେ ବାହାରେ ଅବଶ୍ୟ ଦବା ନବା ସବୁ ଗୋପନରେ କରିଥାନ୍ତି। ପାଠକେ ତ ଜାଣନ୍ତି, ନୀଲୁ ଉପରେ ନୂଆବୋଉଙ୍କର ଆଜି ସୁଦ୍ଧା କେଉଁ କୃପାଦୃଷ୍ଟି ପଡ଼ି ନ ଥିଲା। ତେବେ ଏତେ କରି ସୁଦ୍ଧା ହରିବାବୁ ନୀଲୁ ଉପରେ ତାଙ୍କ ଦଖଲ ଅଛି, ଏଟା କେଉଁ ସ୍ୱପ୍ନରେ ସୁଦ୍ଧା ଭାବି ନ ଥିଲେ। ସ୍ନେହ କରନ୍ତି, ଅତି ଆପଣାର ଭାବନ୍ତି- ହେଲେ, ତାକୁ ସାହାଯ୍ୟ କଲେ ଭବିଷ୍ୟତରେ ପ୍ରତିଦାନ ପାଇବେ, ଏ ଧାରଣାରୁ ନୁହେଁ। ନୀଲୁକୁ ଷୋଳପଣୀ ଅଧିକାର କରି ବସିବା ତ ଦୂରର କଥା-ତେବେ, ଯଦି ସମ୍ଭବ ହୋଇଥାନ୍ତା, ତା' ହେଲେ କଙ୍କୀଟିକୁ ତା' ହାତରେ ଦେଇପାରିଥିଲେ ସୁଖୀ ହୋଇଥାନ୍ତେ। ପରନ୍ତୁ ଏ ବିଷୟରେ ଗୃହିଣୀଙ୍କ ମତ ଯେ ପକ୍ଷପାତୀ ନୁହେଁ, ତାହା ସେ ଅନେକ ଦିନରୁ ଜାଣନ୍ତି, ଅଥଚ ନୀଲୁ ପ୍ରତି ତାଙ୍କ ଅନୁକୂଳ ମନୋଭାବ ବା ବ୍ୟବହାରର କୌଣସି ପରିବର୍ତ୍ତନ ଘଟିନାହିଁ। ନୀଲୁଟି ଗୁଣର ହେଲେ ଲୋକେ ତାଙ୍କର ପ୍ରଶଂସା କରିବେ, ଏ ଭାବଟା ଅବଶ୍ୟ ଷୋଳଅଣା ତାଙ୍କ ମନରେ ଥାଏ। ତେବେ ଏଟା ଏପରି କିଛି ଅମାର୍ଜନୀୟ ଦୋଷ ନୁହେଁ।

ଆଜି ହରିବାବୁ ନିଜ ସ୍ତ୍ରୀଙ୍କ କଥାରେ ଚମତ୍କୃତ ହୋଇଗଲେ। ପ୍ରକୃତରେ ସେ ତ ନୀଲୁ ପାଇଁ ଯଥେଷ୍ଟ କରିଛନ୍ତି- ନିଜର ଭାଇ ପ୍ରତି ଲୋକେ ଯାହା କରୁନାହାନ୍ତି, ସେ ନୀଲୁ ପ୍ରତି ତାହାହିଁ କରିଛନ୍ତି। ନୀଲୁ ଏଣ୍ଟ୍ରାନ୍ସ ପାସ୍ କରିବା ସମ୍ଭବ ନ ଥିଲା; ସେ ସାହାଯ୍ୟ କରି ତାକୁ ଉଠାଇଲେ, କ୍ରମେ କ୍ରମେ ସେ ଉନ୍ନତି କରି ଉଠିଲା-ସବୁ ତ ତାଙ୍କରି ଯୋଗେ ! କିନ୍ତୁ ସେଥିଯୋଗେ କ'ଣ ନୀଲୁ ଉପରେ ତାଙ୍କର ଦଖଲସ୍ୱତ୍ୱ ହୋଇଗଲା ! ଯେତେ ହେଲେ, ସେ ତା' ଉପରେ ନିଜର ଅଧିକାର ସାବ୍ୟସ୍ତ କରି ପାରିଲେ ନାହିଁ। ଗୃହିଣୀ ନୀଲୁ ଉପରେ ଯେଉଁ ଅମିତ ଅଧିକାର ବିସ୍ତାର କରି କହିଲେ, ସେଟା ନୀଲୁ ମାନିବା ଉପରେ କେତେ ବେଶି ନିର୍ଭର କରେ, ସେଟା ସେ ବୁଝିଲେ; କିନ୍ତୁ -

ଏହିସବୁ କଥା ଭାବୁ ଭାବୁ ତାଙ୍କ ହୃଦୟର କେଉଁ ନିଭୃତ ପ୍ରଦେଶରେ କି

ଗୋଟାଏ ଗୁରୁତର ଅଭାବ ହଠାତ୍ ଉତ୍ତେଜିତ ହୋଇ ହାହାକାର କରି ଉଠିଲା! ବାସ୍ତବିକ ତାଙ୍କ ଜୀବନରେ ତ କିଛି ନାହିଁ! କଙ୍କୀଟି ଥିଲା ଯେ, ଗୃହର ତଥା ହୃଦୟର ସମସ୍ତ ଶୂନ୍ୟତା ସେ ଉଡ଼ାଇ ଦେଉଥିଲା। ସେ ତ ଗଲା! ଆଉ ତାଙ୍କର କିଏ ଅଛି - ଦଶବର୍ଷର ବିବାହିତ ଜୀବନରେ!

ନାଃ, ନୀଲୁ ତ ପିତୃମାତୃହୀନ, ହରିବାବୁ ନିଜେ ତ ଅପତ୍ୟହୀନ, ତେବେ-!

ଏତେବେଳେ ସେ ବୁଝିଲେ, ଗୃହିଣୀ କାହିଁକି ନୀଲୁ ପ୍ରତି ଅନୁରକ୍ତ ହୋଇ ଉଠିଛନ୍ତି, କାହିଁକି ତାକୁ ଷୋଳପଣ ଅଧିକାର କରିବାକୁ ଚାହାନ୍ତି। ତାଙ୍କ ମନରେ ସାଂସାରିକ ଚିନ୍ତା ଓ ଆର୍ଥିକ ସୁବିଧାଟା ଯେତେ ପ୍ରବଳ ଭାବରେ ଆଘାତ କରିଥାଉ ପଛକେ; ମୂଳରେ ଶୂନ୍ୟ ହୃଦୟର ମୌଳିକ ଅଭାବଟାହିଁ ଅଜଣାରେ କାର୍ଯ୍ୟ କରୁଅଛି। ନାରୀର ମାତୃଭାବ ଉପରେ ସଂସାରର ଯାବତ୍ ଭସ୍ମ ଅଙ୍ଗାର ଅଜାଡ଼ି ହେଲେ ମଧ୍ୟ ମୂଳରେ ମାତୃଭାବହିଁ ରହିବ!

X X X X

ନୀଲୁବାବୁ କନକର ଶାଶୂଘରକୁ ବାହାରିଲା ବେଳୁଁ ନିଜଠାରେ ନିଜେ ନାହାନ୍ତି। ସବାରୀ ଭିତରେ ପ୍ରାୟ ତିନି ଚାରିଘଣ୍ଟା କାଳ ଆତ୍ମବିସ୍ମୃତ ହୋଇ କେବଳ ଭାବୁଛନ୍ତି - କନକ କ'ଣ କରୁଥିବ; ଏଇ କେତେଦିନ ତା' ଉପରେ କେତେ ପରିବର୍ତ୍ତନ ଏହି ଅଳ୍ପସମୟ ମଧ୍ୟରେ ଚାଲି ଯାଇଥିବ; କେତେ କ'ଣ ନୂଆ ନୂଆ ଘଟୁଥିବ, ତା' ଭିତରେ ବୋହୂ ହୋଇ କନକ ଓଢ଼ଣାଟିଏ ପକାଇ ଅନଭ୍ୟସ୍ତ ଗାମ୍ଭୀର୍ଯ୍ୟରେ ଚଲ୍ ଫେର୍ କରୁଥିବ; ସେ କିପରି ଦିଶୁଥିବ, ତା'ର ସ୍ୱାଭାବିକ ମଧୁମୟ ହସ ଟିକକ ତା' ମୁହଁରେ ଥିବ କି ନାହିଁ! - ମୋଟ ଉପରେ ସେ ସୁଖରେ ଥିବ କି ନାହିଁ, ଇତ୍ୟାଦି ଇତ୍ୟାଦି। ଥରେ ତା' ମୁହଁଟି ଦେଖିଲେ ସବୁ ବୁଝିପାରିବି ବୋଲି ଭାବୁ ଭାବୁ ମନେପଡ଼ିଲା, ବିବାହ ପୂର୍ବ ତାହାର କାନ୍ଦଣା କଥା। ଏତେକଥା କନକ କାହୁଁ ଜାଣିଲା! ଏକାବେଳକେ ଏତେକଥା କନକ ଭାବି ପାରିବ, ଏହା ତାଙ୍କ କଳ୍ପନାର ଅତୀତ ଥିଲା। ତା' କାନ୍ଦଣା ଶୁଣି ସେ ଦିନ ସେ ବୁଝିଥିଲେ, କେତେ ଗଭୀରରେ ଅଥଚ କେତେ ଅଳ୍ପ ବୟସରେ ନାରୀମାନଙ୍କ ହୃଦରେ ବାକ୍‌ସ୍ଫୁର୍ତ୍ତି ହୁଏ! ସେଇ କନକ ତ! ସେଇ ଯେଉଁ ଦୃଷ୍ଟିରେ ସେ ତାକୁ ଚାହିଁଥିଲା- ତାହାର ଭାବ ବୁଝିବାକୁ ତାଙ୍କୁ ଆଜି ସୁଦ୍ଧା ଭୟ ହୁଏ। ସେ ଦୃଷ୍ଟି ଯେ କନକ ଆଖିରେ ଥିଲା, ସେ କେଉଁ କଳ୍ପନା କରିନାହାନ୍ତି। ଆଜି ସେ ଯେତିକି ଭାବୁଛନ୍ତି, ସେତିକି ସେ ଦୃଷ୍ଟିର ମହିମା ଉପଲବ୍ଧି କରିପାରି ନିଜକୁ ଧନ୍ୟ ମଣୁଛନ୍ତି। ସେହିଦିନୁ ନାରୀ ହୃଦୟର ଉଚ୍ଚତା ପ୍ରତି ଶ୍ରଦ୍ଧାରେ ଓ ସମାଜର ସୀମାବଦ୍ଧ ନୀଚତା ପ୍ରତି ଘୃଣାରେ ତାଙ୍କ ତାଙ୍କ ହୃଦୟ ଭରିଯାଇଛି।

କେତେ ପରୀକ୍ଷାରେ ବାପଘରେ କନକ ଜୟଧ୍ୱଜା ଉଡ଼ାଇ ଚାଲି ଆସିଥିଲା, ତାହା ନୀଲୁବାବୁଙ୍କ ପରି ଆଉ କିଏ ବୁଝିଛି ? ତାହା ତୁଳନାରେ ଶାଶୂଘର ପରୀକ୍ଷାଟା ତ କିଛି ନୁହେଁ। ତାଙ୍କର ଇଚ୍ଛା ହୁଏ, କନକର ସ୍ୱାମୀ ନିଧିବାବୁଙ୍କ ସହିତ ସାକ୍ଷାତ୍ ହେଲା ମାତ୍ରକେ କନକକୁ ସେ କିପରି ଦେଖୁଛନ୍ତି ବୋଲି ପଚାରିବେ। ହୃଦୟ ତାଙ୍କର ଗର୍ବରେ ନାଚି ଉଠେ-ଏତେ ମହାନ୍ ହୃଦୟ କନକର ! ଆଉ ସେ କନକର ଭାଇ ! ଭାଇ ତ ! ସେଥିରେ ମାୟା ନାହିଁ, ଛନ୍ଦ ନାହିଁ, କପଟ ନାହିଁ। କନକ ପ୍ରତି ତାଙ୍କର ଆବାଲ୍ୟ ମମତା, ସ୍ନେହ ଓ ଶ୍ରଦ୍ଧା ଯେ କେବଳ ଭ୍ରାତୃସ୍ନେହର ଗଣ୍ଡିରେ ଆବଦ୍ଧ ନୁହେଁ, ତାହା ସେହିଥିରେ ଥାଇ ସୁଦ୍ଧା ଯେ ତାଠାରୁ ଅନେକ ଉଚ୍ଚରେ- ଅନେକ ଗଭୀରରେ, ଏହା ସେ ବୁଝୁଛନ୍ତି। କିନ୍ତୁ ବାସ୍ତବିକ, କନକର ସେହି ଦୃଷ୍ଟିଟିଠାରୁ ତାଙ୍କର ପୁନର୍ଜନ୍ମ ! ଆଖିର ଭାଷାରେ, ତଥା କନ୍ଦାଣା ଭାଷାରେ ତାଙ୍କର ଚକ୍ଷୁ ଖୋଲି ଯାଇଥିଲା। ସେତେ ଦିନଯାଏଁ ସେ ଖୋଜି ପାଇ ନ ଥିଲେ କନକ ତାଙ୍କର କିଏ, କାହିଁକି ତାଙ୍କ ହୃଦୟର ତା'ର ଏତେ ଅଧିକାର ଓ ରାଜତ୍ୱ, କ'ଣ ତା'ର ସମ୍ବନ୍ଧ ! ସେଦିନ କନକର ସମାଧାନକୁ ସେ ନତ ଶିରରେ ଗ୍ରହଣ କରିଥିଲେ, ତାଙ୍କ ମନରୁ ଯଥେଷ୍ଟ ଗ୍ଲାନି ପରିଷ୍କାର ହୋଇଯାଇଥିଲା। କଥାଟାର ସମାଧାନ ଅନ୍ୟ ଭାବରେ ହୋଇପାରିଥାନ୍ତା- ସେ ନିଜେ ସେଥିପାଇଁ ଯେ ଅନ୍ୟ ଦିଗରେ ଆଖି ନ ପକାଇଥିଲେ, ତାହା ବି ନୁହେଁ; ତେବେ କନକର ସେ ନିର୍ଦ୍ଦେଶ, ସେଟା ସମାଧାନର ଶେଷ-ନାରୀର ନାରୀତ୍ୱ ଦେଖାଇ କନକ ଚାଲିଗଲା। ନୀଲୁବାବୁ ସେ ଆଦର୍ଶ ଗ୍ରହଣ କରି ପୁରୁଷତ୍ୱ ଦେଖାଇବାର ସଂକଳ୍ପ କରି ରହିଲେ। ସଂକଳ୍ପଟି କାର୍ଯ୍ୟରେ ପରିଣତ କରିବାର ଦିନରେ ସେ ସ୍ଥିର ଭାବରେ ହୃଦୟଙ୍ଗମ କରି ପାରିଲେ ଯେ ଅନ୍ତରେ ଅନ୍ତରେ ତାଙ୍କର ସଂକଳ୍ପ ସିଦ୍ଧି ହୋଇସାରିଲାଣି- ବାକି କେବଳ ବାହାରଟା ମାତ୍ର।

ଶତ ଆଶା, ଶତ ଆଶଙ୍କାର ଭାର ଘେନି ସେ ସବାରୀରୁ ଓହ୍ଲାଇଲେ; କିନ୍ତୁ ଏ କ'ଣ ? ସଂକଳ୍ପ କୁଆଡ଼େ ଗଲା, ପୁରୁଷତ୍ୱ କୁଆଡ଼େ ଗଲା, 'ଯାକୁ ଯା କରିବି, ତାକୁ ତା' କରିବି', ଏପରି ଯେ କେତେ କଅଣ ଭାବି ଆସିଥିଲେ, ସେ ସବୁ କୁଆଡ଼େ ଗଲା ! କିପରି ଗୋଟାଏ କାପୁରୁଷତା ତାଙ୍କୁ ଭିଡ଼ି ଭିଡ଼ି ପୁଣି ସବାରୀରେ ନେଇ ବସାଇଦେଲା ! ସମ୍ମୁଖରେ ନିଧିବାବୁ ହସିହସି ଆସି କୁଶଳ ପଚାରି ଭିତରକୁ ଆହ୍ୱାନ କଲେ। ମୂକବତ୍ ଯନ୍ତ୍ରଚାଳିତ ହେଲାପରି ନୀଲୁବାବୁ ଉଠି ତାଙ୍କ ପଛେ ପଛେ ଘର ଭିତରକୁ ଗଲେ। କି ଗୋଟାଏ ମୋହରେ ଅବିଷ୍ଟ ହୋଇ ଦୁର୍ବଳତାର ଅନ୍ଧାରରେ ଦେଖିଲେ ନିଜକୁ; ବୁଝିଲେ, ତାଙ୍କ ହୃଦୟର ବଳ କେତେ କମ୍; ଜାଣିଲେ, ତାଙ୍କ ମନରେ ନିଭୃତରେ ପାପ-ଅଗ୍ନି ଭସ୍ମାବୃତ ପ୍ରାୟ ହୋଇ ରହିଛି-ଲିଭି ନାହିଁ। ସେ

କନକର ଆଦର୍ଶ ଗ୍ରହଣ କରିପାରି ନାହାନ୍ତି, ଆଉ ନିଜଠାରେ ତାଙ୍କର କ୍ଷମା ନାହିଁ ସ୍ଥିର କଲେ, ପରୀକ୍ଷାରେ ଉତ୍ତୀର୍ଣ୍ଣ ହେବାର ଶକ୍ତି ଉତ୍ପନ୍ନ ନ ହେବାଯାଏଁ ସେ ପରୀକ୍ଷାସ୍ଥଳ ଛାଡ଼ି ପଳାଇବେ ନାହିଁ। ହଠାତ୍ ତାଙ୍କ ମନରେ ଗୋଟିଏ ଘୃଣିତ ଭାବ ଖେଳିଗଲା, କିନ୍ତୁ ତାକୁ ସେ ଘୃଣିତ ବୋଲି ମନରୁ ଦୂର କରିଦେଲେ। ଛି, ଛି, କନକକୁ ସେ ଭଉଣୀ ଛଡ଼ା ଆଉକିଛି ବୋଲି ତ କେଭେଁ ଭାବି ନାହାନ୍ତି, ତେବେ ତାଙ୍କର ଏ ଦୁର୍ଦ୍ଦଶା କାହିଁକି! ହାୟରେ ମୂଢ଼ ମନ, ତୁ ଭାବିଛୁ କି ନାହିଁ, ତୁ ଜାଣିଲୁ କିପରି? ମନେକର-ଯେତେବେଳେ କନକକୁ ଭାବଛୁ, ସେତେବେଳେ ପ୍ରାଣପଣ କ୍ଷିପ୍ର ଗତିରେ 'ଭଉଣୀ ଭଉଣୀ' ବୋଲି ଜୋର କରି କହିଛୁ; ମନେକର ତୋ ନିଜର ଭବିଷ୍ୟତ୍ ଚାଳନାପାଇଁ ତୁ ଜୁଆଚୋରି କରି, କନକର ପଛଆଡୁ ଆଉ ସବୁ ନିଭାଇ ପକାଇ ଅକ୍ଷରେ ଅକ୍ଷରେ 'ଭଉଣୀ' ବୋଲି ଲେଖି ରଖିଛୁ। ତୋ'ର ସେ ଭଉଣୀ ନୁହେଁ, ମାନିଲି-ତୁ ତାକୁ ପତ୍ନୀ କରି ଚାହିଁ ନାହୁଁ; ଦାସୀ କରି ଦେଖି ନାହୁଁ, କୁତ୍ସିତ ଇନ୍ଦ୍ରିୟସୁଖଭାଗିନୀ କରି ମଧ୍ୟ ଦେଖି ନାହୁଁ। ତିନି ପ୍ରସ୍ଥ ପାପରୁ ତୋ'ଠାରେ ଦୁଇ ପ୍ରସ୍ଥ ନ ଥାଇପାରେ, କିନ୍ତୁ ମିଥ୍ୟା ଜନିତ ପାପ ଅବଶ୍ୟ ଅଛି! ସେ ତୋ'ର ଭଉଣୀ ବୋଲି ତୋ'ର ତା'ର ସମ୍ବନ୍ଧ ନୁହେଁ-ଠିକ୍ ବିପରୀତ; ତୋ'ର ତା'ର ସମ୍ବନ୍ଧ ମଧ୍ୟ ମିଥ୍ୟା ନୁହେଁ-ବାସ୍ତବ ସତ୍ୟ। ସେ ସମ୍ବନ୍ଧ ଏ ଜଗତର ଭାଇ ଭଉଣୀ ସମ୍ବନ୍ଧଠାରୁ ଢେର ଉପରେ, ସେଟା ମନୁଷ୍ୟ ରକ୍ତର ସମ୍ବନ୍ଧ ନୁହେଁ-ବିଶ୍ୱରକ୍ତର, ସୃଷ୍ଟି ରକ୍ତର ସମ୍ବନ୍ଧ। ତାହା ମୂଳରେ ସେହି ଅନନ୍ତ ପ୍ରେମ-ଯାହାର ପ୍ରବାହରେ ତୁ ଓ ତୋ'ର ସବୁର ଜନ୍ମ! ତେବେ ନିଶ୍ଚିନ୍ତ ହୁଅ। ଭୁଲରେ ଯଦି ସେ ପ୍ରେମକୁ ଆଣି ବିବାହ ଉପରେ ରଖିଥାଉ, ତାହେଲେ ସେ ଦୋଷ ତୋ'ର ନୁହେଁ-ଦେଶର, ସମାଜର, କାଳର ଦୋଷ। ଏ ପ୍ରେମକୁ ନ ବୁଝି ଯଦି ପାଇଛୁ, ତେବେ ତୁ ଧନ୍ୟ! ବାସ୍ତବ ଜଗତର କୌଣସି ସମ୍ବନ୍ଧରେ ତାକୁ ପୂରା ନାହିଁ। କାହିଁକରେ ସେ ଧରିବାର ନୁହେଁ!

ମେଘ କଟିଗଲା। ଏତେବେଳେ ନୀଳୁବାବୁ ବୁଝିଲେ ଯେ କେଉଁଠି! ବାସ୍ତବିକ ତ, ସେ ନ ବୁଝି ନିଜକୁ ଦୋଷୀ ମଣୁଥିଲେ ଓ ବାହ୍ୟ ଜଗତର ଖାତିରିରେ ନିଜକୁ ନିଜେ ଠକାଉଥିଲେ। ତାଙ୍କ ପ୍ରେମରେ ଆଉ ବିବାହ କାହିଁ? ତାଙ୍କ ପ୍ରେମରେ ଯଦି ସଂସାରର କୌଣସି ସମ୍ବନ୍ଧର ସ୍ଥାନ ନାହିଁ, ତେବେ ସେ ତ ଏହି ବିବାହ ସମ୍ବନ୍ଧ। ନ ହେଲେ, କନକ ତ ଯେ କୌଣସି ଭାବରେ ତାଙ୍କ ଆଗରେ ଠିଆ ହୋଇପାରେ-କେବଳ ସ୍ତ୍ରୀ ଭାବରେ ନୁହେଁ। ତେବେ ତ ଅତି ଉତ୍ତମ, ସଂସାରର ଦୃଷ୍ଟି ତାଙ୍କଠାରୁ ପ୍ରତିହତ ହୋଇ ଫେରିଯିବ! ପ୍ରେମର ପ୍ରଧାନ ପ୍ରତିବନ୍ଧକ ବିବାହ ତ ଯାଇଛି, ତେବେ ଆଉ କାହିଁକି ଏ ଦୁର୍ବଳତା!

ନୀଳୁବାବୁ ଶାନ୍ତ ହେଲେ।

(୬)

ନିଧିବାବୁଙ୍କ ସହିତ ପୁଣି ଦେଖାହେଲା ମାତ୍ରକେ ନୀଳୁବାବୁ ହସିହସି ତାଙ୍କୁ ଗୋଟାଏ ଆଡ଼କୁ ଝିଙ୍କିଆଣି, ଓଡ଼ିଆ ଇଂରାଜୀ ମିଶା ଭାଷାରେ ପଚାରିଲେ, "ହଇ ହୋ, କଙ୍ଗୀଟି କଅଣ କେମିତି କରୁଥିବ ଏଠି ମୋତେ ବଡ଼ ସନ୍ଦେହ ଲାଗୁଛି। ପିଲାଟା-"

"ନା, ନା, ବେଶ୍ ଭଲ ତ!" - ଏହା କହୁକହୁ ନିଧିବାବୁଙ୍କ ମୁହଁ ରଙ୍ଗା ପଡ଼ିଗଲା।

"ସମସ୍ତେ ଖୁସି ଅଛନ୍ତି ତ? ତମ ବୋଉ? ମୁଁ ସମସ୍ତଙ୍କଠାରୁ ଦୋଷ ମାଗି ନେଇଯିବି। ପିଲାଟା ତା'ର କେହି ଯେପରି ଦୋଷ ନ ଘେନ।-"

"ନା, ନା-ସେ ଗୋଟାଏ କ'ଣ? ପ୍ରକୃତରେ ବୋଉ କ'ଣ ଆଉ କିଏ କ'ଣ, ସମସ୍ତେ ଖୁସି ଅଛନ୍ତି।"

ହଠାତ୍ ନୀଳୁବାବୁ ପଚାରି ବସିଲେ, "ଆଉ ତୁମେ ନିଜେ?"

ନିଧିବାବୁଙ୍କ ମୁହଁ ପୁଣି ରଙ୍ଗା ପଡ଼ିଗଲା-ଆଖିରେ ନିଭୃତ ସୁଖର ଦୀପ୍ତି; କହିଲେ, "ମୁଁ ବି, ମୋ କଥା ଛାଡ଼ିଦିଅ-"

ଏହି ସମୟରେ ସ୍ୟାଡୁ କିଏ ଗୋଟାଏ ଆସି ନିଧିବାବୁଙ୍କୁ କହିଲା, "ଦେଖା ହବାକୁ ଯିବେ ପରା!" "ହଁ ହଁ, ଆଗ ଜଳଖିଆ କରି ସାରନ୍ତୁ। ଦେଖା ହେବେ ତ, ଆଉ କ'ଣ!" "ନାଇଁ, ମା' କହିଲେ- ଭିତରେ ଯାଇ ଜଳଖିଆ କରିବେ।" ତେବେ ନେଇ ଯା' କହି ନିଧିବାବୁ ଛପି ଛପି ଯାଇ ହଠାତ୍ ଦୁଆର କୋଣରୁ ଗୋଟିଏ ଦଶବାର ବର୍ଷର ଝିଅଟିକୁ ଭିଡ଼ି ବାହାର କରି ଆଣିଲେ। ତା' ହାତରେ ଗୋଟାଏ ବଡ଼ ବେଲା ଖଣ୍ଡିକରେ ମନ୍ଦାଏ ଗୋବର ପାଣି-ଆଉ ସେ କବାଟ କୋଣରେ ଗୋଟାଏ ଖଣ୍ଡିଆ ଛାଞ୍ଚୁଣୀ ମଧ୍ୟ ଥିବାର ଦେଖାଗଲା। ଝିଅଟି ବେଲାଟାକୁ ଧଡ୍ କରି ଖସାଇ ପକାଇ କାନ୍ଦିବାକୁ ଲାଗିଲା। ଝିଅଟି-ରଙ୍ଗୀ।

ନିଧିବାବୁ ରାଗିଲା ପରି ହୋଇ ଆଖି କାଢ଼ି ଦାନ୍ତ କାମୁଡ଼ି ରଙ୍ଗୀକୁ ଧମକାଇ କହିଲେ, "ହଇଲୋ ଦଶାମୁହିଁ, ତତେ ପରା ମନା କରିଥିଲି। ହଇ ଲୋ ପୁଣି ସେଇ ଥଟ୍ଟା!" ନୀଳୁବାବୁ ଆସି ରଙ୍ଗୀ ହାତକୁ ଭିଡ଼ିଆଣି କହିଲେ ହାଁ ହାଁ - ଛାଡ଼ିଦିଅ, ଛାଡ଼ିଦିଅ, -ପିଲାଟା! ଏଇ ପରା ରଙ୍ଗୀ ଓ ହୋ, ବୁଝିଲ ହଇ ହୋ ନିଧିବାବୁ, ମୁଁ ରଙ୍ଗୀ ବର ଯେ! ସେଥିଯୋଗେ ସେ ଯାହା କରିବ କରୁ, ତାକୁ ଆଉ କିଛି କହନା।

ଏଥର ମୁଁ ଧରିଲିଣି-ଆଉ କ'ଣ ଛାଡୁଛି ! ଏଇଥର ସବାରୀରେ ବସାଇ ନେଇଯିବି।" ରଙ୍ଗୀ ପଳାଇଯିବା ପାଇଁ ଚୂଡ଼ାନ୍ତ ଚେଷ୍ଟା କରୁଥାଏ, କାନ୍ଦଣା ତ ନୀଳୁଙ୍କ ହାତକୁ ଆସିଲା ବେଳୁଁ ବନ୍ଦ,-ନେଇଯିବା କଥା ଶୁଣି 'ବୋଉ, ବୋଉ' ବୋଲି ଚିତ୍କାର କରିବାକୁ ଆରମ୍ଭ କରିଦେଲା ! ପ୍ରକୃତ ଭୟରେ ତା' ମୁହଁ ଶୁଖିଗଲା। ନୀଳୁବାବୁ ତାକୁ ଛାଡ଼ି ଦେଉ ଦେଉ କହିଲେ, "ଆଚ୍ଛା ହଉ, ତୁ କହ-ମୁଁ ତୋ ବର; ତା' ହେଲେ ଏଇନାଗେ ଛାଡ଼ିଦେବି।" ରଙ୍ଗୀ ନ କହେ !- ଅଧିକ 'ବୋଉ, ବୋଉ' ବୋଲି ଚିତ୍କାର ! ନୀଳୁବାବୁ ଛାଡ଼ି ଦେବାକୁ ବସିଲା କ୍ଷଣି ନିଧିବାବୁ କହିଲେ- "ନା, ନା, ସେ କହୁ ଆଗ। ମାନିବୁ, ତେବେ ଛାଡ଼ିବି। ପୋଡ଼ାମୁହିଁ ଜବତ ହଉ। କଥା ଶୁଣିବୁ ନାହିଁ, ନା-ନା-ଯେମିତି ନ ଶୁଣିଚୁ ସେମିତି ପା। ତେମେ ଆସୁଥା, ମୁଁ ଦେଖେଁ, ଜଳଖିଆ ପତର କଅଣ ହେଲା-" ଏହା କହି ନିଧିବାବୁ ଭିତରକୁ ଚାଲିଗଲେ। ରଙ୍ଗୀ ଡରରେ ଧୀରେ ଧୀରେ କହିଲା; "ଓଃ, ଭାରି ତ ଭାଇ-ରହ ରହ, ନୂଆ'ଉକୁ କହି ଦେଉଚି ଯେ !" ନୀଳୁବାବୁ ଦେଖିଲେ, ଏଥର ରଙ୍ଗୀକୁ ନ ଛାଡ଼ିଦେଲେ କଥାଟା ଖରାପ ହେବ। କହିଲେ, "ଆଚ୍ଛା ହଉ, କଥାରେ ନ କହିଲୁ ନାହିଁ, ମନେ ମନେ କହି ଦେ-ମୁଁ ତୋ ବର।" ଏହା କହି ଛାଡ଼ିଦେଲେ। ରଙ୍ଗୀ ଦଉଡ଼ି ପଳାଉ ପଳାଉ କହିଲା, "ଓଃ, ଭାରିତ ଭଦ୍ରଖିଆ !" ଏଇଟା କାଳେ ମୋ ବର, ଇ, ହି-ତେମେ ତ ନୂଆଉ' ବର !" "କାହା ବର" "ନୂଆ'ଉ ନୂଆବଉ, ନୂ-ଆ-ବ-ଉ-ବ-ର !" ଏହା କହି ରଙ୍ଗୀ ଛାଞ୍ଚୁଣୀ ମୁଠାଟା ତାଙ୍କ ଉପରକୁ ଫୋପାଡ଼ି ଦେଇ, ବେଲାଟା ଘେନି ଦଉଡ଼ି ପଳାଇ ଗଲା-ଆଉ ଗୋବର ପାଣି ଆଣିବା ପାଇଁ ବୋଧ ହୁଏ। ନୀଳୁବାବୁ ସ୍ତମ୍ଭିତ ହୋଇଗଲେ; ଯାର ଅର୍ଥ କ'ଣ କିଛି ବୁଝି ପାରିଲେ ନାହିଁ। ଥଟ୍ଟା, ପରିହାସ, ରହସ୍ୟ, ନା ବ୍ୟଙ୍ଗ-କ'ଣ କିଛି ବୁଝିପାରିଲେ ନାହିଁ। ଏଡ଼େ ଟିକିଏ ପିଲା-ବାରିକଟି କହିଲା, "ତେମେ ଚାଲ ବାବୁ, ରଙ୍ଗୀ ବାୟାଣୀଟା କଥାରୁ କ'ଣ ପାଇବ ?" ଏହା କହି ଅଗ୍ରସର ହେଲା। ନୀଳୁବାବୁ କ'ଣ ବୋଲି ଭାବୁ ଭାବୁ ପଛେ ପଛେ ଚାଲିଲେ।

X X X X

ଗଉରୀ ବିରକ୍ତ ହୋଇ କହିଲା, "କାନ୍ଦଣା ଶୁଣିବେ ବୋଲି ମଲେ ଏ ମାଇପିଗୁଡ଼ାକ-ଯା, ମର। ସଇଲା ତ ଏଥର ଖା !" ସଂସାରର ମାଇପି ପିଲା ରୁଣ୍ଡ ହୋଇ କନକର କାନ୍ଦଣା ଶୁଣୁଥିଲେ - ଏଇଥିରୁ କାଳେ ବୋହୂର ଭଲମନ୍ଦ ସବୁ ପରଖା ଯାଏ ! ଏଇଟା ହେଲା ଶାଶୂଘରେ କନକର ପ୍ରଥମ କାନ୍ଦଣା। ଏକାଗ୍ର ମନରେ ଖୁନ୍ଦାଖୁନ୍ଦି ହୋଇ ସମସ୍ତେ ଶୁଣିଥିଲେ- କାନ୍ଦଣା ସରିଲାରୁ ସମସ୍ତେ ଛତ୍ରଭଙ୍ଗ ହେଲାପରି ସ୍ୟାଡ଼େ ହୋଇଗଲେ।

କନକକୁ ତୁନୀ କରିଦେଇ ପୂର୍ବୋକ୍ତ ସାବୀ ଅପା (ଏଇ ଗାଁ ଝିଅ, ବିଧବା, କୋଠପୁଅ ଘରର-ସେ ସଂସାରଯାକର ଅପା) ଆସି ସମସ୍ତଙ୍କ ଆଗରେ ବ୍ୟକ୍ତ କରିଦେଲା- "ପୁଅଟି ଭାରି ନାଜ-କୁଳା, ମୁହଁକୁ ତଳକୁ କରି କାନ୍ଦୁଛି-ବହୂଟାକୁ ତୁନୀ ହେବାକୁ ବି କହୁନାହିଁ। ନାଃ, ବହୂଟିକୁ କାନ୍ଦଣା ଆସେ-ପାଠ ପଢ଼ିଚି, ତମେ କ'ଣ କହୁଚ! ଦେଖୁନା-କେଡ଼େ ଶୁଧିଅ କଥା!"

ଭଲ କାନ୍ଦଣାରରେ ଗଛରୁ ପତ୍ର ଝଡ଼ିପଡ଼େ ବୋଲି ଶୁଣାଯାଏ - ସେ କାନ୍ଦଣା କି ଧାତୁର, ମୋତେ ସମ୍ପୂର୍ଣ୍ଣ ଅଜଣା। ତେବେ ଆଜି କନକର କାନ୍ଦଣାରେ ଗଛରୁ ପତ୍ର ନ ଝଡ଼ିଥିଲେ ସୁଦ୍ଧା ସମସ୍ତେ ଭଲ କାନ୍ଦଣା ବୋଲି ପ୍ରଶଂସା କଲେ। ନୀଲୁ ବାବୁଙ୍କର ତ ଆଖିରୁ ଲୁହ ଗଡ଼ିପଡ଼ିଲା।

ନିଜ ଆଖିରୁ ଲୁହ ପୋଛିଦେଇ ଗଳା ସଫା କରି ନୀଲୁବାବୁ କନକର ସୁ-ଆବୃତ ଅବତନ ମୁଖ ଆଡ଼କୁ ଥରକୁ ଥର ଅନାଇ କହିଲେ, "ତୁ କାନ୍ଦୁଚୁ ଗୋଟାଏ କଅଣ ମ କଙ୍କି! କାନ୍ଦିବାର କଥା କ'ଣ ମୁଁ କିଛି ବୁଝିପାରୁନାହିଁ।" କନକ ସେହିପରି ମୌନ ରହିଲା-ସମ୍ଭବତଃ ନିଜକୁ ସଂଯତ କରୁଥିଲା। କିଛିକ୍ଷଣ ମୁଣ୍ଡ ଟେକିଲା ନାହିଁ-ମୌନ ଭାବରେ କିପରି ଗୋଟାଏ ମୋହରେ ଆଚ୍ଛନ୍ନ ହେଲା ପରି ବସି ରହିଲା। କେବଳ ଗୃହ ତଳରେ ତାହାର ହସ୍ତାଙ୍କିତ ଗଭୀର ରେଖାରୁ ତା' ଅନ୍ତରର ଘୋର ଯୁଦ୍ଧର ଯତ୍‌କିଞ୍ଚିତ୍ ଆଭାସ ମିଳୁଥାଏ।

କିଛିକ୍ଷଣ ଉତ୍ସୁକ ନେତ୍ରରେ ତା' ଆଡ଼କୁ ଚାହିଁଚାହିଁ ନୀଲୁବାବୁଙ୍କୁ ଭାରି ଅଡୁଆ ଲାଗିଲା- ଅବସ୍ଥାଟାର ଅସ୍ୱାଭାବିକତାଟିକ ତାଙ୍କୁ କନକ ଜଡ଼ କରିବାକୁ ଚାହିଁଲା, କିନ୍ତୁ ସେ କିଛି କହିବାକୁ ହେବ, ଏଇଥିପାଇଁ କଥା ଆରମ୍ଭ କରିଦେଲେ "କଙ୍କି, ମୁଁ ଯା ଭିତରେ-ଏଇ ଏଠଉଁ ଫେରି କଟକ ଚାଲିଯିବି।" ସେଇଥିପାଇଁ ମୁଁ ଭାଇଙ୍କି କହିଲି- "ମୁଁ ଯାଉଛି ଥରେ ବୁଲିଆସେ, ତେମେ ତ ଏଇଠି ଅଛ, ଯିବ ଆସିବ।" ଏଇଥର କନକ ନତମସ୍ତକ ଟେକି ଥରେ ନୀଲୁବାବୁଙ୍କ ମୁହଁକୁ ଚାହିଁଲା-ଗୋଟାଏ କିଛି ପ୍ରଶ୍ନ କଲାପରି ଟିକିଏ ଚକିତ ଭାବରେ ଚାହିଁଲା, ମୁହୂର୍ତ୍ତକ ପାଇଁ ମୁହଁ ସଙ୍ଗେ ସଙ୍ଗେ ପୁଣି ତଳକୁ ହୋଇଗଲା। କିନ୍ତୁ କନକ କଥାରେ କହିଲା, "କି, କାହିଁକି ଆସିଲ? ମୁଁ ତ ମରିଛି- ତମର ଏଠି କିଏ ଅଛି କି?" ସେ ଚାହାଣୀ, ଏ କଥା-ନୀଲୁବାବୁ ଯାର ଅର୍ଥ ଗ୍ରହଣ କରିପାରିଲେନାହିଁ। ଏପରି କଥା ତ ବାପଘର ଲୋକ ଦେଖିଲେ ବୋହୂମାନେ କହିଥାନ୍ତି-ଓ, ସେଥିରେ ଲୋକ ଖୁବ୍ କମ୍ ଆସ୍ଥା ଦିଅନ୍ତି; କିନ୍ତୁ ଏ ଚାହାଣୀ, ପୁଣି ଏକଥା! କିଛିକ୍ଷଣ ଭାବି ଭାବି କନକର ମନୋଭାବ ନ ବୁଝିପାରି ନୀଲୁବାବୁ ଗୋଟାଏ ଗଭୀର ଦୀର୍ଘ ନିଶ୍ୱାସ ପକାଇଲେ। ହଠାତ୍ କନକ

ମୁଣ୍ଡ ଟେକି ଅନାଇଲା-ମୁହଁରେ ଲୁଗା ନ ଥିଲା, ନୀଳୁବାବୁ ବି ଚାହିଁଲେ। ଚାରିଚକ୍ଷୁ ପ୍ରାୟ ଦଣ୍ଡେକାଳ ମିଳିତ ହୋଇ ରହିଲା; କାହାରି ଦୃଷ୍ଟି ପ୍ରତିହତ ହୋଇ ଫେରିଲା ନାହିଁ। ଦୁହେଁ ଦୁହିଁଙ୍କୁ ପ୍ରାୟ ବୁଝିନେଲେ; ଏକା ମୁହୂର୍ତ୍ତରେ ଦୁହେଁ ହସି ଉଠି ଦୃଷ୍ଟି ଫେରାଇଲେ। ନୀଳୁବାବୁ ଆଗ୍ରହ ସହିତ କହିଲେ, "ଦୁଷ୍ଟୀ ଟୋକୀ, (ଏହା ଗୋଟାଏ ପିଲା ଦିନର ବ୍ୟାକରଣ ସାଧନା) ଢଙ୍ଗ କରୁଛି! ଗୋଟାଏ କାନମୋଡ଼ା ଦେବି ଯେ ଫେରେ-ମରିଛି! ସତେ ମଲା କି ଆଉ!" କନକ ଆନନ୍ଦରେ ଉଠି ପାନ ଭାଙ୍ଗିବାକୁ ଗଲା। ନୀଳୁବାବୁ କହିଲେ, "ତୋ ଶାଶୂଟି କେମିତିକା ଲୋକ କିଲୋ? ଆଉ ନଣନ୍ଦଟିମାନେ କିପରି-ଗୋଟାଏ ତ ମତେ ବରିଚି। ବଡ଼ୁଟି ପରା ବିଧବା, ନୁହେଁ?" କନକ 'ସମସ୍ତେ ଆଚ୍ଛା ଭଲ' ବୋଲି କହି ପାନ ବଢ଼ାଇ ଦେଲା। ନୀଳୁବାବୁ ପାନ ନେଇ ପୁଣି ପଚାରିଲେ, "ନିଧିବାବୁ କହୁଥିଲେ, ଅଳ୍ପଦିନେ ଛୁଟି ସରିଯିବ, କଟକ ଚାଲିଯିବେ ବୋଲି, ତତେ ନବାର କଥା ହଉଚି ନା କ'ଣ ମ?" କନକ ମୁହଁ ଫେରାଇ ଲଜ୍ଜିତ ହୋଇ ତା' କୋଣଟିରେ ଯାଇ ବସିଲା। ନୀଳୁବାବୁ ପୁଣି କହିଲେ ହସି ହସି, "କି ଲୋ, କିଛି କହୁନାହୁଁ କାହିଁକ ମ, ପୋଡ଼ାଟା!" "ମୁଁ କାହାରିକି ଜାଣେ ନାହିଁ, ଯା; ମୋର ଦୁଃଖ ଯାଉ ନ ଥିଲା! ମୁଁ କାହିଁକି କାହା ସଙ୍ଗେ କୁଆଡ଼େ ଯାଉଥିଲି-ଯା!" ଏହା କହି କନକ କାନ୍ଥ ଆଡ଼କୁ ମୁହଁ ବୁଲାଇ କାନ୍ଦିଲା ସ୍ୱରରେ କହିଲା, "ଏଁ ଏଁ - ମତେ ତେମେ କିଛି କହିବ ନାହିଁ, ଯା, ତମେ ବଡ଼ ଜଣେ! ଏଁ ଏଁ"-କହି ଧଡ଼ପଡ଼ ହୋଇ କାନ୍ଥରେ ବିଧା ମାରିବାକୁ ଲାଗିଲା। ନୀଳୁବାବୁ ହସି ହସି କହିଲେ, "ଭାରି ବୋହୂ ହବୁ ତ ତୁ ଜଣାଯାଉଚି। ସେହି ପିଲା ମତ ଆଜିଯାଏ ଗଲା ନାହିଁ - ଆଉ ଛେନା ବହୂଟେ ହବୁ ତୁ!" "କି, ତେମେ କାହିଁକି ମତେ ଯା ତା' କଥା କହିବ? ମୁଁ କାହିଁକି ବହୂ ହେମି- ଭାରି ଚଲାଖି- ମୁଁ ତ ଝିଅଟେ!" "ଓଃ ହୋଃ ତୁ ପରା ବହୂ ନହୁଁ! ଝିଅଟେ?- ଓଃ ହୋଃ!" କହି ନୀଳୁବାବୁ ହସି ଉଠିଲେ। ଏହିପରି ସମୟରେ ଗଉରୀବୋଉ ସେହି ଦୁଆର ପାଖକୁ ଆସି ଭିତରକୁ ଉଦ୍ଦେଶ୍ୟ କରି କହିଲେ, "ଆଲୋ ବହୂ, ପୁଅଟିକୁ ପାନଫାନ ଖଣ୍ଡେ ଦଉ ନଉଁ?"

ଏ ଅପରିଚିତ କଣ୍ଠସ୍ୱରଟି ଶୁଣି ନୀଳୁବାବୁ କନକକୁ ଚୁପ୍‌କରି ପଚାରିଲେ, "ଏଇ ତୋ ଶାଶୂ କି ଲୋ?" କନକ ହଁ ବୋଲି କହି ମୁଣ୍ଡ ଟୁଙ୍ଗାରିଲା। ସେହିଠୁ ନୀଳୁବାବୁ "ହଁ, ମୁଁ ପାନ ଖାଉଚି ଯେ" ବୋଲି କହୁ କହୁ ଉଠିଯାଇ ଗଉରୀ ବୋଉଙ୍କ ଗୋଡ଼ ପାଖରେ ମୁଣ୍ଡିଆ ମାରି ପାଞ୍ଚଟି ଟଙ୍କା ସେହିଠାରେ ଥୋଇଦେଲେ। 'ଉଠୁ ବାବା' ବୋଲି କହି ବୁଢ଼ୀ ତାଙ୍କ ମୁଣ୍ଡରେ ହାତ ଦେଇ ଉଠାଇ ଦେଲେ। ପୁଣି ତାଙ୍କୁ ନେଇ ତାଙ୍କ ଆସନରେ ବସାଇ ଘର ହାଲ-ଚାଲ ସବୁ ପଚାରିଲେ ଏବଂ ନିଜ କଥା

ମଧ୍ୟ ୟାଡୁ ସ୍ୟାଡୁ କହିବାକୁ ଲାଗିଲେ। କଥା କଥାରେ ନୂଆବୋଉଙ୍କ କଥା ଉଠିଲା। ବୁଢ଼ୀ ପଚାରିଲେ, "ହଇ ହେ ବାପ, ଜୋଇଁ ଭଲ ଅଛନ୍ତି ନା ? ସେ କାହିଁକି ଟିକିଏ ଆସିଲେ ନାହିଁ ? ଆଉ ମୋ ସରଟି (ହରିବାବୁଙ୍କ ସ୍ତ୍ରୀ)-ହାୟ, ହାୟ, ତା' ବାହାଘରକୁ ଯା ତାକୁ ଦେଖିଥିଲି, ଜୋଇଁଙ୍କୁ ବି ସେଇ ଯା ଦେଖିଚି।" ନୀଲୁବାବୁ ଯାହା କହିବାର କହିଲେ। ବୁଢ଼ୀ ସେଠଉଁ ଉଠି "ମୁଁ ଯାଏଁ ଦେଖେଁ, ଖିଆ ପିଆ ଯୋଗାଡ଼ କ'ଣ ହେଉଚି। ବସ ବାପ" ବୋଲି କହି ବାହାରିଲେ। ନୀଲୁବାବୁ ଟିକିଏ ଗମ୍ଭୀର ଭାବରେ ପଚାରିଲେ, "ମାଉସୀ, କଙ୍କୀଟି ଆମର ପିଲା-ଖେଳ ବୁଦ୍ଧି ତା'ର ଯାଇ ନାହିଁ, ତା' ଦୋଷ ଗୁଣ ବାଛିବ ନାହିଁ। ଯେମିତି ଶିଖେଇବ, ବହୂ ତମର ସେମିତି ହବ। ତା'ର ସବୁ ଦୋଷ ମୁଁ ମାଗି ନେଉଛି।" "ନା ନା, ବାପ, ଇୟେ ଗୋଟାଏ କଉଁ କଥା-ପୁଅ କିଏ ଆଉ ବୋହୂ କିଏ-ଲକ୍ଷେ ଅବିଗୁଣ ହେଲେ ବି ସେହି ପେଟୁ ପୋକ ତ ! ଆଉ, ମୋ ବହୂଟି କ'ଣ ନାଙ୍କରା କି ! ହଉ ବାପ, ଖିଆପିଆ ସରୁ, କଥା ଭାଷା ହେବା ଯେ; ମୁଁ ଏଇନାଗେ ଯାଏଁ-" ଏହା କହି ବାହାରୁ ଥିଲେ; ପୁଣି ନୀଲୁବାବୁଙ୍କ ମୁଣ୍ଡରେ ଟିକିଏ ଦୁଷ୍ଟାମି ପଶିଲା। ସେ ଇତି ମଧ୍ୟରେ ଏଠାରେ ବେଶ୍ ନିଜ ଘର ପରି ସ୍ୱଚ୍ଛନ୍ଦତା ଅନୁଭବ କଲେଣି କହିଲେ, "ମାଉସୀ, ଶୁଣୁଛି, ତମ ପୁଅ କାଳେ ଅଳ୍ପ ଦିନେ କଟକ ଚାଲିଯିବେ। ହଁ, ଚାକିରି କଥା, ନ ଯିବେ ବା କେମିତି। ତେମେ ବି ଯାଉ ନା। ସେଠେଇଁ ତ ମୁଁ ଦେଖିଚି, ତା'ର ବେଶ୍ ଭଲ ବସା-ଘର ବାଡ଼ି କୂଅ, ପାଇଖାନା ସବୁ ଅଛି, ବେଶ୍ ଚଳି ପାରିବ।"

"ହଁରେ ପୁତ, ପୁଅ ବି ଡାକୁଚି ତ; ତେବେ ବହୂଟା ଘରେ ଗୋଡ଼ ଦଉ ନ ଦଉଣୁ ଏକେମିତି ବିଦେଶ ଯିବ, କହିଲୁ ଭଲା। ଏବେ ଏଣିକି ତ ତମର ପାଠ ପଢ଼ିକରି ଏ ସବୁ କଥା ମାନୁ ନା ! ଆମେ ଆସି ବୁଢ଼ାବୁଢ଼ୀ ହେଲୁଁ, ଆମ କାଳେ ବହୂ ପୁଣି ବିଦେଶ କେବେ କରୁଥିଲେ ! ଏଇ ତ ମୋରି ଆସି ଦୁଇ କୋଡ଼ି ପୂରିଲା। ଥରେ ତମ ମଉସା ପୁରସ୍ତମ ନେଇ ଯାଇଥିଲେ, ଏଇ ତିରସ୍ଥା-ନ ହେଲେ, ଏଇ ଚୂଲିମୁଣ୍ଡକୁ ଆଶ୍ରା କରି ପଡ଼ିଛି ! ବାହା ବର୍ଷେ ନ ଯାଉଣୁ କିଏ କେଉଁ କାଳେ କୁଆଡ଼େ ଯାଉଥିଲା ଲୋ ମା' !

"ନା, ନା, ଆଜିକାଲି ଯୁଗ ତ ହେଲାଣି ଓଲଟା, ମାଉସୀ ! କିଏ କଅଣ କରିବ ? ଏକାଳ ଟୋକାଟୋକୀ କ'ଣ କରଣଘର ଧାଡ଼ି ଚଳୁଛନ୍ତି ? ଆଉ ତେମେ ବା କ'ଣ କରିବ, ପୁଅ ବହୂ ବି କ'ଣ କରିବେ, ନା ଆଉ କିଏ କ'ଣ କରିବ !"

"ନାଇଁ ବାପ, ମୋର କ'ଣ ଅଛି ? ପୁଅ କହିବ ଯଦି ଯିବି, ମୋର ସେଥିରେ କଅଣ ଅଛି ? ପୋଡ଼ା ପାଠ ପଢ଼େଇ ତ ଖାଇଚି-କାହାକୁ କହିବି ! ଗୋଟାଏ ବୋଲି

ପୁଅ-ଘରେ ତାକୁ ବର୍ଷରେ ମାସେ ପାଇଲେ ଢେର ! ଏଡ଼ିଟିକି ବେଲୁ ଖାଲି ବିଦେଶ ! ବାହା ଦେଲି ଯେ, ପୁଅ କଟକରେ, ବହୂ ଘରେ ରହିଲେ ମୋର କଉଁ ସୁଖ, ନା ପୁଅର କଉଁ ସୁଖ ! ହଇ ହେ ବାପ, ତେମେ ବି ତ ପଢୁଛ । ନିଧି ପରି ତେମେ ବି କ'ଣ ଘର ମୁହଁ ଦେଖ ନାହିଁ ନା ?"

"ନାଇଁ ମାଉସୀ, ମୁଁ ଏଇ ତିନିବର୍ଷ ହେଲା ବିଦେଶରେ ଅଛି-ସେଇ କଟକରେ; ନିଧିଙ୍କୁ ମୁଁ ସେଇଠି ଦେଖିଥିଲି ନା ! ତାଙ୍କ ଇସ୍କୁଲ ଆମ କଲେଜ ପାଖରେ ହେଇକିରି ତ ଲାଗିଚି ।"

"ହଁ ବାପ, ତମେ ଆଠ ଦଶ ଦିନ ରହିବଟି ଏଠି ? ନିଧିର ତ ଆଉ ଆଠ ଦଶ ଦିନ ଜମାରୁ ରହିଲା । ତମେ ବି ରହିଯା, ସାଙ୍ଗ ହୋଇ ଯିବ ।"

"ହଉ, ହଉ, ସେ କଥା ଦେଖାଯିବ ।"

"ମୁଁ ଯାଏଁ-ଦେଖେଁ" ବୋଲି କହି ବୁଢ଼ୀ ନିଜ ମନରେ କ'ଣ ବର୍ର ବର୍ର ହୋଇ ବାହାରି ଗଲେ ।

କନକ ଏ ପ୍ରସଙ୍ଗ ଉଠିଲା ବେଳୁଁ କୋଣରେ ପଶି କାନ୍ଥ ସାଙ୍ଗରେ ମିଶିବାର ଯତ୍ନ କରୁଥିଲା । ସମୟ ସମୟରେ ମୁହଁ ବୁଲାଇ ନୀଳୁବାବୁଙ୍କ ଆଡ଼କୁ କାତର ଦୃଷ୍ଟିରେ ଚାହିଁଲେ, ସେ ଆହୁରି ଅଧିକ ଏକଥା ପକାନ୍ତି, ସେ ବିଚାରୀ ନାଚାର ହୋଇ ସବୁ ଶୁଣୁଥାଏ । ବୁଢ଼ୀ ଗଲା ମାତ୍ରକେ ବି ସେ କୋଣରୁ ବାହାରିଲା ନାହିଁ-ସେହିପରି ମୁହଁକୁ କାନ୍ଥ ଆଡ଼କୁ କରି ବସିଥାଏ । ନୀଳୁବାବୁ ହସି ହସି କହିଲେ, "କି ଲୋ ? ଏଇଟା ମଲାଣି ନା କ'ଣ ମ ! ହଇ ଲୋ, ଭିତରେ ଭିତରେ ଏତେ କଥା ହଉଚି, ଆଉ ମୁଁ ପଚାରିଲା ବେଳକୁ କ'ଣ ନା- 'ମୁଁ କାହାରିକି ଜାଣେ ନାହିଁ ।' 'କାହାର ଦୁଃଖ ଯାଉ ନ ଥିଲା'-ନା ? ମୋ ସାଙ୍ଗେ ଚାଲାଖି, ନୁହେଁ ? ହଉ, ହଉ, ରହ । "ହଇ ହୋ ନିଧି ବାବୁ, ୟାଡ଼େ ଟିକିଏ ଶୁଣିଗଲ ।" କନକ ହଠାତ୍ ସେ କାନ୍ଥ କୋଣରୁ ବାହାରି ଅତି ବିକଳ ହୋଇ କହିଲା, "ଏ ନୀଳୁଭାଇ, ତମକୁ ଜୁଆର କରୁଛି, ତମ ଗୋଡ଼ତଳେ ପଡୁଛି-ମୁଁ ତମକୁ ସବୁ କହୁଛି, ତେମେ ଆଉ କାହାରିକି ଡାକ ନା ଭଲା ଏଠିକି । ତମକୁ ମୋ ରାଣ ।" "କ'ଣ ।" ବୋଲି କହି ସେ ପ୍ରସ୍ଥରେ ନିଧି ବାବୁ ଗୋଡ଼ ଦେଇ ପଚାରିଲେ, "କ'ଣ କିହେ ନୀଳୁଭାଇ, ତମ ଯୋଗ୍ୟ ଭଉଣୀ ସେଠେଇଁ ଅଛନ୍ତି ନା ?" "ହଁ, ନାହାନ୍ତି କ'ଣ-କାଇଁ, କାନ୍ଥବାଡ଼ ଦିହରେ କେଉଁଠି ପଶିଲେଣି-ଦେଖା ପଡୁନାହାନ୍ତି ! ମଲେ ନେଇଁ ଓଡ଼ିଆଣୀ ! ମୁଁ କ'ଣ କହୁଥିଲି କି ! ବୋଉଙ୍କ ସାଙ୍ଗେ ଏଇନାଗେ କଥା ହଉଥିଲା ଯେ-କଟକ ଯିବା କଥା । ବୋଉ ତ ଏକଦମ୍ ଅମଙ୍ଗ, କ'ଣ ଏବେ କରୁଛ ?" "ଦେଖାଯିବ, ଦେଖାଯିବ । ବୋଉକୁ ତେମେ ଚିହ୍ନିନା ।

ଖିଆପିଆ ସବୁ କଥା ହବା, ରହିଥା। ତମେ ଆସିଚ, ବଡ଼ ଭଲ ହେଇଚି ପରା!" ଏହା କହି ବୋଉଙ୍କ ଡାକରେ ନିଧିବାବୁ ଚାଲିଗଲେ। "ଗଲାଣି ନା, ଗଲାଣି ନା ସେଟା?" ବୋଲି ଅତି ଆଗ୍ରହରେ କହୁ କହୁ କନକ ଅବ୍ୟକ୍ତ ଆନନ୍ଦରେ ଦୁଆର ପାଖକୁ ଧାଇଁ ଆସି ବାହାରକୁ ଟିକିଏ ଚାହିଁଦେଇ ନୀଲୁବାବୁଙ୍କୁ କହିଲା, "ଏଇନାଗେ ଯଦି ଘର ଭିତରକୁ ଚାଲି ଆସିଥାନ୍ତା, ମୁଁ କ'ଣ କରିଥାନ୍ତି! ଛି ଛି, ନୀଲୁଭାଇ; ତୁମେ ବଡ଼ ଜଣେ! (ଗମ୍ଭୀର ହୋଇ, ଓଠ ଫୁଲା) ଓଃ, ସତେ ଯେମିତି ମୋତେ ନିହାଲ କରିଦେବେ କି ଆଉ! ଯାକୁ ଡାକ, ତାକୁ ଡାକ-ଏକଥା, ସେ କଥା-ଭାରି ଉପୁଗାଳିଆ ଭାଇ ତ! ମଲା ଗଲା ବୋଲି ବର୍ଷେ ଛ' ମାସକେ ଖବର ନ ଥାଏ।" (କହୁ କହୁ କନକର ମୁହଁ ତଳକୁ ହୋଇଗଲା, ଆଖି ଛଳଛଳ) ଇୟେ ପୁଣି କି ଭୟଙ୍କର କଥା! ନୀଲୁ ମୁଣ୍ଡରେ ବଜ୍ରପାତ ହେଲା ପରି ବୋଧ ହେଲା। ସେ ଜାଣନ୍ତି, ତାଙ୍କ ପାଖରେ କନକ କେତେବେଳେ କେତେବେଳେ ଏହିପରି ରାଗେ, ରୂଢ଼ ବ୍ୟବହାର କରେ, କଠିନ କଥା କହେ; କିନ୍ତୁ ଏ ଯେ ଆଉ ରକମର-କି କାରଣରୁ ଛଳେଇ କରି କହୁଛି? ବାହାଘରର ମାତ୍ର ଆଠଦିନ ହୋଇଛି। ଛ'ମାସ ବର୍ଷେ କୁଆଡୁ ଆସିଲା! ଓଃ ପୂର୍ବ କଥା ପରା!

ନୀଲୁବାବୁ ବୁଝିଲେ, ସେ କନକର ନିହାତି ଆପଣା କଥାରେ ଅନଧିକାର ଚର୍ଚ୍ଚା କରିଛନ୍ତି- ତା'ର ଗୁପ୍ତ ରାଜ୍ୟର ପ୍ରାଚୀର ଭ୍ରମରେ ଉଲ୍ଲଙ୍ଘନ କରି ଯାଇଛନ୍ତି। ବୁଝିଲେ, ତାଙ୍କର ବି ଅଧିକାରର ଗୋଟାଏ ସୀମା ଅଛି, ଭବିଷ୍ୟତ ପାଇଁ ସାବଧାନ ହୋଇ ରହିଲେ। ଆହୁରି କନକ ଆଗରେ ତା'ର ଉପକାର କରିବାକୁ ଚେଷ୍ଟା କରିବା ତାଙ୍କର ଭୁଲ ହୋଇଛି। କିନ୍ତୁ ସେ ଖାଲି ଫୁର୍ତ୍ତି କରୁଥିଲେ ମାତ୍ର, ଉପକାରଟା ତା' ଭିତରେ କିପରି ପଶିଗଲା ଭୁଲ୍‌ରେ, କଥା ଛଳରେ; ଛାଡ଼-! କହିଲେ, "କି ଲୋ, ଭାରି ତେଜ ତ ହେଲାଣି ତୋର! ରହ ରହ, ଠିକ୍ କରି ଦଉଚି, ରହ! ତୁ କଟକ ଚାଲେ-ସେତେବେଳେ ଯାଇ ଯଉଁ କଥା!" ତାଙ୍କ ମୁହଁରେ ଶୁଷ୍କ ହସଟା ହସ ତ ନୁହେଁ, ହସର ଭୂତପରି ବି ଦିଶୁ ନ ଥାଏ। କନକ ଦେଖିଲା, ବୁଝିଲା ନୀଲୁଙ୍କ ମନରେ କଷ୍ଟ ହୋଇଅଛି; କିନ୍ତୁ ଜୋର କରି କହିଲା, "ହଁ, ମୁଁ ତ କଟକ ଯାଉଥାଏ! ଗଲେ ବୋଉ, ଗଉରୀଅପା, ରଙ୍ଗ-ଏମାନେ ସବୁ ଯିବେ, ତେବେ ଯାଇଁ ଯିବି।"

"ହଉ ହଉ ଦେଖାଯିବ। ହଇ ଲୋ, ରନ୍ଧାବଢ଼ା କରୁଛୁ ନା? ତୋ'ର ତ ଏପରି ଏପରି ଶାଶୂଟିଏ! ସେ କ'ଣ ତତେ ରନ୍ଧା ବଢ଼ା କରେଇ ଦଉଥିବ କି।"

"ୟେଙ୍କର ସବୁ କ'ଣ ମୋତେ ପାନଭଙ୍ଗା ଛଡ଼ା ଆଉ କିଛି କରେଇ ଦେଉଛନ୍ତି କି!"

"ତୁ ଜୋର କରି କରୁ ନାହୁଁ? ବୁଢ଼ୀଟା ତ ସବୁ କରୁଥିବ। ଯା, ଯା, ଅଭି ଯିବୁଟି ରୋଷେଇ ଘରକୁ! ବାବୁ ହବୁ ନାଇଁ? କୋଣରେ ବସି କୋଢ଼ିଆ ଧରିଗଲୁଣି କି ଲୋ? ଯା, ଅଭି ଯା।"

କନକ ବିସ୍ମିତ ହୋଇ ନୀଳୁବାବୁଙ୍କ ମୁହଁକୁ ଚାହିଁଲା ଏ ହୁକୁମର ମର୍ମ କିନ୍ତୁ ସେ ବୁଝିପାରିଲା ନାହିଁ। କଥାଟା କିଛି ନୁହେଁ, ତେବେ ସ୍ୱରଟା-ଯେଉଁ ଭାବରେ ନୀଳୁବାବୁ ଆଜ୍ଞା କଲେ, ସେଇ ଭାବଟା। କନକ କେବଳ ଏତିକି ବୁଝିଲା-ହୁକୁମଟା ମିଛ ହୁକୁମ ନୁହେଁ, ମାନିବାକୁ ହେବ! ନୀଳୁବାବୁ ପୁଣି କହିଲେ, "ଚାଲେ, ତତେ ମୁଁ ନେଇ ହାଣ୍ଡିଶାଳରେ ଛାଡ଼ି ଆସିବି, ଚାଲେ- ଉଠ!" ଏହା କହି ନୀଳୁବାବୁ ଉଠିଲେ। କନକ ହାଣ୍ଡିଶାଳକୁ ଯାଇ କାମ କରିବାକୁ ସମ୍ପୂର୍ଣ୍ଣ ପ୍ରସ୍ତୁତ ଥିଲେ ମଧ୍ୟ ଉଠି ପାରିଲା ନାହିଁ-ଖାଲି ବିକଳ ଭାବରେ ନୀଳୁବାବୁଙ୍କ ପାଣ୍ଡୁର ମୁଖ ପ୍ରତି ଥରକୁ ଥର ଅନାଇବାକୁ ଲାଗିଲା। ସେ ବୁଝିଲା, ଅଭିମାନୀ ନୀଳୁଭାଇଙ୍କୁ ତାହାର କଠିନ କଥା କେଡ଼େ ବାଧିଛି-ସେ କଥାଟା ଏ କଥାରେ ଢାଙ୍କି ହୋଇ ପଡ଼ିଲେ ମଧ୍ୟ କେଉଁଠି ହେଲେ ଲାଖି ରହିଛି! ଧୀରେ ଧୀରେ ଉଠୁ ଉଠୁ କହିଲା, "ନୀଳୁଭାଇ, ରାଗିଲ କି?" "କଉଁ କଥାରେ?" "ଏଇ ଉପୁଗାରିଆ ଫୁପୁଗାରିଆ କ'ଣ କହିଥିଲି!" ଏତକ କଷ୍ଟରେ କହି କନକ ତଳକୁ ମୁହଁ କରିଦେଲା। ନୀଳୁବାବୁ କହିଲେ, "ନାଇଁ ମ, ରାଗିବି କାହିଁକି? ତୋ'ର ସେ କଥା କହିବା ଠିକ୍। ମୁଁ ସାବଧାନ ହେଲିଣି-ଏତେ ଦୂରକୁ ଯିବା ମୋର ଉଚିତ ନୁହେଁ। ଏବେ ଚାଲ।" "ଓଃ, ସେଇଥିପାଇଁ ଏଇ ଅଜ୍ଞ କଥାରେ ମୋ କାନ ମୋଡ଼ଉଚ ନା?" "କାନ ମୋଡ଼େଇଲି କ'ଣ ମ? ରନ୍ଧାବଢ଼ା କରିବା କ'ଣ ତୋ'ର ଉଚିତ ନୁହେଁ?" ହଁ, ମୁଁ କ'ଣ ମନା କରୁଛି? ତେମେ କାହିଁକି ଏମିତି ଭାବରେ ମୋତେ ରାଗିଲା ପରି ହୁକୁମ କରୁଛ ନା!" "ସେତକ ମୋତେ ଫାବେ, ସେ ପର୍ଯ୍ୟନ୍ତ ମୁଁ କରିପାରେଁ!" ଏହା କହି ନୀଳୁ କନକର ସ୍ଥିର ଦୃଷ୍ଟିରେ ନିଜ ଦୃଷ୍ଟି ଫେରାଇ ଆଣିଲେ। କନକ କିଛି କ୍ଷଣ ସେହିପରି ଚାହିଁ ଚାହିଁ ଶେଷରେ ଦୀର୍ଘ ନିଶ୍ୱାସଟିଏ ପକାଇ କହିଲା, "ହଉ ଚାଲ!"

ହାଣ୍ଡିଶାଳ ଦୁଆରେ ଗଉରୀ ବସି ପରିବା କାଟୁଥିଲା। ନୀଳୁବାବୁ ଯାଇ କନକକୁ ତା' ପାଖକୁ ଠେଲିଦେଇ କହିଲେ, "ନିଅ, କୋଢ଼ିୟାଣୀଟାକୁ ଖଟାଅ, ନିଅ।" ବୁଢ଼ୀ ବାହାରି ଆସିବାରୁ କହିଲେ, "ନାଇ ମାଉସୀ, ବହୂଟାକୁ ମାଟି କର ନାହିଁ - କାମରେ ଲଗାଅ। ନ ହେଲେ, ମାଉଁସ ମେଞ୍ଚାଟିଏ ଶେଷକୁ ହୋଇଯିବ! ତାକୁ ଯଦି ନ ରନ୍ଧେଇ ଦେବ, ତା' ହେଲେ ଫେରେ ନିଧିଙ୍କୁ ଏମିତି ଶିକ୍ଷା ଶିଖାଇବି ଯେ, ଫେରେ ବୁଝୁଥିବ-" ଏହା କହି ନୀଳୁବାବୁ ଚାଲିଯାଉଥିଲେ; ଗଉରୀ ହାଣ୍ଡିଶାଳ ଦୁଆର କୋଣରୁ ଗୋଟାଏ

ଭଣ୍ଡା ଖୋଳପା ଧରି ତାଙ୍କ ପିଠି ଉପରକୁ ଫିଙ୍ଗିଲା। ସେଟା ତାଙ୍କର କେଶ ପର୍ଯ୍ୟନ୍ତ ସ୍ପର୍ଶ ନ କରି ମୁଣ୍ଡ ଉପରେ ଯାଇ କାନ୍ଧରେ ବାଜି ଆସି ଲେଉଟି ତାହାରି ଆଗରେ ପଡ଼ିଲା। ନୀଳୁବାବୁ ଫେରି ଚାହିଁଲାବେଳକୁ ଗଉରୀ ଲୁଚିବାକୁ ଧାଇଁଚି। ନୀଳୁବାବୁ କହିଲେ, "ହାଁ ହାଁ, ବାଜିବ ବାଜିବ! ଏଇ ପରା ଗଉରୀ ଅପା ? ଓଃ, ହୋଃ, ମୋର ଜୁହାର ଏଇଠି। ତମେ ମାତାଜୀ କି ଆମେ ବାବାଜୀ-ନିଅ ଏବେ!" ଗଉରୀ ଏହାର ଅର୍ଥ କିଛି ବୁଝିଲା ନାହିଁ-ଖାଲି ଥଟ୍ଟା ବୋଲି ଭାବିଲା, କିନ୍ତୁ କନକ ଏଥିରୁ ଅନେକ କଥା ବୁଝିନେଲା।

(୭)

ତହିଁ ଆରଦିନ ଉପରଓଳି ପର୍ଯ୍ୟନ୍ତ ବି ନୀଳୁବାବୁ ଆଉ ଭିତର ଖଞ୍ଜା ମାଡ଼ିଲେ ନାହିଁ। ଖାଇଲାବେଳେ ଯାହା ଆସନ୍ତି-ହସଖୁସିରେ, ଗେଲ ନାଟରେ ଘଣ୍ଟାଏ ଅଧଘଣ୍ଟାଏ ଚାଲିଯାଏ। ତା' ନ ହେଲେ, ସବୁବେଳେ ବାହାରେ ନିଧିବାବୁ ଓ ସେ ଦୁହେଁ ବସି କ'ଣ ଗପ ସପ ହୁଅନ୍ତି; କେତେବେଳେ ବା ଗାଁ ବୁଲି ବାହାରନ୍ତି - ଏହିପରି। କନକ ମଧ୍ୟ ଓଳିଏ ରୋଷାଇ ବାସ କରେ - ଜୋର୍ କରି ଏବେ କରୁଛି,-ଉପରଓଳି ରନ୍ଧାରେ ସାହାଯ୍ୟ କରେ; କିନ୍ତୁ ସବୁବେଳେ ଭାବୁଥାଏ-ନୀଳୁଭାଇ ଏଇ ଆସିଲା ପରା, ଡକାଇଲା ପରା! କିନ୍ତୁ ନୀଳୁବାବୁ ଏ ପର୍ଯ୍ୟନ୍ତ ଆସିଲେ ନାହିଁ। ନିହାତି ଅସହ୍ୟ ହେବାରୁ ଗୋଟାଏ ସାଇ ପିଲାଟି ହାତରେ ସେ ଆଜି ଡକାଇ ପଠାଇଲା। ପିଲାଟି ଯାଇ ଦାଣ୍ଡରେ କାହାରିକୁ ନ ପାଇ ଫେରିଆସି କହିଲାବେଳେ ଗଉରୀ ସେଠାରେ ଥିଲା, କହିଲା- "ମୁଁ ଜଗା ମା'କୁ ପଠେଇ ଦଉଚି, ଡାକି ଆଣିବ।" ଜଗା ମା' ଗଲାରୁ କନକ ଉଦ୍‌ବିଗ୍ନ ହୋଇ ବସି ରହିଲା। ନୀଳୁବାବୁ ସେ ଆଡୁ ଖଣ୍ଡେ ବାଟରୁ ଡାକ ମାରି ମାରି ଆସିଲେ- "କିଏ କୁଆଡ଼େ ଅଛ, ବାହାରି ଯା, ଆମେ ଯାଉଛୁଁ!" ଏଟା ଗଉରୀ, ରଙ୍ଗୀ ପ୍ରଭୃତିଙ୍କୁ ସାବଧାନ କରି ଦେବା ପାଇଁ। ଗଉରୀ ବାହାରି ଯାଉ ଯାଉ କହିଲା- "ଅ, ଏଇଟା କିଏ ମ! ଏଟାକୁ ଡରି ସମସ୍ତେ ବାହାରି ଯିବେ!" ତଥାପି ବାହାରି ପଳାଇଲା। ରଙ୍ଗୀ ଅନୁପସ୍ଥିତ!

ନୀଳୁ- ନା, ରାଗିଥିଲି!

କନକ- ନା, ତୁ ରାଗିଛୁ ନିଶ୍ଚେ। ନ ହେଲେ ଏଇଠି ଥାଇକରି ବି ଏ ଦି' ଦିନ ମୁହଁଲୁଚା ଦେଇ ରହିଚୁ କିପରି!

ନୀଳୁ- ନା' ମ, ମୁଁ ସ୍ୟାଡ଼େ-ବାହାରେ ଥିଲି। କାଲି ରାତିଟା ତ ନିର୍ଧୁମ ଶୋଇଚି, ଆଜି ସକାଳେ ତ ଇସ୍କୁଲ ଦେଖିବାକୁ ଯାଇଥିଲୁଁ, ଆଉ ଏଇନାଗେ ତୁ ନ ଡାକି ଥିଲେ ବି ମୁଁ ଆସିଥାନ୍ତି।

କନକ- ମିଛ କଥା ! କାଲି ମୁଁ କ'ଣ କହିଲି ବୋଲି ରାଗିଲୁ । ମୁଁ ଜାଣେ, ତୁ ରାଗିଛୁ ! ମୁଁ ପରା ତୋ ସାନ ଭଉଣୀଟା, ଗୋଟାଏ ଦୋଷ କରିଛି, ତୁ ଇମିତି ଧରି ବସିଲେ, ମୁଁ ଆଉ କ'ଣ କରିବି !

ନୀଲୁ- ନା, ନା, ମୁଁ ରାଗିଥିଲି-ସତ କଥା । ଆଜି ପୁଣି କେତେ କଥା ଭାବି ଦେଖିଲି- ରାଗ କୁଆଡ଼େ ଗଲାଣି ନା ଆଉ ଅଛି ! ତୁ ଆଉ ମୋତେ ଏମିତି କଥା କହିବୁ ନାହିଁ କଙ୍କି,-ମୋ ସୁନା ଭଉଣୀଟି ପରା !

କନକ- ଆଚ୍ଛା, ସେ କଥା କ'ଣ କଲା ?

ନୀଲୁ- କଉଁ କଥା ?

କନକ- ସେଇ କଥା, କଉଁ କଥା-ସେଇ ଯେଉଁ କଥା କାଲି ତୁ କହୁଥିଲୁ ମୋତେ, ଆଉ ଯେଙ୍କର ସମସ୍ତିଙ୍କି ।

ନୀଲୁଁ କଉଁ କଥା ନା-ସେଇ କଥା ଯଉଁ କଥା ! ବିଷୟଟା କ'ଣ କହ ହେଲେ-

କନକ- ଯା, ତୁ ବଡ଼ ଜାଣେ ! ମୁଁ କହିପାରେ ନେଇଁ-ଯା ! ବୁଝିପାରି କରି ମତେ ଖାଲି ଫଟୋଉଚି । ସେଇ-କଉଠିକି ଯିବା କଥା କହୁଥିଲୁ !

ନୀଲୁ- କାହାର ? କିଏ କଉଠିକି ଯିବ ? କାହାର ତ କଉ ଠକି ଯିବାର ନାହିଁ-ଏକା ମୁଁ କାଲି ପରି ଦିନ ଚାଲିଯିବି ।

କନକ- ଯା ମ, ଖାଲି ବେଲି କରୁଛୁ ! ନ କହିଲୁ ନାହିଁ ଯା, ଫେର୍ କଟକ ନାଁ ମୋ ଆଗରେ କିଏ କହିବ ତ-ଫେରେ କାନ୍ଦିବି, ହଁ-

ନୀଲୁ- ଓଃ, କଟକ ଯିବା କଥା ପରା କହୁଛୁ ! ସେଇୟା ସେତେବେଲୁ କହିଥିଲେ ତ ଛିଣ୍ଡି ଯାଇଥାନ୍ତା !

କନକ- ଏତେବେଳେ ଯାଇ ହେଲା । ଏଡ଼େ ହଟ ତୋ'ର ନା ! ସୁଆଙ୍ଗିଆ- ଓଃ, ଏଇଟା କାଳେ ମୋ ବଡ଼ ଭାଇ । ହଁ, କ'ଣ ହେଲା ସତେ ?

ନୀଲୁ- କ'ଣ କିଛି ସାରା ଛିଣ୍ଡି ପାରି ନାହିଁ ।

କନକ- ଆଜି ସକାଳେ ଏତେବେଳଯାଏ କ'ଣ ସବୁ କଥା ଭାଷା ହେଉଥିଲା । ମୁଁ ପରା କିଛି ଜାଣି ନାହିଁ- ନୁହେଁ ? ରଙ୍ଗୀକି କିଏ ସେ ସେଠିକି ଧରି ନେଇଗଲା - ପିଲାଟି କେତେ କାନ୍ଦୁଛି ! ତାକୁ କିଏ କହିଲା, ସେ ତୋତେ ଏଇନାଗେ ବାହା ହୋଇ ନ ପଡ଼ିଲେ ଆଉ କଟକ ଯିବା ହୋଇପାରିବନାହିଁ ! ସାନ ଭଉଣୀ ଜନମ ପରା ମଣିଷ ପାଇବ ନାହିଁ ! ସବୁ ତାନ ସାନ ଭଉଣୀଙ୍କ ଉପରେ ଛିଣ୍ଡେଇ ଜାଣନ୍ତି ଏ ମିଣିପଗୁଡ଼ାକ !

ନୀଲୁ- ନା, ସେଇ ରଙ୍ଗୀ ତ- ଅଡୁଆ କରୁଛି ସତେ । ମାଉସୀ କହୁଛନ୍ତି ପରା,

ରଙ୍ଗୀଟି ପାର ହୋଇ ନ ଗଲେ ସେ ଏଠା ଛାଡ଼ି କୁଆଡ଼େ ଯାଇ ପାରିବେ ନାହିଁ- ରଙ୍ଗୀ ବାହାଘର ପରେ ଯୁଆଡ଼େ ନବ, ସିଆଡ଼େ ଯିବେ। କଥାଟା ବି ଠିକ୍, ସେଇଥିପାଇଁ ମୁଁ କହିଲି, ତା'ରି ପାଇଁ ଯଦି ଏତେ କଥା, ଆଣ ତାକୁ, ମୁଁ ଏଇନାଗେ ବାହା ହୋଇପଡୁଛି।

କନକ- ସେଇଠୁ ଭାଇ ପରା ଆସି ଭଉଣୀଙ୍କୁ ଧରି ନେଇଗଲେ। ମୁଁ ଜାଣିଥିଲେ ଗୋଟା, ଶଙ୍ଖ ବଜେଇ ଦେଇଥାନ୍ତି ପରା! ଇମିତିକା ଉତୁପାତିୟା ଭାଇ ସବୁ କାହୁଁ ଆସି ଜୁଟୁଛନ୍ତି! ନା ସତେ, ନୀଳୁ ଭାଇ, ରଙ୍ଗୀଟିକୁ ଆମର ନୂଆବୋଉ କରନ୍ତେ-

ଏହିପରି ସମୟରେ କିଏ ଗୋଟାଏ ଦୁଆର ପାଖରେ ଉଣ୍ଡିବାର ଦେଖି କନକ ଝଟ୍‌କରି ଯାଇ ରଙ୍ଗୀକୁ ଧରି ଜବରଦସ୍ତି ଭିତରକୁ ଟାଣିଆଣିଲା, କହିଲା, "କି ନୂଆବୋହୂ, ଏଡ଼େ ନାଜ କାହିଁକି କରୁଚ ମ!" ରଙ୍ଗୀ ଛାଟିପିଟି ହୋଇ ପଳାଉ ପଳାଉ କହିଲା, "ଯା ହଉ! ଏ ଦଶା ନୂଆବୋଉଟା-ତମ ଭାଇ ମରୁ, ତମରି ଭାଇ ମରୁ, ତାକୁ ବାଡ଼ି ଖାଉ!"

କନକ କାନମୋଡ଼ି ଗାଲଚାପୁଡ଼ି ଖାଇ ହୋଇ କହିଲା, "ଥରେ କାଲି ସକାଳେ ଠକିଥିଲି, ପୁଣି ଆଜି ଠକିଲି। ୟେଙ୍କ ସଙ୍ଗେ ଆଉ କେଭେଁ ଲାଗିବି ନେଇଁ ପରା!"

(୮)

ସେଇ କଥା ସାର ହେଲା- ରଙ୍ଗୀଟିକୁ କୌଣସିମତେ ବାହା କରାଇଦେଇ ପାରିଲେ କଥା ଛିଣ୍ଡିଯିବ। ନିଧିବୋଉଙ୍କର ଇଚ୍ଛା- ବାର ଯାଇ ତେର ପଶିଲାଣି, ଆଉ କ'ଣ-ଏଇ ଫଗୁଣ ମାସରେ ସମ୍ଭବ ହେଲେ କରିପକାଇଲେ ଯାଏ। ପୁଅ ବାହାଘର ଯାଇଛି; ପେଡ଼ି, ଭାର, ଥୋର ଚାଲିଛି; ଆଉ ଯାହା ମାଲମତା ବି ଅଛି- କେମିତି ହେଲେ ହୋଇଗଲେ ଅଳ୍ପରେ କଥା ଛିଣ୍ଡିଯାଆନ୍ତା! ଖାଲି ବର। ମା'ପୁଅ ଦୁହେଁ ବସି ବିଚାର କଲାବେଳେ ବୁଢ଼ୀ କହିଲେ, "ଏଇ ନୀଳୁଟି ହୁଅନ୍ତା କି, କେଡ଼େ ସୁନ୍ଦର ହୁଅନ୍ତା! ତେବେ ବନ୍ଧୁ, ତାଙ୍କର କରିବେ କି ନାହିଁ କେଜାଣି! ଏମିତି କ'ଣ ସଂସାରରେ ହଉନାହିଁ ନା କ'ଣ! ଏଇ ତ ସେଦିନ ମୋ ଭଣଜାର ଝିଅକୁ ତା'ରି ନିଘନ ଭିଣେଇଟା ବାହା ହେଲା।" ନିଧି ବାବୁ କହିଲେ, "ନାଇଁ ଲୋ ବୋଉ, ତାଙ୍କର ଅମଙ୍ଗ ହେବେ ନାହିଁ ଯେ-ଏକା ଏଇ ନୀଳୁ କଥା, ସେଇ ମଙ୍ଗିଲେ ହୁଏ! ମୋତେ ପରା ଅପା (ହରିବାବୁଙ୍କ ସ୍ତ୍ରୀ) ଦହି ତୋରାଣିବେଳେ ଚୁପ୍ କରି ଏହି କଥା କହୁଥିଲା। ହେଲେ ଭଲ ହୁଅନ୍ତା ଏକା ବୋଉ। ମୁଁ ତାକୁ ଏ ଦି' ଦିନ ହେଲା ବୁଲେଇ ବୁଲେଇ କହୁଛି। ତୋ ବୋହୂ ଏଥିରେ ଆଗ ନା! ତେବେ ସିଏ ବି ଯାହା କହୁଥିଲା, ମୁଁ ବି ସେଇଆ ଦେଖୁଛି- ନୀଳୁର ଇଚ୍ଛା ନୁହେଁ ପରା! ତେବେ ଥରେ ଚେଷ୍ଟା କରିବା। ସେ କାଲି

ଯିବ କହୁଛି, ଯା' ବାହାରି, ତା'ରି ସାଙ୍ଗରେ ଜାତକ ନେଇକରି କିଏ ଯାଉ, ହରିଭାଇ କ'ଣ କହୁଛନ୍ତି ଦେଖ, ଏଣେ ମୁଁ ବି ଜାଗା ଦି ଜାଗା ନଜର ପକାଉଛି-ଯୁଆଡୁ ହେଲେ ହୋଇଗଲେ ଯାଏ। ମୋର ବି ଛୁଟି ଅଛି, ଯାରି ସାଙ୍ଗରେ ଆଉ ପନ୍ଦରଦିନ କି ମାସେ ବି ମିଳିଲେ ମିଳିଯାଇପାରେ।" ବୁଢ଼ୀ କହିଲେ, "ନାଇଁ ପୁଅ, ତୁ ସେଇ ନୀଲୁ କଥା ବୁଝୁ। ତୁ ନିଜେ ଖଣ୍ଡେ ହରି ପାଖକୁ ଚିଠି ଦେ, ମୁଁ ବି ଢେରେ କରି ସର ପାଖକୁ କହିବି- ଦେଖ, ରଙ୍ଗୀର ଭାଗ୍ୟ-ତା' କପାଳରେ ଥିଲେ ଯା ପରି ବର ପାଇବ। ଏମିତି ହୀନିକରମୀଗୁରାଙ୍କୁ ପେଟରେ ଧରିଥିଲି ଯେ, ତାଙ୍କର ପେଇଁ ମୋ ହାଡ଼ରୁ ମାଉଁସ ମିଳେଇ ଯାଉଚି!"

ନିଧିବାବୁ କହିଲେ, "ନାଇଁ ବୋଉ, ତୁ କିଛି ଚିନ୍ତା କରନା। ମୋତେ ତ କେମିତି ଜଣାଯାଉଛି-ଏହି ଥର ହୋଇଯିବ-ନିଶ୍ଚେ ହବ, ତୁ ଦେଖ!" ସେଇଠୁ ନିଧିବାବୁ ବଡ଼ ପାଟି କରି ହାଙ୍କିଲେ- "ହଇରେ ଜଗା, ରଘୁ ଦାସକୁ ଟିକିଏ ଡାକିଆଣିଲୁ, ଗଲୁ। ସେ ଟିକିଏ ଯିବ, କନ୍ଦରପୁରିଯା ବେହେରାଙ୍କୁ ବଇନାଦେଇ ଆସିବ-କାଲି ବାବୁ ଭଦ୍ରକ ଯିବେ, ଗାଧୁଆବେଳକୁ। (ଚୁପ୍‌କରି) ଆଉ ସେଇ ବାଟେ ଭାବନ ଅବଧାନଙ୍କୁ ବି ଡାକିଦେଇ ଆସିବୁ-ଶୁଣିଯିବେ, କଥା ଅଛି।"

ତହିଁ ଆରଦିନ ବଡ଼ି ସକାଳୁ ଲୋକ ଜାତକପତ୍ର ନେଇ ଭଦ୍ରକ ବାହାରିଗଲା। କନକ ବି ଖଣ୍ଡେ ଚିଠି ସ୍ୱାମୀଙ୍କ କଥା ଅନୁସାରେ ତା' ନୂଆବୋଉ ପାଖକୁ ଦେଲା। କାଲି ରାତିଠଉଁ ନୀଳୁବାବୁ କ'ଣ ଗୋଟାଏ ଭିତରେ ଭିତରେ ହେଉଛି ବୋଲି ଜାଣି ସାରିଥିଲେ, ଆଜି ସକାଳୁ ଉଠି ମଧ୍ୟ କିଛି ସନ୍ଧାନ ପାଇଲେ; କିନ୍ତୁ ଠିକ୍ କିଛି ସ୍ଥିର କରିପାରିଲେନାହିଁ। ଚଞ୍ଚଳ ଚଞ୍ଚଳ କାମଦାମ ସାରି ତିଆରି ହେଉ ହେଉ ପ୍ରାୟ ନଅଟା। କନକଠାରୁ ବିଦାୟ ହେବାପାଇଁ ଗଲାବେଳେ ମନ କାହିଁକି ନିହାତି ଖରାପ ହେଲା। ଗଲାବେଳେ ଯାଡ଼େ ସ୍ୟାଡ଼େ ଚାହିଁଲେ କିନ୍ତୁ ରଙ୍ଗୀ ବା ଗଉରୀ କାହାରିକୁ କେଉଁଠି ଦେଖିଲେ ନାହିଁ। ଏପରି ନିର୍ବିଘ୍ନରେ ଏ ଘରେ ଯିବା ଆସିବା କରିବାର ତାଙ୍କର ଏଇ ପ୍ରଥମ। ଭାବିଲେ, ରଙ୍ଗୀ ବୋଧହୁଏ ଡରେ ଲୁଚିଛି-କାଳେ ସବାରୀରେ ବସାଇ ନେଇଯିବେ ବୋଲି। ଶେଷରେ ବଡ଼ ପାଟିରେ ଡାକି କହିଲେ, "ଆମେ ବାହାଲୁଁ ଏବେ, ଆମ ପାତ୍ରଟି କାହାନ୍ତି? ଶୀଘ୍ର ଶୀଘ୍ର ସବାରୀକୁ ବିଦା କରିଦିଅ-ଯାତ୍ରାବେଳ ଗଡ଼ିଯାଉଛି!" କେହି ଯାର ଉତ୍ତର ଦେଲେ ନାହିଁ-ଦୂରରୁ ଟିକିଏ ଟିକିଏ କିଏ ସବୁ ଚାପି ଚାପି ହସିଲା ପରି ଶୁଣାଗଲା ମାତ୍ର।

ନୀଳୁବାବୁ ଛପିଛପି କନକ ଘରେ ପହଞ୍ଚିଲେ। ସେ ସ୍ଥିର ଜାଣିଥିଲେ, ଗଲା ମାତ୍ରକେ କନକ ବାହୁନି ବସିବ- ଏଇ ତ ନିୟମ। କିନ୍ତୁ ଛପିକରି ଯିବାର କୌଣସି

ପ୍ରୟୋଜନ ନ ଥିଲା। କନକ ପାନଗୁଡ଼ିଏ ଭାଙ୍ଗି ହାତରେ ଧରି ଅପେକ୍ଷା କରି ଛିଡ଼ା ହୋଇଥିଲା। କାନ୍ଦିବା ତ ଦୂରେ ଥାଉ,- ହସି ହସି କହିଲା, "ଭାଇ, ଭାଇ ଫେରେ କେବେ ଆସିବୁ ?" ନୀଲୁ କିଞ୍ଚିତ୍ ଅପ୍ରତିଭ ହୋଇଗଲେ, କହିଲେ, "ହଁ, ମୁଁ ଆସୁଛି- ତମକୁ ସବୁ କଟକ ନେଇ ହରଡ଼ ଘଣାରେ ପକେଇବି ନା! ଏଠିକି ଆଉ ଆସିବି କାହିଁକି ମ!" କନକ ହସିଲା- ତା'ର ଆଉ ହସ ବନ୍ଦ ହେଉ ନାହିଁ! ନୀଲୁବାବୁ ବିସ୍ମିତ ହୋଇଗଲେ- "କ'ଣ, କଥା କ'ଣ ?" ପୁଣି କନକ ପଚାରିଲା, "ନୀଲୁଭାଇ! ତୁ କଟକ ଯିବୁ କେବେ ?" ନୀଲୁବାବୁ କହିଲେ, "ଏଇ ଏଠଉଁ ଯାଇ, ନିତେଇ ଭାଇଙ୍କ ଦେହ କଅଣ ହେଲା ଦେଖି ଶୁଣି, ଯେତେ ଚଞ୍ଚଳ ହେବ ପଳେଇମି- ଆଉ କ'ଣ!" "ତୁ କଟକରେ ସେଇ ହଷ୍ଟେଲରେ ଅଛୁ ନା? ଗୋଟାଏ ବସାରେ ତ ରହିଲେ ଭଲ ହୁଅନ୍ତା। କେଉଁଠି ଗୋଟାଏ ଭଲ ବଡ଼ ବସା କାହାର ଅଛି ପରା ସେଦିନ କହୁଥିଲ ? ସେଇଠି ରହୁନାହଁ?" "କାହାର, ନିଧିବସା ? ମୁଁ କାହିଁକି ସେଠି ରହିମି ?" ପୁଣି କନକ ହସିବାକୁ ଲାଗିଲା। କ'ଣ ଇୟେ! ନୀଲୁବାବୁ କହିଲେ, "କି ଲୋ, ତୋ'ର ଆଜି କ'ଣ ହୋଇଚି କି, ଇମିତି ହସୁଛୁ କାହିଁକି ? କଥା କ'ଣ ?" କନକ ଖାଲି ହସି ଉଠୁଥାଏ- କଷ୍ଟରେ ହସ ବନ୍ଦକଲା। ପୁଣି କହିଲା, "ତୁ କ'ଣ କହୁଥିଲୁ ରଙ୍ଗୀ କଟକ ଯିବନାହିଁ। ରଙ୍ଗୀ ତ କଟକ ଯିବ! ଯିବନାହିଁ କେମିତି! ମୁଁ ତାକୁ ନିଶ୍ଚେ ନେଇଯିମି କହି ଦଉଚି!" "ହଉ, ନେଇ ଯା କିଏ ମନା କଲା! ତୁ କାହିଁକି ଏତେ ହସୁଛୁ କହିବୁତି!" "ନା, ମୁଁ ଆଉ ହସୁନାହିଁ, ଯା, ଏବେ ହେଲା।" କିଛିକ୍ଷଣ ଚୁପ୍ ରହି କନକ ପୁଣି ପଚାରିଲା, "ନୀଲୁଭାଇ, ତୁ ଆଉ କେତେଦିନ ପାଠ ପଢ଼ିବୁ, କେବେ ସରିବ, କେବେ ଚାକିରି କରିବୁ ?" ପୁଣି ସେହି ହସ! ନୀଲୁବାବୁ ଏସବୁର ଅର୍ଥ କିଛି ବୁଝିପାରିଲେ ନାହିଁ- ବକକା ହୋଇ ଚାହିଁଲେ। କନକ ଦେଖିଲା, ସେ ବଡ଼ ଅନ୍ୟାୟ କରୁଛି- କଥାଟା ଯେତେବେଳେ ଗୁପ୍ତ, ସେତେବେଳେ ଆଉ ଅଧିକ ବଢ଼ାଇବା ଭଲ ନୁହେଁ; ଅତଏବ କନକ ସ୍ୱଭାବ ଗାମ୍ଭୀର୍ଯ୍ୟରେ ଧୀରେ ଧୀରେ କହିଲା, "ନୀଲୁଭାଇ, ଆଜି ତମେ ଚାଲି ଯାଉଚ-ମୋର କାହିଁକି ଏତେ ଆନନ୍ଦ ହଉଚି କେଜାଣି। ପୁଣି ନିକଟରେ ଆସିବ ପରା।" "କି ତୁ କଟକୁ ଯିବୁ କି କ'ଣ, କିଏ ଜାଣେ! ତୋ'ର ଆନନ୍ଦ ହବାର କଥା! ତୁ ଏଠି ନୂଆବୋହୂ-ଗେହ୍ଲା-ମୁଁ ଆସି ତୋ ଉପରେ ଜୁଲମ୍ କରି ତୋତେ ଖଟେଇ ହଇରାଣ କରୁଥିଲି। ଗଲେ ଭଲ-ଆନନ୍ଦ ହବାର କଥା ତ!" "ନା, ନୀଲୁଭାଇ, ତା' ନୁହେଁ-ତା' ନୁହେଁ ଭାଇ। ସତ ଏକା, ମୁଁ ଏଠି ନୂଆ ମଣିଷ ପରି ଚଲୁଥିଲି ସିନା। ତମେ ଆସିଲା ଦିନଠୁଁ ମୋ ଛାତି ଏଡ଼େ ମୋଟ ହୋଇଗଲା। ମୁଁ ଏଠି ଏଇ କେତେଦିନରେ ଯେତେ ଘରପରି ମଣି ଗଲିଣି, ଯା

ତମେ ନ ଆସିଥିଲେ କେଉଁଠେ ହୋଇପାରି ନ ଥାନ୍ତା। ତମ ଥିବା ଯୋଗେ ମୋ ଗୋଡ଼ ଭୂଇଁରେ ନାଗୁ ନାହିଁଟି। ତମେ ଯା କହିବ ନାହିଁ, ଆଉ କ'ଣ" "ସତେ? ମୁଁ ଏଡ଼େ ଉପୁଗାରିୟାଟେ ତା' ହେଲେ! ଆରେ!" କନକ ମୁହଁ ଶୁଖି କଳା ପଡ଼ିଗଲା। ନୀଲୁ କଥାଟି କହିସାରି ସାଙ୍ଗେ ସାଙ୍ଗେ ଭାବିଲେ,- ଛିଃ, କ'ଣ କହିଲି! ତାଙ୍କୁ ମୁହଁ ବି ଶୁଖିଗଲା। କିନ୍ତୁ କହି ତ ସାରିଲେଣି-ଏବେ କ'ଣ କରାଯିବ! କନକ କିନ୍ତୁ ସାଙ୍ଗେ ସାଙ୍ଗେ ସ୍ଥିର ହୋଇ କହିଲା, "ନୀଲୁଭାଇ, ମୋର ସବୁ ଦୋଷ ତୁ ମାଫ୍ କରୁ, ଏହି ସାମାନ୍ୟ କଥାଟି ଭୁଲିପାରୁନାହୁଁ? ଛି, ମୁଁ ପରା ମାଇକିନା ଝିଅଟା-ତୋ ସାନ ଭଉଣୀ। ଦୋଷ ମାଗି ନେଲି-ଆଉ କେତେ ଦଣ୍ଡ ଦେବୁ!" "ନା, ନା, କଙ୍କୀ-ମୋ ତୁଣ୍ଡ ଖସିଗଲା। ମୁଁ ତା' ଭାବି ନାହିଁ-ତୁ ମନ ଦୁଃଖ କର ନା। କହିତ ପକାଇଚି, ଏବେ କ'ଣ କରିବି! ସତ ସତ, ମୁଁ ଆଉ ଟିକିଏ ବି ରାଗି ନାହିଁ। ମୋ ରାଣ, ମନଦୁଃଖ କରନା!" କନକ ବୁଝିଗଲା, ଭାବିଲା- ହଁ, ସତ ତ, ନୀଲୁଭାଇ ତ ଏମିତିକି ନୁହେଁ କେଉଁଠେ! କଥାଟା ଚାଲିଗଲା, କିନ୍ତୁ ଦୁହିଙ୍କ ମନ ଭିତରେ କିପରି ଗୋଟାଏ ଆଞ୍ଚ ରହିଗଲା- ସେ ଯୋଗେ ମୂଳରୁ ଯେପରି ଫୁର୍ତ୍ତିରେ ଆରମ୍ଭ ହୋଇଥିଲା, ବିଦାୟଟା ସେପରି ଛିଡ଼ିଲା ନାହିଁ।

ନୀଲୁବାବୁ କନକ ହାତରୁ ପାନତକ ନେଇ କହିଲେ; ହଉ ତେବେ, କଙ୍କୀ, ମୁଁ ଯାଉଛି! କାମ ଦାମ କରୁଥିବୁ, ଆଉ ନିଧିଙ୍କ କଥାରେ ଚଳୁଥିବୁ। କନକ କହିଲା, ଓଃ! ପୁଣି ନୀଲୁବାବୁ କହିଲେ, "ତୋ ନଣନ୍ଦଟିମାନେ ଆଚ୍ଛା ଭଲ, ସେମାନଙ୍କ ମନ ନେଇ ଚଳିବୁ ବୁଝିଥା।" କନକ କହିଲା, "ଫେରେ କେବେ ଆସିବୁ? ଭାଇକି କହିବୁ, ଟିକିଏ ଆସିବ, ନ ହେଲେ ମୁଁ ମଲି ବୋଲି ପିଠା ଭାତ ଖାଇବ। ଆଉ ଆଉ - ତୋ ବା'ଘରକୁ ମେତେ ମୁକ୍‌କର ନବ!"

ନୀଲୁ- କାହା ବାହାଘର?

କନକ- କି, ତୋ ବାହାଘର-କା'ର!

ନୀଲୁ- (ହସି ହସି) - ମୋ ବା'ଘର! ଓଃ ମୋ ବା'ଘରକୁ ତୋତେ ନବାପାଇଁ ଭାଇଙ୍କୁ କହି ପଠାଉଛୁ! ମତେ ଏଇଠି ସିଧା ସିଧା କହୁ ନାହୁଁ କାହିଁକି ମ!

କନକ- ତୋତେ ବି କହୁ ନାହିଁ କି?

ନୀଲୁ- କାହିଁ, କଉଁଠି କହୁଚୁ?

କନକ- (ଅଧୋବଦନରେ) ତୋତେ କହନ୍ତି ଯେ-ଏକା ତୋତେ କହିଲେ- ହଁ, ତୁ ତ ଆଗେ ନେଇଯିବୁ! ମୁଁ ଜାଣି ନେଇଁ ପରା! ତୁ ଭାରି ଜଣେ-ଭାରି ଗୋଟିଏ-

କନକ ଏହିଠାରେ ବନ୍ଦ ହୋଇଯାଇ ଭୟରେ ନୀଲୁ ମୁହଁକୁ ଚାହିଁଲା। ନୀଲୁ

ମୁହଁ ଶୁଖିଗଲା, ଚମକିତ ହୋଇ କହିଲେ, "ଭାରି ଗୋଟିଏ ! ଭାରି ଗୋଟିଏ କ'ଣ ? ନାଃ, ଭାରି ଗୋଟିଏ କ'ଣ ମୁଁ- ନ କହିବାଯାଏଁ ଛାଡ଼ିବି ନାହିଁ। କ'ଣ ମୁଁ, କହ ! କନକର ମୁଣ୍ଡ ଘୂରେଇ ଗଲା-ପାଟି ଆଫାଫା ମାରିଗଲା। ବିଚାରୀ ଡରେ କହିଲା-ଖାଲି ବାଧରେ- "ନା, ମୁଁ କହୁଥିଲି କି ତୁମେ ଭାରି ଗୋଟିଏ ଭଦ୍ର ଲୋକ-ଆଉ କିଛି ନା !"

ନୀଲୁ- ହୁଁ, ନିଶ୍ଚେ ଆହୁରି କ'ଣ କହୁଥିଲୁ ! କହ, ନ ହେଲେ ମାଡ଼ !

କନକ- ମାର ପଛେ ! ନା' ମୁଁ କହୁଥିଲି- ତୁମେ ଭାରି ଗୋଟିଏ ଠକ ବୋଲି। ସତ କଥା- ତମେ ଗୋଟିଏ ଠକ ତ ! ଏହା କହି କନକ ଅଧୋବଦନରେ ରହିଲା। ତା'ର କମ୍ପମାନ ସ୍ଫୀତ ଅଧରୌଷ୍ଠରୁ ତା' ମନର ଅଭିମାନ କି ସେହିପରି କୌଣସି ଗୋଟାଏ ଭାବ ଥରି ଥରି ଫୁଟି ଉଠୁଥାଏ। ନୀଲୁବାବୁ ଦୂରଦୃଷ୍ଟି ଅନ୍ୟମନସ୍କ ଭାବରେ କ'ଣ ଭାବିଲେ। ହଠାତ୍ କ'ଣ କହୁ କହୁ ରହିଯାଇ କିଛିକ୍ଷଣ ପରେ କହିଲେ, "ଆଚ୍ଛା ତେବେ କଙ୍କି, ଏବେ ଯାଉଛି !" କନକ ନୀରବରେ କାନ୍ଦିବାକୁ ଲାଗିଲା। ପୁଣି ନୀଲୁବାବୁ ଧୀର ସ୍ଥିର ଭାବରେ କହିଲେ, "ହଁ କଙ୍କି, ତୁ ମୋତେ ଠିକ୍ ଚିହ୍ନିବୁ ! ଏବେ ଏଥର ନିଶ୍ଚେ ନିଶ୍ଚେ ତୋତେ ନେବି - କେଉଁ ଠକିବି ନାହିଁ। ମୋ ବା' ଘରକୁ ତୋତେ ନିଶ୍ଚେ ନେବି !" ଏହା କହୁ କହୁ ନୀଲୁବାବୁ ବାହାରିଗଲେ। କନକ କାତର ଭାବରେ ଡାକିଲା 'ନୀଲୁଭାଇ !' ସେ ଆଉ ଶୁଣିଲେ ନାହିଁ।

ତୃତୀୟ ଖଣ୍ଡ

ଠକପଣ

(୧)

ନୀଲୁବାବୁ ଚାଲିଗଲାବେଳୁ କାହିଁକି, ବିବାହ ପ୍ରସଙ୍ଗ ବିଧିମତେ ଉଠିଲାବେଳୁ ଗଉରୀ ଓ କନକ ଦୁହେଁ ରଙ୍ଗୀ ସଙ୍ଗରେ ଲାଗିଛନ୍ତି- ସେ ବିଚାରିକୁ ଆଉ ରଖି ଥୋଇ ଦଉନାହାନ୍ତି। ଗଉରୀ ରଙ୍ଗୀକୁ ଯେପରି ନାବାଳକ ତଳେ ଆଜି ସୁଦ୍ଧା ନିଏ, ସେ ତାହା ସଙ୍ଗେ ଲାଗନ୍ତା ନାହିଁ-ତେବେ, ବାହା ପ୍ରସଙ୍ଗ ଉଠିଲାବେଳୁଁ କନକ ମୁହଁରେ ସବୁବେଳେ ସେହିକଥା-କେଜାଣି କେତେଥର ନିଭୃତରେ ଗଉରୀ ସଙ୍ଗରେ ଏ ବିଷୟରେ ତା'ର କଥା ହୋଇଥିବ! ଏଥିରେ ଗଉରୀ ମଧ୍ୟ ଟଳି ଯାଇଛି। କନକର ଆଉ ଗୋଡ଼ ତଳେ ଲାଗୁ ନାହିଁ - ରଙ୍ଗୀକୁ ସବୁବେଳେ କାନି ଗଣ୍ଠିଲା କରି ମହା ଆନନ୍ଦରେ ଅଛି। ଏ ଆନନ୍ଦଟା ଯେ କେତେଦୂର ରଙ୍ଗୀ ବାହାଘର ପାଇଁ ସେତକ ଖାଲି ତାକୁ ବେଳେ ବେଳେ ସନ୍ଦେହ ଲାଗେ। ନୀଲୁ ଆସି ତାକୁ ପ୍ରକୃତରେ ଏ ଘରର ଜଣେ କରି ଦେଇଗଲା ଦିନୁଁ ତା' ହୃଦୟ କି ନୂତନ ବଳରେ ଯେ ପୂରି ଯାଇଛି-କି ଆନନ୍ଦରେ, କି ଗର୍ବରେ ତା' ମୁଣ୍ଡ ଯେ କେତେ ଟେକି ହୋଇଯାଇଛି, ତାହା ବର୍ଣ୍ଣନାତୀତ। ଯେଉଁ ଘରେ ସେ ଦିନମାତ୍ର ପରଙ୍କ ପରି ଆସି ଚୋରଙ୍କ ପରି ଏ କେତୁଟା ଦିନ ସେ କଟାଇ ଥିଲା, ସେ ଘର ଆଜି ତା'ର, ସେ ଏହା ସ୍ପଷ୍ଟ ହୃଦୟଙ୍ଗମ କରିପାରିଲାଣି।

ହଁ, ରଙ୍ଗୀ ସାଙ୍ଗରେ ଲାଗିବାର କାରଣ କ'ଣ? କିଛି କାରଣ ଥାଉ ବା ନ ଥାଉ, କନକକୁ ସେଟା ଭାରି ସୁଖ ଲାଗୁଛି। ଆଉ ତା'ର ମନେ ହେଉଛି, ସେଟା ଯେପରି ତାହାର ଗୋଟାଏ ବଡ଼ କର୍ତ୍ତବ୍ୟ! ନଣନ୍ଦଟିର ବିବାହ ହେବା ବିଷୟରେ ତାହାର ଦାୟିତ୍ୱ ସେ ଏତେଶୀଘ୍ର ବୁଝିପାରିବ, ଏଟା ସମ୍ଭବ ନୁହେଁ। କିନ୍ତୁ ନୀଲୁଭାଇଙ୍କ ବିବାହ? ନୀଲୁବାବୁ ଗଲା ଦିନଠାରୁ ସେ କେବଳ ଭାବି ଭାବି ସାରା ହୋଇଛି।

ତା'ର ଷୋଳପଣ ବିଶ୍ୱାସ ଯେ, ନୀଲୁ ଭାଇର ବିବାହର ଭାର ତାହାରି ଉପରେ। ତାଙ୍କ ହାବଭାବ, କଥାବାର୍ତ୍ତାରୁ କନକ ମନରେ ଗୋଟିଏ ଭୟ ପଶି ଯାଇଛି-ନୀଲୁଭାଇ ସମ୍ଭବତଃ ବାହା ହେବାକୁ ନାରାଜ। ସେ ନିଜ ମନକୁ ଯାଡୁ ସ୍ୟାଡୁ ଯେତେ ବୁଝାଉଛି, ଏ ବିଶ୍ୱାସଟି ତା'ର କେବଳ ଦୃଢ଼ରୁ ଦୃଢ଼ତର ହୋଇ ଯାଉଛି। ନାରୀହୃଦୟର ନ୍ୟାୟଶାସ୍ତ୍ର ସବୁ କଥା ଦେଖେ ନାହିଁ, ବୁଝେ ନାହିଁ କିନ୍ତୁ ଏକାଦମ୍‌ରେ ଯେଉଁ ଗୋଟାଏ ସିଦ୍ଧାନ୍ତରେ ଉପନୀତ କରାଇଦିଏ, ସେଟାକୁ ନ ମାନିବାର କ୍ଷମତା କୌଣସି ନାରୀର ନାହିଁ।

କନକ ଦେଖିଲା, ରଙ୍ଗୀଟି ସୁନ୍ଦର, ଯୋଗ୍ୟ ମଧ-କିଛି ପାଠଶାଠ ବି ପଢ଼ିଛି, ତେବେ ଟିକିଏ ଜଞ୍ଜାଳିଆ, ଟିକିଏ ଚଗଲା। ହେଲେ, ପିଲା ତ- ବୟସ ହେଲେ ବଦଳିଯିବ ନାହିଁ କି! କିନ୍ତୁ ମନଟି ତା'ର ବଡ଼ ପରିଷ୍କାର-ସଫା ସଫା କଥା, ଛନ୍ଦ ନାହିଁ, କପଟ ନାହିଁ। ନୀଲୁଭାଇଟି ପାଇଁ ଯଦି ହୁଅନ୍ତା-ହାୟ, ହାୟ, ସତେ କ'ଣ ନୀଲୁଭାଇ ରାଜି ହେବେ, କେଜାଣି! କନକ କେତେ ଦିଅଁ ଦେବତାଙ୍କୁ ମାନସିକ କରି ପକାଇଲା।

ନୂଆବୋଉଙ୍କର (ହରିବାବୁଙ୍କ ସ୍ତ୍ରୀ) ଇଚ୍ଛା ଅଛି ବୋଲି ତ ଏଠାରେ ଶୁଣିଲା, ଭାଇଙ୍କର ଆପତ୍ତି ନ ଥିବ-ତେବେ ସେଇ ନୀଲୁଭାଇ, ସେଇ ତ ଅସଲ! କୋଷ୍ଠୀପତ୍ର ନେଇ ଲୋକ ଗଲାବେଳୁ କନକ ଭାବିଲା, ନୀଲୁଭାଇ ରାଜି ହେଲେ ବି ତ ହୋଇପାରେ! ତେବେ, ରଙ୍ଗୀକୁ ମୁଁ ଯାଡୁ ତିଆର କରେ! ସେତିକିବେଳୁ ରଙ୍ଗୀ ସଙ୍ଗରେ ଲାଗିଲା-ନିଜେ ତ ଲାଗିଲା, ଗଉରୀ ଅପାକୁ ମଧ ସଙ୍ଗଦୋଷରେ ପକାଇ ରଙ୍ଗୀକୁ ଅସ୍ଥିର କରି ପକାଇଲା।

ରଙ୍ଗୀ ବିଚାରୀ ଏ ସବୁଥିରେ ପଡ଼ି ଏକାବେଳକେ ବୋକା ବନିଗଲାଣି- ତା'ର ସବୁ ଫୁର୍ତ୍ତି, ସବୁ ହସ ଖେଳ କୁଆଡ଼େ ଗଲାଣି। ପ୍ରଥମ ପ୍ରଥମ ଫାଙ୍କାଡ଼ି ମାରି ପଳାଇ ବୁଲୁଥିଲା। କିନ୍ତୁ ବୋଉ ଗାଳିମନ୍ଦ ଦେଇ ଉତ୍ତମରୂପେ ବୁଝାଇ ଦେବାରୁ, ଏବେ ଘରୁ ବାହାରକୁ ଯାଉ ନାହିଁ- ଆକଟରେ ଅଛି। ବିବାହର ଅର୍ଥ ସେ ବିଶେଷ ବୁଝି ନାହିଁ; କିନ୍ତୁ ବର ଆସିବ, ତାକୁ ଘର ଛାଡ଼ି ଚାଲିଯିବାକୁ ହେବ ଓ ଯିବାର ମାସେ ଖଣ୍ଡେ ପୂର୍ବରୁ ସମସ୍ତଙ୍କୁ ଧରି ବାହୁନିବାକୁ ହେବ, ଏଟା ଭଲରୂପେ ଜାଣେ। ସେଥିଯୋଗେ ସେ ଯଥା ସମ୍ଭବ ଖୁସି ମନରେ କାନ୍ଦଣା ଶିଖିବାରେ ବ୍ୟସ୍ତ! ସ୍ଥାନ ଓ ପାତ୍ର ଭେଦରେ ରକମ ରକମ କାନ୍ଦଣାର ବ୍ୟବସ୍ଥା ଅଛି। ସେହି ସବୁର ଶିକ୍ଷା ପାଇବା ପାଇଁ ରଙ୍ଗୀ କନକକୁ ଦିବାରାତ୍ର ଅନୁସରଣ କରୁଛି। ଘରୁ ତ ବାହାରିବ ନାହିଁ- ଆଉ କାହାଠାରୁ ଶିଖିବ! ପୁଣି, ନୂଆବୋଉ କନକର ତ ସେ କିଛି ନ କହି ବୋଲି କାନି ଗଣ୍ଠିଲା ହୋଇସାରିଲାଣି, ଆଉ ଚିନ୍ତା କ'ଣ? ତେବେ ସେଥିରେ ଟିକିଏ ଅଡୁଆ

ହୁଏ-ରଙ୍ଗୀ କାନ୍ଦଣା ଶିଖିବାକୁ କହେ, ପଦେ ଅଧେ କନକ କହି ବି ଦିଏ, କିନ୍ତୁ ଅଧିକ ସମୟ କନକ ଅନ୍ୟ ଅନ୍ୟ କଥା ସବୁ କହି ବସେ;- ସ୍ୱାମୀ ସ୍ତ୍ରୀ ସମ୍ବନ୍ଧ ଓ ବିଶେଷତଃ ନୀଳୁଭାଇଙ୍କ ସହିତ ରଙ୍ଗୀର ସମ୍ବନ୍ଧ ବିଷୟରେ ଗମ୍ଭୀର ଭାବରେ ଉପଦେଶ ଓ ବକ୍ତୃତା ଦେଇ ବସିଲେ, ରଙ୍ଗୀ ମୁଣ୍ଡରେ କେତେ ପଶେ, କେତେ ବା ପଶେ ନାହିଁ- ସେ ବକା ହୋଇ ଅନାଇଥାଏ। କେତେବେଳେ କେତେବେଳେ କିଛି ଟିକିଏ ବୁଝିପାରିଲେ ନୂଆବୋଉ ସାଙ୍ଗେ ଟିକିଏ ଦୁଷ୍ଟାମି ଲଗାଏ, ଅଳଟ ଧରେ। କନକ ପ୍ରାଣପଣ ଚେଷ୍ଟା କରେ- ନୀଳୁ ଭାଇଙ୍କର ରଙ୍ଗୀ କ'ଣ ହେବ, ଏହିତକ ତାକୁ ବୁଝାଇବାକୁ; କିନ୍ତୁ ରଙ୍ଗୀ ଏତେକଥା ବୁଝିପାରେନାହିଁ। ସେ ତ ଜାଣେ- କିଏ ତ ଜଣେ ବର ହୋଇ ଆସନ୍ତା, ନୀଳୁ ବି ତ ସେଇଆ-ପାନିକିରେ ଚଢ଼ି, ଢୋଲ ଟମକ ବଜାଇ, ବାଣ ମାରି ଆସିବ, ଭାଇ ଯେମିତି ନୂଆବହୂଙ୍କୁ ସେଦିନ ଆଣିଲେ, ସେହିପରି ତାକୁ କୁଆଡ଼େ ନେଇଯିବ। ଘର ଛାଡ଼ିଯିବା କଥା ଭାବିଲେ ତାକୁ କାନ୍ଦ ମାଡ଼େ- ନ ହେଲେ, ବାହାଘରଟା ଭାରି ମଜା କଥା, ଏତକ ସେ ସ୍ଥିର ଜାଣିଛି। ନିଜ ବାହାଘରଟା କେମିତିକା, ସେଟା ନ ଜାଣିଲେ ମଧ୍ୟ ତା'ର ଗୋଟାଏ ମୋଟାମୋଟି ଧାରଣା ଯେ, ବାହାଘରଟା ମଜା କଥା! ଯେଉଁମାନେ ବାହା ହୁଅନ୍ତି, ସେମାନଙ୍କର ମଜା ହୁଏ କି ନା, ସେ କଥା ଦିନେ ନୂଆବୋଉକୁ ପଚାରିବାରୁ ନୂଆବୋଉ ଖାଲି ହସିଲା, ଆଉ କିଛି କହିଲା ନାହିଁ, ଗଉରୀ ଅପାକୁ ଯାଇ କହିଦେଲା। ସେଥି ଯୋଗେ ଆଉ ସେ ବିଷୟ ରଙ୍ଗୀ ଉଠାଏ ନାହିଁ, ଭାବେ ନାହିଁ!

ରଙ୍ଗୀକୁ ନୀଳୁ ଭାଇ ପାଇଁ ପ୍ରସ୍ତୁତ କରୁ କରୁ କନକ ତାକୁ କେତେ ଯେ ନିଜର କରି ପକାଇଲା ଦିନ ଦୁଇଟା ତିନିଟା ଭିତରେ ତାହା କହିହେବ ନାହିଁ। ରଙ୍ଗୀ ବି ନୂଆବୋଉକୁ ଅତି ନିକଟରେ ପାଇ ସର୍ବସ୍ୱ ପ୍ରାୟ କରି ପକାଇଲା। ଦୁହିଁଙ୍କ ଭିତରେ ଯେ ନୀରକ୍ଷୀର ଅଭେଦ ପ୍ରୀତି ହୋଇଗଲା, ତାହା ବୋଲାଯାଇ ନ ପାରେ; କାରଣ ଅସମାନ ଭିତରେ ସେଟା ସାଧାରଣତଃ ଅସମ୍ଭବ। କିନ୍ତୁ ଏତିକି ବୋଲାଯାଇପାରେ ଯେ, ରଙ୍ଗୀ ତା'ଠାରୁ ସାନ ହେଲେ ମଧ୍ୟ କନକ ତାକୁ ଏ ବିବାହ ପ୍ରସଙ୍ଗ ହେଲାଦିନଠାରୁ କାହିଁକି କେଜାଣି ସମାନସ୍କନ୍ଧ ଭାବରେହିଁ ଦେଖୁଛି। ଅନ୍ୟ ଭାବରେ ଦେଖିବାକୁ ତାକୁ କିପରି ଗୋଟାଏ ଦୁଃଖ ଓ ଅଭିମାନ ହେଉଛି।

ନୀଳୁବାବୁ ଯିବାର ଚାରିଦିନ ପରେ, ଦିନେ ସକାଳୁ ଗାଧୋଇ ଖିଆପିଆ କରି କନକ ରଙ୍ଗୀକୁ ନେଇ ତା' ନିଜ ଘରେ ନିର୍ଜନରେ ବସି କାନ୍ଦଣା ଶିଖାଉଛି, ଏପରି ସମୟରେ ଗଉରୀ ଆସି ପହଞ୍ଚିଗଲା। ରଙ୍ଗୀ ଆଗରୁ ଖଣ୍ଡେ ରାମାୟଣ ଖୋଲି ଆଗରେ ରଖି ଦେଇଥିଲା,- କେହି ଆସିଗଲେ ସେଇଟାକୁ ପଢୁଥିଲା ବୋଲି ଜଣାଯିବ,

କିନ୍ତୁ କନକ ଗଉରୀ ଆସିବାର ନ ଜାଣିଥିଲା ପରି କହି ଗଲା, "ଯେଉଁପରି ଲଙ୍କା ଗଡ଼ରେ-ଅସୁରୀ ପଲରେ-ଅଶୋକ ବନରେ-ସୀତାଙ୍କୁ ରାବଣ ନେଇ ରଖିଲା ଲୋ, ହାଁ ମୋ ଅପା-ନୂଆବୋଉ-ଖୁଡ଼ୀ-ବଡ଼ମାନେ ଲୋ-ଏହିପରି ଲମ୍ବା କାନ୍ଦଣା କାନ୍ଦିବ ନା-ଲାଜ କଲେ କ'ଣ ହେବ ! ପଦେ ପଦେ ଏଇଥିରୁ ଯୋଖି ଦେଲେ ସିନା କାନ୍ଦିଲା ବୋଲି କହିବେ-ଆଉ-" ଗଉରୀ କହିଲା, "ଓଃ, ଏଇୟା ହଉଚି ପରା ! ସେଇଥିପାଇଁ ପରା ଦଶମୁହିଁଟା ସବୁବେଳେ ତୋ କତିରେ ପଶଚିଚି !" ରଙ୍ଗୀ କହିଲା, "ନୂଆବୋଉ ବଡ଼ ଜାଣେ ! ମୁଁ କ'ଣ ତମ ପାଖରୁ କାନ୍ଦଣା ଶିଖିବା ପାଇଁ କହୁଥିଲି ନା-ମୁଁ କାହିଁକି କାନ୍ଦଣା ଶିଖିମି, ହାଁ।" ଗଉରୀ କହିଲା "ନାଇଁ, କିଛି ଜାଣିନାହୁଁ-ଅଜାଣୀ ଚମ୍ପାଟି ମୋର ! ବାହା ହବା ପାଇଁ ଖାଲି ଗୋଡ଼ ବଢ଼େଇ କରି ଅଛି ! ଜାଣିଚତୁରୀଟିଏ ! ହଇ ଲୋ, ହଇ ଲୋ, ନୂଆବୋଉର ତୁ କ'ଣ ହବୁ କି ? ସତେ ବହୂ, ରଙ୍ଗୀ ତୋ ନୂଆବୋଉ ହେଲା ନା ?" କନକ କହିଲା, "କେଉଁଠି ହଉଚି ଅପା ? (ଗଉରୀ ଠାରି ଦେବାରୁ) - ହଁ ହେଲେ ନାହିଁ ଆଉ କ'ଣ ! ମୋର ନୂଆବୋଉ ତ-ଠିକ୍ କଥା। ଏବେ ଏଣିକି ନୂଆବୋଉ ବୋଲି ଡାକିମି।" ରଙ୍ଗୀ କନକ ପିଠିପଟେ ଯାଇ କନକର ମୁକୁଳା ବାଳକୁ ପୁଳାପୁଳା କରି ଭିଡୁଥାଏ। କିନ୍ତୁ କନକ ନ ଛାଡ଼େ। ବାହାଘର ପ୍ରସଙ୍ଗ ପୂର୍ବରୁ କନକ ରଙ୍ଗୀକୁ ନୂଆବୋଉ ବୋଲି ଥଟ୍ଟା କରୁଥିଲେ ମଧ, ତା' ପରଠୁଁ ସେ କଥା କୁଆଡ଼େ ଭୁଲି ଯାଇଥିଲା,- ହଠାତ୍ ଗଉରୀ କଥାରେ ତା' ଆଗରେ ଯେପରି ଗୋଟାଏ ସୁଖର ସ୍ୱପ୍ନରାଜ୍ୟ ଖୋଲି ହୋଇଗଲା। 'ନୂଆବୋଉ, ନୂଆବୋଉ' ବୋଲି ଡାକି, ତାକୁ ବୁଲାଇ ଭିଡ଼ି ଆଣି, କୋଳ ଉପରେ ପକାଇ ଆବେଗରେ ଚୁମା ଖାଇଲା। ରଙ୍ଗୀ ଝଟ ବୁଲିପଡ଼ି ମୁହଁଟା ତା' କୋଳ ଭିତରେ ପୂରାଇ ଲୁଚି ରହିଲା- ଅନେକ ବେଳଯାଏଁ ସେଠୁ ବାହାରିଲା ନାହିଁ।

ଏହିପରି ସମୟରେ ସ୍ୟାଡୁ ନିଧିବୋଉ ଆସି କହିଲେ, "ଭଦ୍ରକରୁ ବାମନ ଫେରି ଆସିଛନ୍ତି, ବହୂ ତମ କତିକି ସର କି ଚିଠି ଦେଇଚି, ନିଅ, ପଢ଼।" ୟା କହି ବୁଢ଼ୀ ବିରସ ଭାବରେ ସେଠାରୁ ବାହାରି ଚାଲିଗଲେ। ଗଉରୀ ଧଡ଼ପଡ଼ ହୋଇ ଉଠି ପଚାରିଲା, "ବୋଉ, କ'ଣ ହେଲା ? ଟିକିଏ କହି ଯା ଭଲା ! ନାଇଁ-ସେ କ'ଣ ଶୁଣିବ କି। ବହୁ, ତୁ ପଢ଼ିବୁଟି-କ'ଣ କଥା।"

କନକ ଇତିମଧରେ ଚିଠି ଖୋଲି ଧାଡ଼ିଏ ଦି'ଧାଡ଼ି ପଢ଼ି ପ୍ରଧାନ କଥାଟି ଜାଣି ସାରିଲାଣି। ଶାଶୂଙ୍କ ମୁହଁଭାବ ଓ କଥାରୁ ମଧ ସେ ଏବଂ ଗଉରୀ ଦୁହେଁ ଏଇଆ ଆଶଙ୍କା କରିସାରିଥିଲେ। ଗଉରୀ ମଧ ଆସି କନକ ସାଙ୍ଗରେ ଚିଠି ପଢ଼ିବାକୁ ଲାଗିଲା। ରଙ୍ଗୀ ବି ଦେଖାଦେଖି ଆସି ଚିଠି ଉପରେ ଝୁଙ୍କି ପଡ଼ିଲା। ଗଉରୀ ଚିଡ଼ି ଉଠି କହିଲା, "ମରୁ ନାହୁଁ।

ବା'ଘର ଖବର ଶୁଣିବା ନାଗି କଅଣ ହଉଚି ସିଏ ! ଦେଖିଲୁ ଦେଖିଲୁ ? ଏବେ ହେଲା ? ତୋ ଘଇତା ମନା କରୁଛି ତତେ ଆଉ ନବ ନାହିଁ, ଯା।" ରଙ୍ଗୀର କୌତୁହଳ ଦପକରି ନିଭିଗଲା। ଗୋଟାଏ ଅଗଣା ପାର ହୋଇ ଗୋଟାଏ ପରସ୍ତରେ ପଶିଲାବେଳକୁ ହଠାତ୍ ପୁଣି ନିଧିବାବୁଙ୍କୁ ହାବୁଡ଼ିଲା। ଝଟ୍ ଜିଭ କାମୁଡ଼ି ପକାଇ ସେ ସେଠାରୁ ଫେରିଲା, କିନ୍ତୁ ସେଇତକ ଭିତରେ ସ୍ପଷ୍ଟ ବୁଝିନେଲା ଯେ, ବୋଉକୁ ଭାଇ କାହିଁକି କ'ଣ ବୁଝାଉ ଅଛନ୍ତି। ଦୁହିଁଙ୍କ ମୁହଁ ଶୁଖିଯାଇଛି-ବିରସ ବିରସ ଭାବ। ତେବେ କ'ଣ ସତେ ବାହାଘର ବନ୍ଦ ହେଲା ! ବାହାଘର ବନ୍ଦ ହେବା କଥା ଭାବିବାମାତ୍ରକେ ରଙ୍ଗୀର ମନଟା କାହିଁକି ଚୂନା ହୋଇଗଲା ! ଆହା, ବିଚାରୀ କେତେ କାନ୍ଦଣା ଶିଖିଥିଲା ଆଉ କ'ଣ ହେବ, ନିଆଁ ନା ଚୂଲି ! ତା' ମନୁଟା ଫାଟିଯିବା ଯୋଗରୁ ତାକୁ ଭାରି ଅଡୁଆ ଅଡୁଆ, ଲାଜ ଲାଜ ଲାଗିଲା। ସେ ପଳାଇଯାଇ ଗୋଟାଏ ଖାଲି ଘରେ କବାଟ କିଳି ପଶିଲା ! ବାହାଘର ପ୍ରସଙ୍ଗ ଲାଗିଥିଲାବେଳେ ତାକୁ ଯେଉଁ ଲାଜ ସ୍ପର୍ଶ କରି ନ ଥିଲା, ବର୍ତ୍ତମାନ ଭାଙ୍ଗିଯିବା କଥାରେ ସେଟା କିପରି କୁଆଡୁ ଆସି ତା' କ୍ଷୁଦ୍ର ମନଟିକୁ ଏକାବେଳକେ ଅଧିକାର କରି ବସିଲା। ସେହିଠାରେ ସେହିପରି ଭାବରେ ସେ ମୁହଁରେ ଲୁଗା ଦେଇ ଚୁପ୍‌କରି ବସି କ'ଣ ସବୁ ଭାବିବାକୁ ଲାଗିଲା। ଆଜି ରଙ୍ଗୀର ଏ କି ଭାବ !

ଯାଡ଼େ ଚିଠି ପଢ଼ିସାରି କନକ ଓ ଗଉରୀ ଦୁହେଁଯାକ କିଛିକ୍ଷଣ ଚୁପ୍ କରି ରହିଲେ। ପରେ କନକ ହଠାତ୍ କହିଲା, "କିଛି ଡର ନାହିଁ ଅପା, ନୂଆବୋଉ ଲେଖିଚି-ନିଶ୍ଚେ ହବ ! ନୀଳୁଭାଇ ମଙ୍ଗୁ ନାହିଁ ବୋଲି ତ କଉଁଠି ଲେଖି ନାହିଁ। ଦେଖ, କ'ଣ ହଉଚି।" ଗଉରୀ କହିଲା, "ଆଚ୍ଛା ହଉ, ମୁଁ ବୁଝି ଆସେ ବାମନ ଅଛି କି କ'ଣ, ଦେଖେଁ, ତା'ଠଉଁ ସବୁ ଖବର ଜଣାପଡ଼ିବ।" ଏହା କହି ଗଉରୀ ସେଠାରୁ ଯାଇ, ଯେଉଁଠି ମା' ପୁଅ ଦୁହେଁ ବସି ବାମନଠଉଁ ଟିକିଟିକି କରି ସବୁ କଥା ବୁଝୁଥିଲେ ସେଇଠି ଦୁଆର ପାଖରେ ଆଢୁଆଳରେ ଛିଡ଼ା ହେଲା। କିଛିକ୍ଷଣ ପରେ କନକ ମଧ୍ୟ ଆସି ତା' ପାଖରେ ଛିଡ଼ା ହେଲା।

ବାମନ କହୁଥାଏ, "ନାଇଁ ବାବୁ, ମୁଁ କ'ଣ ଏଡ଼େ ଓଲୁ ହେଇଚି ! ନା, ନା, ସେ ବାବୁର ଇଚ୍ଛା ନୁହେଁ-ମୁଁ ସଫା କହି ଦଉଚି ! ଯଉଁଦିନ-ମୁଁ ଗଲାବାସି-ହରିବାବୁ ତାଙ୍କୁ ଏ ବିଷୟ ସଫା ସଫା କରି କହିଲେ; ସେ ଦିନ ତାଙ୍କୁ ଦେଖିଥାନ୍ତ କି, କହନ୍ତ ! ଯେତେ କହିଲେ କ'ଣ ହବ ନା, ଯେତେ ବୁଝେଇଲେ କ'ଣ ହବ-ସେଇ 'ନା' ତ ! ମୁହଁଟାକୁ ତଳକୁ କରି ବସିଥାନ୍ତି-ଖାଲି 'ନା' ଛଡ଼ା ଆଉ କିଛି କଥା ନ ବାହାରେ ଗଲା ! ଫେରେ କହିଲେ ପରା- 'ଭାଇ, ତମେ ଯଦି ମତେ ଏଥିରେ ବଳେଇବ, ତା' ହେଲେ ମୁଁ ପଳେଇବି କଟକ, ଆଉ ଆସିବି ନାହିଁ।'

ନିଧି- ଆରେ ଯା ମ, ନୀଲୁ କ'ଣ ଏମିତି କେବେ କହିବ। ଯାଃ-

ବାମନ- ଆଚ୍ଛା ହଉ, ମୋ କଥା ଯଦି ମିଛ ହେଲା- ହେଲା, ତେମେ ଫେରେ ପଛକୁ ଶୁଣିବ ନାହିଁ କି! କି ଖୁଡ଼ି, (ଗଉରୀବୋଉ ପ୍ରତି) ତମ ଝିଆରୀ ସିନା 'ହବ' ବୋଲି କହିଛନ୍ତି, ମୋତେ ଏକା ବିଶ୍ୱାସ ନାହିଁ! ଯା ହଉ, ଏବର୍ଷ କଥା ତ ମିଛ- ତାଙ୍କର କିଏସେ ଗୋଟାଏ ମରିଗଲା ପରା, ମୁଁ ଆସିଲାବେଳେ ଶୁଣି ଆସିଲି।

ନିଧି- କିଏ ମଲା। କିଏ ମ? ଏତେବେଳଯାଏଁ ଏ କଥା କହୁନାହିଁ? ତାଙ୍କ ନାଁ କ'ଣ?

ବାମନ- କ'ଣ, ଭଲ ମଜାର ନାଁ ତ! ଓଃ, ନୀଲୁଙ୍କର ଭିଣେଇ ନା କ'ଣ ହୁଅନ୍ତି ସେ। ଜର ହୋଇଥିଲା। ଏଠୁ ଯାଇ କରି ନୀଲୁ ବାବୁ କ'ଣ ତମ ଶଶୁରଘରେ ଦଣ୍ଡେ ରହିଛନ୍ତି କି। ସେଇ ତାଙ୍କରି ପାଖରି କାଲେ-

ନିଧି- ଓଃ, ନିତେଇ ବାବୁ ହେବେ ପରା! ସେ କ'ଣ,- ସତେ! ଆଚ୍ଛା, ତମେ ଠିକ୍ ଖବର ଶୁଣିଛଟି କି?

ବାମନ- ମଲା, ଯା ନାଁ ଗୋଟାଏ କଥା ଅବସ୍ଥା! ମୁଁ ପୁରା ବାହାରୁଥିଲି, କିଏ ଗୋଟାଏ ତାଙ୍କର ଚିଠି ଆଣି ଦେଇଗଲା, ବଟୁଆରେ ରଖିଲି। ଗୁଣ୍ଡିଟିପାଏ ନେଇ ପାଟିରେ ପକେଇ ଯେମିତି ଗୋଡ଼ କାଢ଼ିଛି, ସେମିତି ସ୍ୟାଡୁ ଗୋଟାଏ କିଏ ଧାଇଁ ଧାଇଁ ଆସି "ହରି କାହାନ୍ତି, ହରି କାହାନ୍ତି" ବୋଲି ଡାକ ଛାଡ଼ିଲା। ମୁଁ ପଚାରିଲି, "କଥା କ'ଣ।" ସେଇ ପରା କହିଲେ, "ନିତେଇ ବାବୁ ମରିଗଲେ।" ହଁ, ନିତେଇ ବାବୁ ତ! ଠିକ୍ ଠିକ୍-ନୀଲୁଙ୍କ ଭିଣେଇ! ମୁଁ ପରା 'ଜୟ ମା' ଚଣ୍ଡଭୈରବୀ' ବୋଲି କହି ସାଙ୍ଗେ ସାଙ୍ଗେ ବାହାରି ପଡ଼ିଲି; ଭାବିଲି-ଏଟା ସିନା ବିଫଳ ହେଲା! ଏଥର ଫେରିଲା କ୍ଷଣି ପୁଣି କୁଆଡ଼କୁ ନିଶ୍ଚେ ଯିବାକୁ ପଡ଼ିବ! କହିଚି ପରା- 'ହେଁଃ, ଶବ ଶିବାଃ କୁମ୍ଭା ହା।'

ନିଧି- ଆଚ୍ଛା ହଉ, ସେ କଥା ବୁଝିବା। ତେମେ ଯା, ଖିଆ-ପିଆ କର।

ବାମନ ଅନିଚ୍ଛା ସତ୍ତ୍ୱେ ଉଠୁ ଉଠୁ କହିଲେ, "ହଁ, ନ ଯିବି ଏପରି ଗୋଟାଏ କଥା! ତମ କାମ ପାଇଁ ମୁଁ ନା ଆଉ କ'ଣ। ନ ଖାଇ ନ ପିଇ ମୁଁ ଲାଗିବି ନେଇଁ ତ କିଏ ଲାଗିବ। ଯିବିନାହିଁ। ଏଇନାଗେ କହିଲେ ଏଇନାଗେ ଯିବି।"

ବୁଢ଼ୀ କହିଲେ, "ହଁ, ହଁ, ତେମେ ବାମନ କ'ଣ ସେମିତିକା! ହଉ ହଉ, ଯା ଯା, ତେମେ ଗଣ୍ଡାଏ କ'ଣ ଖାଇବ ଯା।"

କନକ ଗଉରୀକୁ କହିଲା, "ଅପା, ପଚାରିଲ, ଜାତକ ପଡ଼ିଚିକି ନାହିଁ।" ଗଉରୀ ବାହାରି ପଡ଼ି କହିଲା, "ହଇରେ ନିଧି ଜାତକକୁ ପଡ଼ିଚି ତ?" "ହଁ ଜାତକକୁ

ଖୁବ୍ ଭଲ ପଡ଼ିଚି ରାଜଯୋଟକ, ଏକା ରାଶି ତ।" ବୁଢ଼ୀ କହିଲେ, "ହଁ, ସତେ ସେ ଟୋକି ଭାଗ୍ୟରେ ଥିବ, ସେଠି ହବ! କେଏ ଜାଣି, ମତେ ତ କେମିତିକା ଲାଗୁଚି। ହଇରେ ପୁଅ ଆଉ କୁଆଡ଼େ କ'ଣ ଦେଖିବୁ ନା କ'ଣ?"

ନିଧି- ନାଇଁ ମ, ସରଅପା ନେଖିଛି କ'ଣ ଶୁଣିଲୁ ପରା? ନିଶ୍ଚେଁ ନିଶ୍ଚେଁ ସେଇଠି ହବ।

ବୁଢ଼ୀ- ଯାଡ଼େ ଫେରେ କିଏ ମଲାଣି ପରାରେ ଏ ସାଲ ତ ତା' ହେଲେ ଆଉ ହୋଇପାରିବ ନାହିଁ।

ନିଧି- ଏ ସାଲ ନୋହିଲା ନାହିଁ। ରଙ୍ଗୀର କଉଁ ଏବେ ବଅସ ଗଡ଼ି ଯାଉଚି। ତେମେ ସବୁ ଚାଲ କଟକ, ଦେଖାଯିବ, ମୁଁ ଦେଖିବି ନୀଲୁ କେମିତି ବାହା ନ ହେବ! ରଙ୍ଗୀକି ସେଠି ଇସ୍କୁଲରେ ଭର୍ତ୍ତି କରିଦେବି। ସେ ଭଲକରି ପାଠଶାଠ ପଢୁ; ଦେଖାଯିବ-

ବୁଢ଼ୀ- ହଁ, ତୋ କଥା ତୁ ଜାଣୁରେ ପୁତ! ମତେ ଯଉଁଠିକି ନବୁ ନେ-ଗାତଙ୍କୁ ଗଲା ଆଗରୁ ଯିମିତି ରଙ୍ଗୀଟି ପାର ହୋଇ ଯାଇଥାଏ, ଏଇୟା ଭଲା କର!

ଏହା କହି ବୁଢ଼ୀ ମନେ ମନେ କ'ଣ ବର୍ର ବର୍ର ହେଉଁ ହେଉଁ ସେଠାରୁ ଚାଲିଗଲେ।

ନିଧିବାବୁ କହିଲେ, "ଅପା, ଟିକିଏ ଚାଲିବୁଟି ସ୍ୟାଡ଼ଙ୍କୁ ପଣ୍ଡିତଙ୍କ ସାଙ୍ଗେ ବିଚାର କରିବା।" ଏହା କହି ସେଆଡ଼କୁ ଆସିଲେ, କନକ ଧଡ଼ପଡ଼ ହୋଇ ସେଠାରୁ ପଳାଇଗଲା। ଦିନୁଟା-ଛିଃ!

(୨)

ବାମନ ପ୍ରକୃତ କଥା କହିଥିଲା- ନୀଲୁଙ୍କର ଇଚ୍ଛା ନାହିଁ। ସେ ଭଦ୍ରକରେ ପହଞ୍ଚି ହରିବାବୁ ବା ସରସ୍ୱତୀ ଦେଈ କାହାରି ସହିତ କଥାବାର୍ତ୍ତା ହେବାର ବି ସମୟ ପାଇଲେ ନାହିଁ, ନିତେଇ ବାବୁଙ୍କର ପ୍ରାୟ ଶେଷ ଅବସ୍ଥା, ତେଣୁ ତାଙ୍କର ସେବା ଶୁଶ୍ରୂଷାରେ ଲାଗିଗଲେ। ତହିଁଆରଦିନ ଜାତକପତ୍ର ମିଳାଇସାରି ହରିବାବୁ ନୀଲୁବାବୁଙ୍କୁ ଡକାଇ ଏ ପ୍ରସଙ୍ଗ ଉଠାଇଲେ। ପ୍ରଥମତଃ ନୀଲୁବାବୁ ନିତେଇଙ୍କ ଦେହ କଥାରେ ପ୍ରସଙ୍ଗଟାକୁ ଉଡ଼ାଇ ଦେବାକୁ ବସିଲେ, ପରେ ବାଧ୍ୟ ହୋଇ ବିବାହରେ ତାଙ୍କର ପୂର୍ଣ୍ଣ ଅନିଚ୍ଛା ଯଥାସମ୍ଭବ ନରମ ଭାବରେ ହରିବାବୁଙ୍କୁ ଜଣାଇ ଦେଲେ ଓ ଏ ବିଷୟରେ ଆଉ କଥା ଉଠିଲେ ସେ କଟକ ପଳାଇବେ-ଫେରିବେ ନାହିଁ ଏହା ମଧ୍ୟ ଶୁଣାଇଦେଲେ। ହରିବାବୁ ସଭୟରେ ଏସବୁ ସରସ୍ୱତୀ ଦେଈଙ୍କୁ କହିଲାରୁ ସେ ବଡ଼

ଗୋଟାଏ ହସ ହସି କହିଲେ, "ଆଚ୍ଛା ହଉ ଦେଖାଯିବ! ବା' ହେବେ ନାହିଁ- ବଇଷମ ହେବେ, ନାଇଁ? ତମକୁ ତ ମୁଁ ଦେଖିଲି ଗୋଟାଏ- ଆହା, ବୁଦ୍ଧି- ତମେ ବି ତା' କଥାରେ ସଳଖେ ବୁଝିଗଲ। ଏମିତି ମଣିଷ ଜନମ କାହିଁକି ବିଧାତା ଦେଇଥିଲା। ତମେ ଯିବତି-"

"ନାଇଁ, ନାଇଁ ମୁଁ ତାକୁ କିଛି କହିପାରିବିନାହିଁ। ସ୍ୟାଡ଼େ ନିତେଇର ଏ ଦଶା, ନାଃ, ସେ ବ୍ରାହ୍ମଣକୁ ବିଦା କରିଦିଅ; ପରେ ଦେଖିବା।"

"ଓଃ, ଇୟେ ପରେ ଦେଖିବେ! ତମକୁ ମୁଁ କିଛି କହିବାକୁ କହୁନାହିଁ, ତମେ ଖାଲି ନୀଳୁକୁ ମୋ କତିକି ଡାକିଦେଲ, ଗଲା। ମୁଁ କହି ଦଉଚି ସାଙ୍ଗେ ସାଙ୍ଗେ। ହ, ଯା ଯା କହିଲ! ତାଙ୍କ ଦିହ କଥା; ସେଟା ବା ଗୋଟାଏ କଥା; ନ ହେଲେ, ବା' ହବ ନାହିଁ-ହବ ନାହିଁ ନା ହବ ନାହିଁ!"

"ହଉ, ମୁଁ ପଛେ ନୀଳୁକୁ ଡାକି ଦଉଚି, ମୁଁ ଆଉ ଏ କଥାରେ ପଦେ ବି ପାଟି ଫିଟେଇ ପାରିବି ନାହିଁ ଜାଣିଥା।"

ଏହା କହି ହରିବାବୁ ନିତେଇଙ୍କ ଘର ଆଡ଼କୁ ବାହାରି ଗଲେ। ସେଠାରେ କିନ୍ତୁ ଯାହା ହାଲ ଦେଖିଲେ, ସେଥିରେ ନୀଳୁକୁ ଆଉ କିଛି କହିବାକୁ କି ଡାକିବାକୁ ତାଙ୍କର ଆଉ ମନ ବଳିଲା ନାହିଁ। ନିତେଇଙ୍କ ଅବସ୍ଥା ନିହାତି ଖରାପ-ଡାକ୍ତର ଡବଲ ନିମୋନିୟା ବୋଲି କହି ନିରାଶ ହୋଇ ଚାଲିଯାଇଛି। ନୀଳୁ ବି ହତାଶ୍ ହୋଇ ବସିଛି। ସେ ଟିକିଏ ଖଣ୍ଡେ ସେଠାରେ ରହି ଚୁପ୍‌କରି ଫେରିଆସି ପତ୍ନୀଙ୍କୁ କହିଲେ। ବାମନକୁ ବିଦାୟ କରି ଦେବାର ସ୍ଥିର ହେଲା। ସରସ୍ୱତୀ ଦେଈ କ'ଣ ସବୁ ଚିଠି ଲେଖିଲେ କନକ ପାଖକୁ। ବ୍ରାହ୍ମଣ ହରି ବାବୁଙ୍କୁ ଗୋଟାଏ ସ୍ପଷ୍ଟ ଜବାବ ପାଇଁ ଢେର କବୁଲେଇଲା, କିନ୍ତୁ ହରି ବାବୁ ଖାଲି 'ପରେ ଦେଖାଯିବ' ବୋଲି କହି କ୍ଷାନ୍ତ ହେଲେ। ତହିଁଆରଦିନ ବଡ଼ି ସକାଳୁ ବାମନ ଏଇପ୍ରକାର ନିରାଶ ହୋଇ ଫେରିଲା।

ଠିକ୍ ସେତିକିବେଳେ ହରିବାବୁ ଅନେକ ଡକାହକାରେ ବାହାରି, ନିତେଇଙ୍କ ମୃତ୍ୟୁ ଖବର ଶୁଣି ତାଙ୍କ ଘରଆଡ଼କୁ ଗଲେ। କାଲି ରାତିରେ ଶେଷଥର ନିତେଇଙ୍କୁ ଦେଖିବାକୁ ଗଲାବେଳେ ନିତେଇ ଟିକିଏ କଥା କହି ପାରୁଥିଲେ ଓ ନୀଳୁକୁ ଦେଖାଇ ହରି ବାବୁଙ୍କ ଜିମା କରି ଦେଇଥିଲେ। ସେତେବେଳେ ନୀଳୁ ଓ ହରିବାବୁ ଦୁହେଁ କାନ୍ଦି ପକାଇ କୁଣ୍ଢାକୁଣ୍ଢି ହୋଇ ପୁଣି ଥରେ ଭାଇ ସମ୍ପର୍କ ଗାଢ଼ କରି ନେଇଥିଲେ। ହରିବାବୁ ଆହୁରି ମଧ୍ୟ ଦେଖିଥିଲେ ଯେ ସେତେବେଳ ପର୍ଯ୍ୟନ୍ତ ନିତେଇଙ୍କ ଭାଇମାନେ କେହି ସେଠାକୁ ଶୁଭାଗମନ କରି ନାହାନ୍ତି। ଆଜି ଯାଇ ଦେଖିଲେ, ସମସ୍ତେ କେତେବେଳୁଁ ଆସି ସତ୍କାରର ଯଥେଷ୍ଟ ଆୟୋଜନ କରି ପକାଇଲେଣି। ନିତେଇଙ୍କ

ଘରବାଡ଼ି ନୀଳୁଙ୍କୁ ଦେବାପାଇଁ ତାଙ୍କର ଷୋଳପଣ ଇଚ୍ଛା ଥିଲେ ମଧ୍ୟ ହରିବାବୁ ସେଥିରେ ରାଜ୍ୟର ଝଞ୍ଜଟ ବୋଲି ତାଙ୍କୁ ବାରଣ କରିଥିଲେ। ନୀଳୁବାବୁ ମଧ୍ୟ ଏକଥା ଶୁଣି ହସି ହସି କହିଲେ, "ମୋର କ'ଣ ହେବ ଘରବାଡ଼ି ଆଉ ! କାହିଁକି ଗୋଟାଏ ବଳେଇ ମୁଁ ମୁଣ୍ଡରେ ନେବି !" ତୁଚ୍ଛାକୁ ତ ଦଶ ଭଗାରିୟା କଥା। ହରିବାବୁ ମାମଲତକାର ହେଲେ ବି ସେଥିରେ ଆଉ ବଳାଇଲେ ନାହିଁ। ସେ ତ ଜାଣନ୍ତି ନୀଳୁ ସେଥିରେ ପଶୁ କି ନ ପଶୁ ମାଲିମକଦମାର କିଛି ସୀମା ରହିବ ନାହିଁ! ନୀଳୁ ଭାବିଲେ, "ଗଲା, ଯେଉଁ ଟିକକ ବନ୍ଧନ ଆପଣାର ବୋଲି ମୋର ଥିଲା, ସେତକ ଗଲା। ଯାଉ ମୁଁ ମୁକ୍ତ, ସ୍ୱାଧୀନ !" ଦଶାହକ୍ରିୟା ଇତ୍ୟାଦି ବହୁ କଷ୍ଟରେ କୌଣସିମତେ ହୋଇଗଲା। ହରି ବାବୁ ଗୁପ୍ତଭାବରେ ନୀଳୁ ସେ ଟଙ୍କା ବ୍ୟୟ କରିପାରିଲେ ନାହିଁ; କାରଣ ତାଙ୍କ ଭାଇୟାଙ୍କ ମଧ୍ୟରୁ ସମସ୍ତେ ଏଇନାଗେ ଟଙ୍କା କାଢ଼ି ଦେବାକୁ ଆଗେଇ ବସିଛନ୍ତି। ଯାହା ଟଙ୍କାରେ କାର୍ଯ୍ୟ ହେବ; ତାହାର ଟିକିଏ ହେଲେ ଦାବି ରହିବ, ନିତେଇଙ୍କ ଅଂଶ ଉପରେ। ଏଥିକି ନୀଳୁଙ୍କ ଟଙ୍କା କେହି ସ୍ପର୍ଶ ବି କଲେ ନାହିଁ! ଏଗାର ଦିନରେ ବିମୁଖ ହୋଇ ନୀଳୁ ଚିରଦିନ ପାଇଁ ସେ ଘରୁ ବିଦାୟ ହୋଇ ଆସି, ହରି ବାବୁଙ୍କ ଘରେ ରହିଲେ ଓ ସେହିଠାରେ ସାମାନ୍ୟ ବ୍ରାହ୍ମଣ ଭୋଜନଟିଏ କରିଦେଲେ। ନିତେଇଙ୍କ ଭାୟାମାନେ ଆଖି ଠରାଠରି କରି ହସୁଥାନ୍ତି।

ହରି ବାବୁଙ୍କ ସହିତ ନୀଳୁର ବନ୍ଧନ ଦୃଢ଼ରୁ ଦୃଢ଼ତର ହୋଇ ଆସିଲା। ସେ ତାଙ୍କ ଘରକୁ ଆସିଲାବେଳୁଁ ନୂଆବୋଉଙ୍କର ଆଉ ଗୋଡ଼ ତଳେ ଲାଗୁ ନାହିଁ-କେତେ ଆଦର ଯତ୍ନରେ ତାଙ୍କୁ ଖୁଆଇ ପିଆଇ, ସେ ଗୋଟିଏ ଦିନରେ ତାଙ୍କୁ ବଶ କରି ପକାଇଲେଣି। ଏବେ କଟକ ଯିବା କଥା; ନୂଆବୋଉ କିନ୍ତୁ ଆଜିକାଲି କରି ଦୁଇ ଚାରି ଦିନ ଡେରି କରିଦେଲା। ଶେଷରେ ଯିବାଦିନ ଆସିଲା। ନୂଆବୋଉ କିଛି ପାନ ଓ ଦଶଟି ଟଙ୍କା ଆଣି ନୀଳୁଙ୍କ ହାତରେ ଦେଇ କାନ୍ଦିଲା ପରି ହୋଇ କହିଲେ, "ନୀଳ, ତେମେ ଆଉ କେତେ ପଢ଼ିବ ? ଏବେ ଆଉ ଓକିଲାତିଟା ଭଲା ପଢ଼ିଥାନ୍ତ; ଚଞ୍ଚଳ ଏଠିକି ବାହାରି ଆସନ୍ତ ହେଲେ ! ଆଉ ଏ ଖାଲି ଘରେ କେତେଦିନ ଶୁଖିଲାରେ ରହିବି ! କଙ୍କୀ ତ ଅନ୍ଧାର କରିଦେଇ ଗଲା। ତେମେ ଭଲା ଚଞ୍ଚଳ ବାହାଟିଏ ହୋଇ, ଗୋଟିଏ ବୋହୂ ଆଣି ଦିଅନ୍ତ !" ନୀଳୁ ହଠାତ୍ କନକର ଅନୁପସ୍ଥିତି ଉପଲବ୍ଧି କରି ହୃଦୟରେ ଗୋଟିଏ ଉତ୍ତାଳ କ୍ରନ୍ଦନରୋଳ ଅନୁଭବ କରୁ କରୁ ଏ ଶୂନ୍ୟ ଗୃହଟି ପ୍ରତି ସକରୁଣ ଦୃଷ୍ଟି ନିକ୍ଷେପ କଲେ। ଏଇ ଦୁର୍ଦ୍ଧାନ୍ତ ନୂଆବୋଉଟିର ଦୁଃଖ ବୁଝିଲେ; ନୀରବରେ ଅଳ୍ପ ଦୂରରେ ବସି ବିଷର୍ଣ୍ଣ ଭାବରେ ତାଙ୍କରି ଆଡ଼କୁ ଚାହିଁଥିବା ହରିଭାଇଙ୍କ ମନକଥା ବି ବୁଝିଲେ ଓ ତତ୍‌ସଙ୍ଗେ ନିଜ ଅନ୍ତରର ପ୍ରଖର ଦାହଭୂମିପ୍ରାୟ ଭୀଷଣ ଦୃଶ୍ୟ

ମଧ୍ୟ ଦେଖିଲେ! ମନେ ହେଲା-ହାୟ, ଏ ସଂସାରରେ କିଏ କାହାର! ତେବେ ସ୍ନେହ ପାଇଁ, ଯତ୍ନ ପାଇଁ, ଅଦମ୍ୟ ପିପାସାରେ ପ୍ରାଣ କାହିଁକି ହାହାକାର କରେ! ତେବେ ମନୁଷ୍ୟ ମନୁଷ୍ୟ ପାଇଁ କାହିଁକି ଅନ୍ତରେ ଅନ୍ତରେ ଝୁରି ମରେ। ତେବେ ସ୍ନେହ, ମମତା, ହୃଦୟ ସମସ୍ତ ସରସତା, ସରାଗ କାହାରି ଉପରେ ଅଜାଡ଼ି ଦେବାକୁ ମନ କାହିଁକି ଏତେ ମାତି ଉଠେ! ଆଉ ସ୍ନେହ ଦେବାର କି ନେବାର ଲୋକ ଅଭାବରେ ପ୍ରାଣ କାହିଁକି ଶୁଷ୍କ ମରୁଭୂମି ପ୍ରାୟ ତପ୍ତ ଶ୍ୱାସରେ ମଉଳି ପଡ଼େ! ଚିତ୍ତବୃତ୍ତିଚୟ କାହିଁକି ଊର୍ଦ୍ଧ୍ୱଜିହ୍ୱ ହୋଇ ସମସ୍ତ ଭସ୍ମୀଭୂତ କରିଦେବାକୁ 'ହୁ ହୁ' ହୋଇ ଉଠେ!

ନୀଲୁ ବାବୁଙ୍କ ଆଖି ଲୁହରେ ଭରିଗଲା। ସେ କହିଲେ, "ନୂଆବୋଉ, ତମେ ତ ଆଉ ମୋର 'ନୂଆ'ବୋଉ ନୁହଁ ଭାରି "ପୁରୁଣା ହୋଇଗଲଣି। ଏବେ ଆଉ ଆଉ ମୁଁ ନୂଆବୋଉ ବୋଲି ତମକୁ ଡାକିବି ନାହିଁ ଖାଲି 'ବୋଉ' ବୋଲି ଡାକିବି! ତେମେ ଏକା ମତେ ବହୂଫଉ ଆଣିବାକୁ କହିବ ନାହିଁ। ମୁଁ ଆଉ ନୂଆ କିଛି ଚାହେଁ ନାହିଁ- ମୋର ଯାହା ପୁରୁଣା ହୋଇଅଛି, ସେତିକି ମୋର ଢେର-ସେତିକି ମୋର ବହୁଭାଗ୍ୟ!" ଏହା କହି ନୀଲୁ ବାବୁ ମୁଣ୍ଡିଆ ମାରିବାକୁ ନଇଁ ପଡ଼ିଲେ। ସରସ୍ୱତୀ ଦେଈଙ୍କ ମୁହଁ ଆନନ୍ଦରେ ଉଜ୍ଜ୍ୱଳ ହୋଇ ଉଠିଥିଲା। ସେ ହଠାତ୍ ନୀଲୁଙ୍କୁ କୋଳ କରି ପକାଇଲେ। ସ୍ୟାଣ୍ଡୁ ହରିବାବୁ ମଧ୍ୟ ସାଶ୍ରୁ ନୟନରେ ଧାଇଁ ଆସି ତାଙ୍କୁ କୁଣ୍ଢାଇ ପକାଇଲେ। ସର ଦେଇ କହିଲେ, "ଇମିତି କଥା କହ ନା ବାପ। ପିଲାଟା ତୁ, ତୋ'ର ବହୂଟିଏ ନ ହେଲେ କିମିତି ହବ? ହଉ, ଏଇନାଗେ ଯା ଫେରେ ଗ୍ରୀଷମ ଛୁଟିକି ଆସିଲେ ଯଉ କଥା। ଚିଠି ଦବୁ।"

"ନାଇଁ ବୋଉ, ବହୂ ଆଣିବା କଥା ମୋତେ କହିବ ନାହିଁ। ମୁଁ ସେତକ ତମଠଉଁ ମାଗି ନଉଚି। ଗ୍ରୀଷ୍ମ ଛୁଟିକି ଆସିବି।" ଏହା କହି ନୀଲୁବାବୁ ଦୁହିଙ୍କୁ ଜୁହାର ହୋଇ କଟକ ଯାତ୍ରା କଲେ।

ଏଥର ହୃଦୟର ବିରାଟ ଶୂନ୍ୟତା କୁଆଡ଼େ ପଳାଇଗଲା, ଗୋଟାଏ ମଧୁର ଆଲୋକରେ ହୃଦୟଟି ପୂର୍ଣ୍ଣ ବିଧୌତ ହୋଇଗଲା- ସେଥିରେ ଗୋଟାଏ କୋମଳ ଦୀପ୍ତି, ଗୋଟାଏ ଗୋଲାପୀ ଆମୋଦ, ଗୋଟାଏ ମଧୁର ସ୍ପନ୍ଦନ ଓ ଗୋଟାଏ ଅନନ୍ତ ଭାବରାଜ୍ୟର ଦ୍ୱିଧାହୀନ ମୁଗ୍ଧ ଅମିୟ ଆସ୍ୱାଦ! ପାଇବାଠାରୁ ହରାଇଥିଲେ ସେ ବେଶି, ଦେଇଥିଲେ ବି ଶତଗୁଣ କରି-ତେବେ, ଏ ପୂର୍ଣ୍ଣତା କାହିଁରୁ ଜାତ ହେଲା? ତେବେ କ'ଣ ପାଇବାଟା କିଛି ନୁହେଁ-ଦେବା-ଟାହିଁ ସବୁ! କ'ଣ ଏଡ଼େ ବଡ଼!

ହୋଇପାରେ!

(୩)

କଟକ ଆସିବାରୁ ରଙ୍ଗୀର ଆଖି ଖୋଲିଗଲା । ଗ୍ରାମର ନିର୍ଜନ ଓ କର୍ମହୀନ ଜୀବନରେ ମୁକ୍ତ ହରିଣ ଶିଶୁଟି ପରି ସ୍ୱାଧୀନ ଭାବରେ ଧାଇଁ ଧାଇଁ ବୁଲୁଥିଲେ ସେ; ବଞ୍ଚିବା ସୁଖରେ ବିଭୋର ହୋଇ, ସନ୍ତୋଷ ସ୍ୱଚ୍ଛନ୍ଦତାରେ ଅନ୍ଧ ହୋଇ, କୌଣସି ଅଭାବ ଅଭିଯୋଗ ବା ଗୁରୁତର ଦାୟିତ୍ୱ ନ ଥିବାରୁ ନିର୍ବିକାର ଜଡ଼ତାରେ ମାତୃକ୍ରୋଡ଼ସ୍ଥ ଅବୋଧ ପିଲାଟି ପରି ସରଳ ହସ-କାନ୍ଦ ଗଠିତ କ୍ଷୁଦ୍ର ଜୀବନଟି ତା'ର ମସୃଣ ଅବାଧ ଗତିରେ କଟି ଯାଉଥିଲା । ଅଧୁନା ପରିବର୍ତ୍ତନ ଉପରେ ପରିବର୍ତ୍ତନ ଆସି ତା'ର କ୍ଷୁଦ୍ର ନୀଡ଼ଟିକୁ ଛିଦ୍ରମୟ କରି ପକାଇଲା । ଘରୁ ବାହାର ହେବା ପୂର୍ବରୁ ସେହି ଯେ ବିବାହ ପ୍ରସଙ୍ଗ ହଠାତ୍ ଉଠି, ତା' ହୃଦୟଟିରେ ଶତ ରଙ୍ଗୀନ ଚିତ୍ର କ୍ଷଣକେ ଆଙ୍କି ପକାଇ, ପରକ୍ଷଣରେ ସମସ୍ତ ପୋଛିପାଛି ଦେଇ କୁଆଡ଼େ ଉଭାଇ ଯାଇଥିଲା, ସେଇ ତା' ଜୀବନର ପ୍ରଥମ ସ୍ୱପ୍ନ, ପ୍ରଥମ ମୋହ, ପ୍ରଥମ ବାଧା ଓ ପ୍ରଥମ ଶିକ୍ଷା । ସେହି ଦିନଠୁଁ ତା' ମନରେ ଆଶା ଆଶଙ୍କାର ପ୍ରଥମ ସୃଷ୍ଟି; ଭୟ ଭ୍ରାନ୍ତି, ଲଜ୍ଜା ସମ୍ଭ୍ରମ, ଶାନ୍ତି ଅଶାନ୍ତି, ପ୍ରବୃତ୍ତି ନିବୃତ୍ତି-ସମସ୍ତଙ୍କର ଜନ୍ମ ସେହି ଦିନଠାରୁ; ହୃଦୟର ବାକ୍‌ସ୍ଫୁର୍ତ୍ତି ହେଉ ହେଉ ନ ଥାଏ, ତୁଣ୍ଡ ଲେଉଟୁଁ ଲେଉଟୁଁ ଲେଉଟୁ ନ ଥାଏ,- ତଥାପି, କଥାର ଉନ୍ମେଷ ସେହି ଦିନଠୁଁ । କି ଭୟଙ୍କର ପରିବର୍ତ୍ତନ । ଅଥଚ ରଙ୍ଗୀ ଲେଶମାତ୍ର ଜାଣିପାରି ନ ଥିଲା କଟକ ଆସିବା ପୂର୍ବରୁ ! କିନ୍ତୁ କଟକ ଆସିବାର ଅଳ୍ପଦିନ ଭିତରେ ସେ ଦେଖିଲା, ଜାଣିଲା; ତା' ଆଖି ଖୋଲିଗଲା, ତୁଣ୍ଡ ଲେଉଟି ଗଲା । ତା' ଅନ୍ତର ବାହାର ମଧ୍ୟରେ ଏହି କେତେଦିନରେ ଯେଉଁ ସୂକ୍ଷ୍ମ ପରଦାଟି ଗହବି ଆସିଥିଲା, ସେଟା ଏବେ ତା' ଆଗରେ ମୁଗ୍ଧ ମନୋହର କେତେ ଛାୟାଚିତ୍ର ଧରି ବସିଲା । ସେ ସାବଧାନରେ ତାକୁ ହୃଦୟର ଆହୁରି ସନ୍ନିକଟକୁ ଟାଣି ଆଣି ବାହାରଠାରୁ ଅତି ନିଭୃତରେ ଅତି ଦୂରରେ, ଅତି ସଂଗୋପନରେ ରଖିବାକୁ ଚାହିଁଲା । ନାରୀହୃଦୟର ଭାବରାଜ୍ୟର ସୃଷ୍ଟି ହେଲା । ହୃଦୟ ଉନ୍ମୁକ୍ତ କରିଦେଲେ ଏବେ କଥାରେ ଢେଉ ଖେଳିଯାଇପାରେ । କଥାର ଆଉ ଅଭାବ ନାହିଁ-କିନ୍ତୁ କଥା କୁହା ହେବ ନାହିଁ ! ପ୍ରବୃତ୍ତି ଓ ନିବୃତ୍ତିର ଯୁଗପତ୍ ଉନ୍ମେଷରେ ରଙ୍ଗୀନ ନବୀନ ପ୍ରାଣ ପୂର୍ଣ୍ଣ ନାରୀତ୍ୱ ପ୍ରାପ୍ତ ହେଲା । ଏଣେ ବାଜୀକରର ଇନ୍ଦ୍ରଜାଲରେ ବନ୍ୟାପରି ଯୌବନ-ବସନ୍ତର ଢେଉ ରଙ୍ଗୀର ଅଙ୍ଗେ ଅଙ୍ଗେ ଖେଳି ଗଲାଣି-ପ୍ରତି ଅଙ୍ଗରେ ନବୀନ ଜାଗରଣ, ନବୀନ ପୁଲକ, ନବୀନ କାନ୍ତି, ନବୀନ ଜ୍ୟୋତି-ମାୟାହସ୍ତରେ ଯେପରି କିଏ ସମସ୍ତଙ୍କୁ ମଣ୍ଡିଦେଇ ଯାଉଛି ! ନବ ବସନ୍ତର ପୁଲକିତ ବିକାଶ ବାହାରେ, ଚିର ବସନ୍ତର ସ୍ନିଗ୍ଧ ମଧୁର ଚିତ୍ତ ଅନ୍ତରରେ ଧାରଣ କରି ପଲ୍ଲବିତା ମୁକୁଳିତା ଲତାଟି କଳ-କଣ୍ଠ ପିକ ଗାୟକର ତାନଲହରୀ ଅପେକ୍ଷାରେ ମୁଗ୍ଧ

ଆବେଗରେ ଢଳି ଢଳି ପଡ଼ିଲାଣି ! ତେବେ ଆସ ରସିକରାଜ ! ତୁମର ବେଦୀ, ତୁମର ରାଜ୍ୟ, ତୁମର ପ୍ରଜା ପ୍ରସ୍ତୁତ ! ଏବେ ତାକୁ ଗ୍ରହଣ କରି ସାର୍ଥକ କର !

ଆସ ନୀଲୁ- ଏହି ତୁମର ସ୍ଥାନ ଏହିଠାରେ ତୁମେ ରାଜା !

ମତୁଆଲା ମଳୟ ବତାସରେ ହୃଦୟର ପୃଷ୍ଠା ଉଡ଼ି ଉଡ଼ି ଲେଉଟି ଲେଉଟି ଯାଉଛି; ଆଉ ପ୍ରତି ପୃଷ୍ଠାରେ, ପ୍ରତି ପ୍ରସ୍ଥରେ ଏ କାହାର ଛବି- ଏ କାହାର ସ୍ୱରୂପ ଅଙ୍କିତ ପ୍ରତିବିମ୍ବିତ ଦେଖିଛି ରଙ୍ଗୀ ? ନୀଲୁ, ତୁମରି ଏକ ! ପିକବଧୂ ରସାଳମୁକୁଳର ଅନ୍ତରାଳରୁ କାହାର ଆଗମନୀ ଝଙ୍କାରି ତୋଳୁଅଛି ? ଋତୁରାଜ, ତୁମରି ଏକା ନୀଲୁ ! ରଙ୍ଗୀ ନୀଲୁମୟ ପ୍ରାଣ ହୋଇ ନୀରବ ଗାମ୍ଭୀର୍ଯ୍ୟରେ ଦିନାତିପାତ କରେ କେବଳ ସନ୍ଧ୍ୟାରେ ନୀଲୁର ଦର୍ଶନ ଲାଭ କରିବ ବୋଲି-ନୀଲୁଙ୍କ କଣ୍ଠର ମଧୁର ଜଳଦ ଧ୍ୱନି ଶୁଣିବ ବୋଲି । ବାଳିକା ଇସ୍କୁଲରୁ ଗାଡ଼ି ତାକୁ ବସାରେ ଛାଡ଼ିଦେଇ ଗଲାବେଳେ ସେ ସଲ୍ଲଜ ଅଧୀର ଚରଣରେ ନୂଆବୋଉଙ୍କ ଘରପାଖ ଦେଇ ନିଜ କ୍ଷୁଦ୍ର ପଢ଼ାଘରଟି ଆଡ଼କୁ ଅଗ୍ରସର ହେଉ ହେଉ ଅତି ପ୍ରତ୍ୟାଶିତ ନୀଲୁଙ୍କ କଣ୍ଠସ୍ୱରଟି ଶୁଣି, ଚମକିତ ଓ ପୁଲକିତ ହୋଇ ଆଉ ସେ ଆଡ଼କୁ ଚାହିଁପାରେନାହିଁ-ଆକଣ୍ଠ କମ୍ପମାନ ଭାବ-ଆଲୋଡ଼ନ ତା'ର ସେହି କ୍ଷୁଦ୍ର ପଢ଼ା ଘରଟିରେ ନେଇ ଅବରୁଦ୍ଧ, ସଂଯତ କରି ରଖେ । ନୀଲୁଙ୍କର ଯାତାୟାତ ଦିନକୁ ଦିନ ଯେତେ ବଢ଼ି ଉଠିଲା, ରଙ୍ଗୀର ସୁଖ ଦୁଃଖ, ଶିକ୍ଷା ପରୀକ୍ଷା ମଧ୍ୟ ସବୁ ସେତିକି ବଢ଼ି ଉଠିଲା । କିନ୍ତୁ ତା' ହୃଦୟର ଖବର କେହି ନେଲେ ନାହିଁ । ଭାଇ ଇସ୍କୁଲରେ ଭର୍ତ୍ତି କରାଇ ଦେଇଥିଲେ; ଶିକ୍ଷିତ ଓ ମାର୍ଜିତ ହେଲେ ସୁପାତ୍ର ହିସାବରେ ନୀଲୁଙ୍କ ଯୋଗ୍ୟ ହେବ ବୋଲି । ସେଥିଯୋଗେ ରଙ୍ଗୀ ପ୍ରାଣପଣ ଚେଷ୍ଟାରେ ପାଠ ପଢ଼ିବାକୁ ଲାଗିଲା । ନୂଆବୋଉ ଏ ସବୁ ବନ୍ଦୋବସ୍ତ କରାଇ, ନୀଲୁଙ୍କୁ କୌଣସିମତେ ବିବାହରେ ପ୍ରବର୍ତ୍ତାଇବା ପାଇଁ ସଚେଷ୍ଟ ରହିଲେ, ଏକଥା ରଙ୍ଗୀ ତାଙ୍କରିଠାରୁ ଶୁଣିଥିଲା । ନୂଆବୋଉ ହସିହସି ତାଙ୍କର ଭାବୀ ନୂଆବୋଉଙ୍କୁ କୋଳ କରି ଗେଲ କଲେ, କିନ୍ତୁ ତା' ହୃଦୟର ଘାତ ପ୍ରତିଘାତ ଆଉ ବୁଝିଲେ ନାହିଁ । ବୋଉ ଅପାମାନେ ଅତି ଯତ୍ନରେ, ଅତି ସମାରୋହରେ ନୀଲୁଙ୍କୁ ଆପଣାର କରିବାକୁ ଚାହିଁଲେ, କିନ୍ତୁ ଏହି ଏକାନ୍ତ ଆପଣାର ସାମଗ୍ରୀଟିର ଦଶା ପ୍ରତି କେହି ଦୃଷ୍ଟିଦେଲେ ନାହିଁ । ସେ କେବଳ ଭାଗ୍ୟ ଉପରେ ନିର୍ଭର କରି ସର୍ବତୋଭାବରେ ନିଜକୁ ପ୍ରେମସ୍ରୋତରେ ଭସାଇ ଦେଲା ।

ରଙ୍ଗୀର ମନକଥା କେହି ନ ବୁଝିଲେ ମଧ୍ୟ, ବୁଝିବାର ଉପାୟ ବି ନ ଥିଲା, ଯେଉଁମାନେ ଦେଖନ୍ତେ ବୁଝନ୍ତେ, ସେମାନଙ୍କର ସମୟ ଓ ସୁବିଧା ନ ଥିଲା,-ରଙ୍ଗୀ କିନ୍ତୁ ସମସ୍ତଙ୍କୁ ବୁଝିଲା, ଚିହ୍ନିଲା- ତା' ପ୍ରେମ ପ୍ରଖର ଦୃଷ୍ଟିକୁ କିଛି ଏଡ଼ି ପାରିଲା ନାହିଁ ! ନୀଲୁବାବୁ ତଥା କନକ, ଦୁହିଁଙ୍କର ମନକଥା ସ୍ପଷ୍ଟଭାବରେ ରଙ୍ଗୀ ହୃଦୟଙ୍ଗମ

କରିପାରିଲା। ସେଥିରୁ ନୀଲୁବାବୁଙ୍କୁ ବିବାହିତ କରାଇବା ପାଇଁ କନକର ଯେଉଁ ସଂକଳ୍ପ, ତାହାର ମର୍ମ ମଧ୍ୟ ବୁଝିଲା। ନୂଆବୋଉ ପ୍ରତି ଶ୍ରଦ୍ଧାରେ ତା' ହୃଦୟ ଭରିଗଲା। ନୀଲୁ ଓ କନକଙ୍କ ମଧ୍ୟରେ ଯେ ଗୋଟିଏ ନିଜର ଭାବ-ଯାହା ଦୁହିଙ୍କୁ ଏକ ଯୋଗରେ ଟାଣେ, ଆଉ ପରସ୍ପର ପାଇଁ ଗୋଟାଏ ସହଜ, ସ୍ନିଗ୍ଧ ମଙ୍ଗଳ କାମନା- ଯାହା ଦୁହିଙ୍କର ବର୍ତ୍ତମାନ ଏକମାତ୍ର ବନ୍ଧନ ଓ ଅବଲମ୍ବନ, ଏ ଦୁଇଟି ମଧ୍ୟରେ ଅବିଶ୍ୱାସର ସ୍ଥାନ ନାହିଁ; ରଙ୍ଗୀ ଅବିଶ୍ୱାସ କଲା ନାହିଁ। ନୀଲୁଙ୍କ ଉପରେ ତା'ର ଅବିଶ୍ୱାସ ମଧ୍ୟ ନାହିଁ। ଅବିଶ୍ୱାସ ବା କାହିଁକି ଥିବ? ରଙ୍ଗୀତ ଆଉ ତାଙ୍କ ଉପରେ ଜୋର କରି ପ୍ରେମ ଚାପୁ ନାହିଁ। ଛିଃ-

କିନ୍ତୁ ଭାଇ (ନିଧିବାବୁ) ଯେ କାହିଁକି ଏ ବିବାହରେ ଲାଗିପଡ଼ିଛନ୍ତି, ସେଟା ରଙ୍ଗୀ ଆଉ ବୁଝିପାରିଲା ନାହିଁ! ଭଲ ବରପାତ୍ର ଢେର ମିଳନ୍ତେ-ରଙ୍ଗୀ ପାଇଁ କ'ଣ ଏତେ ଭାବନା ଭାଇଙ୍କର? ଆଉ ନୀଲୁ ଯଦି ବାହା ନ ହେବେ, ଭାଇଙ୍କର କ'ଣ ଗଲା! ରଙ୍ଗୀ କୌଣସିମତେ ନିଧିଙ୍କ ମନକଥା ଧରିପାରିଲା ନାହିଁ!

ହାୟ ନବୀନ ପ୍ରେମିକା! ପ୍ରେମର କର୍ତ୍ତବ୍ୟ କ'ଣ ତୁହି ଏକା ବୁଝୁ, ପ୍ରେମର ଖରତର ଦୃଷ୍ଟି କ'ଣ ତୁହି ଏକା ପାଇଛୁ? ତୁ କିପରି ନୀଲୁ ଓ କନକଙ୍କ ମର୍ମକଥା ଏତେ ସହଜରେ ବୁଝିନେଲୁ? ନିଧିଙ୍କର ମଧ୍ୟ ଗୋଟିଏ ହୃଦୟ-ଦେବତା ଥାଇପାରେ, ତାଙ୍କର ମଧ୍ୟ ତୋ' ପରି-

X X X X

ତାଙ୍କରି ବାହାଘର ପାଇଁ ଯେ ଏତେ ଆୟୋଜନ ଚାଲିଛି ଏକଥା ନୀଲୁବାବୁଙ୍କୁ ମଧ୍ୟ ସମ୍ପୂର୍ଣ୍ଣ ଅଜଣା। ସେ କାହୁଁ ଜାଣିବେ, ଗ୍ରାମରୁ ଆସିଲାବେଳେ ହରିବାବୁଙ୍କ ସଙ୍ଗେ ନିଧିବାବୁ ଷ୍ଟେସନରେ ଦେଖାକରି ସବୁ ହାଲ୍ ବୁଝିଆସିଥିଲେ ବୋଲି! ନୀଲୁଙ୍କ ଅତୀତ କାହାଣୀ ଓ ବର୍ତ୍ତମାନ ଅବସ୍ଥା ସବୁ ଅବଗତ ହୋଇ ଏଣେ ନିଧିବାବୁଙ୍କୁ ତାଙ୍କ କର୍ତ୍ତବ୍ୟ ସ୍ପଷ୍ଟ ଭାବରେ ଦେଖାଗଲା। ସେ କଟକ ଆସିଲାବେଳୁ ନୀଲୁଙ୍କୁ କୌଣସି ମତେ ବିବାହ ବନ୍ଧନରେ ବାନ୍ଧି ପକାଇବାର ଚୂଡ଼ାନ୍ତ ଚେଷ୍ଟା ଲଗାଇ ଦେଲେ। ଏଥିରେ କନକର ପୂର୍ଣ୍ଣ ସାହାଯ୍ୟ ଓ ସହାନୁଭୂତି ପାଇ ସ୍ୱାମୀ ସ୍ତ୍ରୀଙ୍କ ମଧ୍ୟରେ ମନେମନେ ଗୋଟାଏ ଅନୁକ୍ତ (tacit) ବୁଝା ପଢ଼ା ହୋଇଗଲା। ଦୁହେଁ ବିନା ପରାମର୍ଶରେ ବିନା ବିଚାରସାରରେ ଏକ ଉଦ୍ଦେଶ୍ୟସିଦ୍ଧି ପାଇଁ ଲାଗିପଡ଼ିଲେ।

ନୀଲୁ ଏତେ ନିକଟରେ କନକକୁ ପାଇ ଭୀରୁ ହୃଦୟ ନେଇ କ'ଣ କରିବେ, ଏକଥା ଭାବୁଁ ଭାବୁଁ, ନିଧିବାବୁଙ୍କର ଡାକ ଉପରେ ଡାକ ଆସିଲା- ହୃଦୟର ଦୁର୍ବଳତା ଫିଙ୍ଗିଦେଇ ନିଧିଙ୍କ ଘରଠାକୁ ଯିବାକୁ ପଡ଼ିଲା। ପ୍ରଥମ ପ୍ରଥମ ବିନା ଡାକରେ ସେ

ଯାଆନ୍ତି ନାହିଁ, କିନ୍ତୁ ଥରେ ଦୁଇଥର ଯିବା ଆସିବା ପରେ ତାଙ୍କ ମନ ପରିଷ୍କାର ହୋଇଗଲା। ଜାଣିଲେ, କେଉଁଠାରେ ଦ୍ୱିଧା ବା କ୍ଳେଦ କିଲ୍‌ବିଷ ନାହିଁ। ଯେଉଁଥିପାଇଁ ଲଜ୍ଜା, ସେ ସମ୍ବନ୍ଧ ତ ସେ ମୂଳରୁ ପ୍ରତ୍ୟାଖ୍ୟାନ କରିଛନ୍ତି, ପୁଣି ଏମାନେ ଯେ ତାହା ଉଠାଇବେ, ସେପରି ମଧ୍ୟ ଦେଖାଗଲା ନାହିଁ- ଏବେ ନିର୍ବାଧରେ ଗତାୟାତ କରିବାକୁ ଲାଗିଲେ।

କନକ ସାଙ୍ଗରେ ଆଉ ବିବାହ ପ୍ରସଙ୍ଗରେ କୌଣସି କଥାବାର୍ତ୍ତା ନାହିଁ। ନୀଲୁବାବୁ ଆସିଲେ ଜୋର କରି ଜଳଖିଆ ଖାଆନ୍ତି, ଟିକିଏ ଜଞ୍ଜାଳ କରନ୍ତି, ଅତ୍ୟାଚାର ଉତ୍ପୀଡ଼ନ କରନ୍ତି ପୁଣି ଚାଲିଯାନ୍ତି। ନିଧିବାବୁଙ୍କ ସଙ୍ଗରେ ଅଧିକ ସମୟ କଥାବାର୍ତ୍ତା ହୁଏ। ଦୁହିଁଙ୍କ ଭିତରେ ଅଜଣାରେ ଗୋଟାଏ ସୌହାର୍ଦ୍ଦ ସ୍ଥାପିତ ହୋଇଗଲାଣି। ମନ ଖୋଲାଖୋଲି ହେବାର ଏଡ଼େ ପ୍ରତିବନ୍ଧକ-କନକ ନିଜେ-ଥିଲେ ସୁଦ୍ଧା, ନୀଲୁଙ୍କ ସ୍ୱଚ୍ଛ ହୃଦୟର ସମସ୍ତ ରହସ୍ୟ ନିଧିବାବୁ ସହଜରେ ବାହାର କରିନେଇ ସାରିଲେଣି। ନିଧିଙ୍କ ଦୃଷ୍ଟିରେ ନୀଲୁ ନିହାତି ପିଲା-ଇସ୍କୁଲରେ ସେ ଯେପରି ପିଲାମାନଙ୍କର ସରଳ ହୃଦୟ ମନର ଶିକ୍ଷାଭାର ପାଇଛନ୍ତି-ସେହିପରି ସରଳ ଏ ବୃଦ୍ଧି ପିଲାଟିର ମନ, ସେହିପରି ସ୍ୱଚ୍ଛ ନିର୍ମଳ ଯାର ହୃଦୟ ! ନୀଲୁବାବୁ ମଧ୍ୟ ନିଧିଙ୍କୁ ପ୍ରଶଂସା ନେତ୍ରରେ ନ ଦେଖି ରହିପାରନ୍ତି ନାହିଁ। ତାଙ୍କର ସ୍ଥିର ଗମ୍ଭୀର ଭାବ, ସଂଯତ ବ୍ୟବହାର, ସୂକ୍ଷ୍ମ ଦୃଷ୍ଟି ଓ ମାର୍ଜିତ ଧାରଣା, ତଥା କୋମଳ ହୃଦୟର ବହୁଳ ପରିଚୟ, ସବୁ ନୀଲୁଙ୍କ ମନରେ ଅତି ଉଚ୍ଚ ଆସନ ଧାରଣ କରିସାରିଲାଣି। ସମୟ ସମୟରେ ନୀଲୁଙ୍କ ମନରେ ଯଦି ଭୟ ହୁଏ ଯେ, ନିଧି କ'ଣ ଭାବୁଥିବେ ଅବା ତାଙ୍କର କନକର ସମ୍ବନ୍ଧ ବିଷୟରେ- ନିଜ ମନରେ କିଛି ନ ଥିଲେ ମଧ୍ୟ, ସ୍ୱଚ୍ଛ ନିଷ୍ପାପମନା ଲୋକ ମଧ୍ୟ ଆମ ଏ ସମାଜରେ ସମୟ ସମୟରେ ଏପରି ଆଶଙ୍କା କରିବାକୁ ବାଧ୍ୟ-ତେବେ, ନିଧିଙ୍କ ଶିଶୁପ୍ରାୟ ସରଳ ହସରେ ସେ ଭୟ କୁଆଡ଼େ ଉଡ଼ି ପଳାଏ ଓ ନୀଲୁଙ୍କୁ ନିଜେ ଲଜ୍ଜିତ, ବ୍ୟଥିତ ହେବାକୁ ପଡ଼େ !

ଏଣେ ନିଧିବୋଉ ଓ ଗଉରୀ ଇତ୍ୟାଦି ସମସ୍ତଙ୍କ ଆଦର, ଆରାଧନାରେ ଓ କନକର ଅଜଟ ପଣ, ରୁଷା, ଅଭିମାନ ଇତ୍ୟାଦିରେ ନୀଲୁ ଦ୍ୱିଗୁଣ ଉତ୍ସାହିତ ଉଠିଲେ- ଦିନମାନରେ ପ୍ରାୟ ଦୁଇ ତିନି ଘଣ୍ଟା ଯାଙ୍କ ବସାରେ କଟାଇବାକୁ ଲାଗିଲେ। କଲେଜରେ ଘଣ୍ଟାଏ ଘଣ୍ଟାଏ କ୍ଲାସ୍ ନ ଥିଲେ ଧାଇଁଲେ କନକ ପାଖକୁ- ବସା ନିକଟ। ନିଧିବୋଉ, ଗଉରୀ ପ୍ରଭୃତି ସମସ୍ତେ ପ୍ରାୟ ସ୍ଥିର ବିଶ୍ୱାସ କରିନେଲେ ଯେ, ନୀଲୁର ରଙ୍ଗୀର ବାହାଘର ନିଶ୍ଚୟ ହେବ। ମନେମନେ ସ୍ଥିର ରଖିଲେ, ଆସନ୍ତା ମାଘ ଫଗୁଣକୁ ନିଶ୍ଚୟ କରିବାକୁ ହେବ।

ଏହିପରି ସମୟରେ ନିଧିବୋଉ ଧରି ବସିଲେ ସେ ଗଉରୀ ସାଙ୍ଗରେ ଥରେ ଯାଇ ପୁରୀ ବୁଲି ଆସିବେ ଓ ଗଉରୀର ଘର ଦୁଆରର ଗୋଟାଏ କିଛି ବନ୍ଦୋବସ୍ତ କରିଦେଇ ଆସିବେ। ରଙ୍ଗୀ ତ ଅଛି- ବହୂ ପାଖରେ ରହିବ। ଏମାନେ ମାସେଖଣ୍ଡେ ରହି ଫେରି ଆସିବେ। ନିଧିବାବୁ ମଙ୍ଗୁ ନ ଥିଲେ ରଥଯାତ୍ରା ସମୟ, କେହି ପୁରୁଷ ଲୋକ ନାହାନ୍ତି ବୋଲି! କିନ୍ତୁ ରଥ ଦେଖିବାକୁ ଯେ ବୁଢ଼ୀଙ୍କର ଏତେ ଆଗ୍ରହ! ଗଉରୀ ପୁଣି ଅଭୟ ଦେଇ କହିଲା ଯେ, ସେଠାରେ ଯେଉଁ ଘର, ସେଟା ସହର ବାହାରେ ପ୍ରାୟ-ସ୍ୱର୍ଗ-ଦୁଆର ଆଡ଼କୁ, ତା'ର ମଧ୍ୟ ଲୋକବାକ ଅଛନ୍ତି; କୌଣସି ଅସୁବିଧା ହେବ ନାହିଁ। ନିଧିବାବୁ ରଥ ଛୁଟିରେ ନିଜେ ପୁରୀ ଯିବେ, ଏଇୟା ମନେମନେ ସ୍ଥିର କରି, ଗାଁରୁ ଯେଉଁ ଦାସୀଟି ଆସିଥିଲା ତାହାରି ସାଙ୍ଗରେ ଦୁହିଁଙ୍କୁ ନେଇ ପୁରୀରେ ଛାଡ଼ିଦେଇ ଆସିଲେ।

ଗଲାବେଳେ ବୁଢ଼ୀ କନକକୁ ଡାକି ପୁଣିଥରେ ରଙ୍ଗୀକୁ ତା' ହାତରେ ସଅଁପି ଦେଲେ ଓ କହିଲେ, "ଝିଅ, ଏବେ ସେ ପୁଅଟିକୁ ସଫା କରି ପଚାର- ଯାହା ହବାର ଗୋଟାଏ କଥା ଛିଣ୍ଡିଯାଉ। ସତେ ଜଗନ୍ନାଥ କରିବେ, ସେ ମଙ୍ଗିବ! କେଜାଣି-" କନକ ରଙ୍ଗୀକୁ ଗୋଟାଏ ପାଖକୁ ଭିଡ଼ିଆଣି କହିଲା, "କୁହ ସେ କଥା ମୁଁ ବୁଝିମି!" ରଙ୍ଗୀ ନ କହେ! ଏଟା ଯେ ତା'ରି ବର ବିଷୟର କଥା! ସବୁଦିନେ ବୋଉ ନୂଆବୋଉଙ୍କ ମଧ୍ୟରେ କଥାବାର୍ତ୍ତା ହେଲେ ସେ ବା ଗଉରୀ ବା ଦାସୀଟି ନୂଆବୋଉଙ୍କଠାରୁ କଥା ନେଇ ବୋଉଙ୍କୁ କହନ୍ତି। ରଙ୍ଗୀ ଉପରେ ଏସବୁ ଚପଟ ବେଶି କରି ପଡୁଥିଲେ ସୁଦ୍ଧା, ସେ ଆଜି କଥାରେ କିପରି ମୁହଁ ଘେନି ତା' କାର୍ଯ୍ୟ କରିପାରିବ! ଶେଷରେ କହିଲା, "ଓଃ, ତମର ବୁଝୁଥା, ମୁଁ ସେ ସବୁ କହିପାରେନା- ଯାଃ!" ସ୍ୟାଡୁ ଗୌରୀ ଆସି "କଥା କ'ଣ?" ବୋଲି ପଚାରିବାରୁ, କନକ ଚୁପ୍ କରି କହିଲା- ରଙ୍ଗୀ ମଧ୍ୟ ଶୁଣି ପାରିବ, ଏହିପରି ଭାବରେ- "କ'ଣ କି ଅପା, ମୋ ନୂଆବୋଉଙ୍କୁ ମୁଁ କହିଲି- ବୋଉଙ୍କୁ କହ, ସେ କିଛି ଚିନ୍ତା କରିବେ ନାହିଁ। ତାଙ୍କ (ରଙ୍ଗୀର) ବର କଥା ମୁଁ ବୁଝିମି।" "ଓଃ, ବାହା ହବ ନାହିଁ ପରା, କିଛି ଜାଣେ ନାହିଁ, ଯା ଯାଃ!"

ରଙ୍ଗୀ ପ୍ରକୃତରେ ରାଗିଯାଇ ଗଉରୀ ଆଡ଼କୁ ଛଳଛଳ ନୟନରେ ଚାହିଁଲା, କିଛି କହିପାରିଲା ନାହିଁ। ନିଧିବୋଉ ତାକୁ ପାଖକୁ ଟାଣି ନେଇ କହିଲେ, "ପିଲାଟି ସାଙ୍ଗରେ କେତେ ଲାଗିଛ ଲୋ ତମେ ସବୁ! ସେ କେମିତି ତା' ବର କଥା ମୁହଁରେ ଧରିବ, କହିଲ ଭଲା! ନାଃ, ରଙ୍ଗୀର ଆମର ଢେର ବୁଦ୍ଧି।" ରଙ୍ଗୀ ମନରେ କି ଅଭିମାନ, କି ଦୁଃଖ ହେଲା, ସେ କଇଁ କଇଁ କରି କାନ୍ଦି ପକାଇଲା। ସେ ଆଉ ତ

ପିଲାଟିଏ ନୁହେଁ-ସେ ସମସ୍ତଙ୍କ ପରି, ବରଂ କାହାରି କାହାରିଠାରୁ ମଧ୍ୟ ବେଶି, ବୁଝିଶୁଝି ପାରିଲାଣି। ତେବେ ସମସ୍ତେ ତାକୁ ଏପରି ଅନାସ୍ଥା ହୀନସ୍ଥା କରୁଛନ୍ତି କାହିଁକି ? ଯେଉଁ ବିଷୟରେ କଥା କହିବାର ସମସ୍ତଙ୍କଠାରୁ ତା'ର ତା'ର ଅଧିକ ଦାବି, ସେ ବିଷୟରେ ତ ସେ ପାଟି ଫିଟାଇପାରିବ ନାହିଁ, ପୁଣି ସେହି ବିଷୟରେ ସମସ୍ତେ ତାକୁ ଥଟ୍ଟା କରିବେ, ତୁଚ୍ଛ କରି କହିବେ, - ତା'ର କ'ଣ ମନ ନାହିଁ ତାକୁ କ'ଣ ବାଧେ ନାହିଁ! ସବୁଠାରୁ ଅଧିକ ବାଧିଲା ତାକୁ ଆଜି ବୋଉର ସାନ୍ତ୍ୱନା। ସେ କ'ଣ ଏତେ ଅବୋଧ ଶିଶୁଟିଏ! ଇତିପୂର୍ବରୁ ନୀଲୁବାବୁଙ୍କ ଅନିଚ୍ଛା ଥିବାର ଜାଣିଲାବେଳୁଁ ତା' ଆତ୍ମସମ୍ମାନରେ ବଡ଼ ଗୋଟାଏ ଧକ୍କା ଲାଗି ସାରିଥିଲା। କଟକରେ ଏହି କେତେମାସ ଭିତରେ ନୀଲୁଙ୍କୁ ସେ ଅଧିକରୁ ଅଧିକ ଚାହିଁଲେ ସୁଦ୍ଧା ତାଙ୍କୁ ନେଇ ତାଙ୍କ ଅଜ୍ଞାତରେ ଭାଇ ଭାଉଜ, ବୋଉ ଅପାମାନେ ଯେଉଁ ଖେଳ ଖେଳୁଛନ୍ତି, ସେଟା ତାକୁ ଅଧିକ ବାଧୁଛି। ସେଥିଯୋଗେ ଗୋଟାଏ ନ୍ୟୁନତା, ଗୋଟାଏ କ୍ଷୁଦ୍ରତା ଅନେକ ସମୟରେ ଉପଲବ୍ଧି କରି ସେ ମର୍ମେ ମର୍ମେ ଲଜ୍ଜିତ ହୋଇ ପ୍ରକୃତରେ ମୃତ୍ୟୁ କାମନା କରିଛି! ଆଜି ଏହି କ୍ଷୁଦ୍ର ଘଟନାରେ ତା'ର ରୁଦ୍ଧ ଭାବରାଶି ଉଦ୍‌ବେଳିତ ହୋଇ ଉଠିଲା। କଥାରେ ତାହା ପ୍ରକାଶ କରିବାର ସାଧ୍ୟ ତ ନାହିଁ, ସେଥିଯୋଗେ ସେ ଉଚ୍ଛ୍ୱସିତ ହୋଇ ବୋଉ କୋଳରେ ମୁହଁ ଗୁଞ୍ଜି ବିନା ଆଡ଼ମ୍ବରରେ କାନ୍ଦିଲା ଓ ଏତିକିମାତ୍ର କହିଲା, "ମୁଁ ବା' ହେମି ନାହିଁ, ମୋର ଦରକାର ନହିଁ!" "ନା, ନା ତୁ ବାହା ହବୁ ନାହିଁ-ନାଃ, ତୋର ଗରଜ?" ଏହା କହି ବୁଢ଼ୀ ତାକୁ ବୁଝାଇବାକୁ ଲାଗିଲେ- ସେହି ପିଲାପରି-ଅଜଟ ଧରି ବସିଲେ ସବୁଦିନେ ସେ ଯେପରି ତାକୁ ପ୍ରଶୟ ଦେଇ ତାହାରି କଥାରେ ମଙ୍ଗି ଯାଆନ୍ତି-ଆଜି ମଧ୍ୟ ସେହିପରି! ରଙ୍ଗୀର ଗରଜ ରଙ୍ଗୀ ଜାଣେ! ଗଉରୀ ବନ୍ଧାଛନ୍ଦାରେ ବ୍ୟସ୍ତ ଥିଲା, "କିଏ ପାରିବ!" ବୋଲି କହି ମୁହଁ ମୋଡ଼ିଦେଇ ଚାଲିଗଲା। କନକ ରଙ୍ଗୀ ପାଖକୁ ଆସି କିଛି ବିସ୍ମିତ ହୋଇ, ତା' ହାତଟି ଧରି ତା' ମୁହଁକୁ ବୁଲାଇବାକୁ ଚେଷ୍ଟା କଲା; କିନ୍ତୁ ରଙ୍ଗୀ କୌଣସିମତେ ମୁହଁ ବୁଲାଇଲା ନାହିଁ-ଦ୍ୱିଗୁଣ ବେଗରେ କାନ୍ଦିବାକୁ ଲାଗିଲା! ଶେଷରେ ଅତି କଷ୍ଟରେ ରଙ୍ଗୀ ଯେତେବେଳେ ତୁନି ହେଲା, କନକ ଓଢ଼ଣା ଫାଙ୍କରୁ ଥରକୁ ଥର ତା' ମୁହଁକୁ ଚାହିଁବାକୁ ଲାଗିଲା। ଆଶା,- ଏଥର ରଙ୍ଗୀ ଟିକିଏ ହେଲେ ହସିଦେବ! କିନ୍ତୁ କାହିଁ, ଦୁଇ ତିନିଥର ଆଖି ଆଖି ମିଳିତ ହେଲେ ସୁଦ୍ଧା ରଙ୍ଗୀ ତ ହସିଲା ନାହିଁ, ବରଂ ଅଧିକ ଗମ୍ଭୀର ହୋଇଗଲା! ଏପରି ତ ରଙ୍ଗୀ କେବେ ରାଗେ ନାହିଁ। ରାଗିଲେ କାନ୍ଦେ, ତୁନି ହେଲା ମାତ୍ରକେ ପୁଣି ନିଜେ ନିଜେ ହସିପକାଏ! ଇଏ କ'ଣ! ଯା ଭିତରେ କ'ଣ କଥା ଅଛି ନିଶ୍ଚୟ! ତା' ନିଜପିଲାଦିନ କଥା ମନେପଡ଼ିଲା, ବାହାଘରର ଆମୂଳ ଇତିହାସ ମଧ୍ୟ ତା'ର ମନେପଡ଼ିଲା। ହଠାତ୍ ତା'ର

ସ୍ମରଣ ହେଲା-ସେ ବି ତ ଏହିପରି ଦିନେ କାନ୍ଦୁଥିଲା, କିନ୍ତୁ ଗୋପନରେ ! ତେବେ କ'ଣ ତା' ନିଜ କଥା ଓ ରଙ୍ଗୀ କଥାରେ କିଛି ହେଲେ ସାମଞ୍ଜସ୍ୟ ଅଛି ?

(୪)

ତିନି ଚାରିଦିନ ପର କଥା । ଏହି ତିନି ଚାରି ଦିନଯାକ ରଙ୍ଗୀ ଏକା ଏକା କଟାଇଛି । ନୂଆବୋଉଙ୍କ ସାଙ୍ଗରେ ନିହାତି ଆବଶ୍ୟକ ଛଡ଼ା କଥାଭାଷା ହୋଇନାହିଁ, ପ୍ରତ୍ୟୁତ ପଢ଼ାରେ ଲାଗିଛି; କିନ୍ତୁ ବାସ୍ତବରେ ପଢ଼ା ନାଁ ବି ଧରୁନାହିଁ-ବହିଟା ଆଗରେ ଖୋଲା ହୋଇ ପଡ଼ିଥାଏ, ଏହି ମାତ୍ର । ସେ ଦିନ ରଙ୍ଗୀ ଉପରଓଳି ଇସ୍କୁଲରୁ ଫେରି ଦେଖିଲା-ନୂଆବୋଉ ଘରେ ନାହାନ୍ତି, ଭାଇ ବି ଆସି ନାହାନ୍ତି । ପଚାରି ବୁଝିଲା, ହେଡ୍‌ମାଷ୍ଟର ଘର ଝିଅମାନେ ଆସି ନୂଆବୋଉଙ୍କୁ ତାଙ୍କ ଘର ଆଡ଼େ ନେଇ ଯାଇଛନ୍ତି । ପଢ଼ାଘରେ ବହିପତ୍ର ଫୋପାଡ଼ି ଦେଇ, ଯାଇଁ ନୂଆବୋଉଙ୍କ ଘର ଝରକା ପାଖରେ ଛିଡ଼ା ହୋଇ ସେ ଘୋର ଚିନ୍ତାରେ ମଗ୍ନ ହୋଇଗଲା । କେତେବେଳଯାଏଁ ସେ ସେଠାରେ ସେହିପରି ଭାବରେ ଛିଡ଼ା ହୋଇ ରହିଛି, ତାକୁ ମାଲୁମ ନାହିଁ-ହଠାତ୍ କାହାର ଗୋଟିଏ ସୁପରିଚିତ କଣ୍ଠସ୍ୱର ଦ୍ୱାର ସେ ପାଖରୁ ଆସି ତା' ଚିନ୍ତାସ୍ରୋତ ଭାଙ୍ଗିଦେଲା । ସେ କୁଆଡ଼େ ଯିବ କିଛି ଠିକ୍ କରିପାରିବା ପୂର୍ବରୁ ନୀଲୁବାବୁ "କି ଲୋ କୁଆଡ଼େ ପଶିଛୁ କି କଙ୍କି ?" ବୋଲି କହି ସେ ଘରେ ପ୍ରବେଶ କଲେ । ରଙ୍ଗୀ ଯେଉଁପରି ଝରକା ବାଡ଼କୁ ଧରି ଭିତର ଆଡ଼କୁ ପଛକରି ଛିଡ଼ା ହୋଇଥିଲା, ସେହିପରି ରହିଗଲା-ହଲଚଲ ହେବାକୁ ମଧ୍ୟ ତା'ର ସାମର୍ଥ୍ୟ ହେଲା ନାହିଁ । କେବଳ ଝରକାର କବାଟ ଫାଳକ ସନ୍ଧିରେ ଲୁଚିବାର ସେ ବୃଥା ଚେଷ୍ଟାକଲା ମାତ୍ର । ସେତେବେଳକୁ ଘର ଭିତର ଟିକିଏ ଅନ୍ଧାରିଆ ହୋଇଗଲାଣି । ନୀଲୁବାବୁ ଘର ଭିତରକୁ ପଶି ଆସି କହିଲେ, "କି ଲୋ, ଆଜି କ'ଣ ହୋଇଛି କି ।" କିଛି ଉତ୍ତର ପାଇଲେ ନାହିଁ । କ୍ରମେ ନିକଟବର୍ତ୍ତୀ ହୋଇ ପୁଣି କହିଲେ, "କି ଲୋ-କଥା କ'ଣ ମ ?" ରଙ୍ଗୀ ହଠାତ୍ ମୁହଁ ବୁଲାଇ ନୀଲୁଙ୍କୁ ସଫା ଅନାଇଲା । ତା' ଆଖିରେ ଲଜ୍ଜା ବା ଭୟର ଚିହ୍ନ ଲେଶମାତ୍ର ନାହିଁ, ମୁହଁ ତା'ର ଅନ୍ୟ ଅନେକ ଭାବରେ ରଙ୍ଗଭୂମି-ତହିଁରେ ଗୋଟାଏ ଘୋର ଯୁଦ୍ଧର ଆଭାସ ମଧ୍ୟ ଅଛି, ଆଖିରେ ଲୁହ ଟଳଟଳ କରୁଛି । ନୀଲୁଙ୍କ ଆଡ଼କୁ ନିମିଷକ ପାଇଁ ସ୍ଥିର ଦୃଷ୍ଟିରେ ଚାହିଁ ରଙ୍ଗୀ ଧୀରେ ଧୀରେ ସେଠାରୁ ବାହାରି ଯିବାକୁ ଉଦ୍ୟତ ହେଲା । ନୀଲୁବାବୁ ଏଣେ ଥକ୍କା ହୋଇ ରହି ଯାଇଥିଲେ, କହିଲେ, "ଓଃ, ଇୟେ ରଙ୍ଗୀପରା ! ମଲା, ମଲା ! କି, ଏତେ ନାଜ କାହିଁକି ମ ? ଇୟେ କ'ଣ-ଇୟେ କାନ୍ଦୁଚି କାହିଁକି ?" ସେତେବେଳକୁ ରଙ୍ଗୀ ଦୁଆର ପାଖରେ

ହେଲାଣି। ସେ ଆଉ ଥରୁଟିଏ ମୁହଁ ବୁଲାଇ, ନୀଲୁଙ୍କୁ ପୂର୍ଣ୍ଣ ଦୃଷ୍ଟି ଦେଇ ଦ୍ୱାର ପାରି ହୋଇଗଲା। ଦ୍ୱାର ସେ ପଟରୁ କମ୍ପମାନ ନିମ୍ନ ସ୍ୱରରେ କେବଳ ଏତିକି ମାତ୍ର କହିଲା- "ନାଜ ନାହିଁ! ଛି!" ଏହା କହିଲା ମାତ୍ରକେ ତା' ଗୋଡ଼ ହାତରେ ଶହେଗୁଣ ବଳ ଆସିଗଲା ଓ ସେ ପ୍ରାଣପଣେ ଦଉଡ଼ି ପଳାଇଗଲା। ତା' ହୃଦୟରୁ ଯେଉଁ କୋହ ଉଠୁଥିଲା, ତାକୁ କୌଣସି ମତେ ସେ ଦମନ କରିପାରିଲାନାହିଁ। ଏ ଘର ସେ ଘର, ୟାଡ଼େ ସ୍ୟାଡ଼େ ବୁଲି ବୁଲି ଦୈହିକ ପରିଶ୍ରମରେ ସେ ପ୍ରାଣର ସଞ୍ଚିତ ଆବଗେ ବ୍ୟୟ କରି ପକାଇବାକୁ ଚାହିଁଲା, କିନ୍ତୁ କାହିଁରେ କିଛି ଫଳ ହେଲା ନାହିଁ। ଏହିପରି ସମୟରେ ହେଡ୍ ମାଷ୍ଟରଙ୍କ ସାନ ଝିଅ ଟେମ୍ପୀ ସଙ୍ଗରେ ନୂଆବୋଉ ଆସି ପହଞ୍ଚିଗଲେ। ଟେମ୍ପୀ ତାଙ୍କୁ ଛାଡ଼ି ଦେଇ ଚାଲିଗଲା। ରଙ୍ଗୀ ଦେଖିଲା ନୂଆବୋଉଙ୍କର ଅପୂର୍ବ ବେଶ୍-ଓଲଟା ବାଗେ ଲୁଗା ପିନ୍ଧା ହୋଇଛି, କାନ୍ଧ ପାଖେ ସେଫ୍ଟିପିନ୍ ମରା ହୋଇଛି-ଠିକ୍ ବଙ୍ଗାଳୁଣୀଙ୍କ ପରି। ନିଧିବାବୁ ଏପରି ବେଶର ଆଦୌ ପକ୍ଷପାତୀ ନୁହନ୍ତି ସେ ଏତକ ମନେମନେ ଭାବୁଁ ଭାବୁଁ କନକ ହସିହସି ଆସି ତାକୁ ଧରି ଟାଣିଟାଣି ନେଇ ଯାଉଯାଉ କହିଲା, "ଚାଲିଲ, ଚାଲିଲ ନୂଆବୋଉ ଏଗୁରା ଟିକିଏ ଖୋଲିଖାଲି ଦବ, ଚାଲିଲ। ଭଲା ବଙ୍ଗାଳୀଘର ଝିଅ ଗୁରାକ ଦେଖିଲଣି, କ'ଣ କରିଛନ୍ତି! ଛି, ଛି, ମତେ ଯେଉଁ ଅଡୁଆ ନାଗୁଛି। ନୁଗା ପିନ୍ଧିଛି କି ନାଇଁ ମୋତେ ଜଣାପଡୁନାହିଁ ପରା। ତମ ଭାଇ ସାଆନ୍ତ ଆସିଲେ ପୁଣି ଟାଉଲି କରିବେ-" ଏହା କହି ନିଜ ଘର ଆଡ଼କୁ ଚାଲିଲା। ରଙ୍ଗୀ ଜାଣେ, ସେ ଘରେ ନୀଲୁ ଅଛି; ଅଥଚ ସଂକୋଚ ହେତୁରୁ କେଜାଣି ସେ କଥା ସେ କହିପାରୁନାହିଁ, ୟାଡ଼େ ନ ଯିବାର କାରଣ ମଧ୍ୟ ଦେଖାଇ ନ ପାରି ପଛକୁ ଟାଣି ହେଉଛି-ଗୋଡ଼ ତା'ର ଚଳୁ ନାହିଁ! ନ ଜାଣିଲା ପରି ସେଠାକୁ ଗଲେ ମଧ୍ୟ, ନୀଲୁ ବୁଦ୍ଧିମାନ୍-କ'ଣ ପୁଣି ପଚାରିବ, କି କବୁଲେଇବ। ତା' ଆଗରେ ତ ଆଉ ସେ ଛିଡ଼ା ହୋଇପାରିବ ନାହିଁ, କି ତା' କଥା ଶୁଣିପାରିବ ନାହିଁ! କନକ ଘରଟି ଯେତେ ନିକଟ ହେବାକୁ ଲାଗିଲା, ରଙ୍ଗୀ ତେତିକି ପଛକୁ ପଛକୁ ଭିଡ଼ିବାକୁ ଲାଗିଲା। ସେ ଅନ୍ତରେ ଅନ୍ତରେ ସ୍ଥିର ବୁଝିଲା- ନାଃ, ସେ ଘରକୁ ତା'ର ଯିବା ହେବ ନାହିଁ। କନକ ତା' ମନ୍ଦ ମନ୍ଦ ଭାବ ଦେଖି ପଚାରିଲା, "କିଗୋ, ଇମିତି କାହିଁକି ହଉଚ କି। ମଲା, ମୁହଁଟା ତ କାହିଁକି କଳା କାଠ ପଡ଼ିଗଲାଣି! ଇୟେ କ'ଣ ମ? କାନ୍ଦୁଥିଲ କି?" ରଙ୍ଗୀ ଭୋ କରି କାନ୍ଦି ଉଠି କୌଣସିମତେ କହିଲା, "ନାଇଁ, ନୂଆ'ଉ-ମୁଁ ସେ ଘରକୁ ଯିବି ନାହିଁ।" ଏହା କହି ସେ ଫେରିଲା। କନକ ଆଉ ଯେତେ ଯାହା ପଚାରିଲା, ଯେତେ ଓଟରା ଝିଙ୍କା କଲା-ରଙ୍ଗୀ ଆଉ ନ ଶୁଣିଲା! କନକ ଭାବିଲା ତା' ଘରେ

ନିଧିବାବୁ ଅବା ଥିବେ କିନ୍ତୁ କାନ୍ଦିବାର କାରଣ କ'ଣ? ଗାଳି ମନ୍ଦ ଖାଇଥିବ ଅବା! କହିଲା, "ସେ ଘରେ ତମ ଭାଇ ଅଛନ୍ତି କି?" ରଙ୍ଗୀ କିଛିକ୍ଷଣ କିଛି କହିଲା ନାହିଁ। କନକ ଭାବିଲା- ସେଇୟା ତ; କହିଲା, "ସେଇକଥା କହୁନହିଁ କାହିଁକି-କ'ଣ କିଛି ଗାଳି ମନ୍ଦ କଲେ କି?" ରଙ୍ଗୀ ଲୁହ ପୋଛିପାଛି ସାରିଥିଲା, କିପରି ଗୋଟାଏ ଦୁଷ୍ଟ ହସ ହସି କହିଲା, "ମୋ ଭାଇ ସେ ଘରେ ନାହିଁ ଯେ, ତମରି ଭାଇ ଅଛନ୍ତି। ନାଜ ନାହିଁ ସେଟାକୁ ଅଲାଜୁକ ଧିଟ୍ଟଟା-ସେଟା କାହିଁକି ଏଠିକି ଆସେ-ନିର୍ଲ୍ଲଜ ବେହିୟାଟା।" ସେ ଘରେ ନୀଳୁଭାଇ ଅଛି ଶୁଣି ଓ ରଙ୍ଗୀକୁ ଟିକିଏ ହସିବାର ଦେଖି, କଥାଟା ଗୁରୁତର ନୁହେଁ ଭାବି କନକ ଯଥେଷ୍ଟ ଆଶ୍ୱସ୍ତ ହୋଇଥିଲା, କିନ୍ତୁ ଇୟେ କ'ଣ, ରଙ୍ଗୀ ସତକୁ ସତ ନୀଳୁଭାଇକୁ ଗାଳିଦେଲା ପରି ତ ବୋଧ ହେଉଛି-ଇୟେ ତ ଗେଲ ପରି ଜଣା ଯାଉନାହିଁ! କହିଲା, "କି ଗୋ, ମୋ ଭାଇଙ୍କି ତେମେ କାହିଁକି ଏତେ ଗାଳି ଦଉଚ! ମୋ ଭାଇ ତମର କ'ଣ କଲା କି!" "ସେଟା ମୋର କିଏ କି-ନିଆଁ ନା ଚୁଲି, ନା ଗାତ, ନା କିଏ! ମୋର ସେଟା କ'ଣ କରିବ! ମରୁ ନେଇଁ ସେଟା-ମଲେ ମୋରି ଦକା ଯାଆନ୍ତା ପରା!" ଏହା ଅତି ତୀକ୍ଷ୍ଣ ଭାବରେ କହି ରଙ୍ଗୀ ନିଜେ କାନ୍ଥରେ ମୁଣ୍ଡ ବାଡ଼େଇବାକୁ ଲାଗିଲା। କନକ ତ ତାଟଙ୍ଗା! ନୀଳୁବାବୁ କନକ ପାଟି ଶୁଣି ବାହାରିଆସି ଏ ଦୃଶ୍ୟ ଦେଖି କହିଲେ, "ଇୟେ କ'ଣ ହଉଚି ମ? କଥା କ'ଣ?" ରଙ୍ଗୀ ଶାନ୍ତ ହୋଇଗଲା, କିନ୍ତୁ କି ଗୋଟାଏ ଦୃପ୍ତ ତେଜରେ ନୀଳୁଙ୍କ ଆଡ଼କୁ ତୀବ୍ର କଟାକ୍ଷ ଦେଇ କହିଲା, "ଆପଣ ବୁଝିପାରିବେ ନାହିଁ-ଚାଲି ଯାଆନ୍ତୁ ଏଠୁଁ!" କନକ ଭେଳକା ମାରିଲା ପରି ହୋଇ ସେଠରେ ଚୁପ୍‌କରି ଛିଡ଼ା ହୋଇଥାଏ! ନୀଳୁ ବି ବିସ୍ମିତ ହୋଇଗଲେ, କିନ୍ତୁ ଟିକିଏ ମୁରବି ପଣିଆ କରି କହିଲେ, "ମଲା, ପାଠ ପଢ଼ିପଢ଼ି ଏଟାର ମୁଣ୍ଡ ଖରାପ ହୋଇଗଲାଣିରେ-ଯାଃ!" ଆହୁରି କ୍ରୁଦ୍ଧ ସ୍ଥିର ଗମ୍ଭୀର ସ୍ୱରରେ ରଙ୍ଗୀ କହିଲା, ତମରି ପରି ନୁହେଁ? ମୁଁ କହି ଦଉଚି; ତମେ ଏହି ଲାଗେ ଏଠଉଁ ଯିବ ତ ଯା, ନ ହେଲେ ମୁଁ ବିଷ ଖାଇ ମରିବି-ବୁଡ଼ି ମରିବି; ନ ହେଲେ-" କନକ ଧାଇଁ ଆସି ଧରୁଧରୁ ରଙ୍ଗୀ ହଠାତ୍ ମୂର୍ଚ୍ଛିତା ହୋଇ ତଳେ ସଜୋରେ ପଡ଼ିଗଲା! ନୀଳୁବାବୁ ତା' ଅବସ୍ଥା ଦେଖି ମନେମନେ ଭୀତ ହୋଇ "ନିଧିବାବୁ, ନିଧିବାବୁ" ବୋଲି ଡକା ଛାଡ଼ିଲେ। ସ୍ୟାତ୍ତୁ ନିଧିବାବୁ ବି ଯୋଗକୁ ଆସି ପହଞ୍ଚିଗଲେ। "ରାମକୃଷ୍ଣ ଡାକ୍ତରକୁ ଏଇଠୁ ଡାକି ଆଣୁଚି" ବୋଲି କହି ନୀଳୁ ଦଉଡ଼ି ପଳାଇଗଲେ। କନକ ଏଣେ ପାଣି ଆଣି ରଙ୍ଗୀ ମୁହଁରେ ଛଟାଛଟି କଲା, ଠିକା ଦାସୀଟା ପଙ୍ଖା କରି ବସିଲା। ନିଧିବାବୁ ତା' ଆଖିପତା ଓଲଟାଇ ଦେଇ 'କିଛି ନୁହେଁ' ବୋଲି କହି

ସ୍ଥିର ଭାବରେ ସେହିଠାରେ ବସି ପଡ଼ିଲେ। ଅଳ୍ପକ୍ଷଣ ଭିତରେ ସତକୁ ସତ ରଙ୍ଗୀର ଚେତା ଆସିଲା। ସେ ଆଖି ଖୋଲି ଯାଡ଼େ ସ୍ୟାଡ଼େ କାହାକୁ ଖୋଜିଲା ପରି ଚାହିଁଗଲା। ଥରେ ଦୁଇଥର ଉଠିବାକୁ ଚେଷ୍ଟା କଲା; କିନ୍ତୁ କନକ ତାକୁ ଜୋର କରି ଶୁଆଇ ରଖିଲା। ଭାଇଙ୍କ ଉପରେ ଆଖି ପଡ଼ିବାରୁ ରଙ୍ଗୀ ମୁଣ୍ଡରେ ଲୁଗା ଦେବାକୁ ଚେଷ୍ଟା କଲା, କିନ୍ତୁ କନକ ଦିଆଇ ଦେଲା ନାହିଁ। ପୁଣି ରଙ୍ଗୀ କାହାକୁ ଖୋଜିଲା ପରି ଯାଡ଼େ ସ୍ୟାଡ଼େ ଚାହିଁଲା, କିନ୍ତୁ ସାଙ୍ଗେ ସାଙ୍ଗେ ପୁଣି ନିରାଶ ହେଲା ପରି ଆଖି ବୁଜିଦେଲା ! କନକ ଓ ଦାସୀ ଦୁହେଁ ଧରାଧରି କରି ତାକୁ ଘର ଭିତରକୁ ନେଇଗଲେ ଓ ବିଛଣା ଉପରେ ଶୁଆଇ ଦେଲେ। ଇଯେ ସେଇ ଘର-କନକର ଶୋଇବା ଘର, ଯେଉଁଠି ସନ୍ଧ୍ୟାବେଳେ ରଙ୍ଗୀର ନୀଳୁଙ୍କର ଦେଖା ହୋଇଥିଲା। ନିଧିବାବୁ କନକକୁ ଚୁପ୍ କରି ପଚାରିଲେ, "କ'ଣ, କାହିଁକି ଇମିତି ହେଲା ? କାହିଁ, ଫେର ତ ଚୁପ୍‌କରି ଆଖି ବୁଜିକରି ରହିଗଲା-ଚେତା ଅଛି ତ, ଦେଖିବଟି ?" କନକ ଯାଇ ଲୁଗାତଳେ ହାତ ପୂରାଇ ରଙ୍ଗୀ ଛାତିରେ ହାତ ଦେଲା ମାତ୍ରକେ, ରଙ୍ଗୀ ଧଡ଼ପଡ଼ ହୋଇ ଉଠିବସି ଛାତିରୁ ସମ୍ପୂର୍ଣ୍ଣ ଲୁଗା କାଢ଼ି ପକାଇ କହିଲା, "ଦେଖ, ଦେଖ, ମୋର କ'ଣ ହଉଚି ଲୋ !" ଏହା କହି ଭୋ ଭୋ କରି କାନ୍ଦି ଉଠିଲା ! କନକ ଧରି ଶୁଆଇ ଦେବାରୁ ସେ ଶୋଇ ରହିଲା। କନକ ତା' ଆଖିରୁ ଲୁହ ପୋଛିପାଛି ଦେଲା- ରଙ୍ଗୀ ଶାନ୍ତ ଭାବରେ ପଡ଼ିରହିଲା। ନିଧିବାବୁ ଆସି ତା' ମୁଣ୍ଡରେ ହାତ ଦେଇ ଚମକି ପଡ଼ି କହିଲେ, "ଓଃ, ଭାରି ତାତି-ଏତେ ଜର କେତେବେଳେ ହେଲା !" ତାଙ୍କ ସ୍ପର୍ଶରେ ରଙ୍ଗୀ ଆଖି ଖୋଲିଲା-ନ ଚିହ୍ନିଲାପରି ନିଧିବାବୁଙ୍କୁ ଚାହିଁ ରହିଲା। କିଛିକ୍ଷଣ ପରେ ହଠାତ୍ ପୁଣି ଉଠି ବସି ଠୋ ଠୋ କରି ହସି ଉଠି କହିଲା, "ମଲା ଲୋ ଲାଜ ! ଅ-ହ-ଅ, ସେଇଠି ତ ସେଇ ଝରକା ପାଖରେ ! ଆଲୋ, ମୁଁ ଅନେଇଚି ସେ ଆଡ଼କୁ ସିଏ ଆସୁଛି ଏ ଆଡୁ (ଦୁଆରକୁ ଦେଖାଇ)। ମଲା, ଆସିବୁ ଯଦି, ସିଧା ଚାଲିଆ-ନାଃ, ବଙ୍କାଟେ, କୁଜାଟେ, ଛୋଟାଟେ, କଣାଟେ, ନିଆଁଟେ ଚୁଲିଟେ-ହଁ ହଁ, ନାଃ, ମୁଁ କାହିଁକି ଯା କହନ୍ତି ! ନାଃ ମୁଁ କହି ନାହିଁଲୋ-" କହୁ କହୁ ରଙ୍ଗୀ ଆଖି ଛଳଛଳ ହୋଇ ଉଠିଲା। ସେ ହଠାତ୍ ଚୁପ୍‌କରି ରହିଯାଇ ପୁଣି କାହାକୁ ଖୋଜିଲା ପରି ଯାଡ଼େ ସ୍ୟାଡ଼େ ଚାହିଁଲା। ନିଧିବାବୁ ହଠାତ୍ ଗୋଟାଏ ବଡ଼ପାଟି କରି କହିଲେ, "ରଙ୍ଗୀ ଏଇ, କ'ଣ କହୁଚୁ ତୁ-ଚୁପ୍‌କରି ଶୁଅ। ନ ହେଲେ ମାଡ଼ ଦେମି !" ଏହା କହି ଦାନ୍ତ କାମୁଡ଼ି ରଙ୍ଗୀକୁ ଭୟ ଦେଖାଇଲେ। ରଙ୍ଗୀ ଅତିଶୟ ଭୀତ ହେଲାପରି ନୂଆବୋଉଙ୍କୁ ପ୍ରାଣପଣେ କୁଣ୍ଢାଇ ଧରିଲା ! ଠିକା ଦାସୀଟି କୁଆଡ଼େ ଥିଲା, ଏତିକିବେଳେ ଆସି କହିଲା, "ବାବୁ ତମେ ଟିକିଏ ବାହାରି ଯିବଟି ! ମୁଁ ଟିକିଏ ଦେଖେଁ ! ଏହା କହି

ନିଧିବାବୁ ଆଡ଼େଇ ନ ହେଉଣୁ ବିଛଣା ପାଖକୁ ଆସି ରଙ୍ଗୀ ମୁହଁକୁ ଧରି, ତା' ଆଡ଼କୁ ବୁଲାଇ ଆଣି କହିଲା, "ମା' ତେମେ କେଉଁ ଠାକୁରାଣୀ ବିଜେ କରିଚ ମା'-" ନିଧିବାବୁ ହସି କହିଲେ, "ଯା, ଯା, ଗୋଟାଏ ଢଙ୍ଗ ବାହାରିଲା-ଯା ପଳା!" କ୍ଷୁଣ୍ଣ ମନରେ ସେଠାରୁ ହଟି ଯାଇ ସେ କହିଲା, "ମା' କଥା ସିନା ଅପସନ୍ଦ କଲେ ବାବୁ, ନ ହେଲେ ମୁଁ କହିଦଉଚି-ଇୟେ ନିଶ୍ଚେଁ ମା'କାଳୀ ଇସ୍କୁଲ ତ ଇୟେ ଯାଉଛନ୍ତି-ସେଇ କାଳୀଗଳିରେ ମୋ କଥା ଯଦି ମିଛ ହେଲା, ତାଙ୍କୁ ପଚାର! ଇଏ ନିଶ୍ଚେଁ ମା' କାଳୀ, ବାବୁ ଫେରେ ବୁଝିବେ ନାହିଁକି! ମୋରି ବହୂ କଥା ଶୁଣ୍ଣ, ଆଉ କଥାତ ଯାଉ-"। "ଆରେ ଯା ଯାଃ, ତୁ ଯିବୁଟି ଏଠୁ ବାହାରି-"। ସ୍ତ୍ରୀଲୋକଟିର ମନ ଚୂନା ହୋଇଗଲା-ସେ କ୍ଷୁଣ୍ଣ ଅଭିମାନରେ ସେଠାରୁ ବାହାରିଗଲା। ରଙ୍ଗୀ ଏଣେ ହଠାତ୍ ଉଠି ବସି କହିଲା, "ନା ନା ଯା ନେଇଁ। ମୋ ମୁଣ୍ଡ ଖାଇବ ମୁଁ ରାଗରେ କ'ଣ କହିଲି ବୋଲି-ଦେଖିଲ ନା ଦେଖିଲ ନା-ଏଡ଼େ ହଟ ୟ୍ୟାର! ସତକୁ ସତ-"। କନକ ଜୋର କରି ତାକୁ ଶୁଆଇ ତା' ମୁହଁରେ ହାତ ଦେଇ ତାକୁ ବନ୍ଦ କଲା ଓ ନିଧିବାବୁଙ୍କୁ କହିଲା "ତମେ ସବୁ ଟିକିଏ ଏଠଉଁ ବାହାରି ଯିବଟି! ସେ ଟିକିଏ ଶାନ୍ତିରେ ଶୁଅନ୍ତୁ ଡାକ୍ତର ଆସିଲେ ପଛେ ନେଇକରି ଆସିବ।" ନିଧିବାବୁ କହିଲେ, "ହଁ, ସତେ, ନୀଲୁ ସେତେବେଳୁ ଗଲାଣି, କାହିଁ କୁଆଡ଼େ ଗଲା-ମୁଁ ଦେଖେଁ।" ଏହା କହି ସେ ଘରେ ଥିବା ସମସ୍ତଙ୍କୁ ତଡ଼ିନେଇ ବାହାର କରି ଦୁଆର ଆଉଜାଇ ଦେଇ ଚାଲିଗଲେ। ହଠାତ୍ ଏଣେ ରଙ୍ଗୀ ଉଠି ବସିଲା, କହିଲା- "ହଁ, ସେ ତ ଆସୁଥାଏ! ଆରେ, ଏଇ ନୁହେଁ କି କଙ୍କୀ ନୂଆ'ଉ! ଭଲା କହନି କଙ୍କି ତମେ, ମୋର କି ଦୋଷ!" "ତମର କିଛି ଦୋଷ ନାହିଁ-ତେମେ ଶୁଅ!" କିଛିକ୍ଷଣ ଚୁପ୍‌କରି ଶୋଇ ପୁଣି ଧୀରେ ଧୀରେ କହିଲା, "ତୋ'ର ବି ଦୋଷ କ'ଣ। ନାଃ-ଆଲୋ, ସବୁ ଦୋଷ ତ ଇୟାରି, ଲୁଚି ଯାଉଚ କୁଆଡ଼େ!" ଏହା କହି କନକ ଆଡ଼କୁ ଦେଖାଇ ହୋ ହୋ କରି ହସି ଉଠିଲା, ପୁଣି ହଠାତ୍ ଗମ୍ଭୀର ହୋଇ କହିଲା, "ନା ଆଁ, ନା ଆଁ! ନୂଆ ବୋଉଟି ତ ମୋର ଭଲ। ସେଇ ତ ତାକୁ ଶରଧା କରେ-ଆଉ କେଇ ନା, କେଇ ନା! ହଁ ଫେରେ ଦୋଷ କାହାର? ଓହୋ, ଭୁଲି ତ ଗଲି, ଯାଃ-ଆସଇ ବସନ୍ତ ଶିଶିର ଅନ୍ତେ, ଦିଶଇ ଧରଣୀ ଚାରୁ କେମନ୍ତେ। ସୌନ୍ଦର୍ଯ୍ୟ-ତରଙ୍ଗେ ମହୀ ଭାସଇ'- ନା ନା, ମାଷ୍ଟ୍ରେ,- କାଲିକି ନିଶ୍ଚେଁ ନିଶ୍ଚେଁ କରି ଆଣିମି। ମୋର କିଛି ଦୋଷ ନାହିଁ। ମୁଁ କ'ଣ ପଢ଼ିପାରୁଛି କି ଘରପାଖେ-ସେହିପରା ଖାଲି ଜଳଉଚି ମତେ ଦିବା ରାତି-"

ଏହି ସମୟରେ ସାତୁ ନୀଲୁଙ୍କ ପାଟି ନିଧିଙ୍କ ପାଟି ସଙ୍ଗରେ ଆଉ ଗୋଟିଏ ଅପରିଚିତ କଣ୍ଠସ୍ୱର ମିଶାମିଶି ହୋଇ ଶୁଣାଗଲା। ରଙ୍ଗୀ ହଠାତ୍ ଚମକି ପଡ଼ି କହିଲା,

"ହୋଇ, ହୋଇ, ଆସିଲାଣି ତ; ଆସିଲାଣି ତ-ଛାଡ଼ ନୂଆ'ଉ, ମୁଁ ଯାଏ, ପଳାଏଁ, - କିଗୋ ତମ ଭାଇଟା ପରା ଆସୁଚନ୍ତି-କେମିତିକା ମ! ସିଏ ତା'ର ଆସିଲେ ଆସୁ-ମୁଁ କେମିତି ଏଠି ରହିମି କୁହନି!" ଏହାକହି ଧଡ଼ପଡ଼ ହୋଇ ଉଠିବାକୁ ତିୟାର! କିନ୍ତୁ ପାଂଶୁବର୍ଣ୍ଣ ମୁଖଟି ତା'ର ହଠାତ୍ ଉଜ୍ଜ୍ୱଳ ହୋଇଗଲା। କନକ କୌଣସିମତେ ତାକୁ ଧରିରଖି କହିଲା, "ଚୁପ୍ କରି ଶୁଅ, ମୋ ମୁଣ୍ଡ ଖାଇବ, ପାଟି ତୁଣ୍ଡ କର ନାହିଁ - ଡାକ୍ତର ଆସୁଚି ପରା!" ନିଧିବାବୁ ଧୀରେ ଧୀରେ ପ୍ରବେଶ କରି କହିଲେ, "ତମେ ସେ ଆଡ଼କୁ ମୁହଁ କରି ସେଇଠି ବସ-ନାଜ କ'ଣ ମ? ଆଉ ତାକୁ ଗୋଟିଏ ଭଲ କରି କ'ଣ ଘୋଡ଼େଇ ଘାଡ଼େଇ ଦିଅ।" କନକ ନିଧି ବାବୁଙ୍କୁ ଚୁପ୍‌କରି କହିଲା, "ନୀଲୁ ଭାଇଙ୍କି ମନା କର; ସେ ସେଇପଟେ ଥାଇ, ଏଠିକି ଯେମିତି ନ ଆସେ।" ନିଧିବାବୁ ସେହିପରି ଚୁପ୍ କରି କହିଲେ "ହଁ, ହଁ, ଠିକ୍ କଥା!" ଏହା କହି ଦୁଆର ପାଖକୁ ଗଲେ। ରଙ୍ଗୀ କନକ ଆଡ଼କୁ କରୁଣ ଦୃଷ୍ଟିରେ ଚାହିଁଲା, ତା' ଆଖିରୁ, ଲୁହ ଗଡ଼ିଲା ପରି! କଷ୍ଟରେ କହିଲା, ତେମେ ଏଡ଼େ ନିଷ୍ଠୁର ନା କଙ୍କି! ଟିକିଏ ଏବେ ଆସିଥିଲେ କ'ଣ ହୋଇଥାନ୍ତା! ମୁଁ ଟିକିଏ ଦେଖିଥାନ୍ତି-ଖାଲି ଟିକିଏ ନୂଆ'ଉ-ଟିକିଏ!" "ଚୁପ୍, ଚୁପ୍!" "ନାଃ, ମୁଁ ଦେଖିମି ନିଶ୍ଚେ-ଏତେ ନୁଚାଚୋରା କାହିଁକି, କି!" ଏହ କହି କନକକୁ ଠେଲି ଦେଇ ରଙ୍ଗୀ ଯେମିତି ଉଠିଛି, ସେମିତି ପଡ଼ିଯାଇ ପୁଣି ଅଜ୍ଞାନ ହୋଇଗଲା-ଡାକ୍ତର ଓ ନିଧିବାବୁ ଦୁହେଁ ଧାଇଁ ଆସି ଧରି ପକାଇଲେ! ନୀଲୁବାବୁ ଦୁଆର ଫାଙ୍କରୁ ତଥାପି ନାକ ଦେଖାଇଥାନ୍ତି।

(୬)

ଅଳ୍ପକ୍ଷଣ ପରେ ରଙ୍ଗୀର ଚେତା ପଶିଲେ ମଧ୍ୟ ସେ ସେହିପରି ୟାଡ୍ରୁ ସ୍ୟାଡ୍ରୁ ବକିବାକୁ ଲାଗିଲା। କେତେବେଳେ ସେ ଲଜ୍ଜାରେ ପଳାଇବାକୁ ଚାହେଁ; କେତେବେଳେ ଅଭିମାନରେ ମୁହଁ ମୋଡ଼ି ଦେଇ ସ୍ଥିର ହୋଇ ଶୁଏ; କେତେବେଳେ କାନ୍ଦି କାନ୍ଦି କାହା ଉଦ୍ଦେଶ୍ୟରେ ଅନୁତାପ-ଅନୁଶୋଚନାପୂର୍ଣ୍ଣ କରୁଣ ଦୃଷ୍ଟି ଘରର ଚାରିଆଡ଼େ ନିକ୍ଷେପ କରେ; କେତେବେଳେ ଅବା ହସ ହସି କାହାର କଳ୍ପିତ ଅସ୍ତିତ୍ୱ ଉପଲବ୍ଧି କରି ଆନନ୍ଦରେ ନୂଆବୋଉକୁ କୁଣ୍ଢେଇ ତାହାରି ପଛ ଆଡ଼େ ଲୁଚି ଲୁଚି ଯିବାକୁ ଚାହେଁ! କନକ ସେତେବେଳକୁ ରଙ୍ଗୀର ହୃଦୟ ମନ ଅତି ପରିଷ୍କାର ଭାବରେ ଦେଖିସାରିଲାଣି; ଜାଣିଲାଣି, ନୀଲୁଙ୍କ ପାଇଁ ହିଁ ତାହାର ଏ ଦଶା-ନୀଲୁଙ୍କ ପାଇଁ ବି ଏକା ନୁହେଁ, ସମାଜର ସଂକୀର୍ଣ୍ଣତା ଯୋଗୁ ହିଁ ତା'ର ଅଧିକ ଦୁଃଖ! କନକ କ'ଣ ନିଜ କଥାରୁ ଜାଣିନାହିଁ, କେଡ଼େ ଭୟଙ୍କର ସେ! ତା' ନିଜ ବିବାହରେ ତା'ର ଯେଉଁ

ମହତ୍ ଶିକ୍ଷା ହୋଇଥିଲା, ସେଟା ତ ତା' ମନରୁ ଏତେଶୀଘ୍ର ଯାଇ ନାହିଁ ! କିନ୍ତୁ ତା' କଥା, ରଙ୍ଗୀ କଥା ମଧ୍ୟରେ ଢେର୍ ପ୍ରଭେଦ ! ବିବାହ ପୂର୍ବରୁ ତାକୁ ଗୋଟାଏ ପରୀକ୍ଷାରେ ପଡ଼ିବାକୁ ହୋଇଥିଲା ସତ୍ୟ, କିନ୍ତୁ କନକ ବର୍ତ୍ତମାନ ବୁଝିଲା, ସେଟା ରଙ୍ଗୀ-ପରୀକ୍ଷାରେ ଏକ ନବମାଂଶ ସଙ୍ଗେ ସମାନ ନୁହେଁ ! ସେ ତ ନୀଳୁବାବୁଙ୍କୁ ଆବାଲ୍ୟ ଭାଇ ବୋଲି ହିଁ ଜାଣି ଆସିଥିଲା, ସେହିପରି ସ୍ନେହ ମଧ୍ୟ କରିଥିଲା-ସେଟା ବିବାହ ବନ୍ଧନରେ ପର୍ଯ୍ୟବସିତ ନ ହେବାରୁ ତା'ର ଆତ୍ମବଳି ସେ ନାମର ଯୋଗ୍ୟ ମଧ୍ୟ ନୁହେଁ ! କିନ୍ତୁ ରଙ୍ଗୀ, ସେ ତ ନୀଳୁଙ୍କୁ ଜାଣି ନ ଥିଲା ତା'ର ପିଲାଦିନୁଁ । କୈଶୋର ଯୌବନର ସନ୍ଧିସ୍ଥଳରେ କନକ ନିଜେ - ସେ ଏକା କାହିଁକି, ଆଉ ସମସ୍ତେ ମଧ୍ୟରେ ସେଥିରେ ଥିଲେ- ରଙ୍ଗୀର ନବ ପିପାସାର ଶୁଷ୍କ ଦୃଷ୍ଟି ସମ୍ମୁଖରେ ଆଣି ଥୋଇ ଦେଇଥିଲା ନୀଳୁଙ୍କୁ ! ବିବାହ-ପ୍ରସଙ୍ଗ ତଥା ରଙ୍ଗରହସ୍ୟଦ୍ୱାରା ତା' ମନରେ କ'ଣ ବଦ୍ଧମୂଳ କରାଇ ଦିଆଯାଇ ନ ଥିଲା ଯେ, ରଙ୍ଗୀ ନୀଳୁଙ୍କର ! ଏଥିରେ ରଙ୍ଗୀର କି ଦୋଷ, ଯଦି ସେ ପୂର୍ଣ୍ଣ ହୃଦୟ ଦେଇ ନୀଳୁଙ୍କ ପ୍ରଣୟାସକ୍ତ ହୋଇ ଉଠିଲା ! ସେମାନେ କ'ଣ ତା'ର କୋମଳ ହୃଦୟଟି ନେଇ ନିର୍ମମ ଖେଳଟିଏ ଖେଳିନାହାନ୍ତି କି ? କିନ୍ତୁ ଆଉ କ'ଣ ଭଲା କରାଯାଇ ପାରିଥାନ୍ତା ? କରଣ ଘରେ ଆଉ କିଛି ଉପାୟ ତ ନାହିଁ; ତଥାପି କରଣ ଘରେ ପ୍ରେମ କରିବାର ସ୍ୱାଧୀନତା ନ ଥିଲେ ସୁଦ୍ଧା ପ୍ରେମ କରିବାର ସୁବିଧାଟିକ ରଙ୍ଗୀକୁ ଦେବା କ'ଣ ବିଷମ ଭୁଲ ହୋଇନାହିଁ ! ଅବଶ୍ୟ, ସେହିତାହିଁ ତା'ର ଦୋଷ-ସମସ୍ତଙ୍କର ଦୋଷ । ନାରୀ ହୃଦୟରେ ପ୍ରେମ ସଞ୍ଚାର କରାଇ, ତା' ମୁହଁରେ ଯୋଡ଼ା ପଡ଼ି ଲଗାଇ ତା' ଅସ୍ତିତ୍ୱ ପର୍ଯ୍ୟନ୍ତ ଭୁଲିଯିବାଟା କ'ଣ ଅବିକଳ ହାତଗୋଡ଼ ବାନ୍ଧି ଜଣକୁ ନିଆଁ ବା ପାଣିକୁ ଠେଲି ଦେଲା ପରି ନୁହେଁ କି ! ତା'ପରେ ପୁଣି ନୀଳୁଙ୍କୁ ନେଇ ଦିନକୁ ଦିନ ଏ ରହସ୍ୟମୟ ଖେଳ !

କିନ୍ତୁ କନକ କୌଣସିମତେ ପୂର୍ଣ୍ଣ ଅନୁଭବ କରିପାରିଲାନାହିଁ- କେତେ ଦୁଃଖରେ, କେତେ ଅଭିମାନରେ କେତେ ନିଭୃତ, ଅବ୍ୟକ୍ତ ଯନ୍ତ୍ରଣା ଭୋଗ କରି ରଙ୍ଗୀର ଏ ଦଶା ଶେଷକୁ ହୋଇଅଛି; ପଳେ ପଳେ ଦଗ୍ଧ ହୋଇ ତା'ର ମସ୍ତିଷ୍କ ବିଗିଡ଼ି ଯାଇଛି, ହୃଦ୍‌ଯନ୍ତ୍ର ସେ ଦାହ ସହ୍ୟ କରି ନ ପାରି ଆଜି ତା'ର କ୍ଷୁଦ୍ର ପ୍ରାଣଟିକୁ ବାହାର କରି ଦେବାକୁ ନିଜେ ନିଜେ ଦ୍ୱିଧା ହେବାକୁ ବସିଛି !

ଡାକ୍ତର ସେହିତା କହିଲା- କୌଣସି ଗଭୀର ଦୁଃଖର ଅବ୍ୟକ୍ତ ଯନ୍ତ୍ରଣା ରଙ୍ଗୀର ହୃଦ୍‌ରୋଗର କାରଣ । ହିଷ୍ଟିରିୟାର (ମୃଗୀ) ମୂଳ ଏଇଠି ।

ନିଧିବାବୁ ଓ କନକ ଦୁହେଁ ସେ ରାତିସାରା ରଙ୍ଗୀକୁ ଜଗିବସି, ଏ ବିଷୟରେ ଗଭୀର ଗବେଷଣା କରି ସ୍ଥିର କଲେ ନୀଳୁଙ୍କୁ ଏବେ ସଫା ନ କହିଲେ ଚଳୁ ନାହିଁ-ନ

କହିଲେ କ'ଣ, ରାଜି ନ କରାଇଲେ ବୋଲି କହିବାକୁ ହେବ। ନ ହେଲେ ତ ରଙ୍ଗୀର କଥା ଶେଷ ! ସମାଜ ପ୍ରତି ଆନ୍ତରିକ ଘୃଣା ସହିତ ନିଧିବାବୁଙ୍କର ମନେହେଲା, ହାୟ, ପାଶ୍ଚାତ୍ୟ ଶିକ୍ଷା ଏ ଦେଶକୁ ଆସିବା ପୂର୍ବରୁ ଯଦି ସମାଜସଂସ୍କାର ଆସିଥାନ୍ତା ! ସମାଜର ଏପରି ଅବସ୍ଥାରେ କୌଣସି ଲୋକର-ପୁରୁଷ ବା ନାରୀ-ପାଶ୍ଚାତ୍ୟ ଶିକ୍ଷା ପାଇବା କେବଳ ଦୁଃଖ ଯନ୍ତ୍ରଣାର ମୂଳ ତ ! ସମାଜର ସେ ସଂକୀର୍ଣ୍ଣତା ମଧ୍ୟରେ କୂପମଣ୍ଡୁକ ହୋଇ ରହିବୁ ସଙ୍ଗେ ସଙ୍ଗେ ନବ୍ୟ ଆଲୋକ ମଧ୍ୟ ଆମ ଭିତର ବାହାର ଉଭୟ ଉଭାସିତ କରି ପକାଇବ,-ଏଟା ତ ସ୍ୱାଭାବିକ ନୁହେଁ ! କି ବିଡ଼ମ୍ବନା !

ଏଣେ, ନୀଳୁବାବୁ ବଜାରରୁ ବରଫ ଇତ୍ୟାଦି କେତେକ ଆବଶ୍ୟକ ଜିନିଷ ଆଣି ଦେଇ, ବାହାର ଘରେ ଆଜି ଘଟଣାବଳୀ ଭାବୁଭାବୁ ଗୋଟାଏ ଗଭୀର ଅସ୍ୱସ୍ତିରେ ଆଚ୍ଛନ୍ନ ହୋଇ ବିଛଣାରେ ପଡ଼ିରହିଛନ୍ତି,- ଆଖିରେ ନିଦ ନାହିଁ, ପୁଣି ଯେତେ ଭାବିଲେ ବି କିଛି କୂଳକିନାରା ମିଳୁ ନାହିଁ ! ଏ ସବୁ ଘଟଣା ଯେ ତାଙ୍କୁ ଉପଲକ୍ଷ୍ୟ କରି ଘଟିଗଲା, ଯାର ଅର୍ଥ କ'ଣ ? ସେ ଏ ସବୁରେ କୌଣସି ଭାବରେ ହେଲେ ଅଛନ୍ତି ନିଶ୍ଚୟ; ନ ଥିଲେ, ନିଜକୁ ନିଜେ ଅପରାଧୀ ବୋଲି ସେ ନ ଭାବି ରହିପାରନ୍ତେ ନାହିଁ କାହିଁକି ! ଆଉ, ରଙ୍ଗୀର ସେ ଭର୍ତ୍ସନାପୂର୍ଣ୍ଣ ଦୃଷ୍ଟି ଓ ଉଷ୍ଣ, ତୀବ୍ର କଥା ତାଙ୍କ ମନରୁ କୌଣସିମତେ ଯାଉନାହିଁ। ସେ ତ କେବେ ପରିହାସ ମାତ୍ର ହୋଇ ନ ପାରେ ! କି ରହସ୍ୟ ସେଥିରେ ଅଛି ? ଆହୁରି ପୁଣି ରଙ୍ଗୀ ଯାହା କହୁ କହୁ ପ୍ରଥମେ ମୂର୍ଚ୍ଛା ଗଲା, ତା'ର ବା ଅର୍ଥ କ'ଣ ? ସେ ଏଠାକୁ ଆସିଲେ ରଙ୍ଗୀର କ'ଣ କ୍ଷତି-ଏତେଦୂର କ'ଣ ସେଥିରେ ରଙ୍ଗୀର ଅନିଷ୍ଟ ହେଉଛି, ଯେ ସେ ଆତ୍ମହତ୍ୟା କରିବ ! ସେ ଅଜ୍ଞାନରେ ସେତେବେଳେ ରଙ୍ଗୀ ଥିବା ଘର ଭିତରକୁ ପଶିଯାଇଥିଲେ- ସେଥିଯୋଗେ କ'ଣ ? ନାଃ, ନାଃ, ତା' ତ ହୋଇପାରେନାହିଁ ! ସେ ତ କିଛି କହି ନାହାନ୍ତି, କି କରି ନାହାନ୍ତି ! ହଁ, ସେତେବେଳେ ମଧ୍ୟ ରଙ୍ଗୀ, ଭର୍ତ୍ସନା ସ୍ୱରରେ ଯାହା ନୀଚ କଣ୍ଠରେ କହି ଯାଇଥିଲା, ତାହାର ବା ଅର୍ଥ କ'ଣ ? ତାଙ୍କୁ କେଉଁ କଥାର ଲାଜ ? ନାଃ ଯା ଭିତରେ ନିଶ୍ଚୟ ଆଉ କିଛି ଅଛି !

ଏହିପରି ଭାବୁଭାବୁ ପାହାନ୍ତା ପହରକୁ ଟିକିଏ ତନ୍ଦ୍ରା ଆସିଛି, ଏହିପରି ସମୟରେ ନିଧିବାବୁ ଆସି ତାଙ୍କୁ ଉଠାଇଲେ ଓ କହିଲେ, "ନୀଳୁ ଭାଇ, ଟିକିଏ ଚାଲ ତମେ, ତମୁକୁ ଡାକୁଛି।" "କିଏ, କନକ ?" "ହଁ, ତମେ ଚାଲ ଆଗେ !" ନୀଳୁବାବୁ ଦେଖିଲେ, ନିଧି ବାବୁଙ୍କ ମୁହଁ ଚିନ୍ତା ଓ ଅନିଦ୍ରାରେ ଶୁଖିଯାଇ କଳା ପଡ଼ିଗଲାଣି ଓ ତା' ଉପରେ ମଧ୍ୟ ଭୟର ଛାୟା ପରି କ'ଣ ଟିକିଏ ଦିଶୁଛି ! ସେ ଧଡ଼ପଡ଼ ହୋଇ ଉଠି ଭିତରକୁ ବାହାରି ଗଲେ। ନିଧିବାବୁ ତାଙ୍କୁ ତାଙ୍କ ନିଜ ଶୋଇବା ଘର ଭିତରକୁ

ଦେଖାଇ ଦେଇ, ନିଜେ ବାହାରେ ରହିଲେ। ନୀଳୁବାବୁ କହିଲେ, "ତେମେ ଆସୁ ନା, କଥା କ'ଣ?"

"ନାଇଁ, ନାଇଁ, ତେମେ ଯା। ବଳେ ବୁଝିବ ଯେ।"

ନୀଳୁ ଭିତରେ ପ୍ରବେଶ କରି ଦେଖିଲେ, ରଙ୍ଗୀ ଆଖି ବୁଜି ଶୋଇଚି- ଉପରକୁ ମୁହଁ କରିଛି ଓ ହାତ ଦୁଇଟି ଛାତି ଉପରେ ଚିପି ଧରିଛି; କନକ ତା' ମୁଣ୍ଡ ପାଖରେ ବସି ସାଶ୍ରୁନୟନରେ ତା' ମୁହଁରେ ଭାବ ଲକ୍ଷ୍ୟ କରି ଦେଖୁଛି। ଧୀରେ ଧୀରେ ସେ କନକ ନିକଟକୁ ଯାଇ କହିଲେ, "କ'ଣ?" କଥାଟି ଅତି ନିମ୍ନ ସ୍ୱରରେ କହିଥିଲେ ମଧ ରଙ୍ଗୀ ଆଖି ଖୋଲି ଚାହିଁଲା, ନୀଳୁଙ୍କୁ ଦେଖିଲା, ପୁଣି ଆଖି ବୁଜି ଦେଇ ରହିଲା- ଆଉ କିଛି ବୈଲକ୍ଷଣ୍ୟ ଦେଖାଗଲା ନାହିଁ। କନକ କହିଲା, "ଟିକିଏ ନିଦ ହୋଇଥିଲା, ଏଇନାରେ ଚେତା ଅଛି - ଆଉ ବକୁ ନାହିଁ।" "ମୋତେ କାହିଁକି ଡାକିଲୁ? ତୁ ଯିବୁ ଟିକିଏ ଶୋଇବୁ? ମୁଁ ଏଠି ବସୁଚି, ତୁ ଯା!" "ନା ମ, ତା' ନୁହେଁ। ସେଇ କହିଲା, ତତେ ଡାକିବାକୁ।" ଏହିଠାରେ ରଙ୍ଗୀ ପୁଣି ଆଖି ଖୋଲି, କନକକୁ ବାଧା ଦେଇ କହିଲା, "ମୁଁ ଡାକିବାକୁ କହିଥିଲି? ସତ କହୁଚ ନୂଆ'ଉ?"

"କି ଗୋ, କହିଲ ପରା ସେତେବେଳେ! ରାତିସାରା 'ଦେଖିମି ଦେଖିମି' ହଉଚ, ଫେରେ ଯା କହୁଚ!"

"କାହିଁ, ମୁଁ ତ କହି ନାହିଁ, ମୋର ତ ମନେ ନାହିଁ! ତମ ଭାଇ ସାଙ୍ଗରେ ମୋର କ'ଣ ଅଛି? ମୁଁ କାହିଁକି ତାଙ୍କୁ ଡାକିବାକୁ କହିମି!"

"ହଉ ହଉ, ତା' ହେଲେ ତେମେ ଟିକିଏ ଶୁଅ!"

"ତାଙ୍କୁ କହ, ସେ ଯାଆନ୍ତୁ, ମୁଁ ଶୋଉଛି।"

"ନାଇଁ, ମୁଁ ପରା ଯାଉଛି ଟିକିଏ ଶୋଇମି - ସେ ଟିକିଏ ଏଇଠି ବସୁ।"

"ନା, ସେ ଯାଆନ୍ତୁ! ଭାଇ କାହିଁ? ବୋଉକୁ ଆଣିଲା? ନା, ନୂଆ'ଉ, ତୁମକୁ ମୋ ରାଣ, ଆସ ମେତେ କୋଡ଼ରେ ପୂରେଇ କରି ଶୁଅ। ନିଦରେ ଶୋଇପଡ଼- ମୁଁ ଚୁପ୍ କରି ଶୋଇମି। ଏଠି କେହି ରହିବା ଦରକାର ନାହିଁ!"

ନିଧିବାବୁ ଧୀରେ ଧୀରେ ପ୍ରବେଶ କରିବାରୁ ରଙ୍ଗୀ ମୁହଁ ବୁଲେଇ ଚାହିଁଲା; ନୀଳୁଙ୍କ ଉପରେ ଆଖି ପଡ଼ିବାରୁ ଟିକିଏ ଲଜ୍ଜିତ ହୋଇ ପୁଣି ଆଖି ବନ୍ଦ କଲା। ନିଧିବାବୁ କୋମଳ ସ୍ୱରରେ କହିଲେ, "ରଙ୍ଗୀ, ମୋ ସୁନା ଭଉଣୀଟି ପରା! ଏଇ ନୀଳୁ ଭାଇ ଆସିଚି; କ'ଣ କହିବୁ ପରା!" ରଙ୍ଗୀ ଲଜ୍ଜାରେ ମୁହଁ ବୁଲାଇ ମୁଣ୍ଡ ହଲାଇ ନାହିଁ କଲା। କନକ ଠାରି ଦେବାରୁ ନିଧିବାବୁ ପୁଣି ଚାଲିଗଲେ। କନକ ମଧ ପଛେ ପଛେ ଉଠି ପଡୁଥିଲା, ରଙ୍ଗୀ ତା' କାନି ଧରି ପକାଇ କହିଲା, "ନୂଆ'ଉ, ମୋ

ମୁଣ୍ଡ ଖାଇବ, କୁଆଡ଼େ ଯା ନାହିଁ। ତେମେ ଏଠି ରହ, ଆଉ କେହି ରହିବା ଦରକାର ନାହିଁ। ଆଉ ତମ ଭାଇଙ୍କୁ କହ, ସେ ଡରିବେ ନାହିଁ, ମୁଁ କେଡେଁ ତାଙ୍କୁ ବା' ହବାକୁ ମଙ୍ଗିବି ନାହିଁ!" ଏହା କହି ଅତି ବିକଳ ଅଥଚ କଠିନ ଭାବରେ କନକକୁ କୁଣ୍ଢାଇ ଧଇଲା। ନୀଲୁବାବୁ କ'ଣ ବୁଝିଲେ, ହଠାତ୍ କନକ ମନା କରୁ କରୁ ସେଠାରୁ ବାହାରି ଚାଲିଗଲେ। ଥରେମାତ୍ର ପଛକୁ ଅନାଇ ଦେଖିଲେ, କି ବେଦନା କି ମିନତିପୂର୍ଣ୍ଣ କନକର ଦୃଷ୍ଟି! କ୍ଷଣକେ ପୁଣି ମୁହଁ ମୋଡ଼ି ଦେଇ ଚାଲିଗଲେ! କନକ ହତାଶ୍ ହୋଇ ବସି ପଡ଼ିଲା! ରଙ୍ଗୀ ମଧ୍ୟ କନକ କୋଡ଼ରୁ ଉତ୍ସୁକ ନେତ୍ରରେ ମୁହଁ କାଢ଼ି ଗମ୍ଭୀର ଭାବରେ ଘରୁ ବାହାରି ଯାଉଥିବା ନୀଲୁଙ୍କ ଆଡ଼କୁ ଥରେମାତ୍ର ଚାହିଁ, ହଠାତ୍ ଉଠିବସି; ଦୁଇ ହାତରେ ନିଜ ମୁଣ୍ଡକୁ ବାଡ଼େଇବାକୁ ଲାଗିଲା। କନକ କୌଣସି ମତେ ତାକୁ ଧରି ନିଜ ଛାତି ଉପରକୁ ଆଉଜାଇ ଆଣିଲାରୁ ଅତି କରୁଣ, ଅନୁତାପ ଦଗ୍ଧ ସ୍ୱରରେ କହିଲା, "ନୂଆ'ଉ ମୁଁ ନ ମରି ଯା ବଞ୍ଚିଛି! ଛି, ଛି! ଏ ଜଳାଜଳା ଜୀବନ କ'ଣ ସହଜେ ଯିବ?" କନକ ସାନ୍ତ୍ୱନା ଦେବାରୁ କହିଲା, "ସତେ କ'ଣ ନୂଆ'ଉ, ମୁଁ ତାକୁ ଡାକୁଥିଲି ନା? ଭାଇଙ୍କ ଆଗରେ? ଛି, ଛି-ଏ ପୋଡ଼ା ଜୀବନ ବାହାରି ଯାଉନାହିଁ କାହିଁକି! ଏ ପୋଡ଼ା ମୁହଁ ଆଉ ମୁଁ ଦେଖାଇବି କେମିତି!" ଏହା କହି ବିଚାରୀ ଅସ୍ଥିର, ଅସଂଯତ ଭାବରେ ତା' ସ୍ୱେଦସିକ୍ତ ପାଣ୍ଡୁର ମୁଖଟିକୁ ନୂଆବୋଉଙ୍କ କୋଡ଼ ଭିତରେ ପୂରାଇ ବିଛଣା ଉପରେ ଲୋଟି ହୋଇ ପଡ଼ିଲା। ମୁଣ୍ଡର ମୁକ୍ତ କେଶଦାମ ସାଙ୍ଗେ ସାଙ୍ଗେ ଚାରିଆଡ଼େ ମେଲିଯାଇ ତା'ର ଗଭୀର ଲଜ୍ଜାକୁ ଘୋଡ଼ାଇଲା ପରା!

X X X X

ନିଧି ବାବୁ ଥକ୍କା ହୋଇ କାନ୍ଥକୁ ଆଉଜି ପିଣ୍ଡାଟି ଉପରେ ଯେମିତି ବସି ପଡ଼ିଥିଲେ, ସେମିତି ବସିଥାନ୍ତି। ଅନେକ କ୍ଷଣ ପରେ କନକ ରଙ୍ଗୀକୁ ଶୁଆଇ ଧୀରେ ଧୀରେ ଦୁଆର ଖୋଲି ବାହାରିଲା, ସେତେବେଳକୁ ପ୍ରାୟ ରାତି ଆସି ପାହିଲାଣି। ନିଧିବାବୁ ଝାଡ଼ି-ଝୁଡ଼ି ହୋଇ ଉଠି ଅନିଶ୍ଚିତ ଭାବରେ ଛିଡ଼ା ହୋଇ ରହିଲେ- କନକ ଆଡ଼କୁ ଆଉ ଚାହିଁଲେ ନାହିଁ। କନକ ନିକଟକୁ ଯାଇ ନୈରାଶ୍ୟପୂର୍ଣ୍ଣ ସ୍ୱରରେ କହିଲା, "ନୀଲୁଭାଇ କୁଆଡ଼େ ଗଲା?" ନିଧିବାବୁ ସ୍ଥିର ଭାବରେ କହିଲେ, "ସେଥିରୁ କ'ଣ ପାଇବ। ସେ ଆଉ ଏଠିକି ଆସିବ ନାହିଁ।" "ଆସିବ ନାହିଁ? କି, କିମିତି ଜାଣିଲ?" ମୋତେ ସେ କହିକରି ଯାଇଚି।" ସ୍ୱାମୀ ସ୍ତ୍ରୀ କିଛିକ୍ଷଣ ମୌନ ହୋଇ ରହିଲେ। କନକ ଏଇଆ ବି ଭୟ କରୁଥିଲା। ନିଧିବାବୁ ପଚାରିଲେ, "ତମକୁ ସେ କ'ଣ କହିଲା କିଛି?" କନକ ମନେ ମନେ ଗୋଟାଏ ଅନ୍ୟାୟ ଅଭିମାନ କରି କାନ୍ଦିବାର ଉପକ୍ରମ କରୁଥିଲା; ଏ କଥାରେ ଫୁଲି ଫୁଲି କାନ୍ଦି ଉଠିଲା। ନିଧିବାବୁ ସାନ୍ତ୍ୱନାର

ଚେଷ୍ଟାମାତ୍ର ନ କରି ଗମ୍ଭୀର ଭାବରେ କହିଲେ, ନୀଳୁର କିଛି ଦୋଷ ନାହିଁ ତ-ନା, ନା ! ହାୟ, ସେ ଯା ଆମ ଉପରେ ଏତେ ରାଗ ରଖିକରି ଗଲା !" କନକ କାନ୍ଦୁ କାନ୍ଦୁ ବାଧା ଦେଇ କହିଲା, "କାହାରି ଉପରେ ତା'ର ରାଗ ନାହିଁ। ମୁଁ ଜାଣେ, ଖାଲି ମୋରି ଉପରେ ତା'ର ସବୁ ରାଗ।" ନିଧିବାବୁଙ୍କ ଆଖିରେ କିପରି ଗୋଟାଏ ମଳିନ ଜ୍ୟୋତି ଦେଖାଗଲା। ସେ କହିଲେ ଗମ୍ଭୀର ଉନ୍ନତ ଭାବରେ- "ତା'ର ରାଗିବାର କଥା ତ-ତମର ଯଉଁ ବୁଦ୍ଧି !" କନକ ଆତ୍ମରକ୍ଷା ଛଳରେ କହିଲା, "କି, ନୀଳୁଭାଇ ମୋତେ ଏପରି ଠକିବ, ମୁଁ କ'ଣ ଜାଣିଥିଲି !" ନିଧିବାବୁ ହସି ଉଠିଲେ, କହିଲେ, "ନୀଳୁଭାଇ ତମୁକୁ ଠକିଲା, ନାହିଁ ? ହା ହା ହା !" ଏହା କହି ନିଧିବାବୁ ଅଧିକତର ବେଗରେ ହସିବାକୁ ଲାଗିଲେ !

ଲଜ୍ଜିତ, ବ୍ୟଥିତ ହୋଇ କନକ ସେଠାରୁ ପଳାଇ ଗଲା ! ନିଧିବାବୁଙ୍କ ହସ ସେଥିରେ ବି ବନ୍ଦ ହେଲା ନାହିଁ।

ଚତୁର୍ଥ ଖଣ୍ଡ

ମନେ ମନେ

(୧)

ପନ୍ଦର କୋଡ଼ିଏ ଦିନ ମଧ୍ୟରେ ରଙ୍ଗୀ ସମ୍ପୂର୍ଣ୍ଣ ସୁସ୍ଥ ହୋଇ ଉଠିଲା। ଦେହର ପୂର୍ବ ଅବସ୍ଥା ଓ ବର୍ତ୍ତମାନ ଅବସ୍ଥା ଭିତରେ ପ୍ରଭେଦ ନାହିଁ କହିଲେ ଚଳେ, କିନ୍ତୁ ତା' ମୁହଁଟିରେ ସ୍ୱାସ୍ଥ୍ୟର ଉଜ୍ଜ୍ୱଳ କାନ୍ତିଟିକ ନାହିଁ, ଆଖିଯୋଡ଼ିକର ସେ ଦୀପ୍ତି ନାହିଁ-ଗୋଟାଏ ଗଭୀର ଅବସାଦ ଯେପରି ତା' ଅଙ୍ଗ ପ୍ରତ୍ୟଙ୍ଗକୁ ଢାଙ୍କି ରଖିଛି। ଦୃଷ୍ଟି ସବୁବେଳେ ତଳକୁ, ଅଙ୍ଗ ପ୍ରତ୍ୟଙ୍ଗରେ ସ୍ଫୂର୍ତ୍ତିହୀନତା, ମନରେ ସଦା ଜାଗ୍ରତ ଗୋଟାଏ ଅନିଶ୍ଚିତ ଭୟ; କିପରି ଗୋଟାଏ, ଦୁର୍ବିସହ ଭାର ଯୋଗୁ ତା'ର ମୁଣ୍ଡଟି ଯେପରି ଆଜି ଲଇଁ ପଡ଼ିଲାଣି। କିନ୍ତୁ ସବୁଥିରେ ଗୋଟାଏ ଦୃଢ଼ ସଂଯମ, ଗୋଟାଏ ସୁକଠିତ ବର୍ମାବୃତ ଶକ୍ତିର ଆଭାସ ମିଳୁଅଛି।

ପାଠକେ, ଘୋର ଝଡ଼ବେଳେ ଗୋଟାଏ ଉନ୍ନତ ବୃକ୍ଷର ଅବସ୍ଥା ପର୍ଯ୍ୟବେକ୍ଷଣ କରି ଦେଖିବେ, - ସେ କିପରି ତାହାର ସ୍ୱଭାବଗାମ୍ଭୀର୍ଯ୍ୟ ଛାଡ଼ି, ବାତ୍ୟାବିତାଡ଼ିତ ହୋଇ ଛିନ୍ନ ଭିନ୍ନ ଅବସ୍ଥାରେ, କେତେବେଳେ ଧରାତଳର, କେତେବେଳେ ବା କ୍ଷୁଦ୍ରା-କ୍ଷୁଦ୍ର ନିର୍ବିଚାରରେ ନିକଟସ୍ଥ ବୃକ୍ଷଲତା ଆଶ୍ରୟ ଘେନି ବୁଲୁଛି। ପୁଣି ଦେଖିବେ,- ଝଡ଼ର ଅବସାନରେ ବୃକ୍ଷଟି କିପରି ବିକଳ ଭାବରେ ତାହାର ଲଜ୍ଜାନମ୍ର କ୍ଷତବିକ୍ଷତ ଅଙ୍ଗ ପ୍ରତ୍ୟଙ୍ଗକୁ ଗୋଟାଇ ଆଣି ତା'ର ସେହି କ୍ଷଣିକ ଅସଂଯମର ନିଭୃତି ପ୍ରାୟଶ୍ଚିତ କରୁଛି ! ଆକସ୍ମିକ ଉତ୍ତେଜନାର ଉଦ୍ଦାମ ଚାଞ୍ଚଲ୍ୟ ତାକୁ ଭୂତଳଶାୟୀ କରିପାରିନାହିଁ- ତା'ର ଉଚ୍ଚ ଶିର ଉଚ୍ଚ ରହିଛି। ଅଧୁନା ତା'ର ଲଜ୍ଜାର ପରାଭବ, ତା'ର ଭୟର ଲଜ୍ଜା; ଉଭୟେ ମିଳି ତାକୁ ବକ୍ର କରିବାକୁ ଚାହୁଁଛନ୍ତି ! ଆଉ ମିଳାଇ ଦେଖିବେ-ରଙ୍ଗୀର ଅବସ୍ଥା ଆଜି ଠିକ୍ ସେହିପରି।

ରଙ୍ଗୀର ବର୍ତ୍ତମାନ ପ୍ରଧାନ ଭୟ-ନୀଳୁବାବୁ ତ ଏ ବସାକୁ ପୂର୍ବପରି ଆସିବ,

ଯିବ, ଏଥିରେ ସେ ଏଠି ଚଳିବ କିପରି ? ତା'ର ମନେ ହେଉଛି, ନୀଳୁବାବୁର ଛାଇ ପଡ଼ିଲେ, କି ତା' କଣ୍ଠସ୍ୱର ତା କର୍ଣ୍ଣକୁ ଆସିଲେ ସେ ଏଥର ନିଶ୍ଚୟ ମରିଯିବ ! ତଥାପି କାହିଁ- ଆଜିକୁ ପଚିଶ ଦିନ ହୋଇଗଲା, ଦିନେ ହେଲେ ତ ନୀଳୁବାବୁ ଏ ବସାକୁ ଆସିଥିବାର ଆଭାସ ଟିକିଏ ହେଲେ ସେ ପାଇ ନାହିଁ। କେତେବେଳେ ଭାବୁଛି- ଆସୁଥିବ ସେ ଜାଣିପାରୁନାହିଁ, ପୁଣି କେତେବେଳେ ଭୟ ସହିତ ଭାବୁଛି- ନାଇଁ, ଆଉ ଆସୁନାହିଁ ପରା ! ନିଜ ମନକୁ ସେ ଯଥାସମ୍ଭବ ଶାସନ କରୁଛି, କହୁଛି, "ସେ ଆସିଲେ କେତେ ନ ଆସିଲେ କେତେ-ତା'ର ସେଥିରେ କ'ଣ ଅଛି !" କିନ୍ତୁ ବାଇୟା ମନ କି ଭୁଲେ ! ଅତି ଦମ୍ଭରେ ସେ ନିଜ ବିଶ୍ୱାସଘାତକ ମନ ସହିତ ଯୁଦ୍ଧ କରି ବସେ; କିନ୍ତୁ ଅଜ୍ଞାତରେ କେତେବେଳେ ସେହି ନୀଳୁକଥା ହିଁ ଭାବି ବସେ ଯେ, ଘଡ଼ିକ ପରେ ହଠାତ୍ ନିଦରୁ ଉଠିଲା ପରି ଉଠି ଦେଖେ, ସେ ପୁଣି ସେହି ଚିନ୍ତାରେ ମଗ୍ନ ! ସମୟ ସମୟରେ ଏପରି ବି ହୁଏ, ଯାହାର ଆସିବା ପାଇଁ ଏତେ ଭୟ ତାହାରି ଆସିବା ସମୟ ହେଲେ ସେ ଚକିତ ଉତ୍ସୁକ ଭାବରେ ଭୀତିବିହ୍ୱଳ ଆଶାନ୍ୱିତ ଚରଣରେ ଏ ଘର, ସେ ଘର ବି ହେଉଥାଏ। ଚାହିଁ ଚାହିଁ ଯେତେବେଳେ ନିରାଶ ହୁଏ, ସେତେବେଳେ ମର୍ମାନ୍ତିକ ଅନୁତାପରେ ନିଜକୁ ତିରସ୍କାର କରେ, ଶାସନ କରେ ! ଏତିକି ସୌଭାଗ୍ୟ ତା'ର ଯେ, ତା'ର ଏ ମନୋଭାବ ବାହାରେ ପ୍ରକାଶ ହୋଇ ପଡ଼େ ନାହିଁ। ସେ ଯୋଗେ ସେ ଠକି ଶିଖିଲାରୁ ନିଜକୁ ନିଜେ ପ୍ରସ୍ତୁତ କରି ରଖିଛି, କିନ୍ତୁ ନୀଳୁଚିନ୍ତା ତାକୁ କୌଣସିମତେ ଛାଡ଼ିବାକୁ ନାହିଁ।

ରଙ୍ଗୀ ଆଜି ବଡ଼ିସକାଳୁ ଉଠି, କାମଧନ୍ଦା ସାରି, କନକ ଘରକୁ ଯାଇ ଦେଖିଲା- କନକ ଗୁମ୍ ହୋଇ ବସିଛି, ଗୋଟାଏ ହାତରେ ତା'ର ଖଣ୍ଡେ ଖୋଲାଚିଠି, ଅନ୍ୟ ହାତରେ ଗୋଟାଏ ବନ୍ଦ ଲଫାଫା-ଡାକରେ ଆସିଥିଲା ପରି ଲାଗିଲା। ରଙ୍ଗୀକୁ ଦେଖି କନକ ଖୋଲା ଚିଠି ଖଣ୍ଡିକ ତା' ହାତକୁ ବଢ଼ାଇ ଦେଲା। ରଙ୍ଗୀ ପଢ଼ି ଦେଖିଲା, ପୁରୀରୁ ଗଉରୀଅପା ଲେଖିଛି- ଆଜି ଦିନ ଗାଡ଼ିରେ ସେମାନେ ସମସ୍ତେ ଅର୍ଥାତ୍ ବୋଉ ଗଉରୀ ନିଜେ ଓ ନିଧିବାବୁ ଆସି କଟକରେ ପହଞ୍ଚିବେ। ପଢ଼ିସାରି ରଙ୍ଗ ଭୟବିହ୍ୱଳ ହେଲା ପରି ସେହିଠାରେ ବସିପଡ଼ି, ଗଭୀର ନିଶ୍ୱାସଟିଏ ପକାଇ କହିଲା, "ନୂଆ'ଉ ମୁଁ କ'ଣ କରିବି !" କନକ ବି ଘୋର ଚିନ୍ତାରେ ବିଭୋର ଥିଲା, ସେ ରଙ୍ଗୀର କଥା ପ୍ରତି ଆଦୌ କର୍ଣ୍ଣପାତ କଲା ନାହିଁ, ଆହୁରି ଏକ ଧ୍ୟାନରେ ପୂର୍ବୋକ୍ତ ବନ୍ଦ ଚିଠିଟିର ଶିରୋନାମା ପ୍ରତି ଅନାଇ ରହିଲା। ରଙ୍ଗୀର ମଧ କନକର ମନୋଭାବ ଲକ୍ଷ୍ୟ କଲାଭଳି ମନର ଅବସ୍ଥା ନ ଥିଲା। ସେ ବି ନିଜ ଚିନ୍ତାରେ ନିଜେ ବିଭୋଳ ହୋଇ ରହିଲା। କିଛିକ୍ଷଣ ପରେ କନକ ହଠାତ୍ ଉଠି ଲଫାଫାଟି ରଙ୍ଗୀ ହାତରେ ଦେଇ କହିଲା,

"କହିଲ ନୂଆ'ଉ- ନା ନା, ରଙ୍ଗୀ, ଏ ଚିଠି କୋଉଠୁ ଆସିଛି, କିଏ ଲେଖିଛି ?" ରଙ୍ଗୀ ଚିଠିଖଣ୍ଡିକ ନେଇ ଏପଟ ସେପଟ ଦେଖି କନକ ହାତକୁ ଫେରାଇ ଦେଇ କହିଲା, "ମୁଁ ତ ଜାଣିପାରୁନାହିଁ, ନୂଆ'ଉ, ଏଟା ତ ଭାଇଙ୍କ ନାଁରେ ଆସିଛି। ହଁ, ନୂଆ'ଉ, କିଏ ଦେଇଛି ?" କନକ ଅଳ୍ପ ଅଳ୍ପ ହସୁଥାଏ। କହିଲା, "ଚିହ୍ନି ପାରିଲ ନାହିଁ ? ଏଟା ନା- ନାଇଁ, ନାଇଁ, କେହି ନା- ମୁଁ କେମିତି ଜାଣିବି !" ଏହା କହି କନକ ମନେ ମନେ ଜିଭ କାମୁଡ଼ି ରହିଲା ଓ ଚିଠି ଖଣ୍ଡିକ ନେଇ ଟେବୁଲ ଉପରେ ରଖିଦେଲା। ରଙ୍ଗୀ ମଧ୍ୟ ଅବସ୍ଥା-ଚିନ୍ତାରେ ବ୍ୟସ୍ତ ଥିବାରୁ କନକର ଏ ଭାବ-ପରିବର୍ତ୍ତନ ଲକ୍ଷ୍ୟ କଲା ନାହିଁ, ନ ହେଲେ, ପ୍ରକୃତ ଘଟନାଟା ଜାଣିବାକୁ ତାକୁ ବିଳମ୍ବ ହୋଇ ନ ଥାନ୍ତା।

ଚିଠି ଖଣ୍ଡିକ ନୀଲୁଙ୍କର।

ବାସ୍ତବିକ, ନୀଲୁବାବୁ ସେ ଦିନଠୁ ଆଉ ଦେଖା ନାହାନ୍ତି - ଦେଖା ତ ଦୂରର କଥା, ତାଙ୍କର କୌଣସି ଖବର ବି କନକ ପାଇ ନାହିଁ। ସେ କଟକରେ ଅଛନ୍ତି, କି ଅନ୍ୟ କୁଆଡ଼େ ଗଲେଣି, ଏହା ବି କନକକୁ ଏ ପର୍ଯ୍ୟନ୍ତ ଜଣା ନ ଥିଲା। ଆଜି ଡାକରେ ତାଙ୍କ ହାତଲେଖା ଚିଠିଖଣ୍ଡ ଦେଖି ସେ ଭାବୁଛି ଯେ, ସେ ଏଠାରେ ନାହାନ୍ତି। ଇତିପୂର୍ବରୁ ଦିନକୁ ଶହେଥର ନୀଲୁଙ୍କ କଥା ତା'ର ମନେପଡ଼ିଲେ ସୁଦ୍ଧା, ସେ କାହିଁକି କେଜାଣି ତାଙ୍କ ବିଷୟରେ କାହାରିକୁ କିଛି ପଚରାପଚରି କରିନାହିଁ। ସେଇ- ସେ ଦିନର ଘଟନା ପରଠୁଁ ଆଜିକୁ ପଚିଶି ଦିନ ହେଲା ନିଧିବାବୁଙ୍କ କଥା ତ ଛାଡ଼ିଦିଅ ଚାକରବାକରଙ୍କୁ ପର୍ଯ୍ୟନ୍ତ ନୀଲୁବାବୁଙ୍କ ପ୍ରସଙ୍ଗରେ ପଦେକଥା କହିବାକୁ ସୁଦ୍ଧା ସେ ସାହସ କରିନାହିଁ। କି ଗୋଟାଏ କ୍ଷୁଦ୍ରତା ଓ ନ୍ୟୂନତା ତା' ମନକୁ ନୁଆଇଁ ଦେଇ ଯାଇଛି ଯେ, ସେ ସେହି ଦିନଠାରୁ ନିଜକୁ ଘୋର ଅପରାଧୀ ବୋଲି ଭାବିଛି। କି ପ୍ରକାର ଯେ ତା'ର ଅପରାଧ, ସେ ନିଜେ ତାହା ବୁଝିନାହିଁ; ଅଥଚ ନୀଳଙ୍କୁ ବିଷୟରେ ସେ ଆଉ ପାଟି ଫିଟାଇବାକୁ ସାହସ କରୁନାହିଁ। ଏ ବିଷୟରେ ନିଧିବାବୁ ମଧ୍ୟ ସେହି ଦିନଠାରୁ ଏକାବେଳକେ ମୂକ ହୋଇଯାଇ ଅଛନ୍ତି। ସେ ଯୋଗେ ମଧ୍ୟ ଆହୁରି ତା'ର ସାହସ କମିକମି ଯାଇଛି। ସେ ବୁଝିପାରିଛି, ନିଧିବାବୁ ଓ ତା' ମଧ୍ୟରେ ସେହି ଦିନଠାରୁ ଗୋଟାଏ କି ବ୍ୟବଧାନ କ୍ରମେ ଘନୀଭୂତ ହୋଇ ଆସିଛି। ସେ ଦିନର ନିଧିବାବୁଙ୍କ ହସ ତା' ମନରୁ ଯାଇ ନାହିଁ, ଏଣେ ତାଙ୍କର ତା' ପରର ବ୍ୟବହାର ତା'ର ଆତ୍ମଗ୍ଲାନିକୁ ବଢ଼ାଇବା ସଙ୍ଗେ ସଙ୍ଗେ ତା'ର ଆତ୍ମାଭିମାନକୁ ମଧ୍ୟ ଉଦ୍ଦୀପିତ କରି ଦେଇଛି। ନୀଲୁବାବୁଙ୍କୁ ଉପରେ ତ ତା'ର ଷୋଳ ପଣ ଅଭିମାନ; ତା' ଉପରେ ପୁଣି ସ୍ୱାମୀଙ୍କର ଏ ବ୍ୟବହାରରେ ତା' ମନରେ ଭୟ ସଙ୍ଗେ ସଙ୍ଗେ ଲଜ୍ଜା ଓ ଅଭିମାନ ଉଭୟ ଜାଗି

ଉଠି, ବର୍ତ୍ତମାନ ଭୀଷଣ ଆକାର ଧାରଣ କରି ପକାଇଅଛି। ଏ କେତେଦିନ ଦୁଇଜଣଙ୍କ ମଧ୍ୟରେ ଗାର୍ହସ୍ଥ୍ୟ ବ୍ୟାପାର ଛଡ଼ା ଅନ୍ୟ ବିଷୟରେ କଥାବାର୍ତ୍ତା ଆଦୌ ହୋଇନାହିଁ କହିଲେ ଚଳେ। ଫଳରେ ଆଜିକୁ ଦୁଇଦିନ ପୂର୍ବେ ନିଧିବାବୁ ପୁରୀ ଗଲା ବେଳକୁ, ଦୁଇ ଜଣଙ୍କର ସାକ୍ଷାତ୍ ହେବାର ବଧ ଆବଶ୍ୟକ ହୋଇ ନାହିଁ। ଆଉ, ଆଜି ଗଉରୀଠାରୁ ଏ ପତ୍ର-ଗଉରୀଠାରୁ! ନିଧିବାବୁ ତ ସ୍ୱଚ୍ଛନ୍ଦରେ ସେହି ବିଷୟ ଲେଖିପାରିଥାନ୍ତେ। ସେଇଥିଯୋଗେ ଆଜି କନକ ନିଜକୁ ସ୍ୱାମୀଙ୍କ ନାମରେ ପତ୍ର ଲେଖିବାର ଅଧିକାରରୁ ବଞ୍ଚିତ ମନେକଲା-ଯେଉଁ ପତ୍ର ପୁଣି ସେ ସ୍ପଷ୍ଟ ବୁଝିପାରୁଛି, ତାହାରି ନୀଳୁଭାଇଙ୍କଠାରୁ ହିଁ ଆସିଛି!

ଲଜ୍ଜାରେ, ଅପମାନରେ ତାକୁ ଆଜି ଜୀବନ ବିଷ ପରି ଲାଗୁଛି। କେବଳ ଗୋଟାଏ କଠିନ ଅଭିମାନ ତାକୁ ଟେକି ଧରି ଚଳାଇ ନେଉଛି!

ରଙ୍ଗୀ ଏ ସବୁର କିଛି ଜାଣେ ନାହିଁ। ସେ ବା କିପରି ଜାଣିବ,- ତା' ନିଜ ଚିନ୍ତା ତ ତାକୁ ଖାଇ ଯାଉଛି! ବୋଉ ଓ ଗଉରୀଅପା ସଙ୍ଗରେ ଦିନେ ତ ନିଶ୍ଚୟ ଦେଖା ହେବ। ସେଯୋଗେ ସେ ନିଜକୁ ଆଗରୁ ଅନେକ ପ୍ରକାରେ ପ୍ରସ୍ତୁତ କରି ରଖିଥିଲେ ସୁଦ୍ଧା, ଆଜି ତାଙ୍କ ଆସିବା ଖବରରେ ତା' ମୁଣ୍ଡରେ ବଜ୍ର ପଡ଼ିଲା ପରି ବୋଧ ହେଲା। କିଛିକ୍ଷଣ ଚୁପ୍ ରହି ସେ ପୁଣି କନକକୁ ଧରି କହିଲା, "ନୂଆ'ଉ, ମୁଁ ଆଜି କ'ଣ କରିବି, ମୋତେ କହିଦିଅ!" କନକ ଟିକିଏ ହସି-ଏ ଅବସ୍ଥାରେ ତା' ମୁହଁରୁ ହସ କିପରି କୁଆଡୁ ଆସିଲା କେଜାଣି, ହସିବାର ତ କୌଣସି କାରଣ ନ ଥିଲା-କହିଲା, "ତମ ଭାଇ ଆଗେ ବୋଉଙ୍କୁ କିଛି କହିଚନ୍ତି କି ନା, ଦେଖ!" ରଙ୍ଗୀ କହିଲା, "ଆଉ ଗଉରୀଅପା?" "ତାଙ୍କୁ ଏତେ କ'ଣ ଡର?" "ମଲା, ତାକୁ ତ ମୋର ରାଇଜ ଡର; ବୋଉକୁ କ'ଣ ଏତେ ଡର କି! ନ ହେଲେ- ଯା ଯା! ନୂଆ'ଉ, ମୁଁ କ'ଣ କରିବି ସତେ!" "ନା, ତେମେ ଇମିତି ଛାନିଆ ହୁଅ ନାହିଁ। ଆସନ୍ତୁ ଆଗେ, କ'ଣ ହଉଚି ଦେଖାଯାଉ।" "ନା, ନା, ତେମେ ଦେଖିବ, ସେସବୁ ଆସିଲାବେଳକୁ ମୁଁ କେଉଁଠି ଥିମି! ସେ କୁଠୁଲୀ ଘରେ କବାଟ ଦେଇକରି-" "ଯାଃ ଏତେ ଡର କାହିଁକି ମ! କଉଁ କଥାକୁ ଏତେ ଡର? କ'ଣ କଲ କି, ତମେ- ଚୋରି, ନା ନାରୀ, ନା କ'ଣ! ଦେଖୁ ନା-କେତେ ଡରୁଚି!" ଏହା କହି କନକ ନିଜ ଗର୍ବିତ କଥାରେ ନିଜେ ଫୁଲି ଉଠି ସେଠାରୁ ସଦମ୍ଭରେ ବାହାରି ଚାଲିଗଲା; ରଙ୍ଗୀ ଥକ୍କା ହେଲା ପରି ତା' ଆଡ଼କୁ ଅନାଇ ରହିଗଲା। ସେ କୌଣସିମତେ ହଠାତ୍ ବୁଝିପାରିଲା ନାହିଁ, କନକର ତାହା ପରି ଡରିବାର କ'ଣ କାରଣ ଅଛି। ସେ ଖାଲି ଆକୁଳ ହୋଇ ସେହି ବିଷୟ ଭାବିବାକୁ ଲାଗିଲା।

ସ୍ୱାମୀ ସ୍ତ୍ରୀଙ୍କ ମଧ୍ୟରେ ଏ ମତାନ୍ତର ବିଷୟଟି ଟିକି, ଖୋଲି ନ କହିଲେ ଚଳିବ ନାହିଁ। ନିଧିବାବୁ ଓ କନକ ଏ ଦୁଇଜଣଙ୍କ ଗାର୍ହସ୍ଥ୍ୟ ଓ ଦାମ୍ପତ୍ୟ ଜୀବନ ବିଷୟରେ ଆଭାସ ମାତ୍ର ଦିଆ ହୋଇଅଛି। କନକ ହୃଦୟରେ ନିଧିବାବୁଙ୍କ ସ୍ଥାନ କେଉଁଠି ଏ ବିଷୟରେ ପାଠକେ ସନ୍ଦିହାନ ହେବା ସ୍ୱାଭାବିକ। ତେବେ ଏତିକି କହିଲେ ଯଥେଷ୍ଟ ହେବ ଯେ କନକ ନିଜ ହୃଦୟକୁ ପ୍ରାଣପଣ ଯତ୍ନରେ ସ୍ୱାମୀପ୍ରେମ ଓ ସ୍ୱାମୀ ସେବାରେ ମଣାଇ ଥିଲା ଓ ଗୋଟାଏ ଆଦର୍ଶ ଉପରେ ଅଖଣ୍ଡ ବ୍ରତ ଧାରଣ କରି ସାମାନ୍ୟ କଥାରେ ମଧ୍ୟ ସେଥିରେ ନିଜକୁ ବିଚଳିତ ହେବାକୁ ଦେଉ ନ ଥିଲା। ଆଉ ନିଧି ବାବୁ,-ସେ ତ କନକଗତପ୍ରାଣ ହୋଇ ଆଜିଯାଏଁ ବିବାହିତ ଜୀବନର ପ୍ରାୟ ଦେଢ଼ବର୍ଷ କାଳ କଟାଇଥିଲେ। ବିବାହର ଅତି ଅଳ୍ପକାଳ ପରେ କନକ ନୀଳୁଙ୍କ ପ୍ରତି ମନୋଭାବ ତାଙ୍କର ସୁଗୋଚର ହୋଇଥିଲେ ସୁଦ୍ଧା, ସେ ଯୋଗେ କନକ ଦୋଷ ଦେବା ତ ଦୂରେଥାଉ, ସେ ତାକୁ ହୃଦୟର ସହାନୁଭୂତି ଛଡ଼ା ଆଉକିଛି ଦେଇ ନ ଥିଲେ ସେଥିଯୋଗେ। ତା' ଛଡ଼ା ଅବ୍ୟକ୍ତ ଭାବରେ ଉଭୟଙ୍କ ମଧ୍ୟରେ ଗୋଟାଏ ସମ୍ପୂର୍ଣ୍ଣ ବୁଝା ପଡ଼ା ହୋଇଯାଇଥିଲା। ନିଧିବାବୁ କନକର ସ୍ନେହ, ଯତ୍ନ ଆଦର ଓ ସେବା ଯେଉଁ ପରିମାଣରେ ପାଉଥିଲେ, ସେଥିରେ ସେ ପରମ ପରିତୃପ୍ତ ହୋଇ ତା'ର ଚରିତ୍ରବଳକୁ ପ୍ରଶଂସା ନ କରି ରହିପାରୁ ନ ଥିଲେ। ଫଳରେ ଉଭୟଙ୍କ ଯତ୍ନ ଓ ଚେଷ୍ଟାରେ ଦାମ୍ପତ୍ୟ ପ୍ରେମର ଅନ୍ତରାୟ ସେହି ନୀଳୁଙ୍କୁ ହିଁ ଦୁହେଁ ମଝିରେ ରଖି ଏ କେତେ ଦିନ ଅବିଚ୍ଛିନ୍ନ ସୁଖ ଭୋଗ କରି ଆସିଥିଲେ।

ଏହି ତାଙ୍କର ପ୍ରଥମ ମତାନ୍ତର! ଇତିପୂର୍ବରୁ କଳହ ତ ଦୂରର କଥା, ଉଭୟଙ୍କ ମଧ୍ୟରେ ସାମାନ୍ୟ ପ୍ରେମାଭିମାନ ପର୍ଯ୍ୟନ୍ତ ହୋଇ ନାହିଁ ଏଥିର କାରଣ ସହଜରେ ଅନୁମେୟ। ଉଭୟେ ଧରି ବସିଥିଲେ କର୍ତ୍ତବ୍ୟର ମାପକାଠି, ଯାହା ଜଣକର ପ୍ରକୃତ ପ୍ରେମମୟ ହୃଦୟକୁ ଅନ୍ୟର ପୂର୍ବାଧିକୃତ ସହଜ ପ୍ରେମହୀନ ହୃଦୟ ସହିତ ଏକସମାନ କରି ଆସୁଥିଲା। ଏପରି କ୍ଷେତ୍ରରେ ମତାନ୍ତର ସମ୍ଭବ ନୁହେଁ, ଯେ ପର୍ଯ୍ୟନ୍ତ କେହି ସେ ମାପକାଠିରେ ଦୋଷୀ ବୋଲି ପ୍ରମାଣିତ ନ ହୋଇଛନ୍ତି।

ଅବଶ୍ୟ ନିଧିବାବୁ ସମୟ ସମୟରେ ଭାବୁଛନ୍ତି, ସେ ଠିକ୍ ସଚ୍ଚା ମାଲଟି ପାଇ ନାହାନ୍ତି ବୋଲି, କିନ୍ତୁ ସମସ୍ତ ଅବସ୍ଥା ବିଚାରରେ ଓ କର୍ତ୍ତବ୍ୟଦୃଷ୍ଟିରେ ଏପରି ଭାବକୁ ସେ ସହଜରେ ଦୂର କରିଦେଇ ପାରିଛନ୍ତି। ମାର୍ଜିତ ଶିକ୍ଷିତ ମନରେ ତାଙ୍କର ଏଥିପାଇଁ କନକ ଉପରେ ଲେଶମାତ୍ର ବିରକ୍ତି ବା ଅଶ୍ରଦ୍ଧା ନ ଥିଲା। କିନ୍ତୁ ସେଦିନ ରଙ୍ଗୀର ସେ ଦୁର୍ଘଟଣା ଦିନ- ନୀଳୁ ଯେତେବେଳେ ସବୁ ଘଟଣା ବୁଝିପାରି ଚାଲିଯିବାକୁ ବସିଲେ, ସେ ତାଙ୍କ ବ୍ୟବହାର ମର୍ମ ବୁଝି ନ ପାରି ତାଙ୍କୁ ପଚାରିଲେ। ଇତିପୂର୍ବରୁ ନିଧିବାବୁ ଓ

କନକ ମଧ୍ୟରେ ନୀଳୁ ଓ ରଙ୍ଗୀ ବିଷୟରେ ଯେଉଁ ଚୁକ୍ତି, ଯେଉଁ ଅନୁକ୍ତ ବୁଝାପଢ଼ାଟି ହୋଇଥିଲା ସେ ବିଷୟର ଆଭାସ ପୂର୍ବେ ଦିଆଯାଇଅଛି । ସେ ଯୋଗେ ନିଧି ବାବୁଙ୍କର ପୂର୍ଣ୍ଣ ବିଶ୍ୱାସ ଥିଲା ଯେ, କନକ ଅବଶ୍ୟ ନୀଳୁଙ୍କୁ ରଙ୍ଗୀ ବିଷୟ ଅନେକ ଆଗରୁ କହି ସାରିଥିବ । କନକ ସେ ଭାର ନେଇଥିଲା ଏବଂ ତା'ର ମଧ୍ୟ କହିବା ଉଚିତ ଥିଲା । କିନ୍ତୁ ନୀଳୁଙ୍କର ଏ ବିଷୟରେ ସମ୍ପୂର୍ଣ୍ଣ ଅଜ୍ଞତା ସେ ଦିନ ତାଙ୍କୁ ଆଶ୍ଚର୍ଯ୍ୟାନ୍ୱିତ କରିବା ସଙ୍ଗେ ସଙ୍ଗେ କନକ ପ୍ରତି ଗୋଟାଏ ସନ୍ଦିଗ୍ଧ ଅଶ୍ରଦ୍ଧା ତାଙ୍କ ମନରେ ଆଣି ଦେଇଥିଲା । ମାପ କାଠିର ସାହାଯ୍ୟରେ ତଥା ଆଦର୍ଶର ମହୀୟସୀ ଶକ୍ତିବଳରେ ସେ ଯେଉଁ କ୍ଷୁଦ୍ରତା ଓ ନୀଚ ଧାରଣା ଆଜିଯାଏଁ ତାଙ୍କ ମନରୁ ବିତାଡ଼ିତ କରିଦେଇ ପାରିଥିଲେ, ଆଜି ଆଉ ସେଟାକୁ ପରିହାର କରିପାରିଲେନାହିଁ । ବଳେ ବଳେ ତାଙ୍କ ମନରେ ଏହି ନୀଚ ଧାରଣାଟି ମୁଣ୍ଡ ଟେକି ଉଠିଲା ଯେ, ସେ ପ୍ରବଞ୍ଚିତ ହୋଇଛନ୍ତି ଏ କେତେ ଦିନ,- କନକଦ୍ୱାରା ! ସମୟ ସମୟରେ ତାଙ୍କ ମନରେ କନକ ଏଡ଼େ ନୀଚ ହୋଇପାରେ, ଏ ବିଷୟରେ ଯଥେଷ୍ଟ ସନ୍ଦେହ ହେଉଥିଲା ପ୍ରଥମେ ପ୍ରଥମେ, କିନ୍ତୁ ନୀଳୁର ବ୍ୟବହାର ଓ ଶେଷ କଥାଗୁଡ଼ିକ ସେ ଯେତେ ଭାବିଲେ, କନକ ପ୍ରତି ଅଶ୍ରଦ୍ଧାରେ ତାଙ୍କ ମନ ତେତିକି ଭରି ଉଠିଲା ଓ ତାଙ୍କର ଆଉ ସନ୍ଦେହ ରହିଲା ନାହିଁ ଯେ, କନକ ଜାଣିଶୁଣି ନୀଳୁଙ୍କୁ ରଙ୍ଗୀ ବିଷୟରେ ଲେଶମାତ୍ର ସୂଚନା ଦେଇନାହିଁ । ଜାଣିଶୁଣି ! ଓଃ ଅବିଶ୍ୱାସିନୀ ନାରୀ ।

ଆଉ କନକ- ଯେ ଆଜି ସୁଦ୍ଧା ଜାଣିପାରିନାହିଁ, ତା'ର ଦୋଷ କ'ଣ, କେଉଁଥିରେ ସେ ନିଧିବାବୁଙ୍କ ଚରଣରେ ଅପରାଧିନୀ ! ନୀଳୁବାବୁଙ୍କ ଅନ୍ତର୍ଦ୍ଧାନ ସଙ୍ଗେ ସଙ୍ଗେ ନିଧିବାବୁଙ୍କର ଏ ଭାବ-ବୈଲକ୍ଷଣ୍ୟ ସେ ଦେଖୁଛି ଓ ମନେମନେ ଭୟରେ, ଆତଙ୍କରେ ମୁହ୍ୟମାନ୍ୟ ହୋଇଉଠୁଛି । ତା'ର ସମୟ ସମୟରେ ଏପରି ବି ମନେହେଉଛି ଯେ, ସେ ଟିକିଏ ସୁବିଧା ପାଇଲେ ସ୍ୱାମୀଙ୍କ ଗୋଡ଼ଧରି କାନ୍ଦିକାଟି ପଚାରିବ-ତା'ର ଦୋଷ କ'ଣ; କିନ୍ତୁ ଅଜ୍ଞାତରେ କି ଗୋଟାଏ ଦୁର୍ଭେଦ୍ୟ ପ୍ରାଚୀର ଦୁହିଁଙ୍କ ମଧ୍ୟରେ ସେହିଦିନଠାରୁ କୁଆଡୁ ଆସି ଛିଡ଼ା ହୋଇଯାଇଛି ଯେ, ସେ ଭରସି କିଛି କହିପାରିନାହିଁ, ନା କରିପାରିନାହିଁ ! ବିଶେଷତଃ ନିଧିବାବୁଙ୍କର ଛାଡ଼ ଛାଡ଼ ଅଲଗା ଅଲଗା ଭାବ ଓ ଉଦାସ ଆଚରଣରେ ତା'ର ସମସ୍ତ ହୃଦୟଟିକୁ ଓଲଟ ପାଲଟ କରି ଜାଗି ଉଠିଛି ଗୋଟାଏ ଦୁର୍ଜ୍ଜୟ ଅଭିମାନ, ଯାହା ତାକୁ ତା'ର ସାଧୁ ସଂକଳ୍ପ ପଥରେ ଅଗ୍ରସର କରାଇ ଦେଇନାହିଁ । ଏକା ଥିଲାବେଳେ ସେ ଧୀର ସ୍ଥିର ଭାବରେ ଭାବେ ଯେ, କଥାଟା କ୍ରମେ ଖରାପ ହୋଇ ଆସୁଛି-ସଫା ସଫା ଖୋଲାଖୋଲି ହୋଇଯିବାହିଁ ଭଲ; କିନ୍ତୁ ନିଧିବାବୁଙ୍କ ସମ୍ମୁଖକୁ ଆସିଲେ, ତାଙ୍କ ମୁହଁରେ ସେହି ଉଦାସ ନିର୍ମମ

ଭାବଟିକୁ ଦେଖିଲେ, ତା'ର ସବୁ ସଂକଳ୍ପ, ସବୁ ପ୍ରତିଜ୍ଞା କୁଆଡ଼େ ଉଭେଇ ଯାଏ ନିଧିବାବୁ ବି ସେ ପ୍ରସଙ୍ଗ ଉଠାଇବା ତ ଦୂରର କଥା, ଅନ୍ୟ କୌଣସି ବିଶେଷ କଥା ବି ସହଜ ଭାବରେ ତାକୁ ଆଜିସୁଦ୍ଧା କହି ନାହାନ୍ତି। ଫଳରେ ତାହାର ପୁଣ୍ୟ ସଂକଳ୍ପ ଗତିରୁଦ୍ଧ ଓ ବାଧାପ୍ରାପ୍ତ ହୋଇ ଅନେକ ବାର ବ୍ୟର୍ଥ ହୋଇଯିବାରୁ ଆଉ ସେ ସଂକଳ୍ପର ଲେଶମାତ୍ର ବି ଆଜି ତା' ମନରେ ନାହିଁ। ସେ ବି ଅଜ୍ଞାତରେ ନିଜକୁ ଟାଣ ଟାଙ୍ଗର କରି ପକାଇଲାଣି।

ସେ ଆଜିସୁଦ୍ଧ ବୁଝିପାରିନାହିଁ ଯେ, ନୀଲୁଙ୍କୁ ରଙ୍ଗୀ ବିଷୟ ଆଗରୁ ନ କହିଥିବା ସ୍ୱାମୀଙ୍କ ଚକ୍ଷୁର ଏତେ ଦୂଷଣୀୟ ଏବଂ ସେଇଟା ହିଁ ତା'ର ଅପରାଧ! ଅବଶ୍ୟ ସେ ମନେ ମନେ ନିଜକୁ ଧିକ୍‌କାର ଦେଇଛି- ରଙ୍ଗୀ ପାଇଁ ନିଜ ପାଇଁ ଓ ନୀଲୁଙ୍କ ପାଇଁ- କାହିଁକି ସେ ଆଗରୁ ନୀଲୁଙ୍କୁ ଏ ବିଷୟରେ ନ କହିଛି ବୋଲି। କିନ୍ତୁ ସେଇଥିଯୋଗେ ଯେ ନିଧି ବାବୁଙ୍କଠାରେ ବି ତାକୁ ଆହୁରି ଘୋରତର ଭାବରେ ଅପରାଧିନୀ ହେବାକୁ ହୋଇଛି, ସେଟା ତା' କଳ୍ପନାର ଅତୀତ! ସମସ୍ତଙ୍କଠାରେ ପ୍ରକୃତରେ ସେ ଦୋଷୀ- ନିଧି ବାବୁଙ୍କଠାରେ ବି ସେହି ପରିମାଣରେ, ଯେଉଁ ପରିମାଣରେ ଅନ୍ୟମାନଙ୍କଠାରେ,- ରଙ୍ଗୀର ଦୁଃଖର କାରଣ ବୋଲି! ଏଇଟା ଏଡ଼େ ବଡ଼ ଦୋଷ କିଛି ନୁହେଁ ଯେ, ସେଥିଯୋଗେ କେହି ତା' ଉପରେ ଏଡ଼େ ରାଗ କରିବ! ଦୋଷ କଲେ ଦଣ୍ଡ ଅଛି, ଦଣ୍ଡ ଗ୍ରହଣ କରିବାକୁ ତ ସେ ପ୍ରସ୍ତୁତ ଅଛି! ଅସାବଧାନତା ଓ ଭ୍ରାନ୍ତିର ଏଡ଼େ ଦଣ୍ଡ କ'ଣ ହୁଏ! ସ୍ୱାମୀ ତ ତା'ର ଏପରି ଅନ୍ୟାୟ ତା' ପ୍ରତି କେଭେଁ କରିନାହାନ୍ତି। ଏଡ଼େ ଅବିଚାରୀ ତ ସେ ନୁହନ୍ତି ମୂଳରୁ!

ହଁ, ତା'ର ସେଟା ବଡ଼ ଭୁଲ ହୋଇଯାଇଛି- ନୀଲୁଙ୍କୁ ଆଗରୁ ନ କହିବା! ସେଯୋଗେ ସେ ନିଜକୁ ନିଜେ ମାର୍ଜନା କରିପାରୁନାହିଁ! ଏଡ଼େ ଭୁଲଟା କେଡ଼େ ସହଜରେ ହୋଇଯାଇଛି। ବିବାହ ପ୍ରସଙ୍ଗ ତ ଭାଙ୍ଗି ଯାଇଥିଲା। କଟକ ଆସି ନୀଲୁଙ୍କୁ ଯେତେବେଳେ ସେମାନେ ନିମନ୍ତ୍ରଣ କିର ଆଣି ଆଦର ଆପ୍ୟାୟାନ କଲେ, ସେତେବେଳେ କ'ଣ ନୀଲୁଙ୍କୁ ପ୍ରାୟ ଏହି ଆଶ୍ୱାସନା ଦିଆଯାଇନାହିଁ ଯେ, ସେଟା ପ୍ରକୃତରେ ଚିରଦିନ ପାଇଁ ଭାଙ୍ଗିଯାଇଛି ବୋଲି! ସେତେବେଳେ କଥାରେ ନ ହେଉ, କାର୍ଯ୍ୟରେ ଓ ବ୍ୟବହାରରେ ତାଙ୍କୁ ତ ସ୍ପଷ୍ଟ ଜଣାଇ ଦିଆଯାଇଥିଲା ଯେ, ଆଉ ରଙ୍ଗୀ ପ୍ରସଙ୍ଗ ଉଠିବ ନାହିଁ। ହଁ, ଏଇ କୌଶଳଟି ଜାଣିଶୁଣି ଅବଲମ୍ବନ କରିବାକୁ ପଡ଼ିଥିଲା; ନ ହେଲେ ଯେ ସେ ମୂଳରୁ ଆସି ନ ଥାନ୍ତା! ନୀଲୁଭାଇଙ୍କୁ ତା'ର କ'ଣ ସେ ଚିହ୍ନିନାହିଁ। ନିଧିବାବୁ ବି ତ ଏ କଥା ଜାଣନ୍ତି। ଏଥିରେ ତାଙ୍କର ମୌନ ସମ୍ମତି ଥିଲା ବୋଲି ତା'ର ବିଶ୍ୱାସ! କିନ୍ତୁ ତା' ପରେ ମାସ ପରେ ମାସ ଏପର କେତେ ମାସ

କଟିଗଲା । ସେହି ବିଶ୍ୱାସରେହିଁ ନୀଳୁବାବୁ ଯିବା ଆସିବା କରିବାକୁ ଲାଗିଲେ । ତାଙ୍କର ଏ ଭୁଲ ବିଶ୍ୱାସ ତ ଶେଷ ପର୍ଯ୍ୟନ୍ତ ଭଙ୍ଗାଇ ଦିଆଯାଇନାହିଁ । ଓଃ-କି ଭୁଲ ହଁ ସେଥିଯୋଗେ କନକ ହିଁ ଦାୟୀ ଓ ସେଥିଯୋଗେ ସେ ଅନୁତପ୍ତ ଓ ଦୁଃଖିତ; ତେବେ ସେ ଜାଣିଶୁଣି ଯେ ତାଙ୍କର ଏ ଭୁଲ ବିଶ୍ୱାସ-ତା'ରି ଛଳନାର, କୌଶଳର ସରଳ ବିଶ୍ୱାସ-ଭାଙ୍ଗି ନାହିଁ, ତାହା ବି ତ ନୁହେଁ! 'ଆଜି କହିବି', "କାଲି କହିବି',-ଏହିପରି କ୍ରମେ ମାସ ମାସ କଟିଗଲା ପରେ ତା' ପୋଡ଼ା ମନରୁ ସେ କଥା ବି ପୂରା ଭୁଲିଗଲା! ଯା ଛଡ଼ା ନୀଳୁ ଓ ରଙ୍ଗୀ ମଧ୍ୟରେ ସ୍ୱତଃ ଆକର୍ଷଣ ଜନ୍ମାଇବାହିଁ ତ ଥିଲା ତାଙ୍କର ପୂର୍ବ ବନ୍ଦବସ୍ତ-ମୌଳିକ ପ୍ଲେନ! ଆଉ ନୀଳୁଙ୍କ ଆସିବା ଯିବା ତା' ପକ୍ଷରେ ଏଡ଼େ ସହଜ ଓ ସ୍ୱାଭାବିକ ହୋଇ ଉଠିଲା ଯେ, ସେ ପ୍ରକୃତରେ ଭୁଲିଗଲା ତା'ର କର୍ତ୍ତବ୍ୟ !

ସେହି କର୍ତ୍ତବ୍ୟ ଯେ ତା ସ୍ୱାମୀଙ୍କ ପ୍ରତି ସମସ୍ତଙ୍କଠାରୁ ବଳିକରି ଏଇ ଏତକ ଅଭାଗୀ ବୁଝିପାରିନାହିଁ । ସେଇ ଯେ ଅବ୍ୟକ୍ତ ଚୁକ୍ତି ଦୁହିଙ୍କ ମଧ୍ୟରେ ହୋଇଥିଲା, ତାକୁ ହିଁ ଯେ ସେ ଭାଙ୍ଗି ବସିଛି, ଏହି କଥାଟି କେବଳ ତା'ର ଧାରଣାର ଅତୀତ । ସେଥିଯୋଗେ ସେ ନିଜକୁ ସମସ୍ତଙ୍କଠାରେ ଯେତିକି, ନିଧିବାବୁଙ୍କଠାରେ ମଧ୍ୟ ସେତିକି ପରିମାଣରେ ଦୋଷୀ ବୋଲି ଭାବିଛି-ବରଂ, ରଙ୍ଗୀଠାରେ ହିଁ ସମଙ୍କଠାରୁ ବେଶି ଦୋଷୀ ବୋଲି ସେ ନିଜକୁ ଧରି ନେଇଛି! ଯେଉଁ ନିଚ ଅଭିଳାଷ ନିଧିବାବୁ ତା' ପ୍ରତି ଆରୋପ କରି ଏଡ଼େ ଆଘାତଟା ପାଇଛନ୍ତି, ସେ ନୀଚତା ତା' ହୃଦୟର ବହୁ ଦୂରରେ ବୋଲି ସେ କଥା ତ ସେ ମୂଳରୁ ଭାବିପାରିନାହିଁ !

ନିଧିବାବୁ ଧରି ନେଇଛନ୍ତି, କନକର ଚୁକ୍ତିଭଙ୍ଗ ପଛ ଆଡ଼େ ଗୋଟାଏ କୁତ୍ସିତ ନୀଚତା ରହିଛି, ଆଉ କନକ ଜାଣି ନାହିଁ ଯେ, ସେ ସେଥିପାଇଁ ତାଙ୍କଠାରେ କିପରି ଦୋଷୀ ହୋଇପାରେ! ଫଳରେ ସ୍ୱାମୀଙ୍କ ଅନ୍ୟାୟ ଆଚରଣରେ ବ୍ୟଥିତା ହୋଇ ସେ ଅଭିମାନ-ବର୍ମରେ ନିଜକୁ ଢାଙ୍କି ପକାଇଛି! ଆଉ ଏଟାକୁ କନକର ଦପ ବୋଲି ଭାବି, ନିଧିବାବୁ ଆହୁରି କଠୋର ନିର୍ମମ ହୋଇ ଉଠି, ନିଜକୁ ତାଠାରୁ ପ୍ରାୟ ସମ୍ପୂର୍ଣ୍ଣ ତଫାତ୍ ରଖିବାକୁ ବସିଛନ୍ତି ।

(୨)

"ତମ ନୀଳୁ ଭାଇ ଚିଠି ଦେଇଛନ୍ତି, ଦେଖିଚ ?"

"ହଁ, ନା-ମୁଁ କାହିଁକି ତମ ଚିଠି ଖୋଲିମି !"

ଅନେକ ଦିନ ପରେ ଆଜି ସ୍ୱାମୀ ସ୍ତ୍ରୀଙ୍କର ମୁହାଁମୁହିଁ କଥା ଏଇ ପ୍ରଥମ !

ନିଧିବାବୁ ରାତିରେ ଶୋଇବା ଘରକୁ ଆସି, କନକକୁ ଅପେକ୍ଷା କରୁଥିବାର ଦେଖି, ତରବର ହୋଇ ଖଟ ଉପରକୁ ଯାଇ, କାନିପାରି କାନ୍ଥ ଆଡ଼କୁ ମୁହଁ ବୁଲାଇ ଏ ପ୍ରଶ୍ନ କଲେ। କନକ ତଳେ ଯେଉଁଠି ଶୋଇଥିଲା, ସେଠାରୁ ଧଡ଼ପଡ଼ ହୋଇ ଉଠି, ଅନ୍ୟଆଡ଼କୁ ମୁହଁ ବୁଲାଇ ଏ ଉତ୍ତରଟି ଦେଲା;- ଭରସି ଆଉ କିଛି କହିପାରିଲାନାହିଁ। ପୁଣି ନିଧିବାବୁ ନୀରବ ହୋଇଯିବାରୁ ବାହା ଉପରେ ମୁଣ୍ଡ ଦେଇ ଭୂଇଁରେ ସେହିପରି ଗଡ଼ିଗଲା। ଆଉ ଆଖିରେ ତା'ର ନିଦ ପଶିଲା ନାହିଁ। ନୀରବରେ କେତେବେଳେ ବି ଟିକିଏ ଲୁହ ତା' ଆଖିରୁ ଗଡ଼ିପଡ଼ିଲା। ନିଧିବାବୁ ବି ହୁଏତ ଶୋଇପାରୁ ନ ଥିଲେ; ହଠାତ୍ ତା' ବିଛଣାରେ ନିଦ ଭାଙ୍ଗିଗଲା ପରି ଉଠି ବସି ତଳକୁ ଚକିତରେ ଥରେ ଚାହିଁଦେଲେ। କ୍ଷଣକେ କନକର କରୁଣ ଛବିଟି ତାଙ୍କୁ କିପରି ଗୋଟାଏ ବ୍ୟସ୍ତ କରି ପକାଇଲା। ବୋଧହୁଏ, ସେ ଜାଣିପାରିଲେ ସେ କାନ୍ଦୁଛି। ଘରେ ଆଲୁଅ ନ ଥିଲା,- ଲଣ୍ଠନଟି କମାଇ ଦୁଆର ସେପଟେ ସେ ରଖି ଆସିଥିଲେ। ଖାଲି ଝରକାବାଟେ ଶାରଦୀୟ କୃଷ୍ଣନବମୀର ଅର୍ଦ୍ଧଚନ୍ଦ୍ର ଝଲକାଏ କିରଣ ଅଯତ୍ନରେ କନକର ମୁଣ୍ଡ ଦିହରେ ବୁଣି ଦେଇଥିଲେ। ଖଣ୍ଡି ଓଢ଼ଣା ଭେଦ କରି ଗୋଟାଏ ମେଞ୍ଚା ସେଥିରୁ ଯାଇ ପଡ଼ିଥିଲା ତା'ର ସ୍ଥିର, ସ୍ଫୀତ ଅଧରୌଷ୍ଠଟି ଉପରେ,- ଯେଉଁଥିରେ କନକ ଓଢ଼ଣାର ଗୋଟାଏ ପ୍ରାନ୍ତ ଚାପି ଧରି ମୁହଁଟିକୁ ଅଧେ ଆବୃତ ରଖିଥିଲା। ନିଧିବାବୁ ଅଭିଭୂତ ହେଲା ପରି ପଣେ କାଳ ସେହି ମୃଦୁ-କମ୍ପମାନ ପ୍ରିୟ ମୁଖଟି ଆଡ଼କୁ ଅନାଇ ରହିଲେ। କି ଗୋଟାଏ କରୁଣ ରସରେ ତାଙ୍କ ହୃଦୟ ଭରି ଉଠିଲା, ସେ ଧଡ଼ପଡ଼ ହୋଇ ବିଛଣାରେ ଉଠି ବସିଲେ। ଅନିଶ୍ଚିତ ଭାବରେ ଯାଡ଼େ ସ୍ୟାଡ଼େ ଥରେ ଅନାଇ, ଜୋର୍ କରି କହିଲେ, ଅତି କୋମଳ ଆର୍ଦ୍ରକଣ୍ଠରେ, "କନକ, ତଳେ ଭୂଇଁଟାରେ କାହିଁକି ଶୋଇଚ ?" କନକ ନ ଶୁଣିଲା ପରି ପଡ଼ି ରହିଲା, ଭାବିଲା-ମୁଁ ମୋର ଶୋଇଲି, କି ମଲି ! ପୁଣି ନିଧି ବାବୁ କହିଲେ, "ଛି, କନକ ଭୂଇଁଟାରେ କାହିଁକି ଶୋଇଛ !" କନକ କ'ଣ ଭାବିଲା, ହଠାତ୍ ଧଡ଼ପଡ଼ ହୋଇ ଉଠି ଗୃହ କୋଣରେ ଥିବା ସଉପ ମଶୁଣିଟିଏ ଆଣି ଧଡ୍ କରି ତାକୁ ପକାଇ ଦେଇ, ଏଥର ତା' ଉପରେ ଶୋଇଗଲା।

ପୁଣି ନୀରବ ! ନିଧିବାବୁ କିନ୍ତୁ ଖଟ ଉପରେ ସେହିପରି ସିଧା ବସିଥାନ୍ତି। ହଠାତ୍ ପୁଣି ତାଙ୍କୁ ଜଣାଗଲା, ଯେପରି କନକ ପୁଣି କାନ୍ଦୁଛି। ସେ ଧୀରେ ଧୀରେ ଖଟରୁ ଓହ୍ଲାଇ, କନକର ମୁଣ୍ଡ ପାଖରେ ଯାଇ ଛିଡ଼ା ହେଲେ। କିଛିକ୍ଷଣ ମୌନ ଭାବରେ ସେହିଠାରେ ଛିଡ଼ା ହୋଇ କହିଲେ, "କନକ ମୁଁ ଏଇଠି ଟିକିଏ ସପ ଉପରେ ଶୁଏଁ ?" କନକ କିଛି ନ କହି, ଜାଗା ଛାଡ଼ି ଦେଇ ବୁଲି ଶୋଇଲା। ନିଧିବାବୁ ବସିପଡ଼ିଲେ ଲମ୍ବ ହୋଇ ଶୋଇବାର ଆୟୋଜନ କଲାବେଳେ କନକ ଝଟ କରି ଉଠି ବସିଲା।

ନିଧିବାବୁ କହିଲେ, "କି, ଉଠିଲ ଯେ?" "ଗୋଟାଏ ତକିଆ ଆଣିଦିଏ" ବୋଲି କହି କନକ ଉଠି ପଡୁଥିଲା। ନିଧିବାବୁ ହଠାତ୍ ତା' ହାତ ଯୋଡ଼ିକ ଧରିପକାଇ ତାକୁ କତିକି ଭିଡ଼ି ନେଲେ। କନକ ଅଧୋବଦନରେ ରହିଲା-ହୁଁ କି ନାହିଁ କିଛି କହିଲା ନାହିଁ। ଅଭିମାନରୁ ହେଉ ବା ଆଉ ଯାହା ହେଉ, ଗୋଟାଏ ଭାରି ବଡ଼ କୋହ ତା' ଛାତିଟିକୁ ଫୁଲାଇ ଫୁଲାଇ ତା' ତଣ୍ଟି ପର୍ଯ୍ୟନ୍ତ ଆସି, ବାହାରିବାର ପଥ ନ ପାଇ, ତାକୁ ବ୍ୟତିବ୍ୟସ୍ତ କରି ଦୋହଲାଇ ପକାଉଥାଏ! ନିଧିବାବୁ କନକର ହାତଟି ଧରିଥିବାରୁ ତା' ଆନ୍ତରିକ ଯୁଦ୍ଧର ଆଭାସ ପାଇ, ନିଜେ ମଧ୍ୟ ବିଚଳିତ ହୋଇ କହିଲେ "କନକ, ଏଡ଼େ ପର ନା ମୁଁ ତୋ'ର!" କନକ ଆଉ ସମ୍ଭାଳି ରହିପାରିଲା ନାହିଁ-ନିଧିବାବୁଙ୍କ କୋଳରେ ଲୋଟି ହୋଇପଡ଼ି ତାଙ୍କ ପାଦକୁ ଅଶ୍ରୁ ଜଳରେ ଧୌତ କରୁକରୁ କହିଲା, "ତେମେ କ'ଣ ଜାଣ ନାହିଁ, ତେମେ ମୋର କିଏ!"

ଆଲିଙ୍ଗନ ପାଶରେ ଆବଦ୍ଧ ରହି ଦୁହେଁ ନୀରବରେ ଅନେକ କ୍ଷଣ ଏହିପରି କଟାଇଲେ। କନକ ଅନେକଦିନ ପରେ ଆଜି ତା'ର ହଜିଲା ଧନଟିକୁ ପାଇଛି,-କି ଆନନ୍ଦ ତା' ଛାତିଟିରୁ ଟିକିଟିକି ହୋଇ ଅଶ୍ରୁଛଳରେ ରହିରହି ବାହାରି ଯାଉଛି! ନିଧିବାବୁ ମଧ୍ୟ ବିଚଳିତ ନୀରବ ଆବେଗରେ ତାକୁ ବକ୍ଷର ଆହୁରି କତିକୁ ଭିଡ଼ିନେଇ, ତା'ର ଲୁହ ପୋଛି ଦେଉଦେଉ କି ଗୋଟାଏ ମଧୁର ଆବେଶରେ ଭରି ଯାଇ ନିଜେ ମଧ୍ୟ ଅଶ୍ରୁ ସମ୍ବରଣ କରିପାରୁ ନାହାନ୍ତି! ଉଭୟେ ନୀରବ!

ଅନେକକ୍ଷଣ ପରେ ନିଧିବାବୁ କନକର ମୁହଁଟିକୁ ତାଙ୍କ ବକ୍ଷ ଉପରୁ ଉଠାଇ ନିଜ ମୁଖର ସମ୍ମୁଖୀନ କରିବାର ପ୍ରୟାସ କରୁକରୁ ଡାକିଲେ, "କନକ! କନକ ଢଳଢଳ ଆଖିଯୋଡ଼ିକ ତା'ର ଜଳକୁ କରି, ପଣନ୍ତ କାନିରେ ମୁହଁକୁ ଚାପିରଖି କହିଲା 'ଉଁ'।" "ମୋତେ ଭଲ କରି ଅନେଇଲୁ!" ବୋଲି କହି ନିଧିବାବୁ ପୁଣି ଥରେ ଜୋର କରି ତା' ଓଠ ଧରି ମୁହଁଟିକୁ ଟେକି ଧରିଲେ। କନକ ଆଖିରୁ ଲୁହ ଶୁଖିନାହିଁ। ସେ ଥରେମାତ୍ର ସଜଳ ଆଖିଯୋଡ଼ିକରେ ସ୍ନେହସଲଜ୍ଜ ହସଗୁଡ଼ିଏ ନେଇ ନିଧିବାବୁଙ୍କ ମୁହଁକୁ ଚାହିଁଲା। ଚାରିଚକ୍ଷୁ ମିଳିତ ହେବାମାତ୍ରକେ ହଠାତ୍ ଗୋଟାଏ ହସର ବେଗ ଉଠି ତାକୁ ଆଉ ସେପରି ଭାବରେ ଅନାଇ ଦେଲା ନାହିଁ-ମୁଣ୍ଡ ତଳକୁ ଲଇଁ ହୋଇଗଲା ବଳେ ବଳେ। ଆଉ ସେ ହସୁ ହସୁ ପୁଣି କାନ୍ଦିପକାଇ, ନିଧିବାବୁଙ୍କ ବକ୍ଷରେ ମୁହଁ ଲୁଚାଇ ଦେଲା। ବଡ଼ ଆନନ୍ଦ ଆଜି ତା'ର-ବଡ଼ ସୁଖ! ତା'ର ସବୁ ଜ୍ୱାଳା, ଯନ୍ତ୍ରଣା, ଅଭିମାନ, ଦୁଃଖ କୁଆଡ଼େ ଧୋଇ ହୋଇ ସଫା ହୋଇ ଗଲାଣି ସେତେବେଳକୁ।

ନିଧିବାବୁ ପୁଣି ଡାକିଲେ, 'କନକ'! ତାଙ୍କରି ବକ୍ଷ ଭିତରୁ ଜବାବ ଆସିଲା, 'କି?' 'କନକ! ମୁଁ ଭାରି ପାଷଣ୍ଡ ଗୋଟା!' 'କି?' "ମିଛରେ ତୋତେ ଖରାପ

ବୋଲି ଭାବିଥିଲି, ରାଗିଥିଲି ତୋ ଉପରେ।" କନକ ଝଟ୍ ତାଙ୍କ ଛାତିରୁ ଘୁଞ୍ଚିଆସି ମୁହଁରେ ହାତ ଦେଇ ତାଙ୍କୁ ବନ୍ଦ କଲା, କହିଲା, "ଛି-ଥାଉ!" ନିଧିବାବୁ ତା' ହାତକୁ ଏଡ଼ି ଦେଇ ଆବେଗକମ୍ପିତ କଣ୍ଠରେ ପୁଣି କହିଲେ,- "ନା, କନକ, ଶୁଣ, ମୁଁ ଯା କହୁଛି- ମୁଁ ବଡ଼ ନୀଚ, ବଡ଼ ହୀନ! ତମକୁ ମୁଁ ସେହିପରି ହିଁ ଭାବିଥିଲ, କିନ୍ତୁ କନକ, ମୁଁ ତ ଯା ଆଗରୁ କେଭେଁ ଏପରି ଭାବି ନାହିଁ। ଏଥର କାହିଁକି ଏପରି ଭାବିଲି କେଜାଣି!" କନକ ତାଙ୍କ କଥାକୁ ମୂଳରୁ ଖିଆଲ ନ କଲା ପରି କୌତୁକ ଭାବରେ ପଚାରିଲା, "କିପରି? ନାଇଁ ନାଇଁ, ଥାଉ, ମୁଁ ଶୁଣିବି ନାହିଁ ଯା-ଯାହାତ ହବାର ହୋଇଗଲାଣି, ଆଉ ଶୁଣି କ'ଣ ହବ? ଖାଲି ଆହୁରି ଅଧିକ ମନ ଖରାପ ହେବ।" "ନା, ଶୁଣ, କହେ!" "ନା, ନା, ମୁଁ ଶୁଣି ପାରେନାହିଁ ଯା। ସତ କହୁଚି, ସେଥିପାଇଁ ଆଉ ଟିକିଏ ବି କିଛି ମୋ ମନରେ ନାହିଁ। ମତେ ଅନ୍ତର କରି ଦେଇଥିଲ, ଏବେ ପୁଣି ନେଲ- ଏଇ ତ ମୋର ଢେର। ଆଉକିଛି ମୋର ଲୋଡ଼ା ନାହିଁ। ଏଇଛୁଣି-।" "ହଁ, ମୁଁ ନିଷ୍ଠୁର ନିର୍ମମ ହେଇଛି। ନା, ନା, ମୋ କଥା ଶୁଣି ଯା ନ ଶୁଣିଲେ ଛାଡ଼ିବି ନାହିଁ।" କନକ ଆଉ ତାଙ୍କୁ ରୋକିପାରିଲା ନାହିଁ - ସେ ଅନର୍ଗଳ ବକିଗଲେ ଓ ସେ ଶୁଣିଗଲା। କିପରି ସେ ଭାବିଥିଲେ ତାଙ୍କୁ ଅବିଶ୍ୱାସିନୀ ବୋଲି-ଚୁକ୍ତିଭଙ୍ଗ, ସେଥିରେ କନକର ଦାୟିତ୍ୱ। ତାଙ୍କର ଅସଲ ରାଗ ଓ ନୀଚ ଧାରଣା ଯେ, କନକ ତାଙ୍କୁ ମୂଳରୁ ଚାହେଁନାହିଁ ନୀଳୁଙ୍କୁହିଁ ଚାହେଁ! ସେ ଯୋଗେ ଇଚ୍ଛା କରି ସେ ରଙ୍ଗୀ କଥା ନୀଳୁଙ୍କଠାରୁ ଲୁଚାଇ ରଖିଥିଲା। ଇତ୍ୟାଦି। କନକ ଶୁଣୁ ଶୁଣୁ କାଠ ହୋଇଗଲା; ନିଧିବାବୁଙ୍କ ବକ୍ଷରେ ମୁହଁ ଗୁଞ୍ଜି ଧଡ଼୍‌ପଡ଼୍ ହୋଇଥାଏ। ନିଧିବାବୁ ତାକୁ ଜୋରରେ ଭିଡ଼ି ଧରିଥାନ୍ତି। ହଠାତ୍ ସେ ବୁଝିପାରିଲା ତା'ର କେଉଁ ଦୋଷରୁ ସ୍ୱାମୀ ତାକୁ ଏତେ କଷଣ ଦେଇଛନ୍ତି! ସତେ ତ, ତାଙ୍କର ବା ଦୋଷ କ'ଣ। ତାଙ୍କର ଯା ଭାବିବା ତ ଅନ୍ୟାୟ ନୁହେଁ। ହଠାତ୍ କନକ ନିଜକୁ ତାଙ୍କ ବକ୍ଷରୁ ଛଡ଼ାଇ ନେଇ ତାଙ୍କ ଗୋଡ଼ ଧରିପକାଇ କହିଲା, "ସବୁ ଦୋଷ ମୋର, ତମର କିଛି ଦୋଷ ନାହିଁ- କାହିଁକି ଆଉ ନାଜ ଦଉଚ ମତେ! ତେବେ, ମୁଁ ଜାଣିଶୁଣି ଯା କରିନାହିଁ ପରା" "ଦେଖ, କନକ, ମୁଁ ବୁଝିଲିଣି, କେଢ଼େ ନୀଚ ମୁଁ! ମୋତେ ତମେ କ୍ଷମାକର! ମୋର ଦୋଷ ନାହିଁ? ସବୁ ଦୋଷ ମୋର।" ନିଧିବାବୁ କନକର ହାତ ଯୋଡ଼ିକ ଧରିପକାଇ ତାକୁ ଟାଣି ଆଣିଲେ ଆହୁରି ପାଖକୁ। କନକ ବାଲୁବାଲୁ ହୋଇ ଚାହିଁଥାଏ ଯାଙ୍କ ମୁହଁକୁ। "କି ଆଶ୍ଚର୍ଯ୍ୟ, ମୋର ହେଲା ସବୁ ଦୋଷ ପୁଣି କ୍ଷମା ଦେବି ମୁଁ।" ନିଧି ବାବୁ କହିଲେ, "କନକ, କହ ମୋତେ କ୍ଷମା କଲୁ?" "କ'ଣ କ୍ଷମା ଦେମି ମୁଁ? ମୋର ତ ନିଜର ସବୁ ଦୋଷ।" ଏହା କହି କନକ କାନ୍ଦି ପକାଇଲା। ନିଧିବାବୁ କହିଲେ, "ମୋର କ'ଣ କିଛି ଦୋଷ ନାହିଁ? ମୁଁ

ଯେ ତତେ ଏଡ଼େ ଖରାପ ବୋଲି ଭାବିଲି-" "ମୁଁ ତ ଖରାପ!" "ନାଇଁ, ତୁ କ'ଣ କଲୁ କି?" "କି, ନୀଳୁଭାଇକି ଆଗରୁ ନ କହିବା କ'ଣ ମୋର ଠିକ୍?" "ଆରେ ବାଃ, ନୀଳୁ ଭାଇଙ୍କୁ ତୁ ନ କହିଲୁ ଫେରେ କେମିତି। ଏଇ ନିଜେ ନୀଳୁଭାଇ ଲେଖୁଛି, ସେ ଆଗରୁ ଜାଣିଥିଲା।" ଏହା କହି ନିଧିବାବୁ ଖଣ୍ଡେ ଚିଠି କାଢ଼ି କନକ ହତାକୁ ବଢ଼ାଇ ଦେଲେ। କନକ ତାକୁ ନେଇ ଉତ୍କଣ୍ଠା ଓ ଆଗ୍ରହ ସହିତ ଘରୁ ବାହାରି ଗଲା; ଦୁଆର ସେପଟେ ଲଣ୍ଠନଟିକୁ ଟିକିଏ ତେଜି ଦେଇ ପଢ଼ି ବସିଲା।

ଏଣେ ନିଧିବାବୁ ବିଛଣାରେ ପଡ଼ି ଛଟପଟ ହେଉଥାନ୍ତି। କ୍ରମେ ଅଧ ଘଣ୍ଟାଏ ହୋଇଗଲା, କନକର ଆଉ ସୋର ଶବଦ ନାହିଁ। ନିଧିବାବୁ ଉଠି ଆସି ଦୁଆର ଖୋଲି ବାହାରୁ ବାହାରୁ କହିଲେ, "କି ପଢୁଥିବ କି ବସି?" କିନ୍ତୁ ଶୁଣୁଛି କିଏ? କନକ ଖୋଲା ଚିଠି ଖଣ୍ଡିକ ଆଗରେ ପକାଇ କାନ୍ଥକୁ ଆଉଜି କାଠି ପିତୁଳାଟି ପରି ବସିଛି- ଯେପରି ଚେତା ନାହିଁ! ନିଧିବାବୁ ଯାଇ ତାକୁ ହଲାଇ ଦେଲାରୁ ଧଡ଼୍‌ପଡ଼୍ ହୋଇ ଉଠି ଠିଆହୋଇ କନକ ହଠାତ୍ ଭୋ ଭୋ କରି କାନ୍ଦି ଉଠିଲା।

ନିଧିବାବୁ କିଛି ବୁଝିପାରିଲେନାହିଁ; କନକକୁ ଗୋଟାଏ ହାତରେ ଧରି ଭିଡ଼ି ଭିଡ଼ି ନେଇଗଲେ ଘର ଭିତରକୁ। ଖଟ ଉପରେ ନିଜେ ବସି, ତାକୁ ଉପରକୁ ଆଣିବାକୁ ଚାହିଁଲେ; ମାନିଲା ନାହିଁ, କିନ୍ତୁ କନକ ମାନିଲା ନାହିଁ, କି ଶୁଣିଲା ନାହିଁ,-ହଠାତ୍ ତାଙ୍କ ବାହୁପାଶ ଛଡ଼ାଇ, ତାଙ୍କ ଗୋଡ଼ ଧରି ଭୂଇଁରେ ବସିପଡ଼ି ଉଚ୍ଛ୍ବସିତ ଭାବରେ କାନ୍ଦିବାକୁ ଲାଗିଲା। "କ'ଣ, କଥା କ'ଣ! କ'ଣ ହେଲା?" ବୋଲି ପଚାରି ଆଶ୍ଚର୍ଯ୍ୟାନ୍ୱିତ ନିଧିବାବୁ କେଡ଼େ ଆଦରରେ ତାକୁ ଶାନ୍ତ କରିବାକୁ ଚେଷ୍ଟା କଲେ, କିନ୍ତୁ କିଛି ଫଳ ହେଲା ନାହିଁ। ଟିକିଏ କ୍ରନ୍ଦନ ବେଗ ପ୍ରଶମିତ କରି ତାଙ୍କ ଦୁଇ ଗୋଡ଼ ସନ୍ଧିରୁ କନକ ମର୍ମଦଗ୍ଧ ସ୍ୱରରେ କହିଲା, "ଆହେ, ଦୋଷ ମୋର-ସବୁ ଦୋଷ ମୋର! ନୀଳୁ ଭାଇ ମିଛ କଥା ଲେଖିଛି। ମୁଁ ତାକୁ ମୂଳରୁ କହି ନାହିଁ ରଙ୍ଗୀ କଥା! ଆହେ, ମୁଁ ତମୁକୁ ଠକିପାରିବି ନାହିଁ! ତେମେ ମୋତେ କ୍ଷମା କର! ମୋର ଭୁଲ ହୋଇଯାଇଥିଲା। ମୁଁ ଜାଣି ଶୁଣି ଯା କରିନି କେଭେଁ। ଆହେ, ମୁଁ କେମିତି ତମକୁ ଠକାନ୍ତି! ନା, ନା, ମୋରି ସବୁ ଦୋଷ। ମୋତେ କ୍ଷମାକର!"

ନିଧିବାବୁ ଚମକି ଉଠିଲେ। ଦୁନିଆଟା ସାରା କ'ଣ ତେବେ ଠକ, ମିଛୁଆ। ନୀଳ କେଡ଼େ ଭଲେଇ ହୋଇ ଲେଖିଛି- ଆହା- "ମୋର ଆଗରୁ କଟକ ଛାଡ଼ି ଚାଲି ଆସିବା ଉଚିତ ଥିଲା। ଜାଣିଶୁଣି ସେଠାରେ ରହିବାଦ୍ୱାରା ସମସ୍ତଙ୍କୁ ତ ଠକିଛି, ନିଜେ ନିଜକୁ ମଧ୍ୟ ଠକିଛି!" ଆହା, ଫେରେ କ'ଣ ନା- "କନକ କହିଲେ ମଧ୍ୟ ମୁଁ ଯେ ରଙ୍ଗୀକୁ ବାହା ହୋଇପାରିବି ନାହିଁ, ଏକଥା ମୁଁ ତ ବେଶ୍ ଭଲରୂପେ ଜାଣିଥିଲି;

ତେବେ କି ବେକାମି କଲି- କାହିଁକି ଦି'ଦିନ ଆଗରୁ ଏଇୟାଟି ନ କଲି ! + + + ରଙ୍ଗୀପାଇଁ ମୁଁ ଯେତିକି ଦୁଃଖିତ, କନକ ପାଇଁ ମଧ୍ୟ ତେତିକି ! ସେ ବିଚାରୀର କିଛି ଦୋଷ ନାହିଁ। ମୁଁ ଯେ ତା' କଥା ନ ମାନିବି, ସେ କିପରି ଜାଣନ୍ତା ! ସେ କହିବ ସିନା,-ଆଉ ତା' ହାତରେ କ'ଣ ଅଛି। + + + ନା, ନା, ସବୁ ଦୋଷ ମୋରି ! ମୋହାନ୍ଧ ହୋଇ ଏତେ ଲୋକଙ୍କର ଦୁଃଖର କାରଣ ହୋଇଛି ମୁଇଁ ସିନା !" ନାଃ ସମସ୍ତେ ଠକ-ଦୁନିଆସାରା ସ ଅ ମ ସ୍ତେ !

ଗୋଟିଏ ଅମିତ କୁଣ୍ଠା ଓ ଘୃଣାରେ ନିଧିବାବୁଙ୍କ ମନ ଭରିଗଲା। ବଡ଼ କରି ବାଧିଲା ତାଙ୍କୁ ଏଇ କଥାଟି ଯେ, ସେ ତାଙ୍କର ସ୍ତ୍ରୀ ଦ୍ୱାରାହିଁ ପ୍ରତାରିତ ନାଃ ଇୟେ ବି ଗୋଟାଏ ଛଳନା କନକର। ଯଦି ନୀଳୁକଥା ମିଛ, କନକ ନିଶ୍ଚେ ଜାଣିଶୁଣି ନୀଳୁଙ୍କୁ ଏ ବିଷୟ କହିନାହିଁ- ଜାଣିଶୁଣି ଲୁଚାଇଛି ଓ ତାଙ୍କୁ ପ୍ରବଞ୍ଚିତ କରିଛି ! ତେବେ-ତେବେ, ଆଜି ପୁଣି ଏ କ୍ଷମା ଭିକ୍ଷା କରୁଛି ! ହାୟ, କନକ-ମୋରାଣୀ, କାହିଁକି ମୋତେ ଠକିଲୁ, କାହିଁକି ପୁଣି ଠକୁଚୁ ! କ୍ଷମା, କ୍ଷମା-ନା, ସେଟା ମୋଠାରେ ସମ୍ଭବ ନୁହେଁ। ହଁ, କନକ ତ ଦୋଷା ସ୍ୱୀକାର କରୁଛି ନିଜେ, ନୀଳୁଙ୍କ କଥାକୁ ମିଛ ବୋଲି ଜାହିର କରି। ତେବେ, ତେବେ କ'ଣ ସତ କନକ ଭୁଲିଯାଇଥିଲା, ନା ଜାଣି ଶୁଣି ୟା କରିଥିଲା !

ହଠାତ୍ ନିଧିବାବୁ କନକକୁ ଧରି ବଳପୂର୍ବକ ତାକୁ ଖଟ ଉପରକୁ ଭିଡ଼ି ନେଇ କହିଲେ, "ସତ କହୁଚ କନକ, ନୀଳୁ କଥା ମିଛ ? ତେମେ ତାକୁ ରଙ୍ଗୀ ବିଷୟ ଆଗରୁ କିଛି କହିନାହଁ ?" "ହଁ, ସତ କହୁଚି-ଏଇ ତମ ଗୋଡ଼ ଛୁଇଁ କହୁଛି। ଆଉରି ବି ଶୁଣ,- ମୁଁ ଭୁଲିଯାଇଥିଲି, ହେଳାରେ କହି ନାହିଁ-ଜାଣିଶୁଣି ନୁହେଁ।" ନିଧିବାବୁ କ୍ଷଣେମାତ୍ର ଆଉ ଦ୍ୱିଧା କଲେ, ପରକ୍ଷଣରେ କନକକୁ ଉଠାଇ, ଏକାବେଳକେ ଛାତି ଉପରକୁ ନେଇ ବାହୁବନ୍ଧନରେ ଭିଡ଼ି ଧରୁଧରୁ ପୁଣି ହଠାତ୍ କି ଗୋଟାଏ ବିପରୀତ ଭାବରେ ତାଡ଼ନାରେ କନକକୁ ଦୂରକୁ ହଟାଇ ଦେଇ, ଧଡ଼ପଡ଼ ହୋଇ ବିଛଣାରୁ ଉଠି ସେ ଘରୁ ପାଂଶୁ ମୁଖରେ ଦୃଢ଼ ପ୍ରତିଜ୍ଞ ଭାବରେ ଏକଦମ୍ ବାହାରି ଚାଲିଗଲେ ! କନକ ଏ କଠୋର ଆଚରଣରେ ସ୍ତମ୍ଭିତ ହୋଇ ରହିଗଲା !

(୩)

"ନିଧି, ଏଡ଼େ ବାୟା ନା ତୁ ? ଛି, ଛି !"

"କି, କ'ଣ ହେଲା କି ଅପା ?"

"କ'ଣ ହେଲା ! ତୁ ଏଠି ଦାଣ୍ଡଟାରେ କାହିଁକି ଶୋଉଚୁ କହନି।"

"ଘର ଭିତରେ ତମୁକୁ ସବୁ ଜାଗା ଅଣ୍ଟୁ ନାହିଁ। ବର୍ଷାପାଣି ଦିନ। ମୁଁ ବଡ଼ ଘରଟିରେ ଶୋଇଲେ ତୁମେ ସବୁ କେଉଁଠି ପଡ଼ିବ କହନି!"

"ମଲା, ଆମେ ତ ଫେରେ ଏଇଠି ସିମିତି ଚଳୁଥିଲୁଁ ନା-"

"ମଲା, ସେତେବେଳେ କ'ଣ ଇମିତି ବର୍ଷା ଝଡ଼ି ହଉଥିଲା? ଯା ଯା, ଅପା, ତୁ ତା' କତିରେ ଶୋଇବୁ ବୋଉ ରଙ୍ଗୀକିରି କୋଠରି ଘରେ ଶୋଇବେ, ମୁଁ ଏଇଠି ଶୋଇବି, ଯା!

"ନିଧି, ତୁ ମତେ ପାଠ ପଢ଼େଇବୁ, ନୁହେଁ? ମୁଁ କ'ଣ ଜାଣିପାରିନାହିଁ, ତୁ ବହୂଟା ଉପରେ ଅକାରଣେ ରାଗିଛୁ। ପିଲାଟା କାନ୍ଦି କାନ୍ଦି ସାରା ହେଲାଣି,-ତୋ'ର ଇୟେ କି କଥା! ଛି ଛି! ହଁ, ଦୋଷ କରିଚି ଯଦି, ଦଣ୍ଡ ଦବୁ ତ ଦବୁ। ଦିନେ ଗଲା ଦି ଦିନ ଗଲା, ତିନିଦିନ ଗଲା-ଆଉ କେତେଦିନ ତାକୁ ଇମିତି କରିବୁ କହନି। ତୋତେ ମୋ ରାର, ଯା, ଘରକୁ ଯା!"

"ରାଣ ପକା ନା କହି ଦଉଚି, ଅପା, ମିଛୁଟାରେ। ମୁଁ କେଉଁ ଯିବିନାହିଁ ସେ ଘରକୁ ମୁଁ ଗୋଟେ ରାଗିବି କାହିଁକି କା' ଉପରେ! ତୁ ଯା ଶୋଇବୁ, ଯା।"

"ସତ କହୁଚୁ ତୁ ରାଗିନାହୁଁ ନିଧି? ହଉ, ମୁଁ ବି ଆଜି ବହୂକୁ ପଚାରୁଚି ରହିଥା ସଫା କରି? ଆଉ ତେବେ କାହିଁକି ଘରକୁ ଯାଉନାହୁଁ ଶୋଇବାକୁ?"

"କହିଲି ପରା ଲୋ-ଜାଗା ହଉ ନାହିଁ ତମକୁ!"

"ହଉ, ତା'ହେଲେ ମୁଁ ତ ଏଠି ନ ରହିନେ ଗଲା। ମୁଁ କାଲି ତା'ହେନେ ମୋର ଯାଉଛି।"

ଏହା କହି ଗଉରୀ ମହାରାଗ ହୋଇ ନିଧିବାବୁ ପଛଆଡୁ ଡାକୁ ଡାକୁ ସେଠାରୁ ଚାଲିଗଲା। ନିଧିବାବୁ "କାଲି ଦେଖାଯିବ। ସମସ୍ତେ ଜାଣିଲେ ଜାଣିବେ, ଏବେ ଆଉ କ'ଣ କରିମି" ବୋଲି ମନେ ମନେ କହି ପୁଣି ଶୋଇବାର ଆୟୋଜନ କରୁଛନ୍ତି, ଗଉରୀ ସିଆଡୁ ପୁଣି ଆସି କହିଲା, "ଧନ୍ୟ ତୋ ବିଲୁଆ ବିଚାର! ବୋହୂଟିକି ନିହାତି ଭଲ ଦେଖି ତୁ ବି ଇମିତି ହେଲୁ ନିଧି? ଛି-ଛି" "ମୋ ବିଲୁଆବୁଦ୍ଧି ମୋର ଥାଉ-ତୁ-ଯା-ମୁଁ ଶୁଏ!" ଗଉରୀ ହସି ହସି କହିଲା- "ହଉ, ଏଇଠି ଯଦି ଶୋଇବୁ, ଶୁଅ, ବହୂକୁ ମୁଁ ଛାଡ଼ିଦେଇ ଯାଉଚି ଏଠି! ହଁ, ସେତେବେଳକୁ ମୁଣ୍ଡ ହଲାଉଥା ବସିକରି! ମୁଁ ନିଶ୍ଚେଁ ଆଜି ବହୂକୁ ଏଠି ଛାଡ଼ିଦେଇ ଯିମି, ତୁ ଯାହା କହ। ମୁଁ ତ କାଲି ଯିମି। ତା' ଆଗରୁ-"

"ନା ଅପା, ମୋ ରାଣ, ତୁ ସିମିତି କହ ନା! ହ, ତତେ ଛାଡ଼ିଲେ ଯିବୁ ନା, କିମିତି ଯାଉଚୁ ଦେଖିବା ନେଇଁକି!" "ଆଚ୍ଛା-ମୁଁ ଆସେ ରହିଥା, ଯାଏଁ ବହୂକୁ ନେଇ ଆସେଁ।"

ଯାଉଁ ଯାଉଁ ଫେରିପଡ଼ି ଗଉରୀ କହିଲା "ନିଧି-ତୁ ବାୟା ! ତୁ ଯେ ବହୂର ଦୋଷ ଦଉଛୁ-ତୁ ନିଜେ ନୀଳୁଙ୍କୁ ନ କହିଥିଲୁ କାହିଁକି ଭାବି ଦେଖିଲୁ ! ତୋର କ'ଣ ଆଶା ଥିଲା ମନେନାହିଁ ? ତୁ ପରା ଭାବିଥିଲୁ ରଙ୍ଗୀକୁ ପାଠପଢ଼ାଇ ଯୋଗ୍ୟ କଲେ ନୀଳୁ ବଳେ ତାକୁ ବାହାହବାକୁ ମଙ୍ଗିବ ? ତୁ ବି କହିଲୁ ନାହିଁ- ଆମେ ବି କହିଲେ ନାହିଁ-ବହୂ ବି କହିନାହିଁ-ଏଥିରେ ବହୂର ଏକା ଦୋଷ ହେଲା ?"

ଏହା କହି ଗଉରୀ ହସିହସି ସେଠାରୁ ବାହାରି ଚାଲିଗଲା । ନିଧିବାବୁ କିଛିକ୍ଷଣ ସେହିପରି ମୌନ ହୋଇ କ'ଣ ଭାବିଲେ । କ୍ରମେ ଅଧଘଣ୍ଟାଏ ଚାଲିଗଲା, ଗଉରୀର ଦେଖା ନାହିଁ କି କନକର ବି ଦେଖାନାହିଁ ! ମନେ ମନେ ଟିକିଏ ନିରାଶ ହୋଇ ସେ ପୁଣି ଶୋଇବାର ଆୟୋଜନ କରୁଛନ୍ତି ଏହିପରି ସମୟରେ ସେ ଆଉ୍ରୁ ଅଳ୍ପ ଅଳ୍ପ ମଲଶବ୍ଦ ଶୁଭିଲା । ହଠାତ୍ ଉଠି ବସି ନିଧିବାବୁ ଘର ଭିତରେ ବୁଲିବାକୁ ଲାଗିଲେ । ମନରେ କିପରି ଗୋଟାଏ ଦ୍ୱିଧା ଜାଗି ତାଙ୍କୁ ଆଉ ସ୍ଥିର କରି ଦେଉ ନ ଥିଲା । ମଲଶବ୍ଦ ଦୁଆର ନିକଟକୁ ଆସିଲା ମାତ୍ରକେ ନିଧିବାବୁ ହଠାତ୍ ସଂକଳ୍ପ ସ୍ଥିର କରିନେଇ ଝଟ୍ ଯାଇଁ ଭିତରୁ ଜଞ୍ଜିର ଲଗାଇ ଦେଲେ !

X X X X

ଗଉରୀ ଯେତେବେଳେ କନକର ଶୋଇଲା ଘରକୁ ଯାଇ ତାକୁ ନିଧିବାବୁଙ୍କ ପାଖକୁ ଯିବାକୁ କହିଲା, ସେ ମୂଳରୁ ମଙ୍ଗିଲା ନାହିଁ । ଗଉରୀ ଯେତେ ବୁଝାଇଲା, ଯେତେ ଗାଳି ଦେଲା, କାହିଁରେ କିଛି ହେଲା ନାହିଁ । ଶେଷରେ ଗଉରୀ ଅଭିମାନରେ କହିଲା ଯେ ତା'ହେଲେ କନକ ରାଗିଛି ନିଧିବାବୁଙ୍କ ଉପରେ,-ଆଉ କିଛି ନୁହେଁ ! କନକ ସବୁବେଳେ ରାଗ ରୁଷା କଥା ମିଛ ବୋଲି ଉଡ଼ାଇ ଦେଉଛି ଇତି ପୂର୍ବରୁ । ଏହିଲାଗେ ଗଉରୀ ହାତ ଧରି କହିଲା, "ନାହିଁ, କେଭେଁ ନୁହେଁ"-ତା'ମନରେ କିଛି ରାଗ ନାହିଁ । ତେବେ ନିଶ୍ଚେ ଯିବାକୁ ହେବ ! ସ୍ୱାମୀ ରାଗିଛନ୍ତି, ନ୍ୟାୟରେ ହେଉ କି, ଅନ୍ୟାୟରେ-ହେଉ-ତାଙ୍କୁ ଶାନ୍ତ କରିବାକୁ ହେବ । ଦରକାର ପଡ଼ିଲେ ତାଙ୍କ ଗୋଡ଼ ବି ଧରିବାକୁ ହେବ ! ପତି ଦେବତା ! କନକ କୌଣସିମତେ ଗଉରୀକୁ ବୁଝାଇ ପାରିଲା ନାହିଁ ଯେ, ଏଟା ଇମିତି ସିମିତି ରାଗନୁହେଁ-ସେ ଆଉ ତା' ମୁହଁ ଚାହିଁବେ ନାହିଁ କି କ'ଣ, ଏଇପରି ଧାରଣା ତା'ର ଆମୂଳଚୂଳ ସବୁ ଘଟନା ଶୁଣି, ଗଉରୀ ଉପରେ ଉପରେ ହସି ଉଡ଼ାଇ ଦେଲା ସବୁ ! ଶେଷରେ କହିଲା, "ମୋ ମୁଣ୍ଡ ଖାଇବୁ-ଚାଲେ, ତୋତେ ଛାଡ଼ିଦେଇ ଆସେ ! ମୋରି ପାଇଁ, ମୁଁ କହୁଚି ବୋଲି ଖାସେ, ତୁ ଚାଲେ ।" କନକ ଆଉ ଗଉରୀକୁ ଏଡ଼ିଦେଇ ପାରିଲା ନାହିଁ ! ତା' ମନରେ ବି ଗୋଟାଏ ଭାରି ଅଶାନ୍ତି ରହିଛି ସେହି ଦିନୁଁ । ସେ ମୂଳରୁ ବୁଝିପାରୁନାହିଁ, କାହିଁକି

ନିଧିବାବୁ ତାକୁ ଏପରି ଭାବରେ ପକେଇ ଦେଲେ ! ସେ ତ ତା' ଦୋଷ ସ୍ୱୀକାର କଲା, କ୍ଷମା ଭିକ୍ଷା କଲା, ଅତି ବିକଳ ଭାବରେ; ତେବେ ଆଉ ତା'ର ଦୋଷ କ'ଣ ! ଏତକ ଜାଣିବା ପାଇଁ ତା'ର ଆଗ୍ରହ ଏ କେତେ ଦିନରେ ଯେତିକି ବଢ଼ିଛି, ତା' ସଙ୍ଗେ ସଙ୍ଗେ ଗୋଟାଏ ଦୁର୍ଜୟ ଅଭିମାନ ବି ତାକୁ ତେତିକି ପାଷାଣ-କଠିନ କରିଦେଇଛି। ଆଉ, ସୁବିଧା ବି ଆଦୌ ଘଟି ନାହିଁ ସ୍ୱାମୀଙ୍କ ସହିତ ଭେଟ ହେବାର ସେଯୋଗେ ଆଜି କନକ ସ୍ଥିର କଲା-ସେ ଯିବ। କହିଲା, ତାକୁ ନେଇ ସେ ଘରେ ଛାଡ଼ି ଆସିବ ବୋଲି; କିନ୍ତୁ କନକ କହିଲା, ସେ ନିଜେ ଚାଲିଯିବ- ତା'ର ଯିବାର ଦରକାର ନାହିଁ। ସଂକଳ୍ପ ଥରେ ସ୍ଥିର ହୋଇ ଗଲାଠୁ ଆଉ ହଟିବାର ଭୟ କ'ଣ ? ଆଉ ସେ ମଧ୍ୟ ଏ ଘରେ ନୂଆ ବୋହୂଟିଏ ନୁହେଁ।

ଦୁହିଁଙ୍କୁ ଦୁହେଁ ଏ ଅବସ୍ଥାଟି ମୋଟେ ଭାବି ପାରିନାହାନ୍ତି ଯେ ନିଧିବାବୁ ଦୁଆର ଲଗାଇ ଦେଇଥିବେ ବା ଦେବେ ! କନକ ଯେତେବେଳେ ତା' କର୍ତ୍ତବ୍ୟପାଳନ ପାଇଁ ମନ୍ଦ ମନ୍ଦ ଭାବରେ ଅଗ୍ରସର ହେଉଥିଲା ବାହାର ଘରଦୁଆର ଆଡ଼କୁ ସେତେବେଳେ ତା' ମନରେ ଗୋଟାଏ କୁଣ୍ଠା, ଗୋଟାଏ ଆହତ ଅଭିମାନର ଅସୀମ ଲଜ୍ଜା ରହି ଜାଗି ଉଠୁଥିଲା; କିନ୍ତୁ ଯେତେବେଳେ ସେ ଦ୍ୱାରର ସମ୍ମୁଖୀନ ହେଲାମାତ୍ରକେ ଦ୍ୱାର ଭିତରୁ ବନ୍ଦ ହୋଇଗଲା, ସେତେବେଳେ ତା'ର ସବୁ ବୁଦ୍ଧି ବୃତ୍ତି ଏକାବେଳେକେ କୁଆଡ଼େ ଲୋପ ପାଇଗଲା। ଗୋଟାଏ ଭାରି ବଡ଼ କୋହ ତା' ଛାତିରୁ ରୁନ୍ଧି ପକାଇଗଲା। ସେ କିଛିକ୍ଷଣ ଅନିଶ୍ଚିତ ଭାବରେ ସେହିଠାରେ ଠିଆ ହୋଇ, ରହିବ କି ଫେରିବ ଏ ବିଷୟ ଚିନ୍ତା କଲା। ରହି ବା କରିବ କ'ଣ; ଫେରିବ ବା କିପରି ! ରହିଲେ, ଡାକିବା ତ ଅସମ୍ଭବ-ଫେରିଲେ, କେଉଁ ସେ ଗଉରୀମୁହଁକୁ ଚାହିଁପାରିବ ନାହିଁ। ପୁଣି, ଗଉରୀ ଜାଣିଲେ ସେ ନିଶ୍ଚୟ ଆସି ଡକାହକା କରିବ-ଗୋଟାଏ ଗୋଳମାଳ ହେବ। ତା'ର ଆଉ ସେଥିକି ଇଚ୍ଛା ନାହିଁ ସେ ତ ବଳେ ବଳେ ଆସିଥିଲା। ସେଥିରେ ଯଦି ଏ ବ୍ୟବହାର, ତା'ହେଲେ ଅନ୍ୟଙ୍କଦ୍ୱାରା ଜୋର କରି ଦୁଆର ଖୋଲାଇ ଭିତରକୁ ଗଲେ ବା କେଉଁ ଲାଭ। ଅଜଣାରେ କନକଆଖିରୁ ଲୁହଧାର ଗଡ଼ିପଡ଼ିଲା। ନିଜ ଉପରେ ତା'ର ଭାରି ରାଗ ହେଲା, ସେ କାହିଁକି ଗଉରୀ-କଥାରେ; ଭୁଲି ଏ ଅପମାନର ବୋଝ ବଳେ ପଶି ନିଜ ମଥାରେ ନେଲା ବୋଲି ? ତାଙ୍କୁ ଟାଣ ହୋଇ ଆସେ, ତାକୁ କ'ଣ ଆସେ ନାହିଁ। ବିନାଦୋଷରେ ଏଡ଼େ ଦଣ୍ଡ କାହିଁକି, ସେ ବା ଏଡ଼େ କୋହଳ ହେଲା କିପରି !

ଶେଷରେ ଯେତେବେଳେ ଦେଖିଲା ଯେ, ଘରକୁ ଫେରିଯିବା କଥା ହେବ ନାହିଁ, କନକ ଥକ୍କା ହୋଇ ସେହି ସରୁ ପିଣ୍ଡାଟି ଉପରେ ଦୁଆର ପାଖକୁ ଆଉଜି

ବସିପଡ଼ିଲା। ବସିଲାବେଳେ ଯେପରି ଶବ୍ଦ ନ ହୁଏ, ସେଥିପ୍ରତି ଯଥେଷ୍ଟ ଲକ୍ଷ୍ୟ ରଖି ବସିଥିଲେହେଁ ଯୋଗକୁ ତା' ଗୋଡ଼ ଛନ୍ଦି ହୋଇ ମଲର ଭାରି ଗୋଟାଏ ବଡ଼ ଶବ୍ଦ ହେଲା। ନିଜେ ସେ ଶବ୍ଦରେ କନକ ଚମକି ଉଠି ସମ୍ଭାଳି ହେଉ ହେଉ, ପୁଣି ମଲର ଶବ୍ଦ, ଚୁଡ଼ିର ଶବ୍ଦ-ଏହି-ପରି ଅନେକପ୍ରକାର ଶବ୍ଦ ହୋଇଉଠିଲା। ନିଧିବାବୁ ଭାବୁଥିବେ ଯେ ସେ ଇଚ୍ଛାକରି ଶବ୍ଦ କରୁଛି ତାଙ୍କୁ ଜଣାଇବା ଲାଗି; ଏହି ଲଜ୍ଜାରେ ନିଜେ ବିରକ୍ତ ହୋଇ ପୁଣି କନକ ଉଠିପଡ଼ିଲା ଓ ଅପେକ୍ଷାକୃତ ଅଧିକ ଶବ୍ଦ କରି ସେଠାରୁ ବାହାରି ଚାଲିଲା। ତା'ର ଇଚ୍ଛା, ନିଧିବାବୁ ଜାଣନ୍ତୁ ଯେ, ସେ ଚାଲି ଗଲାଣି ବୋଲି। କିଛି ଦୂରକୁ ଯାଇ ମଲଯୋଡ଼ିକ ସଯତ୍ନରେ ଆଣ୍ଠୁ ପର୍ଯ୍ୟନ୍ତ ଭିଡ଼ି ଦେଇ ଟିକିଏ ବସିଲା ଭଳି ଆଶ୍ରୟ ଖୋଜି ଖୋଜି ଥକିଲା, କିନ୍ତୁ ଆଉ କାହିଁ ଟିକିଏ ଥାନ ମିଳିଲା ନାହିଁ! ଝଡ଼ି ଅନ୍ଧାର, ଝୁପୁଝୁପୁ ବର୍ଷା ବି ହେଉଛି- ଶୀତ ଶୀତ ଲାଗୁଛି। ବିଜୁଳି ମାରିଲା ବେଳକୁ କନକ ଥରିଉଠୁଚି ଭୟରେ। ଘଡ଼ଘଡ଼ିଟାଏ ମାରିଲାବେଳକୁ ଏକାବେଳକେ ସେ କାନ୍ଥ ଦିହରେ ମିଶିବାର ଚେଷ୍ଟା କରୁଛି! କାହିଁ ଆଉ ତାକୁ ଟିକିଏ ବୋଲି ଆଶ୍ରା ମିଳିଲା ନାହିଁ। ଘରକୁ ତ ଫେରିବାର ନାହିଁ!

ଦେହ ରଖିବାକୁ, ମୁଣ୍ଡ ଗୁଞ୍ଜିବାକୁ ତ ଟିକିଏ ଆଶ୍ରା ମିଳିଲା ନାହିଁ। ତା'ର ନିଜର ସର୍ବାଙ୍ଗୀନ ଅସହାୟତା, ନିରାଶ୍ରୟତା ଯେପରି ମୂର୍ତ୍ତିମତୀ ହୋଇ ତା' ଆଗରେ ବିକଟ କରାଳ ବେଶରେ ଠିଆହୋଇଗଲା ସେହି ଅନ୍ଧକାର ଝଡ଼ିବରଷା ରାତିରେ! ସେ ଆକୁଳ ହୋଇ ଚାରିଆଡ଼କୁ ଚାହିଁଲା,-ଟିକିଏ ଆଲୋକ, ଟିକିଏ ସାହସ, ଟିକିଏ ସାମାନ୍ୟ ଆଶ୍ରୟ ପାଇଁ; କିନ୍ତୁ ତାକୁ ଆଉ କାହିଁ କିଛି ଦିଶିଲା ନାହିଁ, ନା ଯୋଡ଼ିଲା ନାହିଁ। ଅଭାଗୀର ବାହାରେ ଯେଉଁ ଅନ୍ଧାରକୁ ଭିତରେ ସେହି ଅନ୍ଧାର! ମନରେ ତା'ର ଗୋଟାଏ ଧିକ୍କାର ଜାଗି ଉଠିଲା ନିଜ ପ୍ରତି-ନିଜ ଜୀବନ ପ୍ରତି!

ଜୀବନ ତାକୁ ଏକାବେଳକେ ବିଷମୟ ପରି ବୋଧ ହେଲା! ଗଭୀର ବିତୃଷ୍ଣାର ଚରମ ଅବସ୍ଥାରେ ପହଞ୍ଚି ବିଚାରୀ ମନେ ମନେ ଭାବିଲା- ଆଉ ଏ ଜୀବନ ରଖିବି ନାହିଁ। ଆଜି ତାକୁ କିଏ ଅଟକାଇବ! ବିବାହ ପୂର୍ବରୁ ଥରେ ସେ ଏହିପ୍ରକାର ସଂକଳ୍ପ କରିଥିଲା-ଆତ୍ମହତ୍ୟାର ସଂକଳ୍ପ! କାହିଁକି ସେତେବେଳେ ତାହା କଲା ନାହିଁ! ହଁ, ସେତେବେଳେ ମରି ଯାଇଥିଲେ ଏତେ ଦହଗଞ୍ଜ ଫେରେ କିଏ ହୋଇଥାନ୍ତା! ତା'ର ମନେପଡ଼ିଲା, ସେ କିପରି ତା' ସଂକଳ୍ପରୁ ଅବ୍ୟାହତି ପାଇଥିଲା ନୀଲୁଭାଇ କଥା ଭାବି! ସେତେବେଳେ ସେ ଭାବିଥିଲା, ବାହା ହେଲେ ନୀଲୁଭାଇ ସହିତ ତା'ର ସମ୍ବନ୍ଧରେ ଅଣୁମାତ୍ର ତାରତମ୍ୟ ହେବ ନାହିଁ। ସ୍ନେହର ଅବସାନ ତ ହେବ ନାହିଁ, ତା'

ଛଡ଼ା ବିବାହଦ୍ୱାରା ତା'ର ଓ ନୀଲୁଭାଇର ଯେଉଁ ସମ୍ବନ୍ଧ, ସେଥିରେ କୌଣସି ପରିବର୍ତ୍ତନ ବି ହେବ ନାହିଁ। ଏହି ବିଶ୍ୱାସରେ ସିନା ସେ ସହଜ ମୃତ୍ୟୁକୁ ଛାଡ଼ି ବିବାହକୁ ବରି ନେଇଥିଲା। ଆଜି ତା'ର ମନେହେଲା, ଯଦି ବିବାହ ପରା ମୃତ୍ୟୁ ସେ ସ୍ନେହର କିଛି କରିନାହିଁ, ତା'ହେଲେ ଅସଲ ମରଣ ବି ତା'ର କିଛି କରିପାରିବ ନାହିଁ ତ! ତେବେ ସେ ବୃଥା ଏ ଜୀବନ ଆଉ ରଖିବ କାହିଁକି! ହଠାତ୍ ତା' ଆଖିରୁ ଲୁହ ଶୁଖିଗଲା, ସ୍ଥିର ଆଖିରେ ଗୋଟାଏ ବିଦ୍ୱେଷୀ ଦ୍ୟୁତି ଖେଳିଗଲା ଆଉ ସଙ୍ଗେ ସଙ୍ଗେ ଦେହରେ ଅମାନୁଷିକ ବଳ ଜାତ ହୋଇଗଲା!

(୪)

କନକକୁ ବିଦାୟ କରିଦେଇ ଗଉରୀ ବିଛଣାରେ ପଡ଼ି ଭାବିବାକୁ ଲାଗିଲା, ଯାହା ସେ କନକଠାରୁ ଶୁଣିଲା ଏହିଲାଗେ-ସ୍ୱାମୀ ସ୍ତ୍ରୀଙ୍କର ମତାନ୍ତର ବିଷୟରେ। ସେଥିର ଆଭାସ ସେ ନିଧିଙ୍କଠାରୁ ପୁରୀରେ ଆଗରୁ ପାଇ ସାରିଥିଲା। କନକର ଯେ ଏହିପରି କ'ଣ ଗୋଟାଏ ଗୁପ୍ତ କଥା ଅଛି, ଏ ସନ୍ଦେହ ତା' ମନରେ ଅନେକ ଦିନରୁ ଜାଣିଥିଲେ ସୁଦ୍ଧା, ନୀଲୁ ଓ ତା' ମଧ୍ୟରେ ଯେଉଁ ଗଭୀର ସ୍ନେହ ଅଛି, ତାକୁ ମଧ୍ୟ ଭଲରୂପେ ବୁଝିଥିଲେ ସୁଦ୍ଧା, ଦୁଇ କଥାକୁ ଯୋଡ଼ି ଗୋଟାଏ ମତରେ ଉପନୀତ ହେବାକୁ ସେ ଦେଇ ନ ଥିଲା ନିଜକୁ ଆଜିଯାଏଁ। ଆହୁରି ମଧ୍ୟ ଏଠାକୁ ଆସିଲା ଦିନ ନିଧିର କନକର ଭେଟ ହୋଇଥିବାରୁ,-ରାତିରେ ଦୁହେଁ ଏକତ୍ର ଶୋଇଥିବାରୁ, ତା' ମନରୁ ଚିନ୍ତା ଅନେକ ପରିମାଣରେ ହ୍ରାସ ପାଇଯାଇଥିଲା। ପରେ ଯେତେବେଳେ ସେ ସ୍ପଷ୍ଟ ବୁଝିପାରିଲା ଯେ କଥାଟା ଆହୁରି ବଢ଼ିଗଲାଣି ବୋଲି, ସେ ତା' ପ୍ରାଣପଣେ ସମସ୍ତଙ୍କୁ ବଞ୍ଚାଇ ଦୁହିଁଙ୍କ ମଧ୍ୟରେ ପୂର୍ବ ଭାବଟିକୁ ଫେରାଇ ଆଣିବାର ଅନେକ ଚେଷ୍ଟା କଲେ ସୁଦ୍ଧା, କେଉଁ ସେ ମୁହଁ ଘେନି କନକକୁ ପଚାରି ପାରିନାହିଁ - ଏ ମତାନ୍ତର କାରଣ କ'ଣ ବୋଲି ଆଜି କନକଠାରୁ ସବୁ ହାଲ୍ ଶୁଣି ସେ ସ୍ତମ୍ଭିତ ହୋଇଗଲା ଓ କନକ ପାଇଁ ତା'ର ଦୁର୍ଭାବନାର ଅନ୍ତ ରହିଲା ନାହିଁ। ସେ ତ କନକକୁ ଭଲରୂପେ ଚିହ୍ନିଛି, ତେଣୁ କନକର କଥାରେ ସେ ଆଦୌ ଅବିଶ୍ୱାସ କରିପାରିଲାନାହିଁ!

ଆବେଗ, ଉତ୍କଣ୍ଠାରେ ତାକୁ ନିଦ ହେଲା ନାହିଁ। ସେ ବିଛଣାରେ ପଡ଼ି ଛଟପଟ ହେଉ ହେଉ ଭାବିବାକୁ ଲାଗିଲା-କନକ କଥା, ନୀଲୁ କଥା, ନିଧି କଥା, ରଙ୍ଗୀ କଥା ଓ ତା' ସଙ୍ଗେ ସଙ୍ଗେ ନିଜ କଥା ମଧ୍ୟ। ସମସ୍ତଙ୍କ ଦୁଃଖ ସେ ନିଜର କରି ଭାବିବାକୁ ଲାଗିଲା, ସମସ୍ତଙ୍କ ଦୁଃଖ ମଧ୍ୟ ବୁଝିଲା! ଏତେ ଅଡୁଆ କ'ଣ ଖାସ୍ ଏ ସମାଜ ଯୋଗେ, ନା ଆଉକିଛି ଅଛି ଯା ଭିତରେ! ସେ କିଛି ସ୍ଥିର କରିପାରିଲା ନାହିଁ ସମାଜକୁ

ବଦଳାଇ ଦେଲେ କ'ଣ ସଂସାରରୁ ଦୁଃଖ ଉଠିଯିବ? ଦୁଃଖୀ ଦୁଃଖିନୀ ନ ଥାଇ ସଂସାର ଚଳିପାରେ-ଏପରି ସମାଜ ହୋଇପାରେ କି? ନା ନିଶ୍ଚେ ସେଥିରେ ଆଉ କ'ଣ ଅଛି। ତା'ରି ନିଜ କଥା;-ସେ ଜାଣି ବିଧବା ଅଭାଗୀ; ସମାଜର ନିୟମାନୁସାରେ ତା'ର ଆଉ ବିବାହ ନାହିଁ- ଜୀବନରେ ଆଉ ସୁଖ ନାହିଁ। ସମାଜରେ ଯଦି ବିଧବା ନାହିଁ- ଜୀବନରେ ଆଉ ସୁଖ ନାହିଁ। ସମାଜରେ ଯଦି ବିଧବା ବିବାହ ଥାଆନ୍ତା, ତା' ହେଲେ ସେ କରିଥାଆନ୍ତା କି? ନାଇଁ ପରା; ନା, ନା-କେଭେଁନା! ଏହିପରି କେତେ ବିଧବା-ଏ କାରଣ ହେଉ, ସେ କାରଣ ହେଉ,-କିଛି ନା କିଛି ଗୋଟାଏ କାରଣରୁ ତଥାପି ବାହା ହୋଇପାରନ୍ତେ ନାହିଁ, ବା ହୁଅନ୍ତେ ନାହିଁ! ତେବେ ସମାଜରେ ବିଧବା-ବିବାହ ନାହିଁ ତ, ହେଲା କ'ଣ! ସେ ବା କାହିଁକି ଅଭାଗୀ ହେବ! ତେବେ ବିଧବା ବିବାହ ସମାଜରେ ଚଳିବା ଉଚିତ ପରା-ଅନ୍ୟମାନେ, ଯେଉଁମାନେ ବିବାହ କରିବାକୁ ପ୍ରସ୍ତୁତ ଅଛନ୍ତି ସେମାନଙ୍କ ପାଇଁ। ଗଉରୀର ମନେପଡ଼ିଗଲା ତା'ର ମୃତ ସ୍ୱାମୀଙ୍କ ବିଷୟ! ସେ ଭାବି ବସିଲା-ସେ ତା'ର କେତେ ଦିନର ଚିହ୍ନା, କେତେ ଦିନର ବାଞ୍ଛିତ! ସେ ଭାବି ଭାବି ଆକୁଳ ହେଲା, କିନ୍ତୁ କିଛି ସ୍ଥିର କରିପାରିଲାନାହିଁ। ସେ କେବେ, କେବେ ପାଇଁ ତାଙ୍କର ତା'ର ଭେଟ ଏ ଜୀବନରେ ନୁହେଁ ପରା-ଅନନ୍ତକାଳ ପୂର୍ବରୁ କି କ'ଣ!! କେବେ ତା'ର ହୃଦୟଟି ସେ ଦେଇ ପକାଇଲା ତାଙ୍କୁ, ତା'ର ସେଟା ବି ମନେପଡ଼ିଲା ନାହିଁ। ଏପରି ଅନେକ ଥର ସେ ଏସବୁ କଥା ଭାବିଛି, କିନ୍ତୁ କେବେ କୌଣସି ସିଦ୍ଧାନ୍ତରେ ଉପନୀତ ହୋଇପାରିନାହିଁ! ଆଜି ମଧ୍ୟ ତା'ର ସବୁ ଚେଷ୍ଟା ପରାସ୍ତ ହୋଇଗଲା। ଫଳରେ ତା' ମନରେ ରହିଗଲା ଖାଲି ଗୋଟାଏ ଅସୀମତାର ଛାୟା, ତା'ର କ୍ଷୁଦ୍ର ହୃଦୟରେ ମେଳିଗଲା ଗୋଟାଏ ଅନନ୍ତ ଜାଗରଣ, ଗୋଟାଏ ଦିଗନ୍ତବ୍ୟାପୀ ପୂର୍ଣ୍ଣତା-ଯାହା ଇହକାଳ, ପରକାଳ ଭେଦ କରି କୁଆଡ଼େ ଶୂନ୍ୟରେ ମିଶିଯାଇଛି-ତା'ର ନା ଅଛି ଏ ପାଖରେ ଠିକଣା, ନା ସେ ପାଖର ଅନ୍ତ!

ଅବାରିତ ପ୍ରସାରିତ ହୃଦୟରେ ତା'ର ବଡ଼ କରି ବାଜିଲା ତା' ନିକଟତମ ଏଇ କେତୋଟି ହୃଦୟର ଆନ୍ତରିକ ଦୁଃଖ। ସହାନୁଭୂତିରେ ଭରିଯାଇ ସେ ଭାବି ବସିଲା, ୟାର ସମାଧାନ କେଉଁଠି। ଏଇ ଯେ ନୀଲୁ କନକ-ଦୁହେଁ ଦୁହିଁଙ୍କର ପ୍ରିୟ, ବାଞ୍ଛିତ,-ଯଦି ବିବାହ ହେଲା ହୃଦୟର ସବୁ ଖେଳର ଶେଷ ନିଷ୍ପତ୍ତି, ତେବେ ଏ ଦୁହେଁ ତ ଆଉ ସମାଧାନର ଗଣ୍ଡି ଭିତରେ ନାହାନ୍ତି! ରଙ୍ଗୀ ନୀଲୁଙ୍କ ମଧ୍ୟରେ ଏ ନିଷ୍ପତ୍ତି ସମ୍ଭବ ହୋଇଥାନ୍ତା, ଯଦି ନୀଲୁ ବିବାହକୁ ତା'ର ଶେଷ ନିଷ୍ପତ୍ତି ବୋଲି ନ ଭାବନ୍ତା! ନ ଭାବିବ ବା କିପରି? ହଁ ସତେ କ'ଣ ବିବାହଟା ଏଡ଼େ ପଦାର୍ଥ? ସତେ କ'ଣ ଖାଲି ବିବାହରେ ହୃଦୟ ତା'ର ବାଞ୍ଛିତର ଠିକଣା ପାଏ? ନାଃ, ଅସମ୍ଭବ। ତେବେ

ନିଧି କନକର ବିବାହଟା କ'ଣ ? ଏଟା ଏ ସମାଜର ଦୋଷ, ନା ଆଉ କିଛି ? ବିବାହରେ ଅନ୍ୟାୟ ମିଳନ ଓ ବ୍ୟର୍ଥ ପ୍ରେମ କ'ଣ ଆଉ କେଉଁ ସମାଜରେ ନାହିଁ ତେବେ ? କେଜାଣି ! ତେବେ କାହିଁକି ମନେହୁଏ ଯେପରି ବିବାହଟା କିଛି ନୁହେଁ ବୋଲି ! ନାଃ, ନିଶ୍ଚୟ ବିବାହଟା ଗୋଟାଏ ଅନୁଷ୍ଠାନ ଛଡ଼ା କିଛି ନୁହେଁ; ନିଶ୍ଚୟ ବିବାହ ହୃଦୟରାଜ୍ୟର ସମାଧାନର ଶେଷ ନୁହେଁ! ସମାଜର ବିବାହ ସେ ସମାଜର-ସମାଜର ନରନାରୀ ସେଥିରେ ସୁରଧୁନୀ ଖୋଜିଲେ ପାଇପାରନ୍ତି, ପ୍ରେମର ଅନନ୍ତ ବିଶ୍ରାମ ଖୋଜିଲେ ପାଇପାରନ୍ତି; କିନ୍ତୁ ତା' ବୋଲି ସେହି ବିବାହ ହିଁ ସୁରଧୁନୀ ବା ସର୍ବସନ୍ତାପହାରିଣୀ, ଯା କିପରି ହୋଇପାରେ ! ନାଃ, ସବୁ ଏଇ ହୃଦୟରେ ହିଁ ଅଛି !

ହଁ ଏଇ କଥାଟି ନୀଳୁ କାହିଁକି ବୁଝିଲେ ନାହିଁ ! ତା'ହେଲେ ହୁଏତ ରଙ୍ଗୀଙ୍କୁ ବିବାହ କରିବାକୁ ରାଜି ହୋଇଥାନ୍ତେ, ତା'ହେଲେ ଏ ସବୁ ଅଡୁଆ ମେଣ୍ଟିଯାଇଥାନ୍ତା ପରା !

ଏହିପରି କେତେ କ'ଣ ଭାବୁଭାବୁ କେତେବେଳେ ଗଉରୀଙ୍କୁ ନିଦ ଲାଗିଗଲା । ଆଜି ନିଜେ ଭାବି ଭାବି ସମାଧାନ ସାରା କରିବାକୁ ଯାଇ ଶୋଇବା ପୂର୍ବରୁ ସେ ତା' ଠାକୁରଙ୍କୁ ଆଉ ଡାକି ପାରିଲା ନାହିଁ ।

X X X X

ଏଣେ ନିଧିବାବୁ ଦୁଆର ବନ୍ଦ କରିଦେଇ ଅନିଶ୍ଚିତ, ଭୟରେ ଚଞ୍ଚଳ, ଅସ୍ଥିର ହୋଇ ଶୋଇବା ତ ଦୂରେଥାଉ, ସେହି ଘର ଯାଡ଼େ ସ୍ୟାଡ଼େ ବୁଲି ବୁଲି ଭାବିବାକୁ ଲାଗିଲେ । ଦୁଆର ବନ୍ଦ କରି ଦେବାଯାଏଁ ତାଙ୍କର ସେ ଧାରଣା ମାତ୍ର ନ ଥିଲା; ବନ୍ଦ କରିଦେଇ ସାରି ତାଙ୍କ ମନ ଅଧେ ଦବିଗଲା । ଭାବିଲେ, ବୋଧହୁଏ ଠିକ୍ ହେଲା ନାହିଁ । ଯେତେବେଳେ କନକର ଅଳଙ୍କାରର ଆହ୍ୱାନ ତାଙ୍କ କାନରେ ପଡ଼ିଲା, ସେ ବ୍ୟସ୍ତ ହୋଇ ଉଠିଗଲେ ଦ୍ୱାର ଖୋଲି ଦେବାକୁ । ଜଞ୍ଜିର ଉପରେ ହାତ ଦେଲା ମାତ୍ରକେ ପୁଣି ତାଙ୍କୁ କିଏ ପଛକୁ ଓଟାରି ଆଣିଲା । ନିଜ ପ୍ରତି ଧିକାର ଦେଇ କହିଲେ, "ପୁଣି ଦୁର୍ବଳତା !" ସେ ଫେରି ଆସି ଖଟ ଉପରେ ବସି ପଡ଼ିଲେ । କେଜାଣି କାହିଁକି ତାଙ୍କ ଆଖିରୁ ଲୁହ ଝରଝର ହୋଇ ଗଡ଼ିପଡ଼ିଲା । ଦୁର୍ବଳତା ପୁଣି ମାଡ଼ି ଆସୁଛି ବୋଲି ଭାବି, ଉଠି ଅଧିକତର ବେଗରେ ଧାଁ ଦଉଡ଼ କରିବାକୁ ଲାଗିଲେ । ଏତିକିବେଳେ ତାଙ୍କ କାନକୁ ଆସିଲା କନକର ଚଞ୍ଚଳ ପଦଶବ୍ଦ । ଚାଲିଯାଉଛି ଜାଣି ଦୁଆର ପାଖକୁ ସନ୍ତର୍ପଣରେ ଆସି ଫାଙ୍କ ବାଟେ ତାଙ୍କୁ ଥରେ ଦେଖିନେବାର ଲୋଭ ସମ୍ବରଣ କରିପାରିଲେନାହିଁ, କିନ୍ତୁ କିଛି ମାତ୍ର ଦେଖାଗଲା ନାହିଁ । ବର୍ଷା ଅନ୍ଧାର ଯୋଗେ ! ପୁଣି ଦୁର୍ବଳତା, ପୁଣି ଅଶ୍ରୁଧାର ! ଏଥର ଅନେକ ଦୂରରୁ କନକର ପଦଶବ୍ଦ, ଅଳଙ୍କାରସିଞ୍ଜିତ

କ୍ଷୀଣ ହୋଇ ଶୁଭୁଥାଏ। ହଠାତ ନିଧିବାବୁ ଦ୍ୱାର ଖୋଲି ପକାଇଲେ, ଭାବିଲେ- ଯାଏ; ଫେରାଇ ଆଣେ। ଘରୁ ବାହାରି ପଡ଼ିଲାମାତ୍ରକେ ତାଙ୍କୁ ଭେଟିଲା ଗୋଟାଏ ଅନ୍ଧକାର। ପୁଞ୍ଜିଭୂତ ହୋଇ! କେଜାଣି କାହିଁକି ନିଧିବାବୁ ପୁଣି ଦବିଗଲେ। ସେତେବେଳକୁ କନକର ଆଉ ଶବ୍ଦ ନାହିଁ। ଆଉ ପଦ ତାଙ୍କର ଚାଲିଲା ନାହିଁ। ସେ ଭାବିଲେ, କନକ ଚାଲିଗଲାଣି ବୋଧହୁଏ। ନିଜଠାରେ ନିଜେ ଲଜ୍ଜିତ ହୋଇ, ଆହତ ଆତ୍ମସମ୍ମାନ ଘେନି ପୁଣି ଫେରି ଆସିଲେ ଭିତରକୁ। ଦୁଆର ଆଉଜାଇ ଦେଲାମାତ୍ରକେ ହାତ ସ୍ୱତଃ ଚାଲିଗଲା ଜଞ୍ଜିର ପାଖକୁ। କିନ୍ତୁ ନିଧିବାବୁ ଆଉ ଜଞ୍ଜିର ଲଗାଇଲେ ନାହିଁ-ଭାବିଲେ, ସେ ତ ଚାଲିଗଲାଣି, ଆଉ କ'ଣ! ଅଥବା ଦୁର୍ବଳ ନିର୍ଲଜ୍ଜ ମନରେ ପୁଣି ଟିକିଏ ଆଶା ରହିଲା, ଯଦି ଫେରି ଆସେ!!

କିନ୍ତୁ କନକ ଆଉ ଆସିଲା ନାହିଁ ମୋହରେ ଆଚ୍ଛନ୍ନ ହେଲା ପରି ନିଧିବାବୁ ବିଛଣାଟିରେ ପଡ଼ି ରହିଥାନ୍ତି। ନିଦ ହୋଇ ନାହିଁକି ସମ୍ପୂର୍ଣ୍ଣ ଜାଗ୍ରତ ବି ନାହାନ୍ତି। ମନରେ ଗୋଟାଏ ଘୋର ବିକାର ଭାବ-ଯାହା ଆଗରୁ ରହି ଯାଇଥିଲା, ସେଟାଏ ଅର୍ଦ୍ଧଜାଗ୍ରତ୍ ଅବସ୍ଥାରେ ଟିକିଏ ଲଇଁଯାଇଛି, ଆଉ ଭିତରର ଯେଉଁ ଆଶାର ଆଲୋକଟିକ ସେଥିରେ ଭସ୍ମାବୃତ ବହ୍ନିପରି ଢାଙ୍କି ହୋଇ ରହିଥିଲା, ସେଟା ବର୍ତ୍ତମାନ ସ୍ୱାଧୀନ ଭାବରେ ମୁଣ୍ଡ ଟେକି ଉଠିଛି। ଏହିପରି ପ୍ରାୟ ଘଣ୍ଟାଏ କାଳ ଚାଲି ଯାଇଥିବ, ତା'ପରେ ନିଧିବାବୁ ଟିକିଏ ଟିକିଏ କରି କ୍ରମେ କେତେ ସ୍ୱପ୍ନ ଦେଖିବାକୁ ଲାଗିଲେ। ବର୍ତ୍ତମାନ ତାଙ୍କ ମନର ସବୁ ବୃତ୍ତି ଶାନ୍ତ ହୋଇଯାଇ ରହିଛି ଖାଲି ଗୋଟାଏ ଚଞ୍ଚଳ ଉଦ୍‌ବିଗ୍ନତା-ଯାହା ତାଙ୍କୁ ରହି ରହି ଚମକିତ କରିଦେଉଛି। ସେହି ଯେ ଆଶାଟିକ ମନରେ ତାଙ୍କର ଜାଗି ଉଠୁଛି ମୁକ୍ତ ସ୍ୱାଧୀନ ଭାବରେ, ସେହି ଆଶାରହିଁ ସେ ଉତ୍କଣ୍ଠା! ହଠାତ୍ ଉଠିପଡ଼ି ଅସଂଯତ ଭାବରେ ଘରର ଚାରିଆଡ଼କୁ ଚାହିଁ, କେତେବେଳେ କେତେବେଳେ ପୁଣି ଦ୍ୱାରପର୍ଯ୍ୟନ୍ତ ଯାଇ, ଦ୍ୱାରପର୍ଯ୍ୟନ୍ତ ଅନାଇ ଦେଖୁଛନ୍ତି, ପୁଣି ନିରାଶ ହୋଇ ଆସି ସେହି ସ୍ୱପ୍ନରାଜ୍ୟରେ ନିଜକୁ ବିସର୍ଜନ ଦେଉଛନ୍ତି। ଏହିପରି କେତେ ଥର କଲେଣି, ତା'ର ସୀମା ନାହିଁ।

ଥରେ ଏହିପରି ଯାଇ ବିଧିମତେ ଶୋଇବାର ପ୍ରତିଜ୍ଞା କରି ବାବୁ ବିଛଣାରେ ପଡ଼ିଗଲେ। ଟିକିଏ ଗାଢ଼ତର ଭାବରେ ଏଥର ମୋହ ତାଙ୍କୁ ଘାରି ପକାଇଲା। ସେ ସ୍ୱପ୍ନ ଦେଖିବାକୁ ଲାଗିଲେ। ଅନିୟମିତ ଭାବରେ ଏକଥା ସେକଥା ପରେ ହଠାତ୍ ତାଙ୍କୁ ଦେଖାଗଲା- ଗୋଟାଏ ସରୁ ଗୋହିରୀ ବାଟ, ଦୁଇ ପାଖରେ କଣ୍ଟାବାଡ଼ ଅଙ୍କାବଙ୍କା ହୋଇ ବାଟ ଉପରକୁ ମାଡ଼ି ମାଡ଼ି ଆସିଛି; ସଞ୍ଜ ଅନ୍ଧାର ତା' ଉପରେ ପୁଣି ଝଡ଼ିପବନ ପରି ଶୁଖିଲା ବତାସ ଗୋଟାଏ ଧୂଳିଗୁଡ଼ିଏ ଉଡ଼ାଇ ଆହୁରି ଅନ୍ଧାରିଆ କରି ପକାଇଛି।

ସେହି ବାଟେ ସେ ନିଜ ଲୁଗାପଟା ସମ୍ଭାଳି ଧୀରେ ଧୀରେ ଚାଲିଛନ୍ତି ୟାଡ଼େ ସ୍ୟାଡ଼େ ଅନାଇ ଅନାଇ ଅତି ଶଙ୍କିତ ଚରଣରେ। କ୍ରମେ ପବନ ବେଗ ଟିକିଏ ମାନ୍ଦା ପଡ଼ିଗଲା, ଅନ୍ଧାର ଆହୁରି ଘନ ହୋଇଗଲା, ତାଙ୍କ ନାକ ସଳଖରେ ଯେଉଁ କ୍ଷୁଦ୍ର ତାରାଟି ଏହି ଲାଗେ ଦପ୍ ଦପ୍ ହୋଇ ଜଳୁଥିଲା ସେଟା ଆଉ ବାରିହେଲା ନାହିଁ, ତେବେ ବିଜୁଳି ଚମକିବାରୁ ଆଲୁଅ ଟିକିଏ ଟିକିଏ ହେଲା। ହଠାତ୍ ଗୋଡ଼ାଏ ଘଡ଼ଘଡ଼ି ବିଜୁଳି ହେଲା ଯେ, ସେ ସେହିଠାଏ ଥକ୍କା ହୋଇ ଛିଡ଼ା ହୋଇଗଲେ ଦଣ୍ଡେକାଳ। ପୁଣି ଯେତେବେଳେ ଆଖି ଖୋଲିବାକୁ ସାହସ କଲେ, ସେତେବେଳେ ଦେଖନ୍ତି ତ,-ସେ ଆଉ ସେ ଗୋହିରୀ ବାଟରେ ନାହାନ୍ତି, ଝଡ଼ି ନାହିଁ, ବର୍ଷା ନାହିଁ, ପବନ ନାହିଁ, ପାଣି ନାହିଁ;-ତାଙ୍କ ଅନ୍ତର ବାହାର ଗୋଟାଏ ମଧୁମୟ ହସରେ ଭରିଯାଇଛି। ସେ ମଧ ଏକା ନାହାନ୍ତି, କିଏ ଗୋଟାଏ ତାଙ୍କ ଗାଢ଼ ଆଲିଙ୍ଗନରେ ରହି କ୍ରମେ ତାଙ୍କରିଠାରେ ଅଧିକରୁ ଅଧିକ ମିଶି ମିଶି ଯାଉଛି;-ହୁଏତ ସେ କନକ! ଏହିପରି ସମୟରେ ହଠାତ୍ ପୁଣି ପାଣି ଟପ୍ ଟପ୍ ପଡ଼ିଲା ପରି ତାଙ୍କୁ ଲାଗିଲା-ପଟା ଉପରେ ବର୍ଷା ହେଲେ ଯେପରି ଶବ୍ଦ ହୁଏ, ଠିକ୍ ସେହିପରି। ସେ ଟିକିଏ ମୁଣ୍ଡ ଟେକି ୟାଡ଼େ ସ୍ୟାଡ଼େ ଚାହିଁଲେ। ଏତିକିବେଳେ ତାଙ୍କର ମନେହେଲା, କିଏ ଯେପରି କୋମଳ ହସ୍ତରେ ତାଙ୍କ ପିଠି ଆଉଁସି ଦେଉଛି। ଚେଷ୍ଟାକରି ସୁଦ୍ଧା ଆଉ ସେ ବୁଲିକରି ଚାହିଁପାରିଲେନାହିଁ। ବିକଳ ନିଶ୍ଚେଷ୍ଟ ଭାବରେ କିଛିକ୍ଷଣ ପଡ଼ି ରହିଲା ପରେ ତାଙ୍କୁ ପୁଣି ଜଣାଗଲା, ଯେପରି କିଏ ଗୋଟିଏ ସେହିପରି ଧୀର ଭାବରେ ତାଙ୍କ ପାଦରେ ହାତ ବୁଲାଉଛି। ପୁଣି ସେ ଚେଷ୍ଟାକଲେ ନିଜ ପାଦ ଆଡ଼କୁ ଅନାଇ ଦେଖିବା ପାଇଁ। କିନ୍ତୁ ତାଙ୍କର ସବୁ ଚେଷ୍ଟା ବ୍ୟର୍ଥ ହେଲା। ଏତିକିବେଳେ ତାଙ୍କ କୋଳରୁ ତକିଆଟା କିପରି ଖସିଯାଇ ଖଟ ତଳକୁ ଗଡ଼ିପଡ଼ିଲାରୁ ଗୋଟାଏ ଶବ୍ଦ ହେଲା, ଆଉ ତାଙ୍କୁ ଜଣାଗଲା, ଯେପରି ଆହୁରି ଗୋଟାଏ ବଡ଼ ଶବ୍ଦ ତାଙ୍କରି ଛାତି ଭିତରୁ ବାହାରୁଛି! ନିଧିବାବୁ ଧଡ଼୍‌ପଡ଼୍ ହୋଇ ଉଠି ବସିଲାବେଳକୁ ବି ସେ ଶବ୍ଦ ମିଳାଇ ଯାଇ ନାହିଁ-ବରଂ ଗୋଟାଏ ଭାରି ପଦାର୍ଥ ପାଣିରେ ପଡ଼ିଲେ ଯେପରି ଶବ୍ଦ ହୁଏ, ସେହିପରି ଗୋଟାଏ ବଡ଼ ଶବ୍ଦ ସେହିକ୍ଷଣି ଦ୍ୱାର ଫାଙ୍କବାଟେ ତାଙ୍କ କର୍ଣ୍ଣଗୋଚର ହେଲା। ସ୍ୱପ୍ନ କି ସତ୍ୟ, ଏହିତା ଭାବୁ ଭାବୁ ଅଦୂରରେ ଶୁଣାଗଲା ମଲ ଓ ଅନ୍ୟାନ୍ୟ ଅଳଙ୍କାରର ରୁଣୁଝୁଣୁ ଶବ୍ଦ-ଚାପି ହେଲାପରି, ତଥାପି ବୁଝାଯିବା ଭଳି। ଏଥର ନିଶ୍ଚୟ ସ୍ୱପ୍ନ ନୁହେଁ ବୋଲି ଭାବି, ନିଧିବାବୁ ଲଣ୍ଠନଟାକୁ ତେଜିଦେଇ, ହାତରେ ଧରି ବାହାରି ପଡ଼ିଲେ। ଦ୍ୱାର ପାଖକୁ ଆସି ଦେଖିଲେ, ଦ୍ୱାରଟା ଖୋଲା ଅଛି। ସେ ମେଲା ରଖିଥିଲେ କି ଆଉଜାଇ ଦେଇଥିଲେ, ଏକଥା ଭାବିବା ପୂର୍ବରୁ ପୁଣି ସେହି ଅଳଙ୍କାର-ଶବ୍ଦ ନିକଟରୁ ଅଥଚ କିପରି ଦୂରରୁ ଆସିଲା ପରି ତାଙ୍କୁ

ଶୁଭିଲା । ସେ ବ୍ୟସ୍ତ ହୋଇ ସିଧା ଚାଲିଲେ ଭିତର ଆଡ଼କୁ, ସେ ଶବ୍ଦ ତାଙ୍କ କାନ ପାଖରେ ହୋଇକରି ଶୁଭୁଥାଏ, ଅଥଚ ଯେପରି ଦୂରର ଶବ୍ଦ;-କୁଆଡୁ ଆସୁଛି, କିଛି ଠଉର ହେଉନାହିଁ ।

ସେତେବେଳକୁ ବର୍ଷା ଥମି ଗଲାଣି, ଆକାଶଗୋଟାକ ଭରି ଅସଂଖ୍ୟ ତାରା ଦାଉ ଦାଉ ଜଳୁଛନ୍ତି । ନିଧିବାବୁ ପିଣ୍ଡା ପିଣ୍ଡା ଯାଇଁ, ମଝି ବାହାର ପାରି ହୋଇ, ଭିତର ଖଞ୍ଜା ଦୁଆରେ ପହଞ୍ଚିଲେ । ଅଳଙ୍କାର ରୁଣୁଝୁଣୁ ତାଙ୍କ କାନରେ ସେହିପରି ବାଜୁଥାଏ । ପହଞ୍ଚି ଦେଖିଲେ, ଦୁଆର ଭିତରୁ ବନ୍ଦ । ଫେରିଲେ । ସେହି ମଝି ବାହାର ବାଟେ ଆସିଲାବେଳକୁ ତାଙ୍କୁ ଜଣାଗଲା, ଯେପରି ସେ ଶବ୍ଦଟା ଆହୁରି ନିକଟରେ ତାଙ୍କର; ଅଥଚ କେଉଁଠୁ ଆସୁଛି, ଠିକ୍ ସେ ଧରିପାରିଲେନାହିଁ । ପୁଣି ବାହାର ଘର ପିଣ୍ଡାକୁ ଆସି କୁଆଡ଼େ ଯିବେ, କ'ଣ କରିବେ ଭାବୁଛନ୍ତି, ଏତିକିବେଳେ ପାଣିରେ ଭାରି ଜିନିଷ କିଛି ବାଡ଼େଇ ହେଲେ ଯେପରି ଶବ୍ଦ ହୁଏ, ସେହିପରି ଶବ୍ଦଟାଏ ଲାଗେ ଲାଗେ ତିନି ଚାରିଥର ତାଙ୍କରି କାନ ପାଖରେ ହୋଇକରି ବାଜିଗଲା । ଚମକି ପଡ଼ି ନିଧିବାବୁ ଚାରିଆଡ଼କୁ ଚାହିଁଲେ । କାହିଁ କୁଆଡ଼େ ତ ନାହିଁ କିଛି ! ଅଗଣା ମଝାମଝିରେ ଯେଉଁ ପକ୍କା କୂଅଟା, ସେଇଟା ଖାଲି ତରା ଆଲୁଅରେ ଧଳା ହୋଇ ଦିଶୁଛି । ହଠାତ୍ ନିଧିବାବୁଙ୍କ ମନରେ ଗୋଟାଏ ଅନିଶ୍ଚିତ ଭୟ ପଶିଗଲା । ସେତିକିବେଳେ ବି ଚାରିଆଡ଼େ ଶୂନ୍‌ଶାନ୍ ନିସ୍ତବ୍ଧ ହୋଇଗଲା-ଆଉ କିଛି ବୋଲି କିଛି କୁଆଡୁ ଶୁଭୁନାହିଁ ! ନିଧିବାବୁ ତ୍ରସ୍ତପଦରେ ଭିତର ଖଞ୍ଜା ଦ୍ୱାର ପର୍ଯ୍ୟନ୍ତ ଧାଇଁ ଯାଇ କମ୍ପିତ ହସ୍ତରେ କବାଟରେ ହାତ ମାରି ଡାକିବାକୁ ଲାଗିଲେ । ସେ ମନେ ମନେ ସଂଯତ ଭାବରେ ହିଁ କବାଟରେ ହାତ ମାରୁଛନ୍ତି ଓ ଯଥାସମ୍ଭବ ବଡ଼ ପାଟିରେ 'ବୋଉ, ବୋଉ' ବୋଲି ଡାକୁଛନ୍ତି; କିନ୍ତୁ ପ୍ରକୃତରେ କବାଟ ଭାଙ୍ଗିଲା ଭଳି ଦୈହିକ ବଳ ପ୍ରୟୋଗ କରୁଛନ୍ତି ଧକ୍‌କା ମାରିଲାବେଳେ; ଏଣେ ମୁହଁରୁ ଭାଷା ବାହାରିବାକୁ ନାହିଁ ! କଥା କହିଲା ଭଳି, ଡାକିଲା ଭଳି ମୁହଁ କରୁଥିଲେ ସୁଦ୍ଧା ଗୋଟାଏ ବୋଲି ଶବ୍ଦ ତାଙ୍କ ମୁହଁରୁ ଉଚ୍ଚାରିତ ହେଉନାହିଁ !

ଯାହା ହେଉ, କବାଟଟି ଭାଙ୍ଗିଯିବା ପୂର୍ବରୁହିଁ ଗଉରୀ ଉଠି ଆସି, ଦୁଆର ଖୋଲୁ ଖୋଲୁ ସେପଟୁ କହିଲା, "ଏଡ଼େ ନିର୍ବୁଦ୍ଧିଆଣୀ ନା ଲୋ ତୁ ବୋହୂ, ଏଡ଼େହେଁ କବାଟ ବାଡ଼ଉଛୁ ।" ଏହା କହି ଗୋଟାଏ ବଡ଼ ହାଇମାରି, ଗଉରୀ ଦୁଆର ଖୋଲିଦେଇ ଡିବିଟି ହାତରେ ଧରି ଆଡ଼ ହୋଇ ଛିଡ଼ା ହେଲା, କନକ ଭିତରକୁ ଯିବ ବୋଲି । କିନ୍ତୁ କାହିଁ କନକ ! ଏ ଯେ ନିଧି ! ଏଣେ ନିଧିବାବୁ ଗଉରୀ କଥା ଶୁଣି ସ୍ତମ୍ଭିତ ହୋଇଯାଇଥିଲେ- କନକ କାହିଁ ତା'ହେଲେ ? ପ୍ରଶ୍ନ କଲାପରି ବାଲୁବାଲୁ ହୋଇ

ଗଉରୀ ମୁହଁକୁ କିଛିକ୍ଷଣ ଚାହିଁରହି ନିଧିବାବୁ ଶେଷରେ ଅତି କଷ୍ଟରେ କହିଲେ, "କନକ ?" "କି ରେ ବୋହୂ ପରା ତୋ'ରି ପାଖକୁ ଆସିଥିଲା !" ବୋଲି କହି ଗଉରୀ ନିଧିବାବୁ ଆଡ଼କୁ ଭଲ କରି ଏତେବେଳେ ଏଇ ପ୍ରଥମ ଅନାଇଲା। ନିଧିବାବୁଙ୍କୁ ଦେଖି ତା' ଗୋଡ଼ଠାରୁ ମୁଣ୍ଡଯାଏଁ ଖାଲି କଞ୍ଚାପାଣି ହୋଇଗଲା ! ଏ କ'ଣ ସେହି ନିଧି ଯାହାକୁ ସେ ଶୋଇଲାବେଳେ ଦେଖି ଯାଇଥିଲା।

ଏଣେ ନିଧିବାବୁ ସବୁ ବୁଦ୍ଧି ବୃତ୍ତି ଫେରି ପାଇଲା ପରି ଝାଡ଼ିଝୁଡ଼ି ହୋଇ କିହଲେ, "ଅପା, ମୁଁ ତ ଦୁଆର ଦେଇଥିଲି ତୁ ଯିମିତି ଆସିଲୁ। ସେ ଦୁଆର ପାଖକୁ ଯାଇଥିଲା, ହଁ-ଫେର୍ ଫେରି ଆସିଲା ତ ଭିତରକୁ।" "ଆରେ ଇୟେ କ'ଣ, କୁଆଡ଼େ ଗଲା !" ଗଉରୀ ମଧ୍ୟ ଅନିଶ୍ଚିତ ଭୟରେ ଥରି ଉଠିଲା ! ଭେଲ୍‌କା ମାରିଲା ପରି ଦୁହେଁ ଦୁହିଁଙ୍କ ମୁହଁକୁ ଅନାଇ କିଛି କ୍ଷଣ ସେହିଠାରେ ରହିଲେ। ହଠାତ୍ ଏତିକିବେଳେ ସେହିଠାରୁ କେଉଁଠୁ ନିକଟରୁ ଗୋଟାଏ ଶବ୍ଦ ଆସି ଦୁହିଁଙ୍କୁ ଏକାବେଳକେ ଚମକାଇ ଦେଲା। ଯେପରି କିଛି ଗୋଟାଏ ପାଣିରେ ବାଡ଼େଇ ହେଉଛି; ଏହିପରି ଶବ୍ଦ ! ସାଙ୍ଗେ ସାଙ୍ଗେ ଗଉରୀ ଆଖି ଆଗରେ ଘଟନାଟା ସଫା ହୋଇ ଖେଳିଗଲା ! ସେ ନିଧିଙ୍କୁ ଠେଲିଦେଇ କହିଲା, "ଆରେ ଓଲୁ, ଦେଖ ସେଇ କୂଅ ଭିତରେ କିଏ ପଡ଼ିଛି ! ବୋଉ, ବୋଉ।-"

ଦୁହେଁ କୂଅ ପାଖକୁ ଧାଇଁଗଲେ। ଦୁଇଟାଯାକ ଆଲୁଅ ଭିତରକୁ ଦେଖାଇ ଝୁଙ୍କିପଡ଼ି ଦୁହେଁ ଯାକ ଚାହିଁଲେ। ପ୍ରଥମେ କିଛି ଦେଖାଗଲା ନାହିଁ, ପରେ ଗୋଟାଏ ଧଳା ଲୁଗା ବୁଜୁଳା ପରି ଫୁଲି ରହିଥିବାର ଓ କୂଅ ଭିତରେ ଯାଡ଼େ ସ୍ୟାଡ଼େ ଘୂରି ବୁଲୁଥିବାର ଦେଖାଗଲା। ନିଧିବାବୁ ଲଣ୍ଠନଟାକୁ କୂଅ ଉପରେ ଥୋଇଦେଇ ଲୁଗାଭିଡ଼ି ଭିତରକୁ ପଶିବା ପାଇଁ ଓହ୍ଲାଇ ପଡ଼ିଲେ।

(୫)

ନୀଳୁବାବୁଙ୍କ ସହିତ ପାଠକ ପାଠିକାଙ୍କର ଅନେକ ଦିନରୁ ସାକ୍ଷାତ୍ ହୋଇ ନାହିଁ। ଏଡ଼େ ଅଘଟନ ଘଟାଇ ସେ କୁଆଡ଼େ ଚାଲିଯାଇଛନ୍ତି, ସେ ଦିନୁ ତା'ର ବି ଖବର ନାହିଁ। ସେହି ଦିନଠାରୁ- ଯେଉଁ ଦିନ ରଙ୍ଗୀର ସେ ଦୁର୍ଦ୍ଦଶା ଘଟିଥିଲା-ତାଙ୍କ ଗତିବିଧି ଟିକିଏ ଉଲ୍ଲେଖ ନ କଲେ ଆଉ ଚଳୁ ନାହିଁ।

ପୂର୍ବରୁ ବୋଲାଯାଇଅଛି ଯେ ନୀଳୁବାବୁଙ୍କୁ ଶେଷ ପର୍ଯ୍ୟନ୍ତ ଜଣା ନ ଥିଲା ଯେ, ରଙ୍ଗୀ ପାଇଁ ହିଁ ନିଧିବାବୁଙ୍କ ଘରେ ତାଙ୍କର ଏତେ ଆଦର ଓ ଅବାଧ ଗତି। ବରଂ ପ୍ରଥମେ ଯେତେବେଳେ ଏମାନେ କଟକ ଆସିଲେ, ସେତେବେଳେ ତାଙ୍କୁ

ପ୍ରକାରାନ୍ତରରେ ସମଝାଇ ଦିଆଯାଇଥିଲା ଯେ, ରଙ୍ଗୀପ୍ରସଙ୍ଗ ଚିରଦିନ ପାଇଁ ଭାଙ୍ଗି ଦିଆଯାଇଛି। ସେ ଦିନ ତାଙ୍କୁ ଉପଲକ୍ଷ୍ୟ କରି ଯେ ଏତେଗୁଡ଼ିଏ ଘଟନା ଘଟିଗଲା, ଏହା ତାଙ୍କ ନିକଟରେ ପ୍ରହେଳିକା ଭଳି ରହିଥିଲା-ଯେ ପର୍ଯ୍ୟନ୍ତ ଭିତରୁ ତାଙ୍କର ଡାକ ଆସି ନ ଥିଲା। ଭିତରକୁ ଆସି ରଙ୍ଗୀକୁ ତଦବସ୍ଥ ଦେଖି ତାଙ୍କ ହୃଦୟ ମନ ଗୋଟାଏ ଗଭୀର କରୁଣାରେ ଭରି ଉଠିଥିଲା। ପୁଣି ଯତେବେଳେ କଥାକଥାକେ ସେ ଜାଣିଲେ ଯେ, ରଙ୍ଗୀହିଁ ତାଙ୍କୁ ଦେଖିବାକୁ ଡାକିଥିଲା-ସଂଜ୍ଞାନରେ ବା ଅଜ୍ଞାନରେ ହେଉ,-ଯେତେବେଳେ ଆଉ ତାଙ୍କର ଆଶ୍ଚର୍ଯ୍ୟ ରଙ୍ଗୀ ପ୍ରତି ତାଙ୍କର ସହାନୁଭୂତି ଛଡ଼ା ଆଉ କିଛି ଭାବ ମନରେ ହେଲା ନାହିଁ, କିନ୍ତୁ ସଙ୍ଗେ ସଙ୍ଗେ ସମାଜ ପ୍ରତି ଗୋଟାଏ ବିତୃଷ୍ଣା ଓ ଘୃଣାରେ ତାଙ୍କ ନିଜର ଅସହାୟତା ଉପଲବ୍ଧି କରି କଠିନ ହୋଇ ଉଠିଲା। ଗୋଟାଏ ମୁହୂର୍ତ୍ତରେ ପୂର୍ବାପର ସମସ୍ତ ଘଟନା ଛାୟାଚିତ୍ର ପରି ସ୍ପଷ୍ଟ ହୋଇ ତାଙ୍କ ଆଖି ଆଗରେ ଖେଳିଗଲା। ବର୍ତ୍ତମାନ ସବୁଥିର ଅର୍ଥ ସେ ସୁସ୍ପଷ୍ଟ ହୃଦୟଙ୍ଗମ କରି ପାରିଲେ। ଯେତିକି ସେ ସବୁକଥା ଭାବିଲେ, ସେତିକି ରଙ୍ଗୀର ଅସହାୟତା ଉପଲବ୍ଧି କଲେ ସୁଦ୍ଧା ତାଙ୍କ ମନ ଟଳିଲା ନାହିଁ, ହୃଦୟ ତରଳିଲା ନାହିଁ-କେଉଁଠାରେ କି ଗୋଟାଏ ଅବରୁଦ୍ଧ କଠିନତା ପୁଞ୍ଜୀଭୂତ ହୋଇ ତାଙ୍କୁ ସ୍ୱାଭାବିକ ସମସ୍ତ କୋମଳ ପ୍ରବୃତ୍ତିର ବହୁଦୂରରେ ନେଇ ଥୋଇଦେଲା; ଗୋଟାଏ ଅଭିମାନର ଭାଷାହୀନ ଆଲୋଡ଼ନରେ ତାଙ୍କ ମନ ଅସ୍ଥିର ହୋଇ ରହି ରହି ତାଙ୍କୁ ଆପାଦମସ୍ତକ ଦୋହଲାଇ ଦେବାକୁ ଲାଗିଲା। ସେ କରୁଣରୁ କରୁଣତର ଦୃଶ୍ୟଟି ସମକ୍ଷରେ ଯେଉଁ ଅଶ୍ରୁ ତାଙ୍କ ସ୍ଥିର ନେତ୍ରରୁ ଗଡ଼ି ପଡ଼ିବାକୁ ବସୁଥାଏ, ସେଟା ଯେତେ କରୁଣାର ନୁହେଁ, ତେତେ କ୍ରୋଧର! କାହାପ୍ରତି ଯେ ଅକ୍ଷମ ଅସହାୟ କ୍ରୋଧ, ସେ ନିଜେ ବି ହଠାତ୍ ବୁଝିପାରି ନାହାନ୍ତି। ଯେତେବେଳେ କନକ ତା'ର ଅଶ୍ରୁଭରା ଆଖିଯୋଡ଼ିକ ଆଶା ଓ ମିନତିରେ ପୂର୍ଣ୍ଣ କରି ତାଙ୍କରି ମୁହଁ ଉପରେ ଶଙ୍କିତ ଭାବରେ ଥରକୁ ଥର ସ୍ଥାପନ କଲା, ସେତେବେଳେ ତାଙ୍କ ଆପାଦମସ୍ତକ ପ୍ରକମ୍ପିତ କରି ଯେଉଁ ବିଜୁଳି ଖେଳିଗଲା, ସେଥିରେ ସେ ବିଶ୍ୱବ୍ରହ୍ମାଣ୍ଡ ଭୁଲିଯାଇ ଦେଖିଲେ କେବଳ ନିଜକୁ ଓ କନକକୁ-ହୃଦୟରେ ରଙ୍ଗୀପାଇଁ ସୋରିଷ ପରିମାଣ ସ୍ଥାନ ବି ରହିଲା ନାହିଁ। ଏଣେ କନକର ଅନ୍ୟାୟ ଆଶାର ଦୁଃସାହସ ତା'ର ମୂଳରୁ ଶେଷ ପର୍ଯ୍ୟନ୍ତ ଅବିହିତ ଆଚରଣର ଚରମ ସାକ୍ଷୀ ହୋଇ ତାଙ୍କୁ ଆହୁରି କ୍ରୋଧରେ ଅଧୀର କରି ପକାଇଲା। ତା' ଅବ୍ୟକ୍ତ ଅନୁରୋଧ ବା ଯାଚ୍ଞା ବୁଝିପାରି ତାଙ୍କ ମୁଣ୍ଡଠାରୁ ଗୋଡ଼ଯାଏଁ ଏକାବେଳକେ ଜଳି ଉଠିଲା! ରଙ୍ଗୀ ପ୍ରତି ଅନୁକମ୍ପା, ତଥା ସମାଜ ପ୍ରତି ବିଶ୍ରଦ୍ଧା, ସବୁକୁ ଡୁବାଇ ପକାଇ ତାଙ୍କ ମନ ସମ୍ମୁଖରେ ଲେଖି ହୋଇଗଲା ଏହି କଥାଟି ଯେ କନକ ହିଁ ଏ ସବୁର ମୂଳ; କନକ, ଯାହାଠାରୁ ସ୍ୱପ୍ନରେ

ସୁଦ୍ଧା ସେ ଏ ପ୍ରତ୍ୟାଶା କରିନାହାନ୍ତି-ଆଉ କେହି ନୁହେଁ, ତାଙ୍କରି କନକ, ନିଜେ!

କ୍ଷଣକ ମଧ୍ୟରେ ସଂକଳ୍ପ ସ୍ଥିର କରିନେଇ କିଛି ନ କହି ସେ ସେଠାରୁ ବାହାରିଗଲେ। ବାହାରେ ନିଧିବାବୁଙ୍କ ସଙ୍ଗେ ଦେଖା ହେଲାରୁ ଯେଉଁ କଥା ଭାଷା ହୋଇଥିଲା, ତାହାର ଆଭାସ ପାଠକେ ପାଇଛନ୍ତି। ଆଉ ଯେ କେଭେଁ ସେ ସେଠାକୁ ଆସିବେ ନାହିଁ, ଏଇ କଥାଟିହିଁ ସେ ଭିନ୍ନ ଭିନ୍ନ ପ୍ରକାରରେ ସେହି ରାଗ ମୁହୂର୍ତ୍ତରେ ନିଧିବାବୁଙ୍କୁ ଜଣାଇଦେଇ ଗଲେ। ନିଧିବାବୁଙ୍କୁ ସେତିକିବେଳେ ସ୍ପଷ୍ଟ ଜଣାଗଲା ଯେ, ବିଚାରାକୁ ଆଗରୁ ରଙ୍ଗୀ ପ୍ରସଙ୍ଗ ଆଦୌ କୁହାଯାଇନାହିଁ।

ଏଣେ ନୀଳୁବାବୁ ସଳଖେ ଚାଲିଲେ କଲେଜ ହଷ୍ଟେଲକୁ। ସେଠାରେ କୌଣସିମତେ ପ୍ରବେଶ ଲାଭ କରି ଛଟପଟ ହୋଇ ରାତିର ଶେଷ ଘଣ୍ଟାକ କଟାଇ, ସକାଳ ହେବାମାତ୍ରକେ ପ୍ରିନ୍‌ସପାଲ ସାହେବଙ୍କ ସଙ୍ଗେ ସାକ୍ଷାତ୍‌କାର କରିବାକୁ ବାହାରି ଗଲେ। ତାଙ୍କର ସଂକଳ୍ପ କେତେବେଳୁ ସ୍ଥିର ହୋଇସାରିଥିଲା- ଆଉ କଟକରେ ରହିବାକୁ ହେବ ନାହିଁ, କଲିକତାରେ ଯାଇ ପଢ଼ିଲେ ପଢ଼ିବେ ନ ହେଲେ ଆଉ କିଛି କରିବେ। କଟକରେ ରହିବାର ଆଉ ହେବ ନାହିଁ, ଏଇଟା ଠିକ୍। ଏଫ୍‌ଏରେ ସ୍କଲାରସିପ୍ ପାଇ ବିଏ ପଢ଼ିଲାବେଳେ କଲିକତା ଯାଇ ପ୍ରେସିଡେନ୍‌ସୀ କଲେଜରେ ଭର୍ତ୍ତି ହେବା କଥା ଆଗରୁ ଉଠିଥିଲା। ଆହୁରି ଭଲ କରିପାରିବେ ସେଠି ବୋଲି ଅନେକେ ତାଙ୍କୁ ସେ ଉପଦେଶ ଦେଇଥିଲେ; କିନ୍ତୁ ସେତେବେଳେ ସେ ରାଜି ହୋଇ ନ ଥିଲେ। ବର୍ତ୍ତମାନ ସେହି କଥାହିଁ ସାର ହେଲା।

ଫଳରେ ସେହିଦିନ ଦିନଗାଡ଼ିରେ ଆଉ କାହାରିକୁ କିଛି ନ କହି ନୀଳୁବାବୁ ବାହାରି ଗଲେ କଲିକତାକୁ। ଭଦ୍ରକ ଷ୍ଟେସନ ପାଖରେ ଥରେ ଓହ୍ଲାଇ ହରିବାବୁଙ୍କୁ ଦେଖା କରି ଯିବାର ଲୋଭ ସମ୍ବରଣ କରିପାରିଲେନାହିଁ। ସମସ୍ତେ ତାଙ୍କୁ ଜୋର୍ କରି କଲିକତା ପଠାଇଲେ ବୋଲି ସମସ୍ତଙ୍କୁ ସହଜରେ ବୁଝାଇ ଦେଇ, ପୁଣି ରାତିଗାଡ଼ିରେ ଯେ ବିଦାୟ ହୋଇଗଲେ। କଟକ ପ୍ରିନ୍‌ସପାଲ ସାହେବଙ୍କ ଦୟାରେ ପ୍ରେସିଡ଼େନ୍‌ସୀ କଲେଜରେ ଓ ହଷ୍ଟେଲରେ ଭର୍ତ୍ତି ହେବାକୁ ତାଙ୍କୁ କିଛିମାତ୍ର କଷ୍ଟ ପଡ଼ିଲା ନାହିଁ।

ସଂକଳ୍ପର ଅଦ୍ୟମ ଉତ୍ସାହରେ ଓ ଆହତ ଅଭିମାନର ଏକମୁଖୀ ବେଗରେ ଭଲ ମନ୍ଦ ବିଚାର କରିବାର ଶକ୍ତି, ସମୟ ବା ସୁବିଧା ଆଜିଯାଏଁ ନୀଳୁଙ୍କର ହୋଇ ନ ଥିଲା। କଲିକତା କଲେଜରେ ଭର୍ତ୍ତି ହୋଇ ନୂତନତ୍ୱର ମୋହ ଟିକିଏ କଟିଗଲାଠଉଁ, ପୁଣି ସବୁକଥା ଓଲଟ ପାଲଟ ହୋଇ ତାଙ୍କ ମନରେ ଉଣ୍ଡି ଉଣ୍ଡି ବୁଲିବାକୁ ଲାଗିଲା। ଏ ପର୍ଯ୍ୟନ୍ତ ସେ ନିଜ କଥାହିଁ ଭାବି ଆସିଲେ- ଅନ୍ୟକଥା ଭାବିବାକୁ ଅବସର ମଧ୍ୟ ନ ଥିଲା ତାଙ୍କର। ଏବେ କିନ୍ତୁ ବାଧ ହୋଇ ତାଙ୍କୁ ସବୁକଥା ପୁଣି ନୂଆକରି ବାରମ୍ବାର

ଭାବିବାକୁ ପଡ଼ିଲା । ରାଗ, ଅଭିମାନ ଛାଁ, ଟିକିଏ ନରମ ହୋଇଗଲାରୁ ନ୍ୟାୟ ଅନ୍ୟାୟ ବିଚାରର ସହଜ ଶକ୍ତି ମଧ୍ୟ ତାଙ୍କର ଫେରିଆସିଲା । କନକ ଓ ନିଜ ମଧ୍ୟରେ ଏହି ଯେ ଏଡ଼େ ବଡ଼ ବ୍ୟବଧାନ ଭିତର ବାହାର ଉଭୟତଃ ସୃଷ୍ଟି ହୋଇଗଲା, ସେଇଟାର ମୂଳ କେଉଁଠି, ସେ କଥା ଭାବିବା ପୂର୍ବରୁ ତାଙ୍କ ହୃଦୟରୁ ନ୍ୟାୟ ପକ୍ଷର ଆଣ୍ଟିକ କେତେବେଳେ ଯେ କୁଆଡ଼େ ଉଭେଇଗଲା, ସେ ଆଉ ତା'ର କିଛି ଠିକଣା ପାଇଲେ ନାହିଁ । ମନରେ ରହି ରହି ଗୋଟାଏ ସଂକୋଚ ଜାଗିବାକୁ ଲାଗିଲା ଯେ, ହୁଏତ ସେ ଭୁଲ ବୁଝିଛନ୍ତି ବା ଭୁଲ କରିଛନ୍ତି, ହୁଏ ତ କନକର ଦୋଷ ଏଡ଼େବଡ଼ କିଛି ନୁହେଁ ! ସଂକୋଚ ଓ ଦ୍ୱିଧା ଅନୁସୋଚନାରେ ପରିଣତ ହେବାକୁ ବେଶି ସମୟ ଦୋଷୀ ବୋଲି ସ୍ଥିର ଜାଣି ଏବେ ଅହରହ ଆତ୍ମଗ୍ଲାନି ଓ ପଶ୍ଚାତ୍ତାପରେ ଦଗ୍ଧ ହେବାକୁ ଲାଗିଲେ ।

କନକକୁ ସେଦିନ ଶେଷଥର ସେ ଯେପରି ଦେଖିଥିଲେ, ସେପରି ଆଉ କେବେ ଜୀବରେ ଦେଖିନାହାନ୍ତି କି ? ସେ କି ବିକଳ... ତାଙ୍କୁ ବ୍ୟସ୍ତ ଆକୁଳ କରି ଦେଉଛି ଅଥଚ ଆଜି ତାଙ୍କର ମନେପଡୁଛି ସ୍ଥିର ଭାବରେ ଭାବିଲାବେଳକୁ ନିଃସନ୍ଦେହରେ ତାଙ୍କର ମନେପଡୁଛି ତା'ର କରୁଣ ମିନତିଭରା ଦୃଷ୍ଟିଭିତରେ ବହି ରହି ଗୋଟିଏ କଠୋର ନିର୍ଦ୍ଦେଶ ମଧ୍ୟ ପ୍ରକାଶ ପାଇବାକୁ ବସୁଥିଲା ଯାହା ସେ ତତ୍କାଳୀନ ମୋହରେ ଉପଲବ୍ଧି କରିପାରି ନ ଥିଲେ- ଯେଉଁ ଚାହାଣୀର ଜ୍ୟୋତି ସେଦିନ କନକ ଆଖିରେ ଦେଖିଥିଲେ ତା' ବିବାହ ସମୟରେ ଯେଉଁ ଚାହାଣୀର ମୂକ ଆବେଶ ଓ ସାଗ୍ରହେ ଗ୍ରହଣ କରି 'ନୀଲୁ ଭାଇ' ହୋଇଥିଲେ ସେହି ଦିନଠାରୁ ଯାହାର ପ୍ରଭାବରେ ସେ ସ୍ୱତଃପ୍ରବୃତ ହୋଇ ତା'ପାଇଁ ବରଧରାରେ ଗଲେ ! ସେ ଚାହାଣୀର ନିର୍ଦ୍ଦେଶ ସେ ଏଥର ଗ୍ରହଣ କରିନାହାନ୍ତି-ବୁଝିପାରି ନାହାନ୍ତି ଆଦୌ ସେତେବେଳେ ! ଛି-ଛି-କେଡ଼େ ଭୁଲ ସେ କରିନାହାନ୍ତି ! ଦୋଷ ତାଙ୍କରି ନିଜର ଭାଇଭଉଣୀ ଭାବକୁ ଦୂରରେ ପକାଇ ସେ ନିଶ୍ଚୟ ଅନ୍ୟଭାବରେ ବିଭୋର ଥିଲେ ଅନ୍ୟଆଶା ଅନ୍ୟକାମନା ତାଙ୍କ ମନକୁ ପ୍ରଭାବିତ କରିଥିଲା ନିଶ୍ଚୟ । ତା' ନ ହେଲେ ସେ ଅବଶ୍ୟ ବୁଝିଥାନ୍ତେ ଓ ନିର୍ଦ୍ଦେଶ ଗ୍ରହଣ କରିପାରିଥାନ୍ତେ ! ତାଙ୍କର କନକ ସହିତ ସମ୍ବନ୍ଧ ଯେ ଭାଇଭଉଣୀରେ ନିବଦ୍ଧ ସେ ବା ଭୁଲିଥିଲେ କିପରି ? ଏତେକାଳ ପରେ ଏ ପୁଣ୍ୟ ସମ୍ବନ୍ଧଟି ଆହୁରି ପୁରୁଣା, ଆହୁରି ଟାଣ ହେବା ପରିବର୍ତ୍ତେ ତାଙ୍କ ପାପମନର ଦୁଷ୍ଟ କାମନା ତାଙ୍କୁ ମୋହ ଜାଲରେ ଜଡ଼ିତ କରି କି ଭୀଷଣ ବ୍ୟୁତ୍ପାତ ସୃଷ୍ଟି କଲା ସତେ ! ବିଚାରୀ କନକ- ତାଙ୍କୁ ବିବାହ ପାଶରେ ଆବଦ୍ଧ କରିବାକୁ କି ଆଗ୍ରହ ଦେଖାଇଛି, କେତେ ଅନବରତ ଚେଷ୍ଟା ବା ନ କରିଛି ! ସେ କାହିଁକି ସେଥିରେ ସମ୍ମତ ନ ହେଲେ ବା ହୋଇ ନ ପାରିଲେ ? କନକ ନିଜେ କି ସାହସରେ ନିଜେ ବିବାହ କରିଗଲା, ସେ କାହିଁକି ସେ ଆଦର୍ଶ ଗ୍ରହଣ କରି

ନ ପାରିଲେ ? ତାଙ୍କ ପାପର ପ୍ରାୟଶ୍ଚିତ କାହିଁରେ ହେବ ? ହାୟ-ବିଚାରୀ କନକ କିପରି ଅପ୍ରସ୍ତୁତ ହୋଇ ନ ଥିବ ସେ ଦିନ ! ଓଃ-ତା'ପରେ ତା'ର କ'ଣ ହୋଇଥିବ କେଜାଣି-ସେ ତ ପଳାଇ ଆସିଛନ୍ତି ବୀରପଣ ଦେଖାଇ । ଛି ଛି-

କନକକୁ ଶେଷଥର ସେ ଯେପରି ଦେଖିଥିଲେ, ସେପରି ଆଉ କେବେଁ ଜୀବନରେ ଦେଖି ନ ଥିଲେ । ସେ କି ବିକଳ, କି କରୁଣ ଚାହାଣି ! କି ବ୍ୟଗ୍ର, ଆଶା-ଆଶଙ୍କାପୂର୍ଣ୍ଣ ସେ ମୁଖମଣ୍ଡଳ ! କନକମୁଖରେ ଶେଷବେଳକୁ ଯେଉଁ ଭିକ୍ଷାର କରୁଣ ଆବେଗଟିକ ଲେଖିହୋଇ ଯାଇଥିଲା-ଯାହା ସେ ମୁହୂର୍ତ୍ତରେ ତାଙ୍କୁ ସମ୍ପୂର୍ଣ୍ଣ ଆତ୍ମହରା କରି ଦେଇଥିଲା-ତାକୁ ଆଉ ନୀଲୁବାବୁ ଭୁଲିପାରୁ ନାହାନ୍ତି ! ତା'ର ସେତେବେଳର କରୁଣ ଛବିଟି ରହି ରହି ତାଙ୍କୁ ଏ ପର୍ଯ୍ୟନ୍ତ ବ୍ୟସ୍ତ, ଆକୁଳ କରିଦେଉଛି ।

ନୀଲୁବାବୁ କଳିକତା ଆସିବାର କୋଡ଼ିଏ ପଚିଶ ଦିନ ହୋଇଗଲାଣି, ତଥାପି ସେ ନିଧିବାବୁ ବା କନକ କାହାରିକୁ କୌଣସି ସମ୍ବାଦ ଦେଇ ନାହାନ୍ତି । ହରିବାବୁଙ୍କୁ ଯେଉଁ ଠିକଣା ଦେଇ ଆସିଥିଲେ, ସେହି ଠିକଣାରେ ତାଙ୍କଠାରୁ ରୀତିମତ ଚିଠିପତ୍ର ଆସିଥିଲେ ହେଁ ସେ ତା'ର ମଧ୍ୟ କୌଣସି ଉତ୍ତର ଦେଇ ନାହାନ୍ତି । ପ୍ରଥମେ ସେ ସ୍ଥିର କରିଥିଲେ, କାହାରିକୁ କିଛି ଖବର ଦେବେ ନାହିଁ; ହରିବାବୁଙ୍କୁ ଦେଲେ ଦେଇପାରନ୍ତି, କିନ୍ତୁ ନିଧିବାବୁ ବା କନକକୁ ତ କେବେଁ ନା; କିନ୍ତୁ ସେ ସଂକଳ୍ପ ଅଜଣାରେ କୁଆଡ଼େ ଭାସିଗଲାଣି । ନିଧିବାବୁଙ୍କଠାରେ ଯେ ସେ ଏକାନ୍ତ ଅପରାଧୀ, ଏହି କଥାଟି ମନରେ ବଦ୍ଧମୂଳ ହୋଇଯାଇଥିବାରୁ ସେ ଆଜି ବସିଛନ୍ତି ତାଙ୍କଠାରୁ ପତ୍ରଲେଖି କ୍ଷମାଭିକ୍ଷା କରିବାକୁ । ଇତିପୂର୍ବରୁ ଥରେ ଦି' ଥର ଏ ଚେଷ୍ଟା କରିଥିଲେ ହେଁ ସେ କୌଣସି ମତେ ଭଲ କରି ମନମାଫିକେ ଖଣ୍ଡେ ପତ୍ର ଲେଖି ଉଠିପାରି ନ ଥିଲେ । ଆଜି ସ୍ଥିରପ୍ରତିଜ୍ଞା ଭାବରେ ଲେଖି ବସିଲେ; କିନ୍ତୁ ଲେଖା ସରିବା ପୂର୍ବରୁ ହଠାତ୍ ନିଜର ଅପରାଧଗୁଡ଼ିକ ଯାହା ସେ ଅମାୟିକ ଉଦାରତାରେ ଲିପିବଦ୍ଧ କରି ସାରିଥିଲେ, ଆଖି ଆଗରେ ଏପରି ସ୍ପଷ୍ଟ ଭାବରେ ବିବୃତ ଦେଖି, ନିଜେ ଚମକି ଉଠି ଲେଖା ବନ୍ଦକରିଦେଲେ ! ହୃଦୟର ପ୍ରତିବିମ୍ବସ୍ୱରୂପ ଏହି ଯେ ସ୍ୱହସ୍ତଲିଖିତ ପତ୍ରଖଣ୍ଡି ତାଙ୍କର, ସେ ଯେପରି ତାଙ୍କ ଉଦାରତା ଓ ମହାନୁଭବତାକୁ ଉପହାସ କରିବାକୁ ଲାଗିଲା ! ଅବଶ୍ୟ ସେହି ପତ୍ରଲିଖିତ ସବୁ କଥା ତାଙ୍କ ନିଜର ଲେଖା-ତାଙ୍କରି ହୃଦୟ ମନରୁ ତା'ର; ଜନ୍ମ ତଥାପି, ମନରେ ଭାବିବା ଏକରକମ; ଲେଖାଟାଏ ପଢ଼ିବା ଅନ୍ୟ ରକମ । ମନ ଭିତରେ ତନ୍ନ ତନ୍ନ କରି ସବୁ ଭାବିଥିଲେ ସୁଦ୍ଧା ଏପରି ସ୍ପଷ୍ଟ ଭାବରେ ଏକାଧାରରେ ତାଙ୍କର ସବୁ ଗ୍ଲାନି ଓ ପାପ ତାଙ୍କ ଆଖିରେ କେବେଁ ଦୃଶ୍ୟମାନ ହୋଇ ନ ଥିଲା । ସେ ଭାବିଥିଲେ, ସେ ଏପରି ଭାବରେ ସବୁ ଦୋଷ ସ୍ୱୀକାର କରିନେବେ ଯେ, କନକଠାରେ ଆଉ ଆଞ୍ଚଟି

ପର୍ଯ୍ୟନ୍ତ ଲାଗିବ ନାହିଁ ଏହି ହିସାରେ ନିଜକୁ ମହତ୍ କାର୍ଯ୍ୟରେ ଆତ୍ମପ୍ରସାଦ ଚଖାଉଁଚଖାଉଁ ଖୋଲି ତାଡ଼ି ସେ ନିଜର ଦୋଷଗୁଡ଼ିକ ନିର୍ବିକାରରେ ବ୍ୟାଖ୍ୟାନ କରି ଯାଇଥିଲେ- ଏତେଗୁଡ଼ାଏ ଦୋଷର ଭାଗୀ ଯେ ସେ ନୁହନ୍ତି; ଏହି ଧାରଣାଟି ମନ କୋଣରେ ନିଭୃତ ପୋଷଣ କରି ! କିନ୍ତୁ ଯେତେବେଳେ ସେ ନିଜର ଲିପିବଦ୍ଧ ପାପର କାହାଣୀ ମନେ ମନେ ଥରେ ପଢ଼ିଗଲେ, ସେତେବେଳେ ତାଙ୍କୁ ଚମକି ପଡ଼ିବାକୁ ହେଲା ! ଆରେ, ଇଏ ତ ସତ ପରି ବୋଧ ହେଉଛି ! କନକ ପ୍ରତି କି ଦୟାଟା, ତା'ର କି ଉପକାରଟା ଆଉ ସେ କରୁଛନ୍ତି। ଏଗୁରା ସବୁ ଯେ ଅବିକଳ ସତ ! ହାୟ ନୀଲୁ, ଚିଠିଖଣ୍ଡ ଯେପରି ସହଜରେ ପଢ଼ିପାରୁଛ ସେହିପରି ସହଜରେ ନିଜକୁ ପଢ଼ିବାର ଶକ୍ତି ଯଦି ଈଶ୍ୱର ଦେଇଥାନ୍ତେ ମନୁଷ୍ୟକୁ... !

ଲେଖା ବନ୍ଦ କରି ନୀଲୁବାବୁ ଭାବିବାକୁ ଲାଗିଲେ-ଚିଠିରେ ଯାହା ଲେଖା ହୋଇଛି, ସବୁ ଅକ୍ଷରେ ଅକ୍ଷରେ ସତ୍ୟ ! ସେ ଅନ୍ଧ, ସେ ବୁଦ୍ଧିହୀନ, ଅନଭିଜ୍ଞ-ଠିକ୍ ତ ! କନକ ଅବଶ୍ୟ କଥାରେ କିଛି କହି ନାହିଁ। ସେଥିଯୋଗେ କ'ଣ ତାଙ୍କର ଦେଖିବାର ବୁଝିବାର ଉଚିତ ନ ଥିଲା ! ଯେଉଁ ମୋହ ତାଙ୍କୁ ଘେରି ରଖିଥିଲା, ସେଟା ତ ବାସ୍ତବିକ ନିହାତି ଅଳୀକ, ନିହାତି ଗର୍ହିତ ! ସେ କାହିଁକି କନକର ନିର୍ଦ୍ଦେଶ ନ ମାନିଲେ ? ସେଟା ତ ପ୍ରକୃତରେ ତାଙ୍କର ଲଘୁତାର ପରିଚାୟକ। କନକ ଜାଣିଶୁଣି କାହିଁକି ବାହା ହେଲା, ସେ ବା କାହିଁକି ବାହା ହେବାକୁ ଅମଙ୍ଗ ହେଲେ ? ହଁ, ସେହି କଥାଟି ବି ସାରା କରି ଦେବାକୁ ହେବ ଆଜି ! କନକ ସମାଜକୁ ମାନି ଚଳିଲା- ସେ ସେଟାକୁ ନିହାତି ଅପମାନସୂଚକ ମନେକରନ୍ତି ! କୁତ୍ସିତ ଓଡ଼ିଆ ସମାଜକୁ ମାନି ଚଳିବା ଗୋଟାଏ ଅସୀମ ଲଜ୍ଜା ! ଆଚ୍ଛା, କନକ ସତେ କ'ଣ ସମାଜକୁ ମାନି ଚଳିଲା ନା ଆଉକିଛି ? ଏକ ପକ୍ଷରେ ସମାଜକୁ ମାନି ଚଳିଲା ସତ୍ୟ, କିନ୍ତୁ ଅନ୍ୟ ପକ୍ଷରେ- ନାଃ ଅଦ୍ଧପୁଷ୍ଟା ବାଳିକା, ପୁଣି ଅଶିକ୍ଷିତା, ସେ ଏତେଦୂର କ'ଣ ଭାବିପାରିଥିବ ! ତେବେ-ତେବେ ସେହି ଯେ ଦୃଷ୍ଟି, ସେହି ଯେ ମନେ ମନେ ଆଦର୍ଶର ବିନିମୟ ହୋଇଥିଲା ସେ ଦିନ ତାଙ୍କ ସଙ୍ଗରେ, ତା' ବିବାହ ଦିନେ ଦୁଇ ଦିନ ପୂର୍ବରୁ, ସେଟା କୁଆଡୁ ଆସିଲା ? ତେବେ କ'ଣ ସେ ସବୁ ସତ୍ତ୍ୱେ ହୃଦୟଟାକୁହିଁ ବଡ଼ କରି ଚିହ୍ନିଥିଲା, ଚିହ୍ନିଛି ! ଯାକି ସମ୍ଭବ ? ସାମାନ୍ୟ ଅଶିକ୍ଷିତା ବାଳିକା, ତା'ର ଏଡ଼େ ବଡ଼ ମନ। ହୃଦୟରାଜ୍ୟରେ ବିବାହ ଯେ କୌଣସି ପ୍ରକାରେ ହସ୍ତକ୍ଷେପ କରିପାରେନାହିଁ, ଏଟା ତ ସହଜ କଥା ନୁହେଁ ଭାବିବାକୁ-ସେ ଅନୁସାରେ କାର୍ଯ୍ୟ କରିବା ତ ଦୂରର କଥା ! ହଁ, ଏଥିରେ ତ ତିଳେ ସନ୍ଦେହ ନାହିଁ ଯେ କନକର ସ୍ନେହ ତାଙ୍କ ପ୍ରତି ଅକ୍ଷୁଣ୍ଣ ରହିଛି ଆଜିଯାଏଁ ! ବିବାହଦ୍ୱାରା କନକର କି ପରିବର୍ତ୍ତନ ହୋଇଛି ତାଙ୍କ ପ୍ରତି ବ୍ୟବହାରରେ ବା ଅନ୍ତରରେ-

ନା଼ କିଛି ତ ନୁହେଁ! ତେବେ ? ସମାଜ କ'ଣ କଲା ? ବିବାହ ବା କି କ୍ଷତିଟା କଲା ? କନକର ହୃଦୟ କ'ଣ ଏଡ଼େ ଉଚ୍ଚ ତା'ହେଲେ! ଅଶିକ୍ଷିତା ବାଳିକା ସେ। ସେ ପୁଣି ଏଡ଼େବଡ଼ ତଥ୍ୟ ଏଡ଼େ ସହଜରେ ହୃଦୟଙ୍ଗମ କରି ତଦନୁଯାୟୀ କାର୍ଯ୍ୟ କରି ପକାଇଲା। ଆଉ ସେ ଉଚ୍ଚଶିକ୍ଷିତ ଯୁବକ ଦର୍ଶନଶାସ୍ତ୍ରର ପୋଥି ଘାଣ୍ଟିବାକୁ ଏହିମାତ୍ର ଆରମ୍ଭ କରିଛନ୍ତି!

ମୂଢ଼ ଯୁବକ! ମୂଢ଼ ପୁରୁଷ! ଶିକ୍ଷା, ଶିକ୍ଷା ଯେ କରୁଛ, ତମ ଶିକ୍ଷା ଯେ କେଡ଼େ ତୁଚ୍ଛ, କେଡ଼େ ନଗଣ୍ୟ-ନାରୀହୃଦୟର ସହଜ ଶିକ୍ଷା ସମକ୍ଷରେ, ତମ ନ୍ୟାୟ, ଦର୍ଶନ ଶାସ୍ତ୍ର ଯେ ନାରୀର ପଦପଦକ କଥାରେ ଗୋଟାଏ ଗୋଟାଏ ଅକିଞ୍ଚିତ୍କର କାର୍ଯ୍ୟରେ ପରାସ୍ତ ହୋଇ ପୋଥିକୁ ଆଶ୍ରୟ କରିବାକୁ ବାଧ ହୁଏ, ଏଇଟା କାହିଁକି ବୁଝୁ ନାହିଁ! ପ୍ରକୃତିର ପୋଥିରୁ ଶିକ୍ଷା ନିଅ, ଯଦି ଶିକ୍ଷାର ବଡ଼ାଇ କରିବାକୁ ଚାହଁ! ଆଉ ସମାଜ-ସମାଜ ପ୍ରତି ଯେ ଏଡ଼େ ବିଦ୍ୱେଷ ପୋଷଣ କରୁଛ, ତା'ର ଦୋଷଟା କେଉଁଠି, ତା' ଭାବିଛ କେବେ ? ସମାଜଟା କେଉଁଠି, କେହି ଦେଖାଇ ପାରିବ ନାହିଁ, କେହି ଚିହ୍ନାଇ ଦେଇପାରିବ ନାହିଁ। ସମାଜ ବାହାରେ ନା ତମ ଭିତରେ? ଦେଖ ଭଲକରି ବୁଝ!

ନିଜକୁ ଚିହ୍ନ, ତମର ଚରିତ୍ର ବଳ ନାହିଁ; ହୃଦୟବଳ ନାହିଁ। ବୋଧହୁଏ ହୃଦୟ ବି ନାହିଁ କି କ'ଣ ଏହି ଯେ ଚିତ୍କାର ଫୁତ୍କାର କରାଯାଉଛି, ସ୍ୱାଧୀନ ପ୍ରେମ ଏ ସମାଜରେ ଅସମ୍ଭବ-ଏଡ଼େ ସଂକୀର୍ଣ୍ଣତାଟା ଶରୀରରେ କେଉଁଠି ବିରାଜମାନ, ଟିକିଏ ଦେଖାଇ ଦେଇପାରିବ? ସମାଜରେ? ସମାଜର ମୁଣ୍ଡରେ ନା ଗୋଡ଼ରେ? ହାୟ, ତମ ହୃଦୟ ଯଦି ପ୍ରେମ ବୁଝିଥାନ୍ତା, ସ୍ୱାଧୀନତା ଖୋଜିଥାନ୍ତା ବା ଖୋଜନ୍ତା, କିଏ ସେଥିରେ ବାଧା ଦେବାକୁ ଅଛି ? କିଏ ତମକୁ ମନାକରୁଛି ପ୍ରେମପାଇଁ ମରିଯିବାକୁ, ଆତ୍ମଘାତୀ ହେବାକୁ, ଦେଶାନ୍ତରୀ ହେବାକୁ? ଆଉ କେତେଟା ଯା କରୁଛ ତେମେ? ହୃଦୟ ଯଦି ତମର ଥାନ୍ତା, ଚରିତ୍ରବଳ ଯଦି ଥାନ୍ତା, ତେବେ ଦେଶ ବିଦେଶର ଅସନା ସମାଜ ପ୍ରତି, ଧର୍ମ ପ୍ରତି ଲୋଲୁପ ଦୃଷ୍ଟି ଦେଇ ଏପରି ହାସ୍ୟକର ଭାବରେ ଦୁଇ ନାହାରେ ଗୋଡ଼ ଦେଲା ପରି ଅବସ୍ଥାରେ ପହଞ୍ଚି ନ ଥାନ୍ତ ଆଜି! ଆଉ ସ୍ତ୍ରୀ-ସ୍ୱାଧୀନତା, ସ୍ତ୍ରୀ-ଶିକ୍ଷା-ଏସବୁ କାହିଁକି ଲୋଡ଼ା ପଡ଼ିଛି ? ସେମାନେ ଗୋଟାଏ ନାଆରେ ଦୁଇଗୋଡ଼ ଦେଇ ଦମ୍ଭ କରି ବସିଛନ୍ତି, ଏଇଥିପାଇଁ ତ ? ଯେଉଁ ପୁରୁଷ ସ୍ତ୍ରୀ ଶିକ୍ଷା ସପକ୍ଷରେ, ତାଙ୍କୁ ମୁଁ କହେ-ଲାଙ୍ଗୁଳକଟା ଶିଆଳ, ସେଇ ଯେ ଆହୁରି ଗୋଟାଏ ଜମ୍ବୁକାଗ୍ରଣୀ ନୀଳବର୍ଣ୍ଣ ଧାରଣ କରିଥିଲା, ତାହାରି ଗଳ୍ପ ବି ଏ ପ୍ରସଙ୍ଗରେ ମୋର ମନେପଡ଼େ। ଆଉ ଯେଉଁ ସ୍ତ୍ରୀ-ରତ୍ନମାନେ ଆଲୋକ ଓ ଶୃଙ୍ଖଳମୁକ୍ତି ପାଇଁ ଆଗଭର ହୋଇ ବାହାରୁଛନ୍ତି, ସେମାନଙ୍କୁ ବି ମୁଁ କହେ,- ଅନ୍ଧାର ଛଡ଼ା ଆଲୁଅ ନାହିଁ, ଶୃଙ୍ଖଳା ଛଡ଼ା ମୁକ୍ତି ନାହିଁ। ଆଲୋକ

ବୋଲି ଯାହାକୁ ବୋଲାଯାଉଛି, ସେଟା ଆଲୋକ ହେଉ ବା ନ ହେଉ, ନିଜଠାରେ ଯେଉଁ ଆଲୋକ ରହିଛି ସେହିଟାହିଁ ସବୁଠାରୁ ବଡ଼। ସେହିଟାକୁହିଁ ଚିହ୍ନିଲେ ଓ ପାଇଲେ, ଅନ୍ୟ ଆଲୋକର ପ୍ରୟୋଜନ ନାହିଁ। ହୃଦୟର, ଅନ୍ତରର ଆଲୋକ କଥା କହୁଛି,- ଯାହାକୁ ଥରେ ପାଇଲେ ସର୍ବପ୍ରକାର ଆଲୋକ ବଳେ ବଳେ ମିଳେ, ଯାହାର ଅଭାବହିଁ ଆମ ସମାଜର ଯାବତୀୟ କୁସଂସ୍କାର, ସଂକୀର୍ଣ୍ଣତା ଓ କ୍ଷୁଦ୍ରତାର ମୂଳରେ। ସ୍ତ୍ରୀ ଶିକ୍ଷା, ସ୍ତ୍ରୀ ସ୍ୱାଧୀନତା ଇତ୍ୟାଦି ଯାହା ଉପରେ ସମ୍ଭବ ଓ ସୁପ୍ରତିଷ୍ଠିତ ହୋଇପାରେ, ଆଉ ଶୃଙ୍ଖଳ-ମୁକ୍ତି, ସେଟା ଉଚ୍ଛୃଙ୍ଖଳତାର ନାମାନ୍ତର ନ ହେଲେ ସୁଦ୍ଧା ହେବା ଅତି ସହଜ ଯଦି ହୃଦୟର ଆଲୋକ ନାହିଁ! ସେଥିଯୋଗେ ମୁଁ କହେ- ଶିକ୍ଷା ସମାଜ, ଧର୍ମ ଯୁଆଡ଼େ ଯାଇଛି ଯାଉ, ତମକୁ ଯୁଆଡ଼େ ନେଉଛି ନେଉ, ତେମେ ସମସ୍ତେ ସ୍ତ୍ରୀ ପୁରୁଷ ହୃଦୟକୁ ଚିହ୍ନ, ତାହାରି ଶିକ୍ଷାରେ ମହୀୟାନ୍ ହୁଅ, ତାହାରି ସମାଜର ପୁଷ୍ଟ ହୁଅ, ତାହାରି ଧର୍ମରେ ଦୀକ୍ଷିତ ହୋଇ ତାହାରି ମୁକ୍ତି, ତାହାରି ଆଲୋକ, ତାହାରି ନିର୍ବେଦ ନିର୍ବାଣର ଭାଗୀ ହୁଅ! ଏହି ଏକମାତ୍ର ଆଲୋକ କଥା ମୁଁ କହୁଛି।

x x x

ନୀଳୁବାବୁ ନିଜ ହୃଦୟରସ୍ୱରୂପ ନିଜ ହାତରେ, ନିଜ ଆଗରେ ରଖି ନିଜର ଦୈନ୍ୟ ଦୁର୍ବଳତା ଓ କ୍ଷୁଦ୍ରତାରେ ନିଜେ ଚମତ୍କୃତ ହୋଇଗଲେ। ହଠାତ୍ ତାଙ୍କର ମନେହେଲା, ସେ ତ କେବଳ ଦେଶର ସଂସାର, ନିଧିବାବୁ ହରିବାବୁ ଏହିମାନଙ୍କଠାରେ ଦୋଷୀ ନୁହନ୍ତି। ସେ କନକଠାରେ ତହୁଁ ବଢ଼ିକରି ଦୋଷୀ, ନିଜଠାରେ ଆହୁରି ବେଶି। ପ୍ରେମର, ହୃଦୟର ଆଦର୍ଶ ଯାହା, ସେ କନକଠାରୁ ମନେମନେ ପାଇ, ପାଇ ନ ଥିଲେ। ତାହାରି ମାପକାଠିରେ ମାପି ବସିଲାବେଳକୁ ସେ ଦେଖିଲେ, କନକ ଯେଉଁଠି, ସେ ତାହାଠାରୁ ଢେର୍ ଢେର୍ ତଳେ! ସେ ଆଦର୍ଶକୁ ସେ ଅନେକ ଦିନରୁ ଆଖି ଆଗରେ ରଖିଥିଲେ ହେଁ, ତାକୁ ସମ୍ୟକ୍ ଅନୁଧାବନ, ହୃଦୟଙ୍ଗମ କରିପାରି ନ ଥିଲେ। ଆଜି ବୁଝିଲେ-ସେଟା କେତେ ଉଚ୍ଚ, କେଡ଼େ ମହତ! ସଙ୍ଗେ ସଙ୍ଗେ ଯା ମଧ ବୁଝିବେ ଯେ, କନକ ସାମାନ୍ୟ ଅଶିକ୍ଷିତା ବାଳିକା ହୋଇ ଯାହା ଅତି ସହଜ ଭାବରେ ନ ଜାଣିଲା ପରି କରିଛି, ତାହା ତାଙ୍କ ଶିକ୍ଷିତ ମାର୍ଜିତ ଯୁବକହୃଦୟ ପକ୍ଷରେ ଅତି ଦୁଷ୍କର! କନକ ତ ତାଙ୍କୁ ସେହି ଆଦର୍ଶପଥର ପଥିକ କରାଇବାକୁ ଆଜି ସୁଦ୍ଧା ଚୂଡ଼ାନ୍ତ ଚେଷ୍ଟାର ତ୍ରୁଟି କରିନାହିଁ। ତେବେ ତା'ର ଦୋଷ କ'ଣ! ନିଜପ୍ରତି ଘୃଣାରେ ମନ ତିକ୍ତ ହୋଇ ଉଠିଲା, ଆଉ ସଙ୍ଗେ ସଙ୍ଗେ କନକ ପ୍ରତି ଶ୍ରଦ୍ଧାରେ ହୃଦୟ ଭରିଯାଇ ସେଠାରେ ପୁଞ୍ଜୀଭୂତ ସବୁ ତିକ୍ତ କ୍ଷାରକୁ ଧୋଇ ନିର୍ମଳ କରିଦେଲା!

ନୀଳୁବାବୁ ଅପୂର୍ଣ୍ଣ ଚିଠିଟିର ଶେଷ ଆଡ଼କୁ ଅନ୍ତରର ସହିତ କେତେଗୁଡ଼ିଏ ଛତ୍ର

ଯୋଗେ କରି ଏକମୁହାଁ ହୋଇ ଯାଇ ଚିଠିଟି ଡାକଘରେ ଦେଇ ଆସିଲେ। ସେହି ପତ୍ରର କିୟଦଂଶ ପୂର୍ବରୁ ଉଦ୍ଧୃତ କରାଯାଇଛି।

ଚିଠିଖଣ୍ଡିକ ଡାକଘରେ ଦେଇ ଫେରି ଆସିଲାବେଳୁ ନୀଳୁବାବୁ ଭାବୁଛନ୍ତି, ଖାଲି ଭାବୁଛନ୍ତି- ବର୍ତ୍ତମାନ କର୍ତ୍ତବ୍ୟ କ'ଣ? ଫେରିଯିବି? ଫେରିଗଲେ ତ ଯିବି, ଆଗେ ଏ ଚିଠିର ଉତ୍ତର ଆସୁ। କନକ ନିଶ୍ଚୟ ଏଥର ପତ୍ରଦ୍ୱାରା ରଙ୍ଗୀକୁ ବାହା ହେବାପାଇଁ ଅନୁରୋଧ ବା ଆଦେଶ କରିବ। ବାହାହେବି ତ ନିଶ୍ଚୟ, କିନ୍ତୁ ଯଦି ସେ ରାଗିଥାଏ ମୋ ଉପରେ! କନକ ରାଗ କଥା ତ ମୁଁ ଜାଣେ! ତା' ହେଲେ ସେ ତ କେଭେ ଲେଖିବି ନାହିଁ! ମୁଁ କାହିଁକି ସେ ଚିଠିରେ ଲେଖି ନ ଦେଲି ଯେ, ମୁଁ ରଙ୍ଗୀକୁ ବାହା ହେବାକୁ ପ୍ରସ୍ତୁତ ବୋଲି! ହାୟ, ସେ କଥା ଯେ ମୋର ସେତେବେଳେ ଆଦୌ ମନେନାହିଁ। ନ ଲେଖିଲେ କ'ଣ ହେବ ସେଥିରେ ଶେଷଆଡ଼କୁ ମୁଁ ଯାହା ଲେଖିଛି, ସେଥିରୁ କ'ଣ ତା'ର ସ୍ପଷ୍ଟ ଆଭାସ ମିଳିବ ନାହିଁ କି? ନିଶ୍ଚୟ ମିଳିବ; ନିଧିବାବୁ ବୁଝିପାରିବେ ଯେ! କିନ୍ତୁ କନକ- ତାକୁ ତ କିଛି ଲେଖା ହୋଇନାହିଁ- ନ ହେଲେ ବି ସେ ବୁଝିବ- ନିଶ୍ଚୟ ବୁଝିବ ମନେ ମନେ ତା' ନୀଳୁଭାଇକୁ ସେ ନିଶ୍ଚୟ ବୁଝିବ।

ଆଶାରେ ଆଶାରେ ଦୁଇଦିନ କଟିଗଲା, ତଥାପି ଉତ୍ତର ଆସିଲା ନାହିଁ। ତିନିଦିନ ଯେତେବେଳେ ଡାକଘରୁ ନିରାଶ ହୋଇ ଫେରିଲେ, ସେତେବେଳେ ନୀଳୁଙ୍କ ମନରେ ହଠାତ୍ ଗୋଟାଏ ଭୟ ପଶିଗଲା କ'ଣ ହେଲା କି ଆଉ! ସେତିକିବେଳୁ ତାଙ୍କର ଆଉ କାହିଁରେ ମନ ଲାଗିବାକୁ ନାହିଁ! ଗୋଟାଏ ଅନିଶ୍ଚିତ ଭୟରେ ପ୍ରାଣ ରହି ରହି ଯେପରି ଚମକି ଉଠୁଛି! ପାଠରେ, ଖେଳରେ, ସଙ୍ଗମେଳରେ,- କାହିଁରେ ମନ ନ ଲାଗିଲା କେଉଁ। କ୍ରମେ ସନ୍ଧ୍ୟା ହେଲା, କଲେଜ ପିଲାମାନେ ଦଳ ଦଳ ହୋଇ ବୁଲି ବାହାରିଲେ। ନୀଳୁବାବୁ ମଧ ଗୋଟାଏ ଦଳର ଅନୁସରଣ କରି କରି ଯନ୍ତ୍ରଚାଳିତ ପରି ଇଡ଼େନ୍ ଗାର୍ଡ଼େନରେ ଯାଇ ପହଞ୍ଚିଲେ। ୟାଡ଼େ ସ୍ୟାଡ଼େ ଅନିଶ୍ଚିତ ଭାବରେ ବୁଲୁ ବୁଲୁ ସେ ଗୋଟାଏ ନିର୍ଜନ ସ୍ଥାନରେ ଖଣ୍ଡିଏ ବେଞ୍ଚ୍ ଉପରେ ଅବସନ୍ନ ଭାବରେ ବସି ପଡ଼ିଲେ। ଆଉ ଭାବିବାକୁ ତାଙ୍କ ମନରେ ବଳ ନାହିଁ, ଭାବିବେ ବା କ'ଣ? ଗୋଟାଏ ଅଜଣା କାରଣରୁ ତାଙ୍କ ହୃଦୟ ଉପରେ କିପରି ଗୋଟାଏ ବଡ଼ ଭାରି ବୋଝ ଥୁଆ ହେଲା ପରି ତାଙ୍କୁ ଲାଗୁଛି। କାର୍ଯ୍ୟକ୍ଷମ ସବୁ ପ୍ରବୃତ୍ତି ତାଙ୍କର ଏହିଲାଗେ ଅବସନ୍ନ ହେଲା ପରି ଆଉ କାର୍ଯ୍ୟ କରିବାକୁ ମଙ୍ଗୁ ନାହାନ୍ତି! ଫଳରେ ବସୁ ବସୁ କେତେବେଳେ ସେହିଠାରେ ପଡ଼ିଗଲେ ଓ କେତେବେଳେ ନିଦ ଲାଗିଗଲା, ତାଙ୍କୁ ଆଉ ଜଣା ନାହିଁ। କେତେବେଳଯାଏଁ ଏହିପରି ଶୋଇଛନ୍ତି, ତାହା ବି ତାଙ୍କୁ ଜଣାନାହିଁ। ଯେତେବେଳେ

କିଛି ବୁଝିପାରିବାର ଶକ୍ତି ହେଲା, ସେତେବେଳେ ତାଙ୍କୁ ଲାଗିଲା ଯେପରି କିଏ ଗୋଟିଏ ପ୍ରବୀଣ ପକ୍ୱକେଶ ଗମ୍ଭୀରମୂର୍ତ୍ତି ଇଂରାଜ-ସମ୍ଭବତଃ ତାଙ୍କ କଲେଜର ପ୍ରିନ୍‌ସ୍‌ପାଲ-ତାଙ୍କ ମୁଣ୍ଡପାଖରେ ଛିଡ଼ା ହୋଇ କୋମଳ କଣ୍ଠରେ କହୁଛନ୍ତି, "କ୍ଳାନ୍ତ ଯୁବକ କ୍ଳାନ୍ତି ଦୂର କର, ଆଳସ୍ୟ ତ୍ୟାଗ କର! ଅଳସ ଶେଯରେ ପଡ଼ି ରହିବାର ସମୟ ଇୟେ ନୁହେଁ ତୁମ୍ଭର,-ଉଠ! ଜୀବନରେ କ'ଣ ତମର କିଛି କର୍ତ୍ତବ୍ୟ ନାହିଁ? ଏତିକିରେ ନୀଳୁବାବୁ ଧଡ଼ପଡ଼ ହୋଇ ଉଠି ବସିଲେ। ଦେଖିଲେ, ଢେର ରାତି ହୋଇଗଲାଣି। ସତକୁ ସତ, ଜଣେ ବୃଦ୍ଧ ଇଂରାଜ,-ପ୍ରିନ୍‌ସ୍‌ପାଲ ନୁହନ୍ତି-ଯଷ୍ଟିରେ ଭରା ଦେଇ ଅଦୂରରେ ଦଣ୍ଡାୟମାନ-ମୁଖରେ ତାଙ୍କର କରୁଣ ହସ୍ୟର ରେଖା! ବୃଦ୍ଧ ପଚାରିଲେ, "ବୋଧ ହୁଏ ତୁମେ ଜଣେ ଛାତ୍ର। ଛାତ୍ରଜୀବନରେ ଏ ଆଳସ୍ୟ କାହିଁକି? କର୍ତ୍ତବ୍ୟ କ'ଣ ତମର କିଛି ନାହିଁ? ସେ ଶୁଏ, ଯାହାର କର୍ତ୍ତବ୍ୟ ଶେଷ ହୋଇଯାଇଛି!"

"ଆଜ୍ଞା, ମୋର କର୍ତ୍ତବ୍ୟ ଢେର ପଡ଼ି ରହିଅଛି। ଗୋଟିଏ ବିଷୟରେ କର୍ତ୍ତବ୍ୟ ସ୍ଥିର କରି ନ ପାରି ତ ଭାବି ଭାବି କ୍ଳାନ୍ତ ହୋଇପଡ଼ିଥିଲି!"

"ଦେଖ, ତେମେ ତ କର୍ତ୍ତବ୍ୟବିଚ୍ୟୁତ ହେବାରୁ ଆଜି, ମୋର ମଧ କର୍ତ୍ତବ୍ୟରେ ବାଧା ପଡ଼ିଲା।"

"କିପରି ମହାଶୟ?"

ଯେଉଁ ବେଞ୍ଚ ଉପରେ ତମେ ଶୋଇପଡ଼ିଥିଲ, ସେହି ବେଞ୍ଚଟିରେ ଠିକ୍ ରାତି ୭ଟାଠାରୁ ୮ଟା ପର୍ଯ୍ୟନ୍ତ ବସିବା ମୋର ଗୋଟିଏ ନିତ୍ୟ ପୁଣ୍ୟ କର୍ତ୍ତବ୍ୟ, ଯାହା ମୁଁ ଆଜିକୁ ୨୭ ବର୍ଷହେଲା ପାଳି ଆସୁଅଛି! ଏଥିରେ ଆଶ୍ଚର୍ଯ୍ୟ ହେବାର କିଛି କଥା ନାହିଁ। କର୍ତ୍ତବ୍ୟ-କର୍ତ୍ତବ୍ୟ! ଜାଣ, ଯୁବକ, ଏହି ସ୍ଥାନରେ ହିଁ ମୋର ପରଲୋକଗତା ପ୍ରାଣର ଲରାକୁ ପ୍ରଥମେ ଦେଖିଥିଲି। ସେ ଆଜିକୁ ୫୦ ବର୍ଷ ପୂର୍ବର କଥା। ଏହିଠାରେହିଁ ବିବାହ ପୂର୍ବରୁ ଦୁହେଁ ପାଞ୍ଚବର୍ଷ କାଳ ପ୍ରତିଦିନ ନିୟମିତରୂପେ ୭ଟାଠାରୁ ୮ଟା ପର୍ଯ୍ୟନ୍ତ ଆଳାପ କରିଥିଲୁ। ଏହିଠାରେହିଁ ବିବାହ ପରେ ଅଠର ବର୍ଷ କାଳ ନିତି ସନ୍ଧ୍ୟାରେ ସେହି ନିୟମରେ ବସି ଆସିଥିଲୁ; ଯେଉଁଦିନ ଭଗବାନ ତାକୁ ନେଇଗଲେ-"

ବୃଦ୍ଧ ଆଉ କହିପାରିଲେ ନାହିଁ-ବାଷ୍ପଜଡ଼ କଣ୍ଠ ସଫା କରି ଦେଉଁ ଦେଉଁ ଅବଶ ହୋଇ ବସି ପଡ଼ିଲେ। ଆଖିରେ ସମ୍ଭ୍ରମ ଓ ଶ୍ରଦ୍ଧା ନେଇ ନୀଳୁବାବୁ ତାଙ୍କୁ ଅନାଇ ରହିଲେ। ହଠାତ୍ ବୃଦ୍ଧର ଆଖି ଜଳି ଉଠିଲା ପରି ଦିଶିଲା। ସେ କହିଲେ, "ଯୁବକ, ମୋତେ ତମେ ପ୍ରଶଂସାନେତ୍ରରେ ଦେଖୁଛ-ବଡ଼ ଅନ୍ୟାୟ! ମୋର କର୍ତ୍ତବ୍ୟ ମୁଁ କରୁଛି! ଦେଖ, ତାଙ୍କୁ ଈଶ୍ୱର ନେଇଗଲା ପରେ ମୁଁ ଏଠାକୁ ଆସି ନ ଥାନ୍ତି, ବରଂ ଏ ସ୍ଥାନ ତ୍ୟାଗ କରିଯାଇଥାନ୍ତି; କିନ୍ତୁ ମରିବା ପୂର୍ବ ମୁହୂର୍ତ୍ତରେ ମୋ ଲରା

କହିଲେ,-ତାଙ୍କୁ ଏହି ସ୍ଥାନକୁ ନେଇ ଆସିବାକୁ। ବହୁ କଷ୍ଟରେ ତ ତାଙ୍କୁ ନେଇ ଆସିଲି; କିନ୍ତୁ ଠିକ୍ ଏହିଠାରେ, ଠିକ୍ ଏହି ବେଞ୍ଚ ଉପରେ ତାଙ୍କୁ ନୂଆଇଁଦେଲା ମୁହୂର୍ତ୍ତରେହିଁ-" ଏତକ କହି ଏଥର ବୃଦ୍ଧ ବାଳକ ପରି ଭୋ ଭୋ କରି କାନ୍ଦି ଉଠିଲେ। କିଛିକ୍ଷଣ ପରେ ସେ ଶାନ୍ତ ହୋଇ କହିଲେ, "ଦେଖ ଯୁବକ, ପ୍ରେମ କ'ଣ, ତମେ ବୁଝିନା। ଯଦି କେବେ ପ୍ରେମ କର, ଏଇ କଥାଟି ମୋର ମନେରଖିଥିବ- ପ୍ରେମିକାର ଇଚ୍ଛାହିଁ ପ୍ରେମିକର ଆଇନ, ଶାସ୍ତ୍ର, ଧର୍ମ ସବୁର ଶେଷ! ମୁଁ ଯେ ଏଇ ୨୭ ବର୍ଷ କାଳ ଏ କର୍ତ୍ତବ୍ୟଟିକ କେଉଁ ଭୁଲିନାହିଁ, ତା'ର କାରଣ ମୁଁ ଗର୍ବ କରିପାରେ, ମୁଁ ମୋ ଲରାକୁ ପ୍ରକୃତରେ ପ୍ରେମ କରେ! ପ୍ରେମର ପଥ, କର୍ତ୍ତବ୍ୟର ପଥ ଦୁଃଖମୟ, କିନ୍ତୁ ସେଥିଯୋଗେ ଯେଉଁ ଦୁଃଖ ହୁଏ, ତା'ର ସ୍ୱାଦ ସବୁ ସୁଖରୁ ବଳି ସୁଖ! ଜାଣ ଯୁବକ, ଦିନେ ଯଦି ଏଠାକୁ ଆସି ଠିକ୍ ସମୟରେ ଘଣ୍ଟାଟିଏ ନ କାନ୍ଦିବି ତ ମୁଁ ସେହିଦିନ ନିଶ୍ଚୟ ମରିବି!"

ନୀଲୁଙ୍କ ଆପାଦମସ୍ତକ ପ୍ରକମ୍ପିତ କରି ଗୋଟାଏ ବାଷ୍ପୋଚ୍ଛ୍ୱାସ ଉଠି କ୍ରମେ ମିଳାଇଗଲା। ସେ ହଠାତ୍ ଭୂଲୁଣ୍ଠିତ ହୋଇ ବୃଦ୍ଧଙ୍କ ପାଦତଳେ ପଡ଼ି ପାଦ ଧାରଣ କରିବାକୁ ଗଲାବେଳେ ବୃଦ୍ଧ ଦୂରକୁ ହଟିଯାଇ କହିଲେ, "ଯୁବକ, ମୁଁ ଜାଣିପାରୁଛି, ତମେ ଗୋଟିଏ ଭଲ ପ୍ରେମିକ ହେବ। କିନ୍ତୁ ଏ ଦୈନ୍ୟ ତୁମଠାରେ ଶୋଭାପାଏ ନାହିଁ। ଯଦି ପ୍ରକୃତରେ ତୁମ୍ଭେ ମୋ କଥା ହୃଦୟଙ୍ଗମ କରିଛ ତ ଯାଅ, ଏହି ଦଣ୍ଡରେ ପ୍ରକୃତ କର୍ତ୍ତବ୍ୟର ପରିଣତି ପାଇଁ ଅଗ୍ରସର ହୁଅ। ଯାଅ, ଆଉ ବିଳମ୍ବ କରନାହିଁ। ଦେଖୁନାହିଁ-ମୋ କର୍ତ୍ତବ୍ୟରେ ବାଧା ଘଟୁଛି।

ନୀଲୁବାବୁ ବିତାଡ଼ିତ ହୋଇ ସେଠାରୁ ଧୀରେ ଧୀରେ ପ୍ରସ୍ଥାନ କଲେ। ହୋଷ୍ଟେଲରେ ପହଞ୍ଚିଲାବେଳକୁ ପ୍ରାୟ ଆଠଟା। ରାତି ଦଶଟାରେ କଟକ ଗାଡ଼ି-

(୬)

କନକ ଯେତେବେଳେ ତା'ର ସମସ୍ତ ମାନସିକ ଶକ୍ତି ପ୍ରୟୋଗ କରି କମ୍ପମାନ ଦେହଟିକୁ ବଶକୁ ଆଣି କୂଅ ଭିତରକୁ ଗଳିପଡ଼ିଲା, ସେତେବେଳେ ଭୂତ, ଭବିଷ୍ୟତ୍, ବର୍ତ୍ତମାନ ଓ ନିଧି, ନୀଲୁ, କାହାରି କଥା ବା କୌଣସି କଥା ତା' ମନରେ ନ ଥିଲା। କେବଳ ଯେଉଁ କାର୍ଯ୍ୟଟି କରିବାକୁ ସେ ସଂକଳ୍ପ କରିଥିଲା, ସେହି କାର୍ଯ୍ୟରେହିଁ ତା' ମନ ଏକାବେଳକେ ବୁଡି ରହିଥିଲା। ତାହାର ଅସୀମ ଧୈର୍ଯ୍ୟ ଓ ସାହସ ସେହି ମୁହୂର୍ତ୍ତରେ କୁଆଡ଼େ ଉଭେଇ ଯାଇଥିଲା- ଗୋଟାଏ ଅନିଶ୍ଚିତ ଆଶଙ୍କା ହଠାତ୍ ତା' ମନଟିକୁ ଅଧିକାର କରି ପକାଇଥିଲା। ଯାର କାରଣ ସେ କିଛି ବୁଝିପାରିଲା ନାହିଁ।

ଘୋର ଅନ୍ଧକାର ଭିତରକୁ ଜାଣିଶୁଣି ଗୋଡ଼ ବଢ଼ାଇବାବେଳେ ଯବନିକା ସେ ପାଖର କଥା ଭାବିବା ଭଳି ଅବସ୍ଥା ତା'ର ନ ଥିଲା ସେତେବେଳେ। ତଥାପି ଗୋଟାଏ ଭୌତିକ ଭୟ ତାକୁ ଅଜଣାରେ ଅଭିଭୂତ କରି ପକାଇବାକୁ ଚାହିଁଲା। ସେ ତାହାର ସମସ୍ତ ଶକ୍ତି ପ୍ରୟୋଗ କରୁଥିଲା ସେହି ଭୟଟିକୁ ଦୂରରେ ରଖିବାକୁ। ସେ ଏହିମାତ୍ର ନିଧିବାବୁଙ୍କୁ ସନ୍ତର୍ପଣରେ ଥରେ ଦେଖି ଆସିଥିଲା। ଶେଷ ଦେଖାରେ ତା' ଆଖିରୁ ଲୁହ ବହି ନ ଥିଲା। ସବୁ ହିସାବ ନିକାଶ କରିଆସିଥିଲା ସେ-ନିଧିବାବୁଙ୍କ ମୁଣ୍ଡ ଓ ଗୋଡ଼ ଉପରେ ହାତ ଦେଇ ସେ କାତର ଭାବରେ ମନାସିଥିଲା ତାଙ୍କର ଭବିଷ୍ୟତ୍ ସୁଖ, ଭବିଷ୍ୟତ୍ ଜୀବନର ଦାମ୍ପତ୍ୟ ସୌଭାଗ୍ୟ। ତାଙ୍କ ଚରଣଧୂଳି ନେଇ ମୁଣ୍ଡରେ ଲଗାଇ ସେ ପ୍ରାର୍ଥନା କରିଥିଲା, ତାକୁ ସବୁ ଜଣା ଅଜଣା ଦୋଷ ଯେପରି ମାଫ୍ ହୁଏ। ଏତକ କରି ସାରି ତା'ର ଗୋଟାଏ ଗଭୀର ସ୍ୱସ୍ତି ମନରେ ଜାତ ହୋଇଥିଲା। ସେ ଭାବିଲା, ଏ ସଂସାରରେ ତା'ର ସବୁ ଦେଣା ପାଉଣାର ହିସାବ ନିକାଶ ହୋଇଗଲା; ଏଥର ତା'ର ବଡ଼ ଦୁଃଖର ଅସହ୍ୟ ଯନ୍ତ୍ରଣା ପ୍ରଶମିତ ହୋଇ ସାରିଥିଲା। ତା'ର ସ୍ଥିର ସଂକଳ୍ପରୁ ଜାତ ମୁକ୍ତିର ଆନନ୍ଦ ଚାଖୁ ଚାଖୁ ସେ କୂପ ପାଖକୁ ଆସିଥିଲା। ସେହିଠାରେ ତା' ଜୀବନର ଗୋଟିଏ ମାତ୍ର ମୁହୂର୍ତ୍ତ ବାକି ଥାଇ, ସେ ହଠାତ୍ ଭୟରେ ଅଭିଭୂତ ହୋଇ ପଡ଼ିଲା।

ତା' ଦେହଟି ପାଣିରେ ପଡ଼ି ଯେତେବେଳେ ଗୋଟାଏ ବିକଟ ଶବ୍ଦ ତା' ଚାରିଆଡ଼େ ଗୁମରି ଉଠିଲା, ସେତେବେଳେ ତା'ର ମନେପଡ଼ିଗଲା ନୀଲୁ କଥା। ତା' ସଙ୍ଗରେ ତ ତା'ର ହିସାବ ନିକାଶ ହୋଇପାରିନାହିଁ। ସେ ଭାବିଥିଲା, ସଂସାରରେ ସେ କିଛି ପକାଇ ରଖିଯାଉନାହିଁ ବୋଲି-ତା'ର ତ କିଛି ଛାଡ଼ିଯିବା ଭଳି ନାହିଁ! କିନ୍ତୁ ବର୍ତ୍ତମାନ ତା'ର ମନେହେଲା, ତା'ର ସବୁ ପଛରେ ପଡ଼ିରହିଲା। ହେଉ ପଛକେ! କିନ୍ତୁ ନୀଲୁ, ସେ କ'ଣ କରିବ-ତା'ର ତ କିଛି ସେ କରିଆସିପାରିଲା ନାହିଁ! ସେ ଯଦି ତା'ର ଅନୁସରଣ କରେ! ସେତିକିବେଳେ ପାଣି ତାକୁ କ୍ରମେ ଅଭିଭୂତ କରିପକାଇଲା। ସେ ଦୁଇହାତ ଦେଇ ପଙ୍କ ମଧ୍ୟରେ ଗୋଟାଏ ସ୍ଥୂଳ ପଦାର୍ଥ ଖୋଜିବୁଲିଲା, ଆଶ୍ରୟ ଭାବରେ ଧରି ଆତ୍ମରକ୍ଷା କରିବାକୁ-ହଁ ଆତ୍ମରକ୍ଷା କରିବାକୁ! ଆତ୍ମରକ୍ଷାର ସହଜ ଆଗ୍ରହ-ଯାହା ଜୀବନର ଏକମାତ୍ର କର୍ମ-ତାକୁ ବ୍ୟାକୁଳ କରି ପକାଇଲା। ପାଣିଗୁଡ଼ାଏ ପିଉପିଉ ସେ ବିକଳ ଭାବରେ ଆଉ କିଛି ନ ପାଇ ଶେଷରେ ଅଦମ୍ୟ ଚେଷ୍ଟାରେ ଥରେ ଉପରକୁ ଉଠିବାର ଚେଷ୍ଟା କରି କୌଣସିମତେ ନିଜକୁ ପଙ୍କରୁ ଉଠାଇ ନେଲା ଓ ଅଧବାଟରେ ବାଙ୍ଗୀର ପାବଛର କରଟାଏ ଧରିପକାଇ-ବଞ୍ଚିଗଲି! କିନ୍ତୁ ସେତିକିବେଳେ ତା'ର ଚେତା ବୁଡ଼ିଗଲା।

X X X X

କେତେ ସମୟ ପରେ କେଜାଣି,-କନକକୁ ଯୁଗ ଯୁଗ ପରି ଲାଗିଲା,-ସେ ଆଖି ମେଲି ଚାହିଁଲା; କିନ୍ତୁ ପ୍ରଥମେ କିଛି ବୁଝିପାରିଲା ନାହିଁ। ନିଧିବାବୁ, ଗଉରୀ, ରଙ୍ଗୀ ପ୍ରଭୃତିଙ୍କ ମୁହଁକୁ ସେ ବାଲୁ ବାଲୁ କରି ଚାହିଁଲା କିଛିକ୍ଷଣ। ଗୋଟିଏ ଭଦ୍ରଲୋକ ତାକୁ ଆଖି ଖୋଲିବାର ଦେଖି ତା' ପାଖକୁ ଧାଇଁ ଆସିଲେ ଓ ଆସି ଗୋଟାଏ କ'ଣ ତା' ପାଟିରେ ଢାଳିଦେଲେ। କନକ ଥରେ ଆଖି ବୁଜି ଭାବିବାର ଚେଷ୍ଟା କଲା। ବିଶେଷ କିଛି ଭାବିବା ପୂର୍ବରୁ ପୁଣି ଆଖି ଖୋଲି ଚାହିଁଲା। ଚାହିଁବା ମାତ୍ରକେ ନିଧିବାବୁଙ୍କ ତ୍ରସ୍ତ, ଚକିତ, ଆଗ୍ରହପୂର୍ଣ୍ଣ ଆଖିଯୋଡ଼ିକ ତା' ମୁହଁ ଉପରେ ବ୍ୟାକୁଳ ଉତ୍କଣ୍ଠାରେ ସ୍ଥାପିତ ଦେଖିଲା। ହାତ ଦି'ଟା ତା'ର ଥରି ଉଠିଲା, ତା' ଆଖିରେ ଗୋଟାଏ ଆଗ୍ରହ ଲେଖି ହୋଇଗଲା। କିନ୍ତୁ ତା' ହାତ ସେହିପରି ଅଚେଷ୍ଟ ହୋଇ ପଡ଼ିରହିଲା-ହଲିଲା ନାହିଁ, ନା ଉଠିଲା ନାହିଁ। କନକ ନିଧିବାବୁଙ୍କୁ ଚିହ୍ନିଲା, ଆଉ ସମସ୍ତଙ୍କୁ ମଧ୍ୟ ଚିହ୍ନିପାରିଲା; କିନ୍ତୁ କଥା କହିବାର ବା ଅନ୍ୟ କୌଣସି ପ୍ରକାରେ ସେଟା ଜଣାଇବାର ଶକ୍ତି ତା'ର ନାହିଁ। ପୁଣି ସେ ଆଖି ବୁଜିଲା। ଫେର୍ ଆଖି ଖୋଲିଲାବେଳକୁ ତାକୁ ଭେଟିଲା ଛଳଛଳ ଉତ୍କଣ୍ଠାପୂର୍ଣ୍ଣ ଆଖିଯୋଡ଼ିକ ରଙ୍ଗୀର। ଏଥର କନକ ଟିକିଏ ହସିବାକୁ ଚେଷ୍ଟାକଲା-ମୁଖବିକୃତିରୁ ଆଉ ଯେ ଯାହା ବୁଝୁ, ରଙ୍ଗୀ ବୁଝିଲା, କନକ ତାକୁ ଚିହ୍ନି ହସିଲା ବୋଲି। ରଙ୍ଗୀ ହଠାତ୍ କଇଁ କଇଁ ହୋଇ କାନ୍ଦିଉଠିଲା। ଗଉରୀ ସେତିକିବେଳେ ତାକୁ ପଛଆଡୁ ଭିଡ଼ି ଅନ୍ୟଆଡ଼କୁ ନେଇଗଲା। କନକ ମୁହଁରୁ କଥା ଆଉ କୌଣସିମତେ ବାହାରିଲା ନାହିଁ। ଡାକ୍ତର ସାରା ରାତି ଜଗି ରହିଲେ- ଆଉ ସମସ୍ତେ ମଧ୍ୟ ସେହିପରି।

ଠିକ୍ ପାହାନ୍ତାବେଳକୁ କନକ ପୁଣି ଆଖି ଖୋଲି ଚାହିଁଲା; ଚାରିଆଡ଼କୁ ବହୁକଷ୍ଟରେ ଉତ୍ସୁକଦୃଷ୍ଟି ନିକ୍ଷେପ କରି ଜଣାଇଲା, ଯେପରି ସେ କାହାରିକୁ ଖୋଜୁଛି। ସମସ୍ତେ ସେଠାରେ ଥିଲେ- ଅଥଚ କନକ ଆଖି କାହାରି ଉପରେ ନ ରହି ଅପ୍ରତିଭ ହୋଇ ପୁଣି ବନ୍ଦ ହୋଇଗଲା। ହଠାତ୍ ଗଉରୀ ଉଠି ଆସି ନିଧିବାବୁଙ୍କୁ କହିଲା, "ନିଧି, ନୀଲୁକୁ ଗୋଟାଏ ତା'ର କର।" ନିଧିବାବୁ ବ୍ୟସ୍ତ ହୋଇ କହିଲେ "ଠିକ୍ ଠିକ୍! କିନ୍ତୁ ତା' ଠିକଣା ? ହଁ, ହଁ, ତା' ଚିଠିରେ ଅଛି- ଦେଖେଁ।" ନିଧିବାବୁ ଖୋଜି ଖୋଜି ସେ ଚିଠିଖଣ୍ଡକ ଆଉ ପାଇଲେ ନାହିଁ। ଏତିକିବେଳେ ବାହାର ଦ୍ୱାରରେ ଗୋଟାଏ ଗାଡ଼ି ଆସି ରହିଲା। ସେ ଶବ୍ଦ ସଙ୍ଗେ ସଙ୍ଗେ କବାଟରେ ହାତ ମାରିବାର ଶବ୍ଦ ମଧ୍ୟ ଶୁଣାଗଲା ଖୁବ୍ କ୍ଷୀଣ ହୋଇ। କନକ ସେହିପରି ଆଖି ବୁଜିଥିଲା। ହଠାତ୍ ଆଖି ଖୋଲି ଅମିତବଳ ପ୍ରୟୋଗ କରି କର ଲେଉଟାଇ ଦ୍ୱାର ଆଡ଼କୁ ଚାହିଁ ପଡ଼ିରହିଲା। ଏକା ଗଉରୀ ଜାଣିଲା, କେତେ ଉଦ୍‌ବେଗ ଉତ୍କଣ୍ଠା ତା' ଆଖିରେ ନେଇ କନକ

କାହାର ପ୍ରତୀକ୍ଷା କରୁଛି। ରଙ୍ଗୀ ମଧ୍ୟ ସେହିଠାରେ ଥିଲା। କନକ ଫେର ତା' ଆଡ଼କୁ ଚାହିଁ କରୁଣ ହସ ଟିକିଏ ହସିଲା-ମୁଖବିକୃତିରୁ ରଙ୍ଗୀ କନକର ମନୋଭାବ ବୁଝି ଅଧୋବଦନରେ ରହିଲା। ଗଉରୀ କହିଲା, "କିଏ ଆସିଲା, ଦେଖିବୁରେ ନିଧି!" ନିଧି ବାବୁ ନିଜ ଚିନ୍ତାରେ ନିଜେ ବିଭୋଳ ଥିଲେ, ଚମକି ପଡ଼ି ଉଠି ଗଉରୀ କଥା ଶୁଣି ବାହାରି ଗଲେ। ଦ୍ୱାର ଦେଇ ଯାଉ ଯାଉ କନକ ଦୃଷ୍ଟି ତାଙ୍କ ଉପରେ ପଡ଼ିଲାବେଳେ ତା' ମୁହଁ ଉପରେ ଗୋଟାଏ ନୂଆ ଭାବ ଖେଳିଗଲା କ୍ଷଣକ ପାଇଁ, ପୁଣି ସେହି ବ୍ୟାକୁଳ ପ୍ରତୀକ୍ଷାର ନିର୍ନିମେଷ ଦୃଷ୍ଟି!

କିଛିକ୍ଷଣ ପରେ ଦୀର୍ଘନିଶ୍ୱାସଟିଏ ପକାଇ କନକ ଆଖି ବୁଜିଲା କିନ୍ତୁ ଛନଛନ ଭାବ ତା' ଦିହରୁ ଗଲା ନାହିଁ। ହଠାତ୍ ନୀଲୁବାବୁ ବ୍ୟସ୍ତ ସମସ୍ତ ହୋଇ ନିଧିବାବୁଙ୍କ ସାଙ୍ଗେ ସେ ଘରେ ପ୍ରବେଶ କରି ତା' ବିଛଣା ପାଖକୁ ଧାଇଁଆସି, ସେହିଠାରେ ଥକ୍କା ହୋଇ ମୂକ ନିଶ୍ଚଳ ପରି ଛିଡ଼ା ହୋଇଗଲେ-ଦୃଷ୍ଟି କନକର ସୁପ୍ତିପୂର୍ଣ୍ଣ ଉଜ୍ଜ୍ୱଳ ମୁଖଟି ଉପରେ। ହଁ, କନକ ମୁହଁ ହଠାତ୍ କାହିଁକି ଉଜ୍ଜ୍ୱଳ ହୋଇଉଠିଲା! ସେ ଆଉ ଆଖି ଖୋଲିଲା ନାହିଁ; ଅଥଚ କିଏ ଯେ ଆସି ତା' ମୁଣ୍ଡ ପାଖରେ ଛିଡ଼ା ହୋଇଛି, ଏକଥା ସେ ଭଲ ବୁଝିପାରିଥିଲା ପରି ଜଣାଗଲା। ତା'ର ଅଧରକୋଣରେ ଦିବ୍ୟ ହସ ଟିକିଏ ସେତିକିବେଳୁ ଲାଖି ହୋଇ ରହିଲା। ହଠାତ୍ ନୀଲୁ ଜାଗ୍ରତ ହେଲାପରି ଉଠି କନକ ମୁଣ୍ଡ ପାଖରେ ବସି ପଡ଼ି ଡାକିଲେ- "କଙ୍କି, କନକ-ମତେ ଶୁଣି ଯା।" କିଏ ଉତ୍ତର ଦେଉଛି! ସେହି ହସଟିକ ଖାଲି ଶେଷ ଉତ୍ତର ପରି କନକମୁହଁରେ ଲାଗି ରହିଥାଏ। ନୀଲୁ ବ୍ୟାକୁଳ ହୋଇ କନକ ମୁଣ୍ଡରେ ହାତ ଦେଇ କହିଲେ, "କଙ୍କି, ମୁଁ ତୋ ପାଇଁ ନିମନ୍ତ୍ରଣ ନେଇ ଆସିଛି କନକ, ଥରେ ଶୁଣ-ମୁଁ ବାହା ହେବି! ତୁ କହିଥିଲୁ ମୋ ବାହାଘରକୁ ତୋତେ ନେବି ବୋଲି,-ଏଇ ତତେ ନବାକୁ ଆସିଛି ପରା! କନକ-।" କନକ କପାଳ ଉପରେ ନୀଲୁଙ୍କ ଶୀତଳ ସ୍ପର୍ଶ ବୋଧହୁଏ ଏତେବେଳେ ତା' ଅନୁଭବ ଭିତରେ ଆସିଲା। ହଠାତ୍ କନକ କଷ୍ଟରେ ଆଖି ଖୋଲି ଚାହିଁଲା ଓ ନୀଲୁଙ୍କୁ ଦେଖି ତା'ର ସମସ୍ତ ମୁଖମଣ୍ଡଳ, ସମସ୍ତ ଦେହଲତା କି ଗୋଟାଏ ମଧୁର କମ୍ପନରେ ଥରିଥରି ଉଠିଲା। ସେ ଅପଲକ ନେତ୍ରରେ ନୀଲୁଙ୍କ ମୁହଁକୁ କିଛିକ୍ଷଣ ଦୂରଦୃଷ୍ଟିରେ ଚାହିଁ, କ'ଣ କହିବାକୁ ଚାହିଲା-ମୁହଁରୁ କିନ୍ତୁ କଥା ବାହାରିଲା ନାହିଁ; ଖାଲି ରହିଗଲା, ଗୋଟାଏ ହାସ୍ୟ-ରେଖା ଆହୁରି ଟିକିଏ ପରିସ୍ଫୁଟ ହୋଇ। ସେ ଅନ୍ୟ ହାତ ଟେକି ଠାରିଲା-ରଙ୍ଗୀକୁ ନିକଟକୁ ଆସିବାକୁ; ଗଉରୀ ରଙ୍ଗୀକୁ ସବଳେ ଟାଣି ଆଣିଲାବେଳକୁ ରଙ୍ଗୀ କନକର ଗୋଡ଼ଟାଏ ଧରି ରହିଗଲା-ସେଠାରୁ ଘୁଞ୍ଚିବାକୁ ଚାହିଁଲା ନାହିଁ; କିନ୍ତୁ କନକ ପୁଣି ବାଁ ହାତଟି କଷ୍ଟରେ ଟେକି ତାକୁ ଦେଖାଇ ଦେଲା- ବୁଲି

ଆସି ନୀଳୁ କତିରେ ଛିଡ଼ା ହେବାକୁ । ଗଉରୀ ରଙ୍ଗୀକୁ ଆଣି ଠିଆ କଲାରୁ କନକ ନୀଳୁ ହାତ ସହିତ ନିଜର ଡାହାଣ ହାତଟି ତା' ଆଡ଼କୁ ପ୍ରସାରିତ କରି ଠାରଦ୍ୱାରା ତା'ର (ରଙ୍ଗୀର) ହାତ ବି ନିଜ ହାତକୁ ନେବାକୁ ଚାହିଁଲା । ଗଉରୀ ପଛଆଡ଼ୁ ରଙ୍ଗୀର ଦକ୍ଷିଣ ହସ୍ତଟି କନକ ହାତରେ ନୀଳୁ ହାତ ସଙ୍ଗରେ ରଖିଦେଇ ଘୁଞ୍ଚିଗଲା । କନକ ଦୁଇ ହାତକୁ ସବଳେ ଏକ ସଙ୍ଗରେ ଚାପି ଧରି, ଉତ୍କଣ୍ଠିତ ଆଖିଯୋଡ଼ିକ ଟେକି ଥରେ ନୀଳୁଙ୍କ ମୁହଁକୁ ଓ ଥରେ ରଙ୍ଗୀ ମୁହଁକୁ ଚାହିଁଲା । ରଙ୍ଗୀ ନୀରବରେ କାନ୍ଦୁଥାଏ, ନୀଳୁ କିନ୍ତୁ ଏଥର ପିଲାଙ୍କ ପରି କାନ୍ଦି ଉଠି ରହିଲେ "କଙ୍କି, କଙ୍କି-" ସେହି ସ୍ଥିର ଅପାର୍ଥିବ ହସଟିକ ନେଇ କନକ ଖର ଦୃଷ୍ଟିରେ ଥରେ ତାଙ୍କ ମୁହଁକୁ ଚାହିଁ ଦେଲା । ସେ ଗୋଟାଏ ଅତୀତ କାଳର ଗୋଟାଏ ଶତସ୍ମୃତିଯୁକ୍ତ ଦୃଷ୍ଟିର ତୀକ୍ଷ୍ଣ ଆଦେଶ ନେଇ ନୀଳୁଙ୍କୁ ସ୍ତମ୍ଭିତ କରିଦେଲା । ନୀଳୁ କିଛିକ୍ଷଣ ଚୁପ୍ ରହି ଗଦ୍‌ଗଦ୍ ଜଡ଼ିତ କଣ୍ଠରେ କହିଲେ "କଙ୍କି, ଠକ କିଏ-ତୁ ନା ମୁଁ?" ଚମକି ଉଠିଲା ପରି ହୋଇ କନକ ପୁଣିଥରେ ତାଙ୍କ ଆଡ଼କୁ ଅନାଇଲା; କିଛିକ୍ଷଣ ପରେ ବି ଗୋଟାଏ ଦୁଃଖର ବେଗରେ ଦୃଷ୍ଟି ଫେରାଇ ଆଣିଲା । ନୀଳୁ ଓ ରଙ୍ଗୀଙ୍କ ହାତଯୋଡ଼ିକୁ ଥରେ ଆଗ୍ରହରେ ଚିପିଦେଇ, କଷ୍ଟରେ ନିଜ ହାତଟି ନିଜ ମୁଣ୍ଡ ପର୍ଯ୍ୟନ୍ତ ନେଇ, ନିଜ କପାଳରେ ତିନିଥର ସ୍ପର୍ଶ କରି ଜଣାଇଲା ପରା-କିଏ ଠକ ! କନକ ଆଖି ଛଳଛଳ ହୋଇ ଆସୁଥିଲା, ସେ ହଠାତ୍ ବଳ ସଞ୍ଚୟ କରି ନେଇ କପାଳରୁ ନିଶ୍ଚେଷ୍ଟ ହାତଟି ଧୀରେଧୀରେ ଉଠାଇ ନେଇ ଅନ୍ୟ ପାଖରେ ନିଧିବାବୁଙ୍କ ଗୋଡ଼ ଆଡ଼କୁ ଦରାଣ୍ଡି ବଢ଼ାଇଲା । ସେତିକିବେଳେ ତା'ର ପ୍ରାଣର ସମସ୍ତ ସଞ୍ଚିତ ଆବେଗ ପ୍ରୟୋଗ କରି ତା' ମୁଣ୍ଡ ଓ ଛାତି ଥରେ ମାତ୍ର ବିଛଣାରୁ ଉପରକୁ କେତେ ଦୂର ଉଠିପଡ଼ିଲା କାହାକୁ ଆଗ୍ରହରେ ଥରେ ଗ୍ରହଣ କରିବା ପାଇଁ, କିନ୍ତୁ ନିଧିବାବୁ ଦୁଇ ବାହୁରେ ତାଙ୍କୁ କୁଣ୍ଢାଇ ଧରୁଧରୁ ଦେହ ତା'ର ନିଶ୍ଚେଷ୍ଟ ହୋଇ ପୁଣି ବିଛଣାରେ ଲୋଟି ହୋଇପଡ଼ିଲା !

BLACK EAGLE BOOKS

www.blackeaglebooks.org
info@blackeaglebooks.org

Black Eagle Books, an independent publisher, was founded as a nonprofit organization in April, 2019. It is our mission to connect and engage the Indian diaspora and the world at large with the best of works of world literature published on a collaborative platform, with special emphasis on foregrounding Contemporary Classics and New Writing.